Gisa Pauly
Inselzirkus

PIPER

Zu diesem Buch

Eine echte Sensation – auf Sylt finden Dreharbeiten für die beliebte Telenovela »Liebe, Leid und Leidenschaft« statt, und zwar auf dem Gelände des alljährlich gastierenden Inselzirkus. Als die resolute Mamma Carlotta ihre Enkel zum Casting begleitet, wird jedoch sie selbst entdeckt und vom Fleck weg engagiert. Währenddessen wird ihr Schwiegersohn, Hauptkommissar Erik Wolf, zum Lister Hafen gerufen, wo man den Skandalreporter Max Triebel erschossen aus dem Wasser gezogen hat. Die Ermittlungen führen die Polizei zum Schauspieler Bruce Markreiter, der für die Tatzeit allerdings ein Alibi vorweisen kann. Doch der Hauptkommissar glaubt nicht an dessen Unschuld. Und dann gibt es einen zweiten Mord: Ein Toter wird unter höchst kompromittierenden Umständen in einem Kulissenschrank aufgefunden. Und ein Motiv haben gleich mehrere von Mamma Carlottas Kolleginnen am Set ...

Gisa Pauly hängte nach zwanzig Jahren den Lehrerberuf an den Nagel und widmete sich ganz dem Schreiben. Seitdem lebt sie als Autorin, Journalistin und Drehbuchautorin in Münster, ihre Ferien verbringt sie am liebsten auf Sylt oder in Italien. Sie wurde mehrfach ausgezeichnet, unter anderem wurde sie von den Lesern einer Fernsehzeitschrift zur beliebtesten Schriftstellerin des Jahres gewählt. Ihre Krimireihe um Mamma Carlotta stürmt Jahr um Jahr die Bestsellerliste.

Gisa Pauly

INSEL ZIRKUS

Ein Sylt-Krimi

PIPER

Mehr über unsere Autorinnen, Autoren und Bücher: www.piper.de

Von Gisa Pauly liegen im Piper Verlag vor:

Mamma-Carlotta-Reihe:
Band 1: Die Tote am Watt
Band 2: Gestrandet
Band 3: Tod im Dünengras
Band 4: Flammen im Sand
Band 5: Inselzirkus
Band 6: Küstennebel
Band 7: Kurschatten
Band 8: Strandläufer
Band 9: Sonnendeck
Band 10: Gegenwind
Band 11: Vogelkoje
Band 12: Wellenbrecher
Band 13: Sturmflut
Band 14: Zugvögel
Band 15: Lachmöwe
Band 16: Schwarze Schafe
Band 17: Treibholz
Band 18: Breitseite

Siena-Reihe:
Band 1: Jeder lügt, so gut er kann
Band 2: Es wär schon eine Lüge wer
Band 3: Lügen haben lange Ohren

Dio Mio! Mamma Carlottas himmlische Rezepte
Der Mann ist das Problem
Venezianische Liebe

Mein Dank geht an meinen Sohn Jan, Polizeihauptkommissar in Münster, der dafür gesorgt hat, dass Erik Wolf keine Fehler bei der Ermittlungsarbeit macht, und an meine Freundin Gisela Tinnermann, die die 446 Seiten lange Rohfassung während ihres Urlaubs in Oberstdorf las.

Unser Versprechen für mehr Nachhaltigkeit
• Klimaneutrales Produkt
• FSC®-zertifiziertes Papier
• Hergestellt in Europa

FSC www.fsc.org MIX Papier | Fördert gute Waldnutzung FSC® C021394

Originalausgabe
ISBN 978-3-492-26450-1
1. Auflage Mai 2011
15. Auflage Februar 2024

Umschlaggestaltung: Eisele Grafik-Design, München, unter der Verwendung der Fotos von Anett Beinsen und Darlyne A. Murawski / National Geographic / Getty Images
Satz: Eberl & Koesel Studio, Kempten
Gesetzt aus der Sabon
Gedruckt von ScandBook in Litauen
Printed in the EU

Mit der Ruhe war es vorbei. Noch am Vormittag hatte die Stille über dem Dorfteich von Wenningstedt gestanden, wie immer, wenn das Wetter so gut war, dass die meisten Touristen sich am Strand aufhielten. Zwar hatte das Wasser noch keine Badetemperatur, aber die Sonne, die mittags hervorgekommen war, machte den Aufenthalt am Meer angenehm. Kraft hatte sie noch nicht, doch fast jeder streckte ihr das Gesicht entgegen und genoss ihre Wärme, die kurz vor Ostern kostbar war.

Nun aber war die Stille verflogen. Das Geklapper von Fahrrädern schreckte die Enten auf, Klingeln, quietschende Bremsen, Gelächter, laute Stimmen. Die Spaziergänger, die sich auf den Bänken am Dorfteich ausruhten, machten lange Hälse, der Küster öffnete die Tür der Friesenkapelle und trat neugierig auf die Straße. Alle schienen sich zu fragen: Was ist los? Wo wollen die vielen jungen Leute hin?

Mamma Carlotta wusste es. Und sie wäre dem Strom gern gefolgt, aber Felix und Carolin hatten ihr leider das Versprechen abgenommen, sich zurückzuhalten. »Es ist peinlich, mit der Oma da anzutanzen!« Das fand Mamma Carlotta ärgerlich, aber versprochen war versprochen. Obwohl sie der Meinung war, dass sie es verdient hätte, der Sache aus der Nähe zuzuschauen. Schließlich hatte sie es ihren Enkeln ermöglicht, ihr Glück zu versuchen. Da wäre ein wenig Dankbarkeit angebracht gewesen.

Ihr Schwiegersohn war strikt dagegen gewesen, aber Mamma Carlotta hatte die Pläne der Kinder verteidigt: »Lass sie doch, Enrico! Es ist ja nur ein Spaß!«

»Ein Spaß?« Erik hatte seine Schwiegermutter mit einem vielsagenden Blick auf Carolin aufmerksam gemacht, die auf der Terrasse stand und mit entrückter Miene etwas in die Bäume deklamierte, was im Wohnzimmer nicht zu verstehen war. »Ich will nicht, dass ihr solche Flausen in den Kopf gesetzt werden.«

Was Erik Flausen nannte, bezeichnete Carolin als »die Chance ihres Lebens«, und Felix sah es als Möglichkeit, »dicke Kohle zu machen«. Carolins Ambitionen gefielen Mamma Carlotta weitaus besser, aber ein zukünftiger Fußballprofi hatte eben eine andere Motivation als ein junges Mädchen, das sich soeben der Schauspielkunst verschrieben hatte.

Mamma Carlotta konnte sich über die Haltung ihres Schwiegersohns nicht genug wundern. »Du bist wie die älteste Schwester meiner Mutter«, hatte sie Erik vorgehalten. »Tante Ilaria hat sich gegen alles gewehrt, was nicht alltäglich war. Nicht mal zu heiraten hat sie sich getraut. Sie wollte lieber als alte Jungfer sterben als an Aufregung.«

»War das nicht die Tante, die hundert geworden ist?«, hatte Erik gefragt. »Da siehst du's! Ein langweiliges Leben ist gesund.«

»Hundert Jahre Langeweile?« Für Mamma Carlotta kam diese Möglichkeit nicht infrage. »Da sterbe ich lieber mit achtzig bei einem Flugzeugabsturz.«

Tante Ilaria hatte sich selbstredend niemals getraut, ein Flugzeug zu besteigen, was Mamma Carlotta heute nur noch ein verächtliches Lächeln entlockte. Dass sie selbst, bevor sie zum ersten Mal von Rom nach Hamburg geflogen war, mehrere Rosenkränze gebetet hatte, erwähnte sie mittlerweile nicht mehr gern. Von Flugangst wollte sie nichts wissen und fürchtete auch keine himmlische Strafe mehr, weil sie sich etwas herausnahm, was für eine italienische Mamma eigentlich nicht vorgesehen war. Ihr

Dino, Gott hab ihn selig, hätte das jedenfalls behauptet, wenn sie ihn um das Geld für ein Flugticket nach Sylt gebeten hätte.

Das Leben bot so viel Unterhaltsames, wenn man sich nur darauf einließ. Wie konnte Erik mit Desinteresse und Widerwillen reagieren, wenn sich auf Sylt etwas so Aufregendes zutrug wie die Dreharbeiten zu einer Telenovela, die ganz Deutschland kannte und die in synchronisierter Fassung sogar in Italien gesendet wurde! Dort allerdings nur im Spätprogramm, eine ungünstige Zeit, da das Abendessen in der Familie Capella selten vor zehn Uhr endete.

Aber Carlottas Schwiegertochter Sandra sorgte gelegentlich dafür, dass der Secondo ausfiel oder dass jedem Familienmitglied nur ein Pfirsich in die Hand gedrückt wurde, der dann Dolce genannt wurde. Damit konnte man sich vor den Fernseher setzen und die Telenovela »Liebe, Leid und Leidenschaft« sehen, die in Italien »L'amore, la pena e la passione« hieß.

Seit bekannt war, dass der beliebte Filmstar Bruce Markreiter eine Gastrolle übernehmen würde, beklagte sich Mamma Carlottas ältester Sohn Guido immer öfter, weil das Essen abgekürzt wurde, nur noch selten Tiramisù auf den Tisch kam und der Espresso vor den Fernseher getragen wurde. Dass der Handlungsstrang, in dem Markreiter eine tragende Rolle spielte, auf Sylt gedreht wurde, hatte Mamma Carlotta leider vor ihrer Abreise nicht mehr mitbekommen. Sonst wäre ihre gesamte Nachbarschaft längst darüber informiert, dass Carlotta Capella in den Flieger nach Hamburg gestiegen war, um direkt im Filmgeschäft zu landen.

Aber das hatte auch etwas Gutes. Die Überraschung würde umso größer sein, wenn sie mit der überwältigenden Neuigkeit nach Umbrien zurückkehrte, dass sie tiefe Einblicke in »Liebe, Leid und Leidenschaft« gewonnen hatte. Demnächst würde ihr ganzes Dorf die Serie im Fernsehen verfolgen. Erst recht, wenn Carlottas Enkelkinder auf dem Bildschirm zu sehen sein würden. Den Pfarrer ihres Dorfes würde sie bitten, den Fernsehapparat in den Gemeindesaal zu stellen, wie er es bei den Fußballweltmeisterschaften tat, damit Mamma Carlotta im Kreise sämtlicher Dorfbewohner den denkwürdigen Moment genießen konnte, wenn ihre Enkel sich als Komparsen einem Millionenpublikum präsentierten.

»Una comparsa?« Sie hatte sofort verstanden, worum es ging, als Carolin ihr direkt nach ihrer Ankunft auf Sylt von der Chance berichtete, bei »Liebe, Leid und Leidenschaft« mitzuwirken. »Signora Calzolaio – ihr wisst doch, die Frau des Apothekers – war auch mal una comparsa. Im Theater von Modena. Zwanzig Jahre ist das her, aber sie redet heute noch davon. Dabei hatte sie nicht mehr zu tun, als schreiend von der Bühne zu laufen, nachdem der Hauptdarsteller des Dramas erstochen worden war. Aber wenn sie davon redet, spricht sie immer von ihrer Zeit am Theater. Als hätte sie eine große Karriere abgebrochen, indem sie in unser Dorf kam, um den Apotheker zu heiraten.« Mamma Carlotta hatte ihren Schwiegersohn streng angesehen. »Signora Calzolaio hält ihrem Mann bei jedem Ehekrach vor, sie habe seinetwegen auf eine Theaterkarriere verzichtet. Willst du dir später auch jahrelang vorhalten lassen, dass du die Kinder um eine interessante Erfahrung gebracht hast?«

Es war Erik anzusehen, dass er das nicht wollte. Und irgendwann hatte er wie erwartet nachgegeben. »Du bist wie Lucia!«, hatte er gesagt und versucht, verdrießlich auszusehen. Aber Mamma Carlotta wusste genau: Immer wenn er seine Schwiegermutter mit seiner verstorbenen Frau verglich, war sein Schimpfen nur die äußere Verkleidung eines Gefühls, das er nicht zeigen wollte.

Sie stellte ihr Fahrrad vor der Friedhofspforte ab,

blickte den Kindern nach und versuchte, nicht gekränkt zu sein, weil die beiden ihr zum Abschied nicht nachwinkten. Anscheinend wollten sie ihren Klassenkameraden weismachen, dass sich ihre Großmutter rein zufällig in der Nähe aufhielt und nichts mit dem zu tun hatte, was seit Tagen auf dem Schulhof das Gesprächsthema Nummer eins war. Und ihre Nonna wollten sie damit wohl an ihr Versprechen erinnern, dass sie nur ein kleines Stück mit ihnen zusammen fahren würde und dann einen Besuch an Lucias Grab machen wollte.

Mamma Carlotta blieb noch eine Weile vor dem Friedhofstor stehen und sah dem Strom der Fahrradfahrer nach. So viele? In der Zeitung war die Rede von einigen Komparsen gewesen, die die Produktionsfirma brauchte. Viele der jungen Leute würden vermutlich unverrichteter Dinge zurückkehren müssen. Mamma Carlotta blutete das Herz, wenn sie daran dachte, dass man Carolin und Felix abweisen könnte.

Besonders Carolin würde leiden, die sich seit Tagen mit einem Theaterstück auf diesen Tag vorbereitete, das »Minna von Barnhelm« hieß. Wenn sie deklamierte: »Was redest du von Stürmen, da ich bloß herkomme, die Haltung der Kapitulation zu fordern?«, sah Mamma Carlotta nur fragend in das schwärmerische Gesicht ihrer Enkelin und wagte nicht, sich zu erkundigen, was der Dichter, von dem sie noch nie gehört hatte, damit wohl ausdrücken wollte. Aber anscheinend war dieser Gotthold Ephraim Lessing über jeden Zweifel erhaben, denn Frau Olsted, Carolins neue Deutschlehrerin, hatte ihn den wichtigsten Dichter der deutschen Aufklärung genannt. Mamma Carlotta hatte nicht einmal zu fragen gewagt, was mit deutscher Aufklärung gemeint war, und erst recht den Einwand heruntergeschluckt, dass man für eine Komparsenrolle sicher nicht ein komplettes Theaterstück auswendig lernen müsse.

Alina Olsted vertrat jedoch die Meinung, dass eine derart intensive Beschäftigung mit einem Theaterstück nur von Nutzen sein konnte, und da die junge Referendarin angeblich aussah wie Cindy Crawford, waren ihre Ansichten bei Carolin ebenso populär wie das weltbekannte Model.

Carolin hatte sofort eine Modezeitschrift hervorgeholt und sie ihrer Nonna hingehalten. »Cindy Crawford war sogar mal mit Richard Gere verheiratet.«

Mamma Carlotta gab ihrer Enkelin recht, dass Cindy Crawford eine außergewöhnliche Frau sein musste, wenn sie diesen Mann erobert hatte. Und dass eine Frau, die ihr ähnlich war, auch ähnlich außergewöhnlich sein musste, stand außer Frage.

»Den Leberfleck auf der Oberlippe hat Frau Olsted auch«, erklärte Carolin. »Und sie ist beinahe so groß und so schlank wie Cindy Crawford. Nur ihre Haare sind dunkler.«

Schon am nächsten Tag hatte Mamma Carlotta Carolins Lehrerin kennengelernt und festgestellt, dass der Leberfleck auf der Oberlippe fast das Einzige war, was an Cindy Crawford erinnerte. Aber selbst wenn sie keine Frau war, für die Richard Gere eine Schwäche entwickeln würde, war sie doch sehr attraktiv.

Mamma Carlotta wandte sich ab und schob die Friedhofspforte auf. Kaum hatte sie sie hinter sich geschlossen, breitete sich die Stille vor ihr aus. Dieser Ort war auch dann ruhig, wenn um ihn herum der Lärm brandete. Immer wenn Carlotta Capella zum Grab ihrer Tochter ging, war diese Stille in ihr. Dann schrie nicht mal mehr die Frage in ihrem Kopf, warum dieser unaufmerksame Fahrer ausgerechnet in dem Moment die Gewalt über seinen Lkw verloren hatte, als Lucia ihm entgegengekommen war.

Der Wenningstedter Friedhof besaß kein Gräberfeld,

auf dem sich ein Grab ans nächste anschloss. Nein, dieser Friedhof war ein Garten, mit einer großen, von Bäumen bestandenen Grünfläche. Die Grabsteine und Holzkreuze wirkten nicht so wuchtig, weil es vor ihnen kein Rechteck gab, das die Größe und Form eines Sarges hatte, sondern nur ein kleines Rund, das mit Blumen bestanden war. Für Mamma Carlotta war es ein großer Trost, durch diesen Garten zu gehen, der für die Toten angelegt worden war. Und als sie vor dem weißen Stein stand, der Lucias Namen trug, konnte sie ihn sogar anlächeln.

Unhörbar erzählte sie ihrer Tochter, dass Carolin und Felix etwas ungeheuer Interessantes vorhatten. »Du hättest es ihnen doch auch erlaubt, piccola mia? Enrico ist ja immer so ... so ...« Ihr fiel die Vokabel für »altmodisch« nicht ein, aber Lucia würde schon verstehen, was sie meinte. Und sie würde sich da oben im Himmel auch nicht darüber wundern, dass ihre Mutter vor ihrem Grab in Gedanken deutsch mit ihr sprach. Mamma Carlotta wusste, dass Lucia eine Sylterin geworden war, dass sie hier ihre Heimat gefunden hatte und glücklich gewesen war. Wenn sie in Umbrien mit Lucia Zwiesprache hielt, geschah das immer in ihrer Muttersprache, auf Sylt jedoch redete Mamma Carlotta mit ihrer Tochter deutsch.

Sie zupfte lächelnd ein paar welke Blüten von den weißen Primeln und legte die kleinen hellen Kiesel zurück, die der Wind auf den Weg geweht hatte. Sie war Erik dankbar, dass er prunkende Farben von Lucias Grab fernhielt. Sie hatte ihr Leben lang das Helle, Klare verkörpert, für ihre Eltern und Geschwister und auch für Erik und die Kinder. Das strahlende Weiß passte sehr gut zu ihr.

Carlotta suchte ein Papiertaschentuch aus ihrer Jackentasche, wischte den hellen Findling sauber, auf dem Lucias Name stand, dann richtete sie sich auf und betrachtete das Grab, wie sie früher ihre Tochter betrachtet hatte, wenn sie sich für einen Tanzabend zurechtgemacht hatte. »Nun werde ich mal sehen, ob die Kinder Erfolg haben bei diesem … Casting. Sie wollten nicht, dass ich sie begleite, aber glaubst du, dass sie etwas dagegen haben, wenn ich mal schaue, was sich dort so tut? Ganz unauffällig. Was meinst du?« Sie wartete eine Weile, dann war sie sicher, Lucias Zustimmung zu spüren. »Nur ein kurzer Blick! Das wird schon nicht so schlimm sein!«

Bevor sie sich abwandte, machte sie ihre Tochter noch auf etwas aufmerksam, was sie am Grab ihres Mannes versteckt hätte. »Ich habe mir Stiefeletten gekauft, Lucia! Was sagst du dazu?«

Ihre Tochter hatte an den Füßen ihrer Mutter nie etwas anderes gesehen als Pantoletten, weiße im Sommer und schwarze im Winter. Seit dem letzten Sommer besaß Mamma Carlotta jedoch helle Sneakers und seit zwei Tagen modische Stiefeletten, die Carolin ihr empfohlen hatte. Dass sie mittlerweile auch auf das Schwarz, die Farbe der italienischen Witwen, verzichtete, auf Sylt eine Hose trug und sogar die Benutzung von Lockenstab und Lippenstift gelernt hatte, wusste ihre Tochter längst.

Die Verwandlung von der dicken italienischen Mamma, die seit dem dreißigsten Geburtstag einen Haarknoten trug, in eine mollige Mittfünfzigerin, die hübsch anzusehen war mit ihren kurzen, grau durchwirkten Locken und den blitzenden dunklen Augen, wollte sie auf keinen Fall mit dem Tod ihres Mannes in Zusammenhang gebracht wissen. Wenn in ihrem Dorf eine diesbezügliche Bemerkung gemacht wurde, war sie mit einer Korrektur schnell bei der Hand. Schließlich besuchte sie seit Dinos Tod regelmäßig die Insel Sylt, um sich um ihre Enkelkinder zu kümmern. Und dort ging es so schick und mondän zu, dass man gar nicht umhinkam, sich der Eleganz ein wenig anzupassen. Das war der Grund für ihre Veränderung. Da ließ sie sich von den anderen Frauen in ihrem Dorf nichts einreden.

Sie hielt den rechten Fuß hoch, damit ihr Hosenbein ein paar Zentimeter in die Höhe rutschte und der Schaft ihrer neuen Stiefeletten zu sehen war. »Sie sind sogar erstaunlich bequem, Lucia!«

Als sie davon überzeugt war, dass ihre Tochter diese sensationelle Anschaffung gebilligt hatte, ging sie zur Friedhofspforte zurück. Ihre Bewegungen wurden wieder leicht, ihre Schritte flink, ihre Augen groß und neugierig. Unsichtbar würde sie sich machen! Kein Mensch würde merken, dass sie sich diesem Casting näherte, um ein bisschen davon mitzubekommen. Später, in ihrem Dorf in Umbrien, würde sie allein schon Aufsehen erregen, weil sie das Wort Casting kannte und wusste, was es damit auf sich hatte. Wenn sie dann noch ihren Nachbarinnen erklären konnte, wie so ein Casting ablief, würde es Gesprächsstoff für viele Wochen geben.

Tabakrauch waberte durch den Raum, vermischt mit Knoblauchduft, gelegentlich erklangen Gelächter und Gläserklirren, und geredet wurde für friesische Verhältnisse viel und laut. Von der Atmosphäre einer Trattoria zu sprechen wäre übertrieben gewesen, aber die Vorspeisenplatten auf den Schreibtischen vermittelten doch ein wenig italienische Lebensart, und die Polizeibeamten begleiteten jede Geste mit »Prego!« und »Grazie!«, was noch beim zehnten Mal für Heiterkeit sorgte.

Rudi Engdahl, der seinen Geburtstag feierte, hob das Glas. »Ein Hoch auf die Schwiegermutter von Hauptkommissar Wolf!«, rief er. »Ohne sie hätten wir zwar Bier und Schnaps, aber nichts zu essen.«

Als Mamma Carlotta gehört hatte, dass Polizeiobermeister Engdahl seinen fünfzigsten Geburtstag feierte, hatte sie sich umgehend an die Arbeit gemacht. »Alkohol auf nüchternen Magen ist ungesund«, hatte sie erklärt, womit sie zweifellos recht hatte.

Allerdings schien Erik der Genuss von Alkohol in Kombination mit italienischen Vorspeisen nicht wesentlich gesünder zu sein. Wenn er in die glasigen Augen seiner Mitarbeiter sah und versuchte, die Worte zu verstehen, die von ihren schweren Zungen rollten, konnte er nicht erkennen, dass dieser Umtrunk anders verlief als alle anderen vorher, die ohne Antipasti hatten auskommen müssen. Eins aber war sicher: Der Polizeiobermeister fühlte sich hochgeehrt, weil die Schwiegermutter seines Chefs etwas zu seiner Geburtstagsfeier beigesteuert hatte, und sah sogar so aus, als erschiene ihm Mamma Carlottas Geschenk weitaus kostbarer als die Schnapsgläser mit den nautischen Motiven, für die die Kollegen des Polizeireviers zusammengelegt hatten.

Die Plastikgabeln, die Rudi Engdahl besorgt hatte, waren gar nicht zum Einsatz gekommen. Die Kollegen der Spurensicherung hatten damit angefangen, mit den Fingern nach den marinierten Paprikaschoten zu greifen, den Kopf in den Nacken zu legen und sie über den Mund zu halten wie ein Fischer einen frisch ausgenommenen Hering. Daraufhin hatten es alle so gemacht. Mit den Fingern fischten sie nach den Oliven und Champignons, die sich immer schwerer fangen ließen, je fettglänzender die Finger waren und je unkoordinierter die Bewegungen wurden. Erik ärgerte sich, dass er diese Feier am helllichten Tag nicht verhindert hatte, und brachte unauffällig ein paar Akten in Sicherheit, als er sah, dass sich Vetterich, der Chef der Spurensicherung, die Finger daran abwischte. Und als Rudi Engdahl zum mindestens siebten Mal die Schnapsgläser nachfüllte, fragte er seinen Assistenten flüsternd: »Haben Sie wirklich die Eingangstür abgeschlossen? Wäre ja peinlich, wenn ausgerechnet jetzt jemand käme.«

Sörens rundes Gesicht mit den glänzenden roten Wangen hatte sich von Stunde zu Stunde tiefer verfärbt. »Die Tür ist zu«, entgegnete er und schien mit diesen vier Wörtern rhetorisch schon überfordert zu sein.

Deshalb fügte Dr. Hillmot, der trinkfeste Gerichtsmediziner, begütigend hinzu: »Es ist doch zurzeit nichts los. Die Vorsaison beginnt ja gerade erst.«

Erik nickte und kippte den Schnaps, den Engdahl ihm gerade eingeschenkt hatte, unauffällig in eine der Topfpflanzen, die schon so viel überstanden hatten, dass sie wohl auch an diesem Schnaps nicht eingehen würden. Hoffentlich würde es auf Sylt in den nächsten Stunden keinen Verkehrsunfall geben, der die Kollegen vom Streifendienst voll in Anspruch nähme. Sie hatten nämlich versprochen, Rudi Engdahl und seine Geburtstagsgäste nach Hause zu bringen, wenn der Umtrunk vorbei war.

Schon jetzt gab es keinen mehr unter ihnen, der fahrtüchtig war. Schlimmer! Die meisten von ihnen waren kaum mehr in der Lage, einen zusammenhängenden Satz zu formulieren, und gelacht wurde mittlerweile über die Fliege an der Wand. Das Gegröle, das durchs Polizeirevier Westerland dröhnte, war für Erik, der noch nie in seinem Leben in lautes Gelächter eingestimmt hatte, nur schwer zu ertragen. An die ohrenbetäubenden Unterhaltungen, die ihm in Umbrien entgegengeschlagen waren, wenn er die Familie seiner Frau besuchte, hatte er sich einigermaßen gewöhnt, und seinen italienischen Verwandten hielt er zugute, dass sie sich benahmen, wie es ihrer Mentalität entsprach. Wenn sich aber Menschen so gebärdeten, ohne dass es ihrer Wesensart entsprach, war das weitaus schlimmer. Die Mitarbeiter des Polizeireviers Westerland wurden Erik von Stunde zu Stunde und von Glas zu Glas fremder.

Der Einzige, der sich auch unter Alkoholeinfluss so verhielt wie immer, war Dr. Hillmot. Das lag womöglich daran, dass der Beruf ihn abgestumpft hatte. Der dicke Gerichtsmediziner reagierte auf alles mit Gleichmut – auf eine Leiche genauso wie auf drei Gläser Ramazzotti, auf lallende Polizeibeamte oder den Mageninhalt eines Kollegen, der es nicht mehr bis zur Tür schaffte und sich geistesgegenwärtig in den Übertopf einer schütteren Sansevieria erbrach.

Das Grölen der Geburtstagsgäste, die ihren Kollegen samt Sansevieria und Übertopf aus dem Raum schoben, weckte Enno Mierendorf, der soeben den Kampf gegen die Müdigkeit verloren hatte und Anstalten machte, vom Stuhl zu sinken. Schlagartig erinnerte er sich, an welchem Stand der Unterhaltung er sich geistig aus dem Staub gemacht hatte. »Da fällt mir auch ein guter Witz ein! Also ... kommt ein Mann zur Polizei ...«

Mierendorf glaubte zunächst, die jäh einsetzende Stille hätte mit dem allseitigen Interesse an seinem Witz zu tun. Dann aber ging ihm auf, dass das Telefon zu läuten begonnen hatte.

Erik, der jeden zweiten Schnaps in der Topfblume entsorgt hatte, erkannte etwas schneller als alle anderen, dass Schwierigkeiten auf sie zukommen könnten. »Vielleicht ist es nur jemand, der eine Anzeige aufgeben will, den können wir auf morgen vertrösten. Aber es könnten auch die Kollegen von der Streife sein. Wenn die eine Massenkarambolage haben ...«

»... fahren wir eben Taxi«, ergänzte Sören und griff nach der Schnapsflasche.

»Es könnte auch die Staatsanwältin sein«, meinte Erik und registrierte, dass Sören die Flasche prompt wieder wegstellte.

Erik ging zum Telefon und legte den Zeigefinger auf die Lippen, ehe er den Hörer abnahm. Tatsächlich waren von da an nur Geflüster und unterdrücktes Prusten zu hören.

Das Gespräch dauerte nicht lange. Hinterher flüsterte niemand mehr, und Enno Mierendorf dachte nicht mehr daran, den Witz zu Ende zu erzählen. Eriks Gesicht sprach Bände.

»Schlimmer als die Staatsanwältin?«, fragte Sören, der seit einer Stunde mit den Zischlauten Probleme hatte, das schwierige Wort aber trotzdem einigermaßen verständlich herausbrachte.

Erik nickte ernst. »Die Küstenwache hat gerade eine Leiche aus dem Wasser gezogen. Und es sieht nicht nach einem Unfall aus ...«

Mamma Carlotta bummelte an der Friesenkapelle vorbei, ließ den Spielplatz links liegen und betrachtete lange das Feld, das sich dahinter auftat, als machte sie sich Gedanken über das Getreide, das der Bauer dort gesät hatte. Gelegentlich wurde sie von einem Nachzügler überholt, der sich tief über den Lenker beugte und sein Fahrrad erst ausrollen ließ, als er die lange Schlange der Mitbewerber sah und sich sagen musste, dass er zu spät gekommen war.

Wo sonst das Zelt des Inselzirkus aufgestellt wurde, war in diesen Monaten eine Leichtbauhalle errichtet worden, in der sich die Kulissen für die Innenaufnahmen von »Liebe, Leid und Leidenschaft« befanden. Die Zirkuswagen standen wie gewohnt an ihrem Platz, an der Grenze des großen kreisförmigen Areals. Der Inselzirkus hatte sie der Produktionsgesellschaft zu Verfügung gestellt, damit in ihnen die Büros, die Maske und die Garderobe untergebracht werden konnten.

Mamma Carlotta beschleunigte ihren Schritt nicht, obwohl sie sich mittlerweile an die kleinen spitzen Absätze ihrer Stiefeletten gewöhnt hatte. Gemächlich ging sie weiter wie jemand, der die Absicht hat, das Hünengrab Denghoog zu besichtigen, sah in den Himmel und blickte den Möwen nach. Eine Touristin, die sich daran freute, dass das Wetter es schon vor Ostern so gut mit der Insel meinte. Sollte sie jemandem auffallen, würde der Eindruck entstehen, sie nähere sich rein zufällig der langen Schlange, die sich vor einem der Zirkuswagen aufgestellt hatte.

Dass sie vorher ihre neuen Stiefeletten auf Hochglanz poliert und die Hose extra gebügelt hatte, würde niemand bemerken. Die Kinder hatten ja zum Glück keinen Blick für das Äußere ihrer Großmutter. Sie hatten nicht einmal gesehen, dass sie Rouge und Lipgloss benutzt und Carolins Wimperntusche ausprobiert hatte. Wie gut, dass ihre Schwägerin, die Carlotta in modischen Dingen immer ein Stück voraus war, ihr einen gelben Pullover geliehen hatte. Der war in diesem Frühjahr angeblich hochaktuell und sollte den Syltern zeigen, dass auch eine italienische Großmutter etwas von Mode verstand. Mamma Carlotta fühlte sich bestens gerüstet für jede Überraschung, die so ein Casting bereithalten mochte.

Sie machte einen langen Hals. Felix und Carolin trennten noch mindestens dreißig Mitbewerber von der Casting-Chefin. Zum Glück waren die beiden derart darauf konzentriert, Schritt für Schritt ihrem Ziel näher zu rücken, dass sie ihre Großmutter nicht bemerkten. Und Mamma Carlotta achtete sorgfältig darauf, von ihnen nicht gesehen zu werden. Auf keinen Fall wollte sie sich später Neugier vorwerfen lassen, wo sie doch nichts anderes hergeführt hatte als das Interesse am Unbekannten. Sollte das etwa verwerflich sein?

»Wollen Sie sich nicht auch bewerben?«, hörte sie da eine Stimme. »Mich wollen die nicht, aber Sie sehen ja ganz manierlich aus.«

Mamma Carlotta fuhr herum. Vor einem dichten Gebüsch saß ein Mann undefinierbaren Alters auf einer schmuddeligen Decke und grinste sie an. Neben ihm stand ein Einkaufswagen mit vielen prall gefüllten Plastiktüten.

»Manierlich?« Dieses Wort hatte sie noch nie gehört.

»Ich habe extra meinen Platz in der Friedrichstraße aufgegeben. Die zahlen einem Komparsen hundert Euro am Tag. Die könnte ich gut gebrauchen.«

Mamma Carlotta machte einen Schritt auf den Mann zu und betrachtete ihn genauer. Er steckte in schmutziger Kleidung, seine Haare waren lange nicht gewaschen worden, sein Gesicht war von einem ungepflegten Bart überwuchert.

»Haben Sie keine Wohnung?«

Der Mann kicherte. »Sie sind ja eine Schnellmerkerin.«

»Kein Dach über dem Kopf?« Mamma Carlotta starrte ihn betroffen an und vergaß für eine Weile ihre Enkel und die Casting-Chefin von Eidam-TV. Natürlich gab es auch in Umbrien Obdachlose, aber dort war es warm, in ihrem Dorf gab es Scheunen, Unterstände für ausrangierte Autos, große Gärten mit behaglichen Lauben und notfalls die Kapelle, aus der noch nie ein Obdachloser vertrieben worden war. Schlagartig wurde ihr klar, dass Obdachlosigkeit nicht überall gleich schrecklich war. In der Kälte einer Nordseeinsel bedeutete es etwas ganz anderes, seine Wohnung zu verlieren, als in Süditalien, wo die Temperaturen sich auch im Winter selten dem Gefrierpunkt näherten. Über die soziale Kälte, die sich anscheinend parallel zu den Wetterverhältnissen entwickelte, wollte sie gar nicht nachdenken.

»Gibt es auf Sylt kein Haus für … für …« Ihr fiel keine Bezeichnung ein, die einerseits auf diesen armen Kerl zutraf, ihn aber andererseits nicht verletzte.

»Penner?« Er schien weitaus weniger Probleme mit

der Beschreibung seines Lebens zu haben. »Nö, da lasse ich mich nur blicken, wenn's gar nicht anders geht.«

Mamma Carlotta wurde nervös, weil ihr der eigentliche Grund ihrer Anwesenheit wieder einfiel. »Haben Sie genug zu essen? Soll ich Ihnen was bringen? Ich habe Antipasti eingelegt. Mögen Sie so was? Frische Panini gebe ich Ihnen natürlich dazu.«

Der Obdachlose rappelte sich hoch. Anscheinend hatte er lange nicht mehr ein solches Angebot bekommen. »Das würden Sie für mich tun?« Überwältigt streckte er Mamma Carlotta die Hand hin, die sich zwar über seine Dankbarkeit freute, die Hand aber trotzdem nicht gern ergriff. »Ich heiße Busso. Busso Heinemann! Also, es wäre ... wäre mir eine Ehre ... wie soll ich sagen? Einfach toll wäre das.«

Mamma Carlotta wischte sich unauffällig die rechte Hand an der Jacke ab. »Gut! Dann bringe ich Ihnen bei nächster Gelegenheit etwas vorbei.«

»Sie werden mich auf jeden Fall hier finden! Ich bleibe sitzen, bis die merken, dass die auch mal einen wie mich als Komparsen gebrauchen können. Hundert Euro am Tag! Das muss man sich mal vorstellen! Ich muss in Ruhe nachrechnen, wie viele Flaschen Köm man davon kaufen kann.«

Mamma Carlotta sah ihn streng an. »Sie sollten sich lieber was Anständiges besorgen. Obst, Gemüse, frisches Brot.«

Busso merkte, dass er einen Fehler gemacht hatte, der ihn die Zuneigung dieser freundlichen Dame kosten konnte. »Klar! Vitamine sind ja sehr wichtig.«

Mamma Carlotta sah an ihm herab. »Und eine neue Hose könnten Sie auch gebrauchen.« Sie dachte kurz nach. »Schade! Mein Schwiegersohn hat eine andere Figur. Sonst würde ich nachsehen, ob es eine Hose gibt, die er nicht mehr trägt.«

Busso war begeistert und versuchte ihr erneut die Hand zu schütteln, doch Mamma Carlotta machte einen Schritt zurück. »Vielleicht klappt's ja noch mit einer Komparsenrolle.«

»Ich bleibe jedenfalls hier, bis die Dreharbeiten vorbei sind«, sagte Busso und ließ sich wieder auf der Erde nieder. »Die Schauspieler sind spendabel. Die bringen mir oft was zu essen. Und der private Wachdienst lässt mich in Ruhe. Die wissen, dass ich nichts klaue. Mir geht's hier gut.«

»Das freut mich.« Mamma Carlotta verabschiedete sich, weil sie gesehen hatte, dass die Casting-Chefin sich erhob, als hätte sie etwas Wichtiges zu vermelden. »Bis später!«

Unzufrieden betrachtete die Casting-Chefin die vielen Jugendlichen, die sie hoffnungsvoll anblickten. Die ersten zwanzig hatte sie zum Eingang der Halle gewinkt, wo sie von einer dicken Frau in Empfang genommen wurden. Das waren anscheinend die Beneidenswerten, die das Casting bestanden hatten. Es sah nicht so aus, als könnten die sechzig bis siebzig, die noch warteten, auch eine Chance bekommen.

»Hat in der Zeitung etwa gestanden, dass ich hundert Schüler brauche?«, fragte die Casting-Chefin ungehalten. »Warum habt ihr nicht eure Eltern geschickt? Mehr als zwanzig junge Leute brauche ich wirklich nicht.«

Die Enttäuschung war den Jugendlichen sogar von hinten anzusehen. Einige drehten sich schon um und machten Anstalten zu gehen. Felix und Carolin rührten sich zwar nicht vom Fleck, aber Mamma Carlotta war sicher, dass auch sie soeben ihre Hoffnung begruben. Für Felix würde es nicht weiter schlimm sein. Wenn er nicht ausgewählt wurde, hatte er sich nur damit abzufinden, dass er etwas länger auf die total angesagten Turnschuhe sparen musste. Aber für Carolin würde eine Welt zusammenbrechen. Mamma Carlotta blutete schon jetzt das Herz, wenn sie daran dachte, mit welcher Inbrunst ihre Enkelin »Minna von Barnhelm« auswendig gelernt hatte, um gut gerüstet für das Casting zu sein.

An ihr lag es wirklich nicht, dass sie plötzlich der Casting-Chefin aufgefallen war. Total unaufdringlich hatte sie sich verhalten, war nur ein wenig herumgeschlendert und hatte die Zirkuswagen betrachtet, als ginge sie das Casting überhaupt nichts an. Was konnte sie dafür, dass die Produktionsgesellschaft unbedingt ältere Komparsen haben wollte? Und dass Mamma Carlotta weit und breit die Einzige war, die die dreißig überschritten hatte? Wenn man mal von Busso Heinemann absah. Ihre Enkelkinder, vor allem Carolin, blickten sie trotzdem strafend an, während sie an ihnen vorbei auf den Tisch zuging, hinter dem die Casting-Chefin residierte.

»Wie sieht's mit Ihnen aus?«, wurde Mamma Carlotta gefragt. »Haben Sie Lust, als Komparsin zu arbeiten?«

Mamma Carlotta stand da wie vom Donner gerührt. Vorsichtshalber drehte sie sich nicht zu Felix und Carolin um, als sie antwortete: »Wenn Sie meinen!« Sie gab sich große Mühe, so auszusehen, als wäre ihr dieses Angebot gleichgültig und sogar ein wenig lästig. Trotzdem ergänzte sie vorsichtshalber: »Wenn ich Ihnen damit einen Gefallen tue, will ich nicht so sein.«

Nun wurde die Casting-Chefin sogar freundlich. »Sie sind Italienerin? Könnte sein, dass ich dann sogar eine kleine Sprechrolle für Sie habe. Trauen Sie sich das zu?«

»Ma certo«, hätte Mamma Carlotta am liebsten gerufen, spürte aber die bohrenden Blicke ihrer Enkel im Rücken und beließ es daher bei einem zaghaften Nicken. »Ich werd's versuchen.«

»Perfekt! Dann gehen Sie bitte zu Tanja hinüber.« Die Casting-Chefin wies zu der dicken Frau, die sich um die zwanzig Auserwählten kümmerte, die von allen anderen neidisch beäugt wurden. »Sie wird Ihre Personalien aufnehmen und Ihre Handynummer notieren, damit wir Sie jederzeit erreichen können.«

Die Gedanken jagten durch Mamma Carlottas Kopf. Handynummer? Sie besaß kein Handy! Aber sollte sie das zugeben? Dann war sie ihre Komparsenrolle womöglich gleich wieder los! Ob Felix ihr wohl sein Handy leihen würde, den einzigen Gegenstand, auf den er sorgfältig achtgab? Oder Carolin? Konnte Mamma Carlotta erwarten, dass ihre Enkelin für eine Weile auf ihr Handy verzichtete, wo sie schon keine Komparsenrolle bekommen hatte? Nein, das konnte sie Carolin nicht antun!

Sie richtete sich auf und sah die Casting-Chefin an wie ein Star, der gebeten worden war, sich unter Wert zu verkaufen. »Eine Bitte habe ich noch! Meine Enkel müssen auch Komparsenrollen bekommen. Das ist meine Bedingung.« Sie drehte sich um und stellte fest, dass Carolin und Felix die Einzigen waren, die noch direkt hinter ihr standen. Alle anderen hatten eingesehen, dass sie zu spät gekommen waren.

Mamma Carlotta winkte die beiden mit einem verschwörerischen Augenzwinkern, das die Casting-Chefin nicht sehen konnte, an ihre Seite. »Felice! Carolina! Kommt her!« Anschließend lächelte sie die Casting-Chefin so lange an, bis die endlich zurücklächelte. »Meine Enkelin will Schauspielerin werden. Sie lernt gerade ein Stück auswendig. Diese Minna ... von diesem Dichter ...«

Nun schien Carolin das Gefühl zu haben, dass der Moment da war, auf den es ankam. Sie trat einen Schritt vor und sagte: »›Minna von Barnhelm‹ von Gotthold Ephraim Lessing. Ich möchte mal die Rolle der Minna spielen. Vielleicht auch die der Franziska, wenn ich für die Minna noch zu jung bin.«

»Das hättest du dir sparen können«, brummte die Casting-Chefin. »Wenn wir dich brauchen, dann nur, um von links nach rechts zu laufen oder umgekehrt.«

Nun machte Felix auf sich aufmerksam. »Das kriege ich hin«, sagte er und ließ seine dunklen Augen blitzen, die eindeutig eine größere Wirkung auf die Casting-Chefin hatten als »Minna von Barnhelm«.

»Also gut, meinetwegen.« Die Casting-Chefin betrachtete Felix mit einem anerkennenden Blick. »Deine Klamotten sind genau richtig. Komm ja nicht auf die Idee, was anderes anzuziehen, wenn es so weit ist.«

Felix strahlte. »Geil!« Derartigen Zuspruch hatte er noch nie bekommen, wenn es um seine Garderobe ging. Seit Jahren ließ er an seinen Körper nichts anderes heran als überdimensionale Jeans, die die obere Kante seiner Unterhose freiließen, deren Schrittnaht zwischen den Knien baumelte und die so lang waren, dass sie wie eine Ziehharmonika auf seine Schuhe fielen. Die wiederum sahen aus, als wären sie drei Nummern zu groß, weil Felix sie nicht schnürte, damit sie möglichst breit wirkten und ihn zu dem schlurfenden Gang zwangen, der in seinen Augen so cool war. Mit anderer Kleidung hätte Felix also gar nicht dienen können.

»Nur auf das Käppi wirst du verzichten müssen«, sagte die Casting-Chefin in diesem Augenblick. »Was du da auf dem Kopf hast, ist total out.«

Felix starrte sie an, als hätte sie ihm vorgeschlagen, im Tutu über die Kurpromenade von Westerland zu tanzen. Felix ohne Käppi war genauso undenkbar wie Felix im schwarzen Anzug! Es gab kaum eine Mahlzeit, die nicht mit der Debatte begann, ob ein Käppi bei Tisch erlaubt war oder nicht.

Nach Mamma Carlottas Meinung war es nicht erlaubt, aber ihre diesbezüglichen Erziehungsmaßnahmen hatten bis jetzt nichts gefruchtet. Deswegen rechnete sie fest damit, dass Felix abwinken und auf seine Komparsenrolle verzichten würde. Doch zu ihrem Erstaunen zog er lächelnd das Käppi vom Kopf und zeigte der Casting-Chefin seine dunklen Locken.

»Du bist ja ein schnuckeliges Kerlchen«, sagte sie lächelnd, was Felix sich gefallen ließ, ohne zu rebellieren. »So schöne Haare und dann so ein hässliches Käppi!« Sie schüttelte missbilligend den Kopf, und Felix steckte sein Käppi, das er sonst nicht einmal zum Waschen aus der Hand gab, in die Hosentasche.

Während Mamma Carlotta mit ihren Enkeln zu der Halle hinüberging, sonnte sie sich in dem schönen Gefühl, den Kindern zu etwas verholfen zu haben, was ihnen sehr wichtig war. Dass sie auch für sich selbst etwas erreicht hatte, konnte ihr niemand vorwerfen. Sie war ja geradezu gedrängt worden, sich als Komparsin zur Verfügung zu stellen. So würden es hoffentlich die Kinder darstellen, wenn Erik sich erkundigte, warum seine Schwiegermutter demnächst im Fernsehen zu bewundern sein würde.

Zwei Streifenwagen fuhren Richtung List. Im ersten saß Erik mit Sören Kretschmer und dem Gerichtsmediziner, im zweiten folgten die Mitarbeiter der Kriminaltechnischen Untersuchungsstelle, deren Bestand allerdings deutlich reduziert war. Einer der Spurensicherer hatte sich stöhnend an die Sansevieria geklammert, als er von der Wasserleiche gehört hatte, ein zweiter war grün im Gesicht geworden, im Toilettenraum verschwunden und nicht wiederaufgetaucht, und ein dritter musste von seiner Frau in die Nordsee-Klinik gefahren werden. Er war auf den drei Stufen gestolpert, die aus dem Polizeirevier hinausführten, und dabei so unglücklich gestürzt, dass Dr. Hillmot zu Wiederbelebungsversuchen herbeigeholt werden musste. Die waren dann zum Glück doch nicht nötig, aber als der arme Kerl endlich wieder auf den Beinen stand, sah er aus, als hätte er eine schwere Schlägerei hinter sich.

Erik starrte aus dem Autofenster in die Dünenlandschaft, die im Norden der Insel immer mächtiger wurde, immer weltentrückter und unverbildeter. Auf der Straße, die wie ein langes schwarzes Band die Dünenlandschaft durchschnitt, war nicht viel los. Der Streifenwagen konnte schnell fahren, kam ohne viel Bremsen und Gasgeben aus, sodass sich Eriks Magen allmählich beruhigte. Und während er konsequent in die Landschaft blickte, die für ihn immer noch etwas Erlösendes hatte, wurde auch sein Kopf wieder klarer. Der Fahrer des Streifenwagens war zum Glück damit einverstanden gewesen, das Fenster während der Fahrt leicht geöffnet zu lassen, weil kalte, klare Luft bekanntlich zur Ausnüchterung beitrug.

Ob das bei Sören etwas fruchtete, vermochte Erik allerdings nicht zu sagen. Sein Assistent saß blass und mit geschlossenen Augen neben ihm. Dabei stöhnte er leise, aber so häufig, dass sich Erik bang fragte, ob das Kommissariat Westerland an diesem Tag einen schweren Imageverlust erleiden würde. Er musste unbedingt dafür sorgen, dass der Tatort besonders weiträumig abgesperrt und der Kontakt der Polizeibeamten mit der Bevölkerung auf das Notwendigste beschränkt wurde. Hoffentlich hatte die Leiche nicht schon tagelang im Wasser gelegen. Ein solcher Anblick konnte auch einem Beamten, der bei bester Kondition war, den Magen umdrehen. Und wenn er selbst daran dachte, spürte er auch gleich wieder diese besorgniserregende Linie, die den Magen direkt mit dem Gaumenzäpfchen verband.

Erik versuchte sich abzulenken, während sie auf List zufuhren. Schrecklich, dieser riesige Hotelneubau am Ortsrand! Die geduckte Ladenzeile auf der linken Straßenseite passte nicht zu dieser protzenden Eleganz. Kurz vor einer Rechtskurve sah er auf der linken Seite das Geschäft, das er schon lange aufsuchen wollte. Dort gab es schöne hölzerne Gartenmöbel und in der Skulpturengalerie mannshohe Figuren aus glasfaserverstärktem Kunststoff, die er sich immer schon mal näher ansehen wollte. Als sie auf der Rückseite der Alten Tonnenhalle in den kleinen Kreisverkehr einbogen und den Parkplatz ansteuerten, der zwischen der »nördlichsten Fischbude Deutschlands« und dem »Erlebniszentrum Naturgewalten« angelegt worden war, fühlte er sich tatsächlich besser. Sein körperliches Unwohlsein war in den Hintergrund getreten.

Der Streifenwagen fuhr bis zum Eingang des Platzes, auf dem einmal eine Fischbude gestanden hatte, aus der mittlerweile ein kulinarischer Welterfolg geworden war. Bei schönem Wetter war dort immer viel los, aber auch jetzt, kurz vor Ostern, waren viele Touristen aus allen Teilen der Insel gekommen, um dort zu essen, zu bummeln, zu shoppen oder in der Sonne zu sitzen. Das Angebot von Jürgen Gosch beschränkte sich längst nicht mehr auf eine Fischbude, sondern erstreckte sich mittlerweile über die Alte Bootshalle, das Restaurant Knurrhahn, das Hafendeck und den kleinen Fischmarkt in der Tonnenhalle. Eine lebendige Piazza war entstanden, auf der sich Mamma Carlotta wie zu Hause fühlen würde. Erik nahm sich vor, bei nächster Gelegenheit mit seiner Schwiegermutter nach List zu fahren. Dort würde es ihr gefallen!

Zwei Männer vom Sicherheitsdienst erwarteten sie an der Schranke, die dafür sorgte, dass kein Auto unbefugt den Platz befuhr, und winkten sie durch. Ein weiterer Mann vom Sicherheitsdienst kam angelaufen und lotste sie vorsichtig weiter, während ein anderer die Neugierigen zurückdrängte, die sich überall versammelten, wo die Polizei auftauchte.

Die Bänke vor der Alten Bootshalle waren dicht besetzt mit Touristen, die ihre Mittagsmahlzeit genossen. Wer dort einen Platz gefunden hatte, durfte sich glücklich schätzen. Er war der Sensation nahe, ohne dass er sich Gaffer nennen lassen musste. Alle anderen drängten sich dort zusammen, wo die Ausflugsdampfer an- und ablegten.

Die Frage, wo die Leiche gefunden worden war, erübrigte sich damit. Der Fahrer des Streifenwagens hielt auf die dicht gedrängte Menschenmenge zu. Erik beugte sich vor und bat die beiden Streifenbeamten auf den Vordersitzen: »Können Sie bitte die Stelle möglichst schnell und weiträumig absperren? Dr. Hillmot möchte die Leute nicht auf den Zehen stehen haben, während er die Leiche in Augenschein nimmt.«

»In Ordnung!«, kam es von vorn zurück. »Aber ich glaube, die liegt unten, wo die Schiffe anlegen. Da lassen sich die Leute leichter auf Abstand halten.«

Erik warf Sören einen Blick zu. »Reißen Sie sich zusammen«, sagte er strenger, als er eigentlich wollte.

Immerhin erreichte er, dass Sören seinen Oberkörper straffte, tief durchatmete und eine Miene zog, wie der Durchschnittsbürger sie von einem Kriminalbeamten erwarten mochte.

Dann sah er zu dem zweiten Streifenwagen, der sich dicht hinter ihnen hielt. »Nur gut«, raunte er Sören zu, »dass die Spurensuche sowieso nicht ergiebig ausfallen dürfte. Hier laufen ja täglich Tausende herum.«

»Wenn der Fundort überhaupt der Tatort ist«, entgegnete Sören.

Erik stieg als Erster aus. Sehr behutsam, erst das rechte, dann das linke Bein. Er sah an sich herab, stellte fest, dass die öligen Antipasti Spuren auf seiner Breitcordhose hinterlassen hatten, und zog die Enden seines Schnauzers in die Mundwinkel, als wollte er nicht beim Lächeln erwischt werden. Niemand erwartete von einem Kriminalbeamten im Einsatz ein gepflegtes Äußeres, aber in diesem Fall wäre es ihm tatsächlich lieber gewesen, er trüge keine ausgebeulte Cordhose, keinen bequemen Pullunder und nicht ausgerechnet das uralte blau-weiß karierte Hemd mit dem durchgescheuerten Kragen.

Tief wollte er die kalte, klare Luft einatmen, scheiterte aber schnell an den Gerüchen, die die Firma Gosch der Nordseeluft beigefügt hatte. Über dem Platz hing der Duft von gebratenem Fisch, den Erik eigentlich liebte, der in diesem Moment jedoch verhängnisvoll werden konnte. Er atmete so flach wie möglich und versuchte den Gedanken zu verdrängen, dass ein gebratenes Rotbarschfilet, ehe es auf den Teller kam, ein glitschiger Fisch gewesen war, der in einem Netz oder an der Angel gezappelt hatte, bevor man ihm die Eingeweide herausriss …

»Mir ist schlecht«, hörte er Sören flüstern, war aber unfähig, etwas Aufmunterndes zurückzuflüstern. Erik hoffte, dass er sicherer wirkte als sein Assistent, der steifbeinig neben ihm herging, hoch aufgerichtet und aufs sichere Vorankommen konzentriert wie alle Betrunkenen, die ihrer Umwelt weismachen wollen, dass sie voll auf der Höhe sind.

Erik beschloss, Sören so wenig wie möglich zu beachten, um nicht in den Sog seiner Schlagseite zu geraten. Bedächtig strich er sich seinen Schnauzer glatt, wie er es immer tat, wenn ihm etwas bevorstand, was seine ganze Aufmerksamkeit erforderte. Dann fasste er die beiden Männer ins Auge, die neben dem Ticketshop standen und dafür sorgten, dass der Eingang frei blieb, den sonst die Touristen benutzten, wenn sie Kutterfahrten oder Touren zu den Seehundbänken unternehmen wollten. Erik schwankte, als er sich an die Bewältigung der Stufen machte, und tastete nach einem Halt. Rechts von ihm, auf der Terrasse des Hafenrestaurants, saßen viele Leute, die nicht nur den Toten betrachteten, sondern womöglich auch ihn.

Tanja Möck öffnete die Tür der großen Leichtbauhalle, nachdem sie warnend auf ein rotes Lämpchen gezeigt hatte, das oberhalb des Eingangs angebracht war. »Wenn das brennt, darf die Tür niemals geöffnet werden. Das heißt: Achtung, Aufnahme! Eine Aufnahme zu stören ist so ziemlich das Schlimmste, was passieren kann.«

Ihre Worte sollten streng klingen, aber ihr Lächeln war derart freundlich und ihre Augen blickten so sanft, dass Mamma Carlotta an ihre Nachdrücklichkeit nicht glauben mochte. Auf keinen Fall würde sie ihre Gutmütigkeit herausfordern, aber sie war überzeugt, dass Tanja Möck für alles Verständnis hatte, notfalls auch dafür, dass ihre Anweisungen missachtet wurden.

Sie betraten einen Gang, der sich nach links und rechts erstreckte. Gegenüber des Eingangs befand sich eine weitere Tür, über der es auch ein rotes Licht gab, das genauso dunkel war wie das Licht an der Außenseite des Gebäudes.

»Hier gilt das Gleiche«, sagte Tanja Möck, zog ihre Bluse vom Körper, wedelte sich mit dem Stoff Kühlung zu und ließ sie wieder fallen. »Wenn Sie in die Kantine wollen, niemals durch diese Tür, wenn das rote Licht brennt!«

»Capito«, flüsterte Mamma Carlotta ehrfürchtig.

Tanja Möck zeigte den Flur entlang. »Hier geht's auch zur Kantine, aber durch die Kulissen ist es kürzer.«

Sie öffnete die Tür und ließ Mamma Carlotta eintreten. Staunend blieb diese auf der Schwelle stehen und sah sich um. Was für Dimensionen! Für eine einzige Fernsehserie dieser monumentale Aufwand! Keineswegs protzig und erst recht nicht so luxuriös wie das Ergebnis, das über den Bildschirm flimmerte. Nur beeindruckend groß war der Ort, wo diese Bilder entstanden.

Die Kulissen nahmen den größten Teil der Halle ein. Ein einziger riesiger Raum, in dem sich ein ganzes Fernsehleben abspielte! Viele kleine Nischen, in denen zwei Wohnzimmer, eine Küche, ein Büro, ein Fitnessraum, das Sprechzimmer eines Arztes und eine Polizeistation aufgebaut waren, die später auf dem Bildschirm doppelt oder dreimal so groß wirken würden. Vor diesen Kulissen liefen Schienen von einem Ende der Halle zum anderen, auf denen die Kameras zu der Position fuhren, in der sie gebraucht wurden.

Mamma Carlotta hatte in den letzten Tagen viele Folgen von »Liebe, Leid und Leidenschaft« gesehen, die Carolin aufgezeichnet hatte, um gut fürs Casting gerüstet zu sein. Sie hatte die attraktiven Menschen bewundert, die stets gut frisiert und mit makellosem Make-up zu sehen waren, egal, in welcher Lebenslage sie sich gerade befanden. Sie hatte die schöne Atmosphäre bestaunt, die Räume mit den kostbaren Möbeln und die teure Kleidung, in der die Akteure eine Heimsuchung nach der anderen bewältigten und dabei nichts von ihrer Attraktivität einbüßten. Was hatten diese armen Menschen alles durchzustehen! Kaum waren sie einer Katastrophe entronnen, kam schon die nächste, und wenn man gerade auf ein Happy End hoffen durfte, erschien garantiert ein Nebenbuhler oder eine verflossene Geliebte und machte alles wieder kaputt. Aber die Betroffenen veränderten sich unter diesen Schicksalsschlägen kaum. Nach einer kurzen Phase der Depression fanden sie allesamt zügig ins normale Leben zurück und damit todsicher den nächsten Kandidaten, der sie unglücklich machen würde.

Wenn Mamma Carlotta da an die Signora Endrizzi dachte! Die huschte, seit sie von ihrem Mann verlassen worden war, wie ein Schatten ihrer selbst durchs Dorf, und seit ihr Sohn gegen den Willen der Mutter eine Norwegerin mit zwei unehelichen Kindern geheiratet hatte, ging sie kaum noch vor die Tür. In »Liebe, Leid und Leidenschaft« dagegen hatte eine der Hauptdarstellerinnen kaum festgestellt, dass sie mit ihrem Halbbruder verheiratet war, da wurde auch schon ihr Sohn entführt, und das ausgerechnet von ihrer Zwillingsschwester, die sie nicht kannte, weil die beiden direkt nach der Geburt getrennt worden waren. Aber ging die arme Frau deswegen nicht mehr vor die Tür? Im Gegenteil! Sie kümmerte sich nicht nur erfolgreich um ihr privates Desaster, sondern leitete ganz nebenbei auch noch einen Kosmetikkonzern. Und das alles in großer Pracht und edelstem Design. Davon blieb aber augenscheinlich nichts übrig, wenn die Scheinwerfer erloschen.

Die unbeleuchteten Kulissen waren unordentlich zusammengerückt worden, sahen düster und schäbig aus, und Mamma Carlotta fragte sich, wie daraus wieder das vornehme Wohnzimmer eines Arztehepaars oder die technisch hervorragend ausgestattete Küche ihrer Tochter werden sollte, die als Studentin mehr Geld zur Verfügung hatte als jeder ihrer Professoren. War sie jetzt mit der Scheinwelt konfrontiert worden, von der Erik gesprochen hatte? Wenn sie auch wie jeder Mensch wusste, dass der Alltag nicht so viele Überraschungen bot, wie die Fernsehmacher in eine knappe Stunde steckten, und kein Mensch ständig derart gewaltige Schicksalsschläge aushalten musste wie die Helden von »Liebe, Leid und Leidenschaft«, tat es ihr doch weh, gleich in den ersten Minuten nach ihrem Eintritt in diese andere Welt aller Illusionen beraubt zu werden.

Tanja Möck hatte diese Illusion womöglich nie gekannt. Sie schien ohnehin nicht in diese flüchtige, überbordende Welt zu passen. Ihre Fettleibigkeit kam Mamma Carlotta vor wie der Ausdruck einer tiefen Zufriedenheit, die mit einer guten Portion Gleichgültigkeit angereichert war, ihre Psyche schien so rund und gemütlich zu sein wie ihr Körper, ihre Seele zu unbeweglich für böse Gedanken. Wenn sie lächelte, verzog sie einen Mundwinkel, als wäre ihr ein breites Lächeln zu anstrengend, und der Ausdruck ihrer Augen veränderte sich nie. Gleichgültig sah sie über alles hinweg, nur gelegentlich kniff sie die Augen zusammen, als blinzelte sie gegen die Sonne. Immer dann, wenn sie Gelächter hörte, einen hellen Ruf oder eine kecke Antwort auf eine vorwitzige Frage. Ob sie sich dann heimlich diese Leichtigkeit wünschte, die ihr selbst nicht gegeben war?

Mamma Carlotta starrte noch immer auf die Kulissen, die ihr so deutlich vor Augen führten, dass hier nur eine Simulation erzeugt wurde, die mit dem wirklichen Leben nichts zu tun hatte. Aber dann öffnete sich am anderen Ende der Halle die Tür zur Kantine, und die Realität wurde ins Zauberland zurückversetzt: Bruce Markreiter trat heraus, der große Schauspieler, der auch in Italien bekannt und beliebt war. Ein Star! Ein Mensch, der von unzähligen anderen bewundert wurde, dem junge Mädchen nachliefen, damit sie ein Autogramm von ihm bekamen! Ein Mann, der mit einer Schauspielerin verheiratet war, die noch berühmter war als er selbst. Die sogar in Hollywood Erfolge feierte! Ein solcher Mann ging an Mamma Carlotta vorbei, ohne dass der Himmel einstürzte!

Sie drehte sich um und starrte ihm mit offenem Mund nach. Wenn sie das in ihrem Dorf erzählte! Signora Alberici, die in der Adventszeit das Krippenspiel einübte und während dieser Wochen ständig von gestischen Möglichkeiten, Darstellungsmethoden und Sprachimpulsen redete, würde sie glühend beneiden. Carlotta Capella war dem großen Bruce Markreiter nahe gewesen! So nahe, dass sie nur die Hand hätte ausstrecken müssen, um ihn zu berühren. Ob sie ihm nachgehen und ihn um ein Autogramm für Signora Alberici bitten sollte?

Doch noch ehe sie den Mut dafür aufgebracht hatte, wurde die Kantinentür erneut aufgerissen, und ein Mann stürzte heraus, älter und kleiner als Markreiter, aber genauso schlank und sportlich wie er. »Hat jemand Bruce gesehen?« Er rollte das r im Namen des Schauspielers und begleitete seine Worte mit einer temperamentvollen Geste, die Mamma Carlotta vertraut war. So machte es jeder Italiener, wenn er erregt war.

»Angeblich hat er schon jeden nach mir gefragt. Aber keinem Einzigen hat er verraten, wo er hin ist! Merda!«

Tanja Möck zeigte wortlos zum Ausgang der Halle, durch den Bruce Markreiter soeben verschwunden war. Der Mann ballte die Hände zu Fäusten und schüttelte sie dem Schauspieler nach. »Der ist heute mit der Zange ... wie sagt man?«

Tanja ergänzte lächelnd: »Mit der Zange nicht anzufassen. Ich weiß! Du bist nicht der Erste, der sich beklagt! Der Außendreh war eine Katastrophe!«

Der Mann machte eine Geste, als wollte er Bruce Markreiter bei Gelegenheit den Hals umdrehen. »Der Wind zu kalt, der Tee zu heiß, il caffè nicht süß genug und der Sand zu sandig!«

Wieder nickte Tanja, ohne dass sich an ihrem Lächeln etwas änderte. Sie verlor es nicht, es vertiefte sich aber auch nicht. »Und dass er letzte Nacht schlecht geschlafen hat, daran sind wir alle schuld!«

Nun hatte Mamma Carlotta genug gehört. »Sie sind Italiener?« Strahlend hielt sie ihm die Hand hin. »Che gioia!«

Die Freude war auch auf seiner Seite. Luca Medina war ebenso begeistert wie Mamma Carlotta, einen Menschen aus seiner Heimat zu treffen, wenn sie auch auf die Schnelle keine Gemeinsamkeiten fanden. Luca Medina stammte aus Florenz, wo Carlotta noch nie gewesen war, und hatte von dem umbrischen Dorf, in dem sie seit ihrer Geburt lebte, nie etwas gehört. Aber das spielte keine Rolle. Eine gemeinsame Muttersprache verband auch dann, wenn sie gerade nicht gesprochen werden konnte, weil Tanja Möck neben ihnen stand, die keiner von ihnen aus dem Gespräch ausschließen wollte.

Sie berührte Mamma Carlottas Arm. »Kommen Sie! Reden wir über Ihren Einsatz!«

Der Abschied fiel herzlich aus. Luca Medina konnte es nicht erwarten, Mamma Carlotta wiederzusehen, und sie freute sich schon jetzt darauf, etwas von seinem Leben in Florenz zu erfahren.

»Arrivederci, Signora!«

»A più tardi!«

Tanja Möck wartete geduldig, bis die Begeisterung überwunden war, dann öffnete sie die Tür zur Kantine und schob Mamma Carlotta in einen großen Raum, in dem es summte wie in einem Bienenstock. »Luca Medina ist Bruce Markreiters Stuntman«, erklärte sie. »Es gibt ein paar gefährliche Szenen, in denen er gedoubelt werden muss.«

»Stuntman?« Mamma Carlotta fuhr zu Luca Medina herum. Was ein Stuntman war, wusste sie, die hießen in Italien auch so: Männer, die für einen Schauspieler ihr Leben riskierten, die über fahrende Eisenbahnwaggons liefen, sich von einem Hubschrauber abseilen ließen und von einem rasenden Auto zum anderen sprangen. Und so einer hatte vor ihr gestanden, ohne dass sie ihn zu den interessanten Einzelheiten seines Berufs befragt hatte! Sie nahm sich fest vor, das bei nächster Gelegenheit nachzuholen.

Die Kantine platzte aus allen Nähten. In der hinteren Ecke standen die Jugendlichen, deren Personalien aufgenommen wurden. Felix hatte sein Käppi noch immer nicht aufgesetzt und schien gerade Fragen zu seiner Person zu beantworten. Carolin stand mit einem so konzentrierten Gesichtsausdruck neben ihm, als bereitete sie sich darauf vor, gleich etwas aus »Minna von Barnhelm« zu deklamieren. Die anderen tuschelten und zeigten unauffällig auf die Schauspieler, die sich in der Nähe der Theke niedergelassen hatten.

Mamma Carlotta hörte, wie die Casting-Chefin rief: »Keine Autogrammwünsche! Klar? Hier wird gearbeitet! Wer die Schauspieler belästigt, kann gleich wieder gehen.«

Alle nickten brav und kicherten nur hinter vorgehaltener Hand, als einem der Hauptdarsteller der Kaffeebecher aus der Hand rutschte und dessen Inhalt sich über die Schauspielerin ergoss, die in der Telenovela seine Geliebte spielte. Seit Jahren betrog er seine Ehefrau mit ihr, was mit Ausnahme der Gattin alle wussten. Hätte diese Szene im Drehbuch gestanden, wäre es wohl mit der Affäre der beiden endlich vorbei gewesen, derart wütend wurde der arme Kerl angefahren: »Erst kannst du deinen Text nicht und dann noch so was!«

Sie warf einen vernichtenden Blick zurück, dann kam sie auf Tanja Möck zugelaufen. »Du musst dafür sorgen, dass diese Hose morgen wieder sauber ist. Ich lege sie in die Maske! Okay?«

Sie wartete eine Antwort gar nicht erst ab, sondern war schon verschwunden, während der Schuldige noch an seiner eigenen Hose herumrieb.

Tanja Möck war nicht anzusehen, ob sie den Auftrag überhaupt zur Kenntnis genommen hatte. Mamma Carlotta hätte ihn am liebsten wiederholt, um sicherzustellen, dass die Schauspielerin am nächsten Tag mit einer sauberen Hose vor die Kamera treten konnte. Aber sie kam nicht dazu. Von der Theke löste sich ein Mann, der schnurstracks auf Tanja Möck zukam. Er hätte ihr Bruder sein können. Genauso dick war er und ebenso unvorteilhaft gekleidet, sein Haar war noch schütterer als Tanjas, seine Nase ähnlich breit und großporig wie ihre. Während Tanja Möck ihre unattraktive Erscheinung hinter Gleichgültigkeit versteckte, trug der Mann, der auf sie zutrat, alles, was ihn hässlich machte, erstaunlich selbstbewusst zu Markte.

»Hast du eine Location gefunden?«, fragte er.

Tanja schüttelte den Kopf. »Aber eine Italienerin«, antwortete sie und deutete auf Mamma Carlotta.

Die setzte ihr schönstes Lächeln auf, weil ihr schwante, dass sie einen wichtigen Mann vor sich hatte, der auf die kleine Sprechrolle, die ihr in Aussicht gestellt worden war, großen Einfluss haben konnte. Dass sie mit ihm nur ungern Bekanntschaft schloss, stand fest, aber dass sich Freundlichkeit bei ihm ebenso auszahlen konnte wie beim Eierlieferanten ihres Dorfes, war ebenso gewiss. Der überließ den Dorfbewohnern, die ihm freundlich begegneten, nämlich die frischen Eier, während die bärbeißige Lehrerwitwe und der Polizist, der hinter den Parksündern her war, sich mit den Eiern begnügen mussten, die Signor Adelchi zufällig hinter einem Busch entdeckt hatte, ohne zu wissen, wann die Hühner sie dort gelegt hatten.

Der Eierlieferant war genauso unsympathisch wie dieser Mann, der seinen Bauch vorschob wie ein bedeutendes Persönlichkeitsmerkmal und über Mamma Carlotta einfach hinwegsah. Trotzdem hätte sie sich überwunden, ihm die Hand zu reichen, und ihn mit vielen schönen Worten begrüßt, wenn er nur ein wenig Interesse daran bekundet hätte.

»Eine Sylterin hätte es auch getan«, sagte er zu Tanja, »wenn sie den italienischen Akzent hinkriegt.«

»Das muss eine Italienerin aber gar nicht erst üben«, verteidigte sich Tanja und schob Mamma Carlotta zu einem Stuhl, der an dem einzig freien Tisch stand. »Und die Sache mit der Location ist eigentlich gar nicht meine Aufgabe als Assistentin der Geschäftsführung.«

»Steht das so in deinem Vertrag?«, fragte der Mann grinsend und zeigte dabei seine nikotinverfärbten Zähne.

»Assistentin der Geschäftsführung? Hätte auch Mädchen für alles drinstehen können. Also sieh zu, dass du eine Location findest. Wir haben keinen Platz für eine weitere Kulisse, Zeit fürs Bauen auch nicht und Geld fürs Material erst recht nicht.«

Mit einer weiteren Anmerkung Tanjas zu diesem Thema schien er nicht zu rechnen, und in dem Moment, als eine sehr hübsche und sehr junge Schauspielerin an ihm vorbeiging, hatte er Tanja und auch Mamma Carlotta schon vergessen. »Wie geht's meinem Küken? Sind die ersten Szenen im Kasten?«

»Alles bestens, Harry! Hast du was anderes erwartet?«

Die junge Frau warf selbstbewusst die langen blonden Haare zurück und ging zur Theke. Ihre Bewegungen zeigten, dass sie damit rechnete, von begehrlichen Blicken verfolgt zu werden.

Tanja Möck setzte sich neben Mamma Carlotta. »Harry Jumperz, unser Chefautor«, raunte sie ihr zu. »Vor dem ist keine sicher. Jedenfalls nicht, wenn sie jung und hübsch ist.«

Mamma Carlotta sah staunend zwischen Tanja Möck und dem Chefautor hin und her. »Obwohl er selbst so fett und hässlich ist?«, fragte sie zurück und gab sich keine besondere Mühe, leise zu sprechen. Wenn ein Mann sich so verhielt wie dieser Harry Jumperz, dann war sie nicht einmal sicher, ob sie von ihm überhaupt eine Sprechrolle haben wollte!

Aus ihrer Abneigung wurde helle Empörung, als sie merkte, wie Harry Jumperz die jungen Komparsinnen musterte, die sich weiter in der Kantine herumdrückten, obwohl das Casting beendet war. Hier spielte das Leben, das auf dem Bildschirm so fern und nun plötzlich so nah war. Die reiche Arzttochter war hier gar nicht nach dem neuesten Schick gekleidet, und ihre intrigante Cousine wirkte ohne das raffinierte Make-up geradezu erschreckend normal.

»Da sind ja ein paar süße Küken dabei«, bemerkte Harry Jumperz.

»Aber nicht deine Altersklasse!«, kam es vom Nachbartisch, an dem drei Schauspielerinnen saßen, die den Lebensabschnitt des Kükens schon eine Weile hinter sich gelassen hatten.

»Nur kein Neid«, gab Harry Jumperz grinsend zurück. »Frauen werden mit den Jahren eben immer älter und Männer immer schöner. Das wisst ihr doch! Oder kriegen Männer vielleicht Zellulite?«

»Kriegen Frauen etwa eine Glatze und Potenzstörungen?«

Mamma Carlotta starrte die Frau erschrocken an, die es gewagt hatte, dem Chefautor von »Liebe, Leid und Leidenschaft« derart Paroli zu bieten.

Aber Harry Jumperz konnte entweder Spaß verstehen, oder er war wirklich so selbstsicher, wie er sich gab. »Eine Glatze spielt überhaupt keine Rolle, wenn der Kopf, zu dem sie gehört, genial ist. Und Potenz ist eine Frage der Intelligenz! Sexualität beginnt nämlich im Kopf, meine Liebe!«

»Und wo sie endet, wissen wir ja.«

Dieser Satz war mehr für die beiden Tischnachbarinnen bestimmt gewesen als für Harry Jumperz. Was er bedeuten mochte, wagte Mamma Carlotta sich nicht vorzustellen.

Der Chefautor schien sowohl von seiner Intelligenz als auch von seinen physischen Vorzügen derart überzeugt zu sein, dass ihn kein Spott berührte. Mit gönnerhaftem Lächeln ging er auf die jugendlichen Komparsen zu, darunter auch Carolin und Felix, die anscheinend fanden, dass es ihr gutes Recht war, dort zu bleiben, wo sich ihre Großmutter aufhielt. Besorgt beobachtete Mamma Carlotta, wie Harry Jumperz sich an ihre Enkelin wandte und sie mit einer Bemerkung zum Lachen und gleichzeitig zum Erröten brachte. Es fiel ihr schwer, sich auf Tanja Möcks Worte zu konzentrieren.

»Sie werden in eine Gaststätte gehen und vor sich hin murmeln: ›Was ist das für eine … Kaschemme!‹ Am besten wäre hier das italienische Wort.«

»La bettola«, sagte Mamma Carlotta, ohne Harry Jumperz aus den Augen zu lassen, der auf Carolin einredete und währenddessen Felix mit einer Handbewegung zu verstehen gab, dass er ihn mit seiner Schwester allein lassen solle. Jedenfalls las Mamma Carlotta das aus seiner Gestik heraus. Prompt wurde ihr warm, weil Empörung sie grundsätzlich erhitzte. Sie zog ihre Jacke aus und zupfte den gelben Pullover über ihre Hüften. In Umbrien hätte nun jeder gewusst, dass man mit Carlotta Capella besser vorsichtig umging. Wenn sie an ihrer Kleidung herumzerrte, dann war das in etwa so, als krempelte sich ein Mann die Ärmel hoch und ballte die Fäuste.

Tanja bemerkte nicht, dass Mamma Carlotta abgelenkt war. »Dann also: ›Was ist das für eine … Bettola!‹«, sagte sie. »Und Ihr Gesicht muss ausdrücken, was mit Bettola gemeint ist. Eine Kaschemme!« Sie sah Mamma Carlotta fragend an. »Haben Sie verstanden, Signora? Die Location dafür suchen wir noch. Und wenn Sie da wieder rauskommen …«

Nun unterstand sich Harry Jumperz, nach Carolins Arm zu greifen. Mamma Carlotta glaubte hören zu können, wie er zu Carolin sagte: »Komm mit in mein Büro, dort sind wir allein.«

Sicher war sie sich keineswegs, ob sie diese Aufforderung richtig von seinen Lippen abgelesen hatte, aber dass sie den Sinn seiner Worte erfasst hatte, daran zweifelte sie keinen Moment.

»… dann sagen Sie: ›Der Espresso schmeckt wie Spülwasser‹…«

Harry Jumperz beugte sich vor, um Carolin etwas zuzuflüstern, dabei strich seine Hand über ihren Rücken …

In diesem Moment sprang Mamma Carlotta auf. »Che bellimbusto!«

Harry Jumperz fuhr erschrocken zusammen, als er von hinten tätlich angegriffen wurde. Das Tätliche beschränkte sich zwar auf einen knappen Stoß, der ihn zwang, einen Schritt zur Seite zu machen, aber die nun folgende verbale Attacke gab ihm deutlich zu verstehen, dass die Rempelei der Beginn eines heißblütigen Angriffs werden konnte.

»Sie hören sofort auf, meine Enkelin zu belästigen! Sie ist nicht Ihr Küken! Capito?«

Mamma Carlotta war außer sich! Und wenn sie außer sich war, hatte sogar Signor Tomanesco Angst vor ihr, der im Nachbardorf einen Schlachthof leitete und nicht davor zurückschreckte, mit eigener Muskelkraft einen Hammel zu schlachten, wenn die entsprechende Maschinerie ausgefallen war. Seit er sich einmal unterstanden hatte, Carlottas Jüngsten in die Kunst einzuweisen, den schlachtreifen Gänsen kurz vor Martini den Hals umzudrehen, machte er um das Haus der Familie Capella einen großen Bogen. Damals war Mamma Carlotta ebenfalls außer sich gewesen, und Signor Tomanesco hatte für einen Augenblick befürchten müssen, dass es ihm so ergehen könnte wie seinen Gänsen.

Mamma Carlottas Stimme wurde immer lauter, während sie auf den Chefautor einredete, ihre Gesten immer überschäumender, ihre Sorge, sich um ihre Rolle zu reden, war weg, und es kam ihr überhaupt nicht in den Sinn, dass Carolin sich womöglich lieber vom Chefautor berühren ließ, als sich damit abzufinden, »Minna von Barnhelm« vergeblich auswendig gelernt zu haben.

»È inaudito! Unglaublich! Unerhört!«

In der Kantine waren die Gespräche verstummt. Ungläubig wurde Mamma Carlotta angesehen.

»Wissen Sie eigentlich, dass mein Schwiegersohn Polizeibeamter ist? Dem werde ich erzählen, dass Sie versucht haben, seine Tochter zu belästigen. Dann können Sie sich auf was gefasst machen!«

Harry Jumperz war instinktiv einige Schritte zurückgetreten, nun merkte er, dass er auf dem besten Weg war, sein Gesicht zu verlieren, wenn er sich von dieser rasenden Großmutter einschüchtern ließ. Er trat auf Mamma Carlotta zu, bis sein Bauch sie beinahe berührte. »Verschwinden Sie!«, sagte er so laut, dass es in der ganzen Kantine zu hören war. »Raus! Die beiden Gören nehmen Sie gleich mit! Und seien Sie froh, wenn Sie ohne Beleidigungsklage davonkommen!«

Dass der Chefautor aus der Kantine lief, ohne auf eine Entgegnung zu warten, ließ den Schluss zu, dass er sich der weiteren Konfrontation lieber entziehen wollte. Und dass er sich so hoch aufrichtete wie möglich und die Tür so laut zuschlug, dass die Wände der Leichtbauhalle erzitterten, machte seinen Abgang nicht beeindruckender, ganz im Gegenteil! Dass er sich einer italienischen Großmutter nicht gewachsen fühlte, war jedermann aufgegangen.

»Das war schweinegeil, Nonna!«, sagte Felix in die plötzlich einsetzende Stille hinein, während Carolin mit den Tränen kämpfte.

Damit löste sich im ganzen Raum die Anspannung. Aus der Sorge, der Chefautor könne seinen schlechten Abgang für Sanktionen nutzen, unter denen auch völlig Unbeteiligte zu leiden haben würden, wurde im Nu Heiterkeit. Gelächter flog über die Tische, und schließlich brandete sogar Beifall auf. Die drei Schauspielerinnen, die es auf eine verbale Konfrontation mit Harry Jumperz hatten ankommen lassen, klatschten begeistert in die Hände. »Großartig! Das hat er verdient!«

Die Einzige, die sich dieser Meinung nicht anschloss, war Carolin. Felix schien eher bereit, auf seine Turnschuhe zu verzichten, als seine Schwester angrapschen zu lassen, Carolin dagegen hatte ihr Wertesystem völlig umgekrempelt. Dass ein Chefautor, wenn er ihre schönen großen Augen bewunderte, unlautere Absichten verfolgen könnte, wollte sie unbedingt für ausgeschlossen halten.

»Du hast ihn beleidigt«, fuhr sie ihre Großmutter an. »Du bist schuld, wenn ich jetzt doch nicht Komparsin sein kann! Wie kannst du mir das antun?«

»Aber, Carolina ...«

»Du bist so gemein! Wie soll ich Schauspielerin werden, wenn du mir gleich mein erstes Engagement kaputt machst?«

»Mia cara, es war doch ganz anders. Ohne mich hättest du die Komparsenrolle nie bekommen!«

»Und warum legst du dich dann mit dem Chefautor an?«

»Weil er dich ...« Dummerweise fiel ihr das deutsche Wort für die Ungeheuerlichkeit, die der Chefautor nach Mamma Carlottas Meinung im Schilde führte, nicht gleich ein.

»Hat er nicht!«

»Wollte er aber!«

»Woher willst du das wissen?«

»Weil ich Lebenserfahrung habe!«

Carolin stieß ein Lachen aus, das spöttisch klingen sollte, aber verdächtig nahe am Schluchzen war. »Was hast du in deinem Dorf schon erlebt!«

Mamma Carlotta verschlug es selten die Sprache. Dies war einer der wenigen Momente, in denen ihr nicht nur der Wortschatz, sondern auch die Stimme versagte. Ihre Erfahrungen sollten nichts wert sein, nur weil sie ihr

Leben in einem Dorf verbracht hatte, für das sich nie eine Fernsehproduktion interessieren würde? Männer, die unschuldige Mädchen verführen wollten, gab es überall, in ihrem Dorf genauso wie auf Sylt. Und letztlich kam es nicht darauf an, ob der Verführer ein Chefautor oder der Briefträger war. Junge Mädchen mussten sowohl vor dem einen als auch vor dem anderen in Sicherheit gebracht werden. Und wer eignete sich dafür besser als die eigene Großmutter?

Carolin, die sich nur ungern auf Wortgefechte einließ, hatte mehr, lauter und viel emotionaler gesprochen, als es eigentlich ihre Art war. Dieses kurze Aufflackern ihres italienischen Erbes wurde gleich wieder verschüttet von dem friesischen Anteil, der bei ihr wesentlich ausgeprägter war. Wortlos, aber mit einer gekränkten Miene, die auf jeder Theaterbühne überzeugt hätte, drehte sie sich um ... und prallte mit der Casting-Chefin zusammen, die sie lachend auffing.

»Du bleibst selbstverständlich hier! Und deine Großmutter auch.« Leise, so leise, dass nur Mamma Carlotta und Carolin es verstehen konnten, ergänzte sie: »Unser Chefautor wird hier bald nichts mehr zu sagen haben, wenn er so weitermacht.«

Erik hatte dafür gesorgt, dass die Terrasse des Hafenrestaurants geräumt wurde. Wie sollte er an der Anlegestelle arbeiten, wenn sich unzählige Blicke in seinen Nacken bohrten? Das ertrug er selbst dann schwer, wenn er sich gesund und leistungsfähig fühlte. Bedächtig beugte er sich vor und starrte angestrengt und aufmerksam in das wachsbleiche Gesicht des unbekannten Mannes. Ertrug er es, ohne Übelkeit zu verspüren? Wasserleichen waren eine Belastungsprobe für jeden Polizeibeamten. Auf Sylt waren sie zwar keine Seltenheit, aber ein Gewöhnungseffekt schien sich trotzdem nicht einzustellen. Auf einer Ferieninsel gab es viele Ursachen für Wasserleichen: Herzinfarkt oder Hirnblutung während des Schwimmens, plötzlicher Reflextod im Wasser durch einen Sonnenstich, Sturz ins Wasser mit einer Verletzung, die zur Ohnmacht führte, oder Halswirbelbruch nach einem Kopfsprung.

Hier jedoch verhielt es sich anders. Dr. Hillmot drehte den Toten auf die Seite und wies auf den Hinterkopf. »Er ist erschossen worden. Ob er schon tot war, als er ins Wasser fiel, lässt sich jetzt noch nicht sagen.«

»Ist für die Ermittlungen zunächst nicht so wichtig«, meinte Erik, stellte sich wieder aufrecht hin und bemühte sich um zwei, drei gleichmäßige Atemzüge. Dann fiel ihm etwas ein, was ihm die Möglichkeit verschaffte, sich für ein paar Augenblicke von der Wasserleiche zu entfernen. Er ging zum zweiten Streifenwagen hinüber, in dem Vetterich mit seinen Leuten hockte. Die sahen allesamt so aus, als hofften sie darauf, dass ihre Mitwirkung an der Aufklärung dieses Falls nicht vonnöten sein würde.

»Keine Sorge«, begann Erik, »nichts, was den Magen-Darm-Trakt belastet! Nur die Suche nach der Tatwaffe, nach Geschosshülsen und … na, Sie wissen schon.«

»Er ist also erschossen worden?«, fragte Vetterich hoffnungsfroh, dem die bloßen Folgen einer Schussverletzung wesentlich angenehmer waren als die beginnende Hautablösung bei einer Leiche, die schon lange im Wasser getrieben hatte. Dabei schien er zu vergessen, dass auch ein Mann, der an einer Schussverletzung gestorben war, anschließend lange im Wasser dahintreiben konnte.

Erik erkannte die Sorge des altgedienten Spurenfahnders. »Er sieht noch ganz manierlich aus«, beruhigte er ihn. Sein Blick fiel auf den jüngsten der Spurenfahnder, der das Schild mit dem Aufdruck »WC« fest im Auge hatte, was sicherlich kein Zufall war.

»Also erst mal die Abfalleimer durchsuchen«, ordnete Erik an. »Wenn da keiner reingekotzt hat, ist das eine saubere Sache.«

Schon im nächsten Augenblick musste er sich sagen, dass sein Feingefühl wohl ebenso gelitten hatte wie sein Gleichgewichtssinn, seine Denkleistungen und seine rhetorischen Fähigkeiten. Es tat ihm wirklich leid, sowohl für den jungen Spurenfahnder als auch für dessen Kollegen, der vor ihm saß. Wer war schon gerne daran schuld, dass sich einem anderen so plötzlich der Magen umdrehte, dass er nicht einmal mehr den Blick aus dem Kragen seines Vordermanns nehmen konnte?

Eigentlich hätte er sich gerne länger bei den Kollegen aufgehalten, da er das Gefühl hatte, dass jede Minute an der frischen Luft seinen Zustand verbesserte. Aber angesichts der Bescherung in diesem Streifenwagen, dem damit verbundenen Geruch und der schlagartig eingebrochenen Stimmung zog er es doch vor, wieder zu der Wasserleiche zurückzukehren, vor der Dr. Hillmot noch kniete. Nur gut, dass der Gerichtsmediziner trinkfester war als alle anderen zusammen! Sein größtes Problem schien zu sein, dass die Leiche auf der Erde lag und er auf Knien seiner Arbeit nachgehen musste. Dr. Hillmots Gelenke waren solchen Belastungen schon lange nicht mehr gewachsen, und er war ohnehin nicht dazu bereit, sich mehr zu bewegen, als fürs tägliche Leben unbedingt nötig war.

Nun streckte er die Hand aus, um einen Halt zu finden, an dem er sich in die Höhe ziehen konnte. Erik, auf dessen Unterstützung es der schwergewichtige Gerichtsmediziner abgesehen hatte, trat erschrocken einen Schritt zurück. Er hatte seine liebe Mühe, sein eigenes Gewicht zu tragen, ohne zu schwanken. Sich dazu einen Teil von Dr. Hillmots Last aufzubürden wäre blanker Übermut gewesen. Sollte ihm doch der Mann vom Sicherheitsdienst auf die Beine helfen! Der war jung und kräftig und augenscheinlich stocknüchtern.

Erik beobachtete, wie die Mitarbeiter der KTU ausschwärmten, dann sah er sich nach seinem Assistenten um. Sören stand ein paar Meter entfernt und unterhielt sich mit einem Mann, der ihn fragend und sogar ein wenig argwöhnisch anschaute. Prompt bereute Erik, dass er Sören den Auftrag gegeben hatte, den Zeugen zu befragen, der die Leiche im Wasser entdeckt und dafür gesorgt hatte, dass sie an Land gebracht wurde. Wenn Sören sich an einem Hauptsatz mit zwei Nebensätzen versucht hatte, musste dem Mann aufgegangen sein, dass die Kriminalpolizei von Sylt volltrunken war. Erst recht, wenn Sören so leichtsinnig gewesen sein sollte, es auch noch mit Zischlauten zu probieren, für die seine Zunge schon seit Stunden zu dick und zu unbeweglich war.

Leider blieb der Blick des Mannes fragend und argwöhnisch, als Erik hinzutrat. Obwohl er sich um kurze Sätze bemühte und sich keine rhetorischen Feinheiten zumutete, wich das Misstrauen nicht aus dem Gesicht des Mannes. »Ich bin der Eigner dieses Bootes.« Er zeigte auf ein Segelboot der Marke Najad, das in der Nähe angelegt hatte. »Als ich den Hafen ansteuerte, ist mir der Mann aufgefallen. Er trieb mit dem Gesicht nach unten im Wasser. Ich habe sofort einen Notruf abgesetzt. Die Wasserschutzpolizei ist dann gekommen und hat ihn rausgefischt.«

Vetterich trat auf Erik zu. »Das ging schnell! Wir haben schon was gefunden!« Er hielt eine Plastiktüte in die Höhe, in der eine Patronenhülse steckte. »Er ist anscheinend hier erschossen worden!«

Erik sah sich ungläubig um. »Hier? Wo ständig was los ist?«

Vetterich hatte zu seiner gewohnten Barschheit zurückgefunden. »Wenn Gosch geschlossen hat, ist es hier genauso einsam wie irgendwo am Strand. Morgen sage ich Ihnen mehr zur Tatwaffe. Mal sehen, vielleicht finden wir sie noch. Wir haben ja gerade erst angefangen zu suchen.«

Erik war Dr. Hillmot dankbar, dass er schon in die Wege geleitet hatte, was er selbst vergessen hätte: den Abtransport der Leiche. Als der schwarze Wagen sich näherte, von den Männern des Wachdienstes eskortiert, fiel Erik zum Glück auch wieder ein, dass wichtige Fragen noch nicht beantwortet waren. »Können Sie schon was zum Todeszeitpunkt sagen?«

Dr. Hillmot nickte. »Die Waschhaut an den Fingerbeeren ist noch nicht vollständig ausgebildet.« Er hielt Erik seine Fingerkuppe hin, da er wohl das Gefühl hatte, an diesem Tag alles gründlich erklären zu müssen, was sonst als bekannt vorausgesetzt werden durfte. »Das ist die Fingerbeere! Die Stelle, wo die Fingerabdrücke abgenommen werden.«

»Weiß ich doch!«, entgegnete Erik ärgerlich.

Dr. Hillmot lächelte zufrieden. »Die Fingerbeere ist besonders stark durchblutet und besitzt viele sensorische Nervenzellen für den Tastsinn. Dort bildet sich die Waschhaut am ehesten. Das beginnt fünf bis sechs Stunden nach dem Tod. Nach etwa vierundzwanzig Stunden ist sie voll ausgebildet.«

Er machte Anstalten, Erik die Waschhaut zu zeigen, aber der lehnte so entsetzt ab, dass Dr. Hillmot sich zu verbalen Erläuterungen genötigt sah. »Diese Runzelbildung der Haut entsteht durch Quellung der Hornschicht. Sie tritt frühestens eine halbe Stunde nach Eintritt des Todes ein und ist abhängig von Wassertemperatur und Talgüberzug der Haut. Erst nach rund zwei Wochen löst sich die Haut dann von den Händen und Füßen ...«

Erik wehrte ab. »Danke, das reicht! Was heißt das im Klartext?«

»Dass der Mann letzte Nacht erschossen und ins Wasser geworfen wurde. Eine genauere Zeitangabe bekommen Sie morgen. Vielleicht!«

Erik sah den Gerichtsmediziner dankbar an. Morgen würde er sich alles anhören, was es über Wasserleichen zu sagen gab, und mit keiner Silbe zu verstehen geben, dass das Nervenkostüm eines Kriminalhauptkommissars sensibler war als das eines Gerichtsmediziners, den keine noch so abschreckende Einzelheit mehr aufwühlte.

»Gibt es Hinweise auf die Identität des Toten?« Erik blickte sich um. Die Männer von der KTU – oder zumindest die, die dazu in der Lage waren – suchten noch immer die Gegend ab. Bisher anscheinend ohne Erfolg. »Trug er was bei sich? Brieftasche mit Ausweis und Führerschein?«

Dr. Hillmot reichte Erik mehrere Visitenkarten. »Die hatte er in seiner Jackentasche. Ein gutes Dutzend! Also werden es wohl seine eigenen sein, die er immer griffbereit haben wollte.«

Die Visitenkarten steckten bereits in einer Plastikhülle, aber Erik konnte den Aufdruck trotzdem gut erkennen. »Max Triebel, Journalist. Von der Zeitschrift Blitz.« Erik runzelte die Stirn. »Dieses Skandalblatt?«

Dr. Hillmot zuckte mit den Schultern. »Die sind oft sogar schneller als die Bild-Zeitung.«

Die Kantine hatte sich geleert. Ein Außendreh sollte noch in der Abenddämmerung gemacht werden, eine letzte Szene sogar bei Dunkelheit. Obwohl nur zwei Schauspieler dafür gebraucht wurden, hatten mindestens zwanzig Personen ihre Kaffeetassen zur Seite gestellt, als der Aufnahmeleiter zum Aufbruch mahnte. Mamma Carlotta begann zu ahnen, dass nicht nur der materielle, sondern auch der personelle Aufwand für eine Fernsehproduktion gewaltig war.

Felix und Carolin hatten auf Geheiß der Casting-Chefin die Halle verlassen, Felix voller Vorfreude auf die hundert Euro, die er verdienen würde, Carolin war dagegen eher gedämpfter Stimmung. Obwohl alles gut ausgegangen war, wollte sie ihrer Nonna den Angriff auf den Chefautor noch nicht verzeihen. Und dass Mamma Carlotta sogar eine kleine Sprechrolle erhalten hatte, nahm sie ihr auch übel. Unter diesen Umständen war sie nicht bereit, auf die Frage ihrer Großmutter zu antworten, ob sie rechtzeitig zum Abendessen zu Hause sein würde und ob sie bereit war, den Speck zu würfeln, damit es später mit der Carbonara-Soße für die Pasta schneller ging. Schließlich konnte sich die Beratung über Mamma Carlottas Einsatz für »Liebe, Leid und Leidenschaft« länger hinziehen und die Zeit für die Essensvorbereitungen knapp werden.

Carolin verließ den Raum, als wollte sie sich auf die Suche nach dem Chefautor machen, um sich bei ihm für ihre Großmutter zu entschuldigen. Mamma Carlotta wäre ihr gerne gefolgt, um sie zu versöhnen, aber Tanja Möck wollte unbedingt ihre Personalien festhalten, und die Casting-Chefin brauchte eine Antwort auf die Frage, warum Carlotta Capella kein Handy besaß.

»Gibt es im Hause Ihres Schwiegersohns kein altes Handy«, fragte Tanja, »das nicht mehr benutzt wird? Da können Sie eine Prepaidkarte reinstecken.«

Mamma Carlotta hatte keine Ahnung, was eine Prepaidkarte war, aber dass Erik im Wohnzimmerschrank ein altes Handy aufbewahrte, das durch ein neuzeitliches mit vielen überflüssigen Funktionen ersetzt worden war, das wusste sie genau.

Die drei Schauspielerinnen, die am Nachbartisch ihren Kaffee getrunken hatten, nahmen nun ihre Tassen und wechselten an den Tisch, an dem Mamma Carlotta mit Tanja Möck und der Casting-Chefin saß. Im Nu hatte sie einen Schnellkurs in Sachen Mobilfunk erhalten, der zum Glück mit der schlichten Empfehlung endete, einfach zum Drogeriemarkt zu gehen und dort das alte Handy auf den Tisch zu legen. »Die wissen dann schon Bescheid.«

Mamma Carlotta war zufrieden. Wenn das so einfach war, würde auch sie bald zu den Leuten gehören, die ständig ein Telefonino am Ohr hatten und ihre Umgebung mit ausgefallenen Klingeltönen terrorisierten. Dass sie in ihrem Dorf darauf bestand, jedes Gespräch von Angesicht zu Angesicht statt von Handy zu Handy zu führen, vergaß sie der Einfachheit halber. Auch, dass sie zu einem regelrechten Gegner des mobilen Telefons geworden war, seit es keine Mahlzeit mehr gab, an dem nicht mindestens ein Telefonino klingelte, ließ sie unerwähnt. Ebenso, dass es sie schrecklich ärgerte, wenn jemand so laut in sein Handy sprach, dass der Rest der Tischrunde sich anschreien musste, um sich verständlich zu machen. Niemals, so hatte sie sich geschworen, sollte ein Telefonino an ihr Ohr kommen, erst recht nicht in ihren Besitz. Also würde sie wohl das Handy mit der komischen Karte, deren Namen sie nicht behalten hatte, auf Sylt zurücklassen müssen, wenn sie ihr Gesicht nicht verlieren wollte. Dann brauchte in Umbrien niemand zu erfahren, dass sie einen Grundsatz gebrochen hatte.

Die Casting-Chefin lächelte zufrieden und legte ihr sogar kurz eine Hand auf die Schulter. »Und passen Sie auf Ihre Enkelin auf! Unserem Chefautor ist kein Mädchen zu jung! Der nimmt alles, was bei drei nicht auf den Bäumen ist.«

Mamma Carlotta wusste nicht, ob sie sich über diesen Ausspruch empören oder amüsieren sollte. Schließlich entschied sie sich für Letzteres und lachte so lange, bis sie ihre Sorge weggelacht hatte und eine der drei Schauspielerinnen zur Theke gegangen und mit einer Flasche Sekt zurückgekehrt war.

Die Casting-Chefin lehnte dankend ab und verließ die Kantine, weil in dem Zirkuswagen, der ihr als Büro diente, jede Menge Arbeit wartete.

Die anderen aber griffen vergnügt zu ihren Sektflöten. »Wir haben Zeit!«

Tanja Möck schob ihren Stuhl nach hinten, um zu signalisieren, dass sie keine Zeit hatte, doch als sie gebeten wurde, ein Glas mitzutrinken, verzichtete sie darauf, ihr Gewicht in die Höhe zu wuchten, und blieb sitzen. Immerhin brachte sie ein dynamisches Nicken zustande, als sie das Sektglas entgegennahm und den anderen zuprostete.

Mamma Carlotta fühlte sich von Minute zu Minute wohler. Als sie gefragt wurde, warum sie so gut Deutsch sprach, vergaß sie den missbilligenden Blick und die Vorwürfe ihrer Enkelin. Freudig gab sie Auskunft und berichtete, dass sie seinerzeit mit ihrer Tochter am Telefon Deutsch gesprochen hatte, um die Sprache zu erlernen, mit der Lucia sich auf Sylt verständigte. »Schließlich wollte ich mit meinem Schwiegersohn reden können! Und mit meinen Enkelkindern!« Sehr schnell war es aufwärtsgegangen mit ihren Sprachkenntnissen, vor allem dann, als Carolin sich ihrer Nonna angenommen und ihr per Telefon Deutschunterricht gegeben hatte. »Sie hat mir jeden Sonntag ein paar Aufgaben diktiert. Die habe ich alle erledigt, während ich am Bett meines kranken Mannes saß.« Und dann hatte der Nachbar eine Deutsche geheiratet, die sich gern in ihrer Muttersprache unterhielt. Seitdem konnte Mamma Carlotta vielleicht nicht besser, aber auf jeden Fall schneller reden als mancher Sylter. Wenn ihr Sprachschatz versagte, halfen ihr Mimik und große Gesten weiter. »Allora! Un'italiana kommt überall zurecht.«

Davon hatte sie die anderen im Nu überzeugt. Und als ihr Glas geleert war, konnte sie schon wieder hoffen.

Carolin würde längst eingesehen haben, dass alle Vorwürfe, die sie ihrer Nonna gemacht hatte, grund- und haltlos waren. In so netter Gesellschaft und dazu in einer Umgebung, von der sich später in ihrem Dorf viel berichten ließ, hatten Sorgen keinen Platz! Ihre Nachbarinnen würden sich die Türklinke in die Hand geben, wenn sich herumsprach, dass Carlotta mit drei Schauspielerinnen aus »Liebe, Leid und Leidenschaft« Sekt getrunken hatte. Dass es sich nur um die Darstellerinnen kleinerer Rollen handelte, darauf kam es nicht an.

»Wir duzen uns hier!«, sagte die Älteste der drei gerade und hob ihr Glas erneut. »Ich heiße Heidi.«

Sie spielte die Sekretärin des Arztes, die leider selten mehr zu tun hatte, als ihrem Chef Kaffee zu bringen und einen Patienten anzumelden. Eine blendend aussehende Frau mit langen blonden Haaren, die sie zu einer eleganten Frisur hochgesteckt hatte. Dass sie soeben Großmutter geworden war, veranlasste Mamma Carlotta zu jubelnden Glückwünschen, für die sich Heidi Schirrmacher jedoch nur mit einem gequälten Lächeln bedankte.

»Ich bin erst zweiundvierzig! Hätte ich Harry nur nicht von meinem Enkel erzählt! Seit meinem vierzigsten Geburtstag behandelt er mich sowieso wie eine Oma! Und jetzt erst recht!«

»Was ist schlimm daran, eine Großmutter zu sein?«, fragte Mamma Carlotta erstaunt, die bei der Geburt ihres ersten Enkelkinds nicht älter gewesen war.

Heidi Schirrmacher lachte bitter. »Früher hatte ich eine Rolle mit einer eigenen Geschichte. Einmal durfte ich sogar eine Affäre mit einem Chefarzt haben. Jetzt sagt Harry, so was wäre unglaubhaft. Eine Frau von über vierzig sei asexuell.«

Mamma Carlotta blieb der Mund offen stehen. »Und ein Mann?«

»Der ist mit über vierzig natürlich der Hahn im Korb,

wo immer er sich blicken lässt, und auf der Höhe seiner sexuellen Kraft!« Da sie sich nicht vorstellen konnte, dass dieser Begriff in den sonntäglichen Lektionen von Mamma Carlottas Enkeltochter vorgekommen war, ergänzte sie vorsichtshalber: »Eine Frau wird spätestens ab vierzig ein hässliches Huhn, das keinen Hahn mehr interessiert.«

»Der reichste Weinbauer in meinem Dorf hat das auch früher behauptet.« Mamma Carlotta hielt sich immer nur so lange mit ihrer Empörung auf, bis sich eine gute Geschichte fand, mit der der Zorn besser zu ertragen war. »Seine erste Frau war noch keine vierzig, da wurde sie ihm zu alt. Er schickte sie zum Teufel und holte sich eine Frau von Anfang dreißig ins Haus. Aber die war ihm nach der Geburt ihrer Zwillinge zu dick. Daraufhin fand er eine Zwanzigjährige, sehr hübsch und natürlich sehr schlank. Aber die hat's ihm gezeigt. Als er einen Schlaganfall bekam, landete er im Pflegeheim, und die junge Frau bringt nun sein Geld mit einem Mann durch, der so alt ist wie sie.«

»Bravo!«, rief Heidi und füllte die Gläser neu.

»Das haben diese Kerle verdient!«, bestätigte Beate Ganzow, die die Haushälterin der Arztfamilie spielte. Sie war eine hübsche Brünette, aber so schlank, dass sie abgemagert und krank aussah. Ihre großen, ausdrucksvollen Augen lagen tief in den Höhlen, sie wirkte hungrig und ausgezehrt. »Als ich fünfunddreißig wurde, hat mir Harry die Pistole auf die Brust gesetzt. Wenn ich nicht mehr in Größe sechsunddreißig passe, hat er gesagt, wird meine Rolle gestrichen.«

»Diese Kanaille!«, fluchte Heidi und schüttelte die Fäuste.

»Seitdem habe ich mir keine einzige Praline mehr gegönnt«, klagte Beate weiter, »immer nur Obst und Gemüse, niemals Pommes oder Tiramisù. Und was passiert?

Meine Rolle wird trotzdem immer kleiner! Vor einem Jahr war die Haushälterin noch eine Kleptomanin und hatte damit eine eigene Geschichte mit vielen Konflikten. Jetzt darf ich nur noch am Herd stehen und gelegentlich den Staubsauger aus der Ecke holen.«

»Da lobe ich mir den Bäcker aus unserem Nachbardorf«, warf Mamma Carlotta ein. »Der belohnt seine Frau für jedes Kilo, das sie zunimmt. Als sie endlich zwei Zentner wog, hat er ihr sogar ein Brillantarmband geschenkt.«

Die Dritte in der Runde, Kristin Pölzer, sah Mamma Carlotta ungläubig an. »So was gibt's? Und die braucht sich wahrscheinlich auch nie liften zu lassen?«

Darüber wusste Mamma Carlotta nichts Genaues zu sagen, hielt es aber für sehr wahrscheinlich, dass eine so radikale Korrektur der Natur für den Bäcker nicht infrage kam. »Außerdem bekommt man ja keine Falten, wenn man so dick ist.«

Die Blicke der vier Frauen wanderten zu Tanja Möck, die schweigend dasaß und an ihrem Sekt nippte. Tatsächlich war ihr Gesicht faltenfrei, aber keine von ihnen kommentierte diesen Umstand, weil Tanja Möck der lebende Beweis dafür war, dass eine glatte Haut nicht automatisch zu brillantem Aussehen führte.

»Du hast es gut, Tanja«, seufzte Heidi Schirrmacher. »Du kannst aussehen, wie du willst. Völlig egal!«

»Wir haben eben einen Scheißberuf«, ergänzte Beate.

Und Kristin setzte noch einen drauf: »Hätte ich mich liften lassen müssen, wenn ich Bürokauffrau geblieben wäre? Nein! Aber ich wollte ja unbedingt Schauspielerin werden! Ich Schaf!« Sie versuchte, eine komische Grimasse zu ziehen, aber Mamma Carlotta kam es so vor, als wäre ihre Haut derart straff gespannt, dass eine ausgeprägte Mimik nicht mehr möglich war. »Das Lifting hat mich ein Heidengeld gekostet! Außerdem konnte ich vier Wochen nicht vor der Kamera stehen. Wisst ihr, was das für ein Verdienstausfall war? Und alle paar Monate eine Botoxspritze! Eigentlich müsste Eidam-TV mir die Kosten erstatten! Findet ihr nicht auch?« Sie sah in die Runde, ohne auf eine Antwort zu warten. »Und was hat sich geändert? Nichts! Harry hat mir meine Rolle trotzdem nicht größer geschrieben.« Sie strich ihre Haare straff zurück, als wollte sie allen zeigen, wie makellos ihre Haut war und wie sehr sie es verdient hatte, für ihre Faltenfreiheit mit einer tragenden Rolle belohnt zu werden. »Dieser Mistkerl! Dem würde ich es gerne mal so richtig heimzahlen!«

Mamma Carlotta starrte Kristin Pölzer ins glatte Gesicht. Madonna! Dieses wunderbare Leben im Scheinwerferlicht war anscheinend nicht halb so beneidenswert, wie man auf den ersten Blick glauben mochte! Ein Enkelkind war ein Problem, eine normale Kleidergröße ebenfalls, und sogar die Linien, die das Leben in jedes Gesicht schrieb, wurden einer Frau vorgeworfen, wenn sie Schauspielerin war. Was für ein schreckliches Los!

Sie lehnte sich zurück und lächelte zufrieden. »Mein Leben mag ja langweilig gewesen sein! Aber ich konnte immer so dick sein, wie ich wollte, und so alt, wie ich war. Als ich vor Dinos Tod Größe achtundvierzig trug, fand niemand was dabei. Und als ich nach seinem Tod in Größe zweiundvierzig passte, fand auch keiner was dabei. Sieben Schwangerschaften waren zwar kein … wie sagt man?«

»Vielleicht Pappenstiel?«, half Heidi aus.

»Ecco! Sie waren kein Pappenstiel. Und sieben Kinder aufzuziehen war auch nicht immer eine Freude. Vor allem, als mein Dino pflegebedürftig wurde. Da kam ich nur selten aus dem Haus, weil ich immer in seiner Nähe bleiben musste. Und als meine Lucia starb und ich nicht mal zu ihrer Beerdigung nach Sylt kommen konnte …«

Mamma Carlotta schluckte den Rest des Satzes herunter, der nicht in diesen Raum zu passen schien. Stattdessen griff sie zu ihrem Sektglas und leerte es in einem Zug. »Aber ich habe immer so aussehen dürfen, wie ich aussah. Grazie a Dio!«

Auch Tanja leerte ihr Glas. »Ich muss wieder an die Arbeit. Diese Location suchen, die Harry braucht.«

»Du lässt dich von ihm ausnutzen«, meinte Kristin Pölzer.

»Ja, du bist einfach zu gutmütig, Tanja!«, bekräftigte Heidi Schirrmacher.

Und Beate Ganzow ergänzte: »Der kümmert sich um Sachen, die ihn gar nichts angehen. So war er schon immer.«

Aber Tanja Möck winkte ab. »Harry ist der beste Freund von Herrn Eidam. Soll ich mir später vom Oberboss sagen lassen, dass ich wichtige Anweisungen nicht befolgt habe?« Sie wandte sich an Mamma Carlotta. »Kennen Sie sich auf Sylt aus?«

Mamma Carlotta hätte beinahe freudig bejaht, dann fiel ihr ein, dass sie sich zwar dort gut auskannte, wo sich das Leben ihres Schwiegersohns und ihrer Enkel abspielte, dass sie aber darüber hinaus wenig von der Insel gesehen hatte. Sie kannte die Nachbarn, Feinkost Meyer und sämtliche Kassiererinnen, die dort arbeiteten, sie kannte den Bäcker mitsamt seiner Lebensgeschichte, kannte eine Imbissstube und deren übel beleumundeten Wirt, und sie kannte einen Strandwärter, mit dem keiner etwas zu tun haben wollte. Aber sonst …?

»Un po'«, antwortete sie vage. »Nicht besonders viel.«

»Dann kennen Sie wohl keine Location, die für den Dreh infrage kommt, in dem Sie mitwirken sollen? Sie wissen schon …«

»Una bettola?« Mamma Carlotta brauchte nicht lange nachzudenken. Tanja Möck erhob sich und schickte sich schon an zu gehen, weil sie nicht mit einer Antwort rechnete, da rief sie ihr nach: »Doch! So eine Kaschemme kenne ich.«

Das dumpfe Pochen in seinem Kopf ließ allmählich nach, und der Fischgeruch machte ihm nichts mehr aus. Die Männer der KTU dagegen bewegten sich nach wie vor verdächtig vorsichtig und steifbeinig, und Sören war auch noch nicht auf dem Weg der Besserung. Erik fiel ein, dass in einem solchen Fall Ablenkung ein gutes Mittel war. Er winkte Sören zu sich heran.

»Fragen Sie bei Gosch nach, ob einer den Schuss gehört hat. Jemand, der vielleicht später Feierabend gemacht oder sich aus irgendeinem anderen Grund länger hier aufgehalten hat. Und erkundigen Sie sich auch, ob einer der Angestellten etwas Auffälliges beobachtet hat. Ein Auto, eine Person ...«

Sören nickte und macht sich mit hängendem Kopf auf den Weg. Dass seine Anweisung ohne Kommentar geblieben war, machte Erik unruhig. Hoffentlich hatte Sören den Auftrag überhaupt verstanden!

Erik drehte sich um und kehrte der Leiche, seinen Kollegen und den vielen Neugierigen den Rücken zu, während er sein Handy hervorholte. Der Blick aufs Meer tat ihm gut. Er sah einem Schiff nach und hatte das wohltuende Gefühl, es nähme mindestens zwei oder drei der Schnäpse mit, die noch vor wenigen Augenblicken in seiner Körpermitte rumort hatten. Sein Schuldgefühl, weil er einer ohnehin schon kränkelnden Topfpflanze drei bis vier Köm zugemutet hatte, verließ ihn nun gänzlich.

Die Mittagssonne spielte mit den kleinen, flinken Wellen. »Lametta auf dem Wasser!« So hatte Lucia es genannt, wenn die Wellen nichts als eine waagerechte Unruhe auf dem Wasser waren. Sie glichen den Wolkenlinien am Himmel, die eintönig grau waren, während sie sich vor die Sonne schoben, und zu einer hübschen Lichtgirlande wurden, während sie einen blauen Streifen freilegten und der Sonne die Möglichkeit gaben, Lametta aufs Wasser zu zaubern. Erik liebte diese stille Stunde, wenn aus dem Mittag noch kein Nachmittag geworden war, wenn der Tag noch träge war und die Touristen auch, die sich dann bei gutem Wetter am Strand aufhielten und bei schlechtem zum Mittagschlaf in ihren Hotelbetten.

Er hielt die Plastiktüte mit den Visitenkarten hoch und wählte mit dem rechten Daumen die Nummer der Redaktion Blitz. Dreimal musste er sich weiterverbinden lassen, bis er an den Chefredakteur kam, der sich für zuständig erklärte. Und da Johannes Schmitz vor Jahren mal versucht hatte, Erik ein Interview abzuringen, nachdem ein bekannter Sänger auf Sylt von einem fehlgeleiteten Bewunderer erstochen worden war, hatte er auch keinen Zweifel daran, wirklich den Hauptkommissar Erik Wolf am Apparat zu haben.

Johannes Schmitz war sehr betroffen, als er vom Tod seines Reporters hörte. »Ermordet? Warum, um Himmels willen?«

»Ich hatte gehofft, von Ihnen einen Hinweis zu bekommen«, antwortete Erik. »Woran arbeitete Max Triebel? War er irgendeiner heißen Sache auf der Spur? Wollte jemand verhindern, dass er etwas aufdeckte?«

Erik atmete tief durch. Diese Sätze waren zwar sicher und kräftig herausgekommen, ohne Schwanken, ohne dass seine Zunge ihm ständig im Wege war, aber er merkte auch, dass er noch immer auf der Hut sein musste. Der Chefredakteur würde schnell merken, was mit ihm los war, wenn es ihm nicht gelang, sich zusammenzureißen.

Johannes Schmitz zögerte. »Ich habe Max nach Sylt geschickt, damit er sich bei ›Liebe, Leid und Leidenschaft‹ umsieht. Wir haben zurzeit so was wie ein Sommerloch.«

»Kurz vor Ostern?«

»Das ist ja das Problem! Das Sommerloch kommt jedes Jahr, aber dass im Frühling nichts los ist, hatten wir noch nie. Kein Promi, der seine Frau betrügt, keine spektakuläre Trennung, keine Scheidung, kein Rosenkrieg! Ich hatte gehofft, Max findet irgendwas, was eine Schlagzeile lohnt. Auf Sylt ist doch immer was los. Und wo Eidam-TV dreht, finden sich auch ein paar kleine Meldungen, die die Leser interessieren.«

»Und? Hat Max Triebel was gefunden?«

»Warten Sie mal! Ich erkundige mich. Vielleicht hat er sich in der Redaktion gemeldet.«

Erik behielt das Handy am Ohr. Er hörte die Stimme des Chefredakteurs, der anscheinend ein anderes Telefon benutzte, konnte aber nicht verstehen, was er sagte. Ein Motorboot hielt auf die Hafeneinfahrt zu. Das Tuckern schien aus weiter Ferne zu kommen. Es blieb dumpf, auch noch, als das Boot sich näherte. Ein Teil der Stimmung, verschwommen und ein bisschen entrückt.

Erik drehte sich um, als das Knistern an seinem Ohr zeigte, dass der Chefredakteur das Telefon wieder zur Hand nahm. Die Leiche war soeben in den Sarg gelegt worden, der Deckel schloss sich in diesem Augenblick. Erik war froh, dass das Geräusch, das damit verbunden war, nicht bis an seine Ohren drang.

»Ich habe gerade was Interessantes gehört«, sagte Johannes Schmitz. »Max hat gestern in der Redaktion angerufen und angekündigt, dass er eine heiße Story liefern wird. Wir sollten ihm für morgen das halbe Titelblatt freihalten.«

Erik spürte, wie der letzte Köm ihn verließ. Er war mit einem Mal stocknüchtern. »Was sollte das sein?«

»Das hat er leider nicht gesagt«, erwiderte Schmitz. »Er wollte sich heute noch melden. Die Praktikantin versucht seit Stunden, Max zu erreichen.«

»Und warum hat er ein Geheimnis daraus gemacht?«

»Angeblich hatte er noch nicht alle Beweise zusammen. Er hat nur gesagt, es gehe um Bruce Markreiter.«

»Bruce Markreiter?« Erik dehnte die vier Silben, weil er hoffte, dadurch Zeit zu gewinnen und sich zu erinnern, wo er diesen Namen schon mal gehört hatte.

Zum Glück half ihm der Chefredakteur auf die Sprünge. »Der dreht zurzeit auf Sylt. Für ›Liebe, Leid und Leidenschaft‹! Wie Martin Eidam es geschafft hat, ihn für eine Gastrolle zu gewinnen, ist mir ein Rätsel.«

Ein Schauspieler also! Und allmählich dämmerte es Erik, dass er im Inselblatt etwas von Bruce Markreiter gelesen hatte. Ein Star, der sich dazu herabgelassen hatte, eine Gastrolle in »Liebe, Leid und Leidenschaft« zu übernehmen, einer Telenovela, die seit Jahren sehr erfolgreich war, aber gleichermaßen trivial. Mittlerweile wusste Erik mehr über diese Serie, als ihm lieb war. Carolin und Felix redeten seit Wochen von nichts anderem, genau wie seine Schwiegermutter, seit sie auf Sylt angekommen war. War nicht an diesem Nachmittag das Casting, das er seinen Kindern so gerne ausgeredet hätte? Vielleicht wäre es ihm sogar gelungen, wenn Mamma Carlotta in Umbrien geblieben wäre. Dass sie von der Idee begeistert war, demnächst ihre Enkel auf dem Bildschirm zu sehen, hätte er sich ja denken können.

»Bruce Markreiter ist immer für eine Schlagzeile gut«, fuhr Johannes Schmitz fort. »Und wenn nicht er, dann seine Frau. Dania Kaiser hat es in Hollywood toll getrieben. Angeblich hat sie sogar was mit Kevin Costner gehabt. Und Bruce Markreiter ist auch kein Kostverächter. Vielleicht hat Max entdeckt, dass Jennifer Aniston auf die Insel gekommen ist! Sie wissen doch, dass die beiden vor einem Jahr zusammen in Los Angeles gesehen wurden? Das war, während Dania Kaiser in Hollywood drehte.«

Erik hatte keine Ahnung, wovon der Chefredakteur redete. All diese Namen waren ihm fremd, so fremd wie der Beruf, den Bruce Markreiter ausübte. Er war ihm fremd geblieben, obwohl Carolin ihn neuerdings zwang, sich etwas über die Erfolgsaussichten in diesem Berufszweig anzuhören, über die besten Schauspielschulen, über die Stars, die ohne Ausbildung berühmt geworden waren, und über die Möglichkeit, auf ein Schauspielstudium zu verzichten, wenn man die Chance erhielt, als Komparsin bei »Liebe, Leid und Leidenschaft« sein Talent zu zeigen und entdeckt zu werden.

Für die Bewerbung von Felix, dem es auf die hundert Euro ankam, hatte Erik Verständnis, aber Carolins Ambitionen machten ihm Angst. Nur gut, dass die Chancen schlecht standen, eine Komparsenrolle zu ergattern. Das hatte einer von Vetterichs Mitarbeitern berichtet, der während der Geburtstagsfeier von seiner Tochter angerufen worden war. Sie hatte sich bitter darüber beklagt, dass die ersten zwanzig genommen und alle anderen nach Hause geschickt worden waren. Das hatte Erik, der zu diesem Zeitpunkt noch im Vollbesitz seiner geistigen Kräfte gewesen war, sehr beruhigt. Carolin war nicht der Typ, der sich vordrängte, um unter den ersten zwanzig zu sein. Sie würde unverrichteter Dinge nach Hause zurückkehren, sich zwei Tage in ihrem Zimmer einschließen und heulen, aber danach würde alles wieder so sein wie vorher.

»Haben Sie eine Ahnung, ob Jennifer Aniston auf Sylt ist?«, fragte Johannes Schmitz.

Erik zuckte zusammen. War er hier nicht derjenige, der Fragen stellen sollte? »Ich habe sie jedenfalls nicht gesehen«, antwortete er, obwohl er sicher war, dass er Jennifer Aniston nicht mal erkennen würde, wenn sie ihn nach dem Weg zum Inselzirkus fragte.

»Ich hoffe, Sie finden den Kerl, der meinen Reporter auf dem Gewissen hat«, sagte Johannes Schmitz, »und ich hoffe, ich bin der Erste, der erfährt, was mit Bruce Markreiter los ist. Eine Hand wäscht die andere, Herr Hauptkommissar. Sie erfahren dann dafür als Erster, welcher Sache Max auf der Spur war. Sobald ich es herausgefunden habe! Haben Sie schon sein Fotomaterial gesichtet?«

Dass es Johannes Schmitz war, der die Gesprächsführung übernahm und den Gedanken aussprach, der in Eriks Kopf noch nicht einmal angeklopft hatte, erbitterte ihn. »Das wollte ich Sie gerade fragen«, behauptete er. »Gehen Sie davon aus, dass Max Triebel seine Kamera bei sich hatte? Wir haben keine gefunden.«

»Max war niemals ohne Kamera unterwegs. Wenn sie fehlt, hat sie der Mörder!«

Erik begann sich zu ärgern, dass Johannes Schmitz ihm ständig ein paar Gedanken voraus war und es ihm einfach nicht gelang, ihn einzuholen. »Die Kamera könnte auch auf dem Grund des Lister Hafens liegen«, meinte er, weil er endlich einmal etwas sagen wollte, worauf Johannes Schmitz noch nicht gekommen war.

»Dann hat der Mörder nichts mit Max' Fall zu tun«, kam es prompt zurück. »Wer Angst vor seinen Enthüllungen hatte, der hatte auch Angst davor, dass Max bereits Fotos im Kasten hat. Und so einer will die Kamera haben, um die Fotos zu löschen.«

»Wir werden das feststellen!« Erik hätte das Gespräch am liebsten zu einem späteren Zeitpunkt fortgesetzt, wenn er sich dem Chefredakteur gewachsen fühlte.

»Wenn Max die Kamera wirklich nicht bei sich hatte«, bemerkte Johannes Schmitz, »dann muss sie in seinem Zimmer liegen. Er wohnte in einer Ferienwohnung in Wenningstedt. Im Dünenhof zum Kronprinzen an der Seestraße. Kennen Sie das große Apartmenthaus direkt am Strand?«

Eigentlich hätte Erik sich über diese Information freuen

müssen, weil er selbst möglicherweise vergessen hätte, sich danach zu erkundigen, aber dieses Gefühl ließ er nicht zu. »Ich melde mich, wenn ich weitere Fragen habe«, sagte er nur knapp.

»Und nicht vergessen, Herr Hauptkommissar!«, rief Johannes Schmitz, der zu ahnen schien, dass das Gespräch nicht mehr lange dauern würde. »Wenn Sie was herausfinden, habe ich ein Recht auf eine Exklusivstory. Schließlich war Max Triebel Reporter der Blitz.«

Erik hätte ihm am liebsten gesagt, was er von diesem Recht hielt, aber erstens fühlte er sich einer Diskussion mit dem Chefredakteur zurzeit nicht gewachsen, und zweitens wollte er sich dessen Sympathie so lange erhalten, bis der Mörder Max Triebels gefunden war. Deswegen murmelte er nur »Mal sehen, was sich machen lässt« und beendete das Gespräch, ehe Johannes Schmitz seinen Denkapparat oder gar seine geschliffene Rhetorik herausfordern konnte.

Erik ging zu Vetterich und bat ihn, nach einer Kameratasche Ausschau zu halten. »Sagen Sie auch bei Gosch Bescheid, damit wir sofort verständigt werden, wenn sich irgendwo eine herrenlose Kamera findet.«

Mittlerweile war Sören zurückgekehrt. Er stand da, glotzte aufs Meer und wollte anscheinend den Eindruck erwecken, er sei ein direkter Nachfahre von Sherlock Holmes und bemühe sich, den Mordfall durch intensives Nachdenken und Kombinieren zu lösen.

»Haben Sie was erreicht?«, fragte Erik. »Konnten Sie Herrn Gosch persönlich sprechen?«

»Er will alle Angestellten befragen«, brachte Sören mühsam heraus. Schlagartig hatten sich alle eventuellen Ähnlichkeiten mit dem großen Detektiv verflüchtigt. »Er gibt uns dann Bescheid.«

»Warum haben Sie das nicht selbst erledigt? Jetzt gleich?«

Sören war anzusehen, dass er auf diese Idee nicht gekommen war. Dann aber fiel ihm ein, dass es einen guten Grund gab, Herrn Gosch die Befragung zu überlassen. »Zurzeit ist die Tagschicht tätig. Die Leute von der Nachtschicht, die gestern Abend gearbeitet haben, sind noch nicht da.«

Erik nickte zufrieden. »Womit wollen wir beginnen?«, fragte er Sören. »In Triebels Apartment oder bei ›Liebe, Leid und Leidenschaft‹?«

Nachdem er sich Johannes Schmitz unterlegen gefühlt hatte, tat es Erik gut, seinem Assistenten weiszumachen, dass er trotz seines Altersvorsprungs trinkfester war und auch nach vielen Schnäpsen und ungezählten Bieren den Überblick behielt. So erfuhr Sören, dass sein Chef durch geschicktes Nachfragen dem Chefredakteur wichtige Informationen entlockt hatte. Max Triebel war einem Skandal um Bruce Markreiter auf der Spur gewesen.

Sören war ehrlich beeindruckt. »Donnerwetter, Chef! Sie können einen Stiefel vertragen! Die Befragung eines Chefredakteurs hätte ich mir heute nicht zugetraut!«

»Wenn Triebel bereits kompromittierende Fotos gemacht hat, muss der Mörder sie an sich gebracht haben«, meinte Erik. »Sollte die Kamera verschwunden bleiben und vielleicht sogar die Festplatte von Triebels Laptop gelöscht sein, kennen wir immerhin das Mordmotiv.«

»Und den Mörder auch«, ergänzte Sören, der einen Geistesblitz hatte. »Wenn es um Bruce Markreiter ging, muss der auch der Mörder sein. Wer sonst wollte eine Schlagzeile in der Blitz verhindern?«

Das kam Erik ein bisschen zu einfach vor, obwohl Sörens Gedanken nicht von der Hand zu weisen waren. Aber ein berühmter Schauspieler, der zum Mörder wurde? Erik hoffte inständig, von diesem Skandal verschont zu bleiben. Nicht auszudenken, was auf Sylt los wäre, wenn auch noch die berühmte Ehefrau Dania Kaiser anreiste, um der Presse mitzuteilen, dass ihr Mann niemals zu einer solchen Tat fähig sei.

Erik schüttelte diesen Gedanken ab und zog Sören zu dem Streifenwagen, mit dem sie nach List gefahren waren. »Kommen Sie! Wir lassen uns jetzt erst mal zum Inselzirkus bringen. Triebels Apartment läuft uns nicht weg.«

Erst beim Einstieg in den Streifenwagen fiel ihm auf, dass er womöglich die falsche Entscheidung getroffen hatte. Jede Stunde, die verging, bevor er ein Gespräch mit dem großen Bruce Markreiter führte, würde ihn ein Stück näher an den Zustand heranführen, in dem er sich normalerweise befand, wenn er in einem Mordfall ermittelte. Als er mit der Fußspitze an der Schwelle des Streifenwagens hängen blieb und kopfüber ins Wageninnere stürzte, überlegte er es sich anders. »Besser, wir schauen uns erst mal Triebels Apartment an. Vielleicht wissen wir dann schon mehr, wenn wir mit Bruce Markreiter reden.«

Die nächste Flasche Sekt brachte der Wirt persönlich an den Tisch.

»Irgendwann werden wir's Harry heimzahlen«, sagte Heidi und hob ihr Glas. »Dieses Schwein wird uns kennenlernen.«

»So ein Großkotz!«, bekräftigte Kristin. »Der meint wirklich, er wäre allein schon deshalb schön, weil er was zwischen den Beinen hat, was uns fehlt.«

Beate kicherte boshaft. »Dabei ist das wirklich nicht der Rede wert.«

Alle drei kreischten gleichzeitig los, während Mamma Carlotta fragend von einer zur anderen sah.

»Auf diesen Winzling ist er stolz!«, meinte Heidi. »Ein richtiger Kerl würde sich schämen!«

Beate lachte so heftig, dass sie Mühe hatte, zu Atem zu

kommen. »Deswegen hat der so einen fetten Bauch! Damit er darunter seinen Kümmerling verstecken kann!«

»Pscht«, machte der Wirt. »Man kann euch ja bis auf den Gang hören. Wenn Harry da vorbeigeht …«

»Soll er doch!«, schrie Heidi mit überkippender Stimme. »Dann weiß er endlich, dass wir seinen besten Freund nicht halb so großartig finden, wie er denkt.«

Mamma Carlotta glaubte nun zu verstehen, wovon die Rede war. Aber in das Lachen der anderen mochte sie trotzdem nicht einstimmen. Solche Schlüpfrigkeiten war sie nicht gewöhnt, in ihrem Dorf wurde der Unterschied zwischen Mann und Frau niemals beim Namen genannt, jedenfalls nicht unter den Frauen ihrer Generation. Die hatten für die Körperteile unterhalb des Nabels keinen Namen, über den man laut lachen konnte.

Sie war äußerst befremdet. Vor allem, weil sich ihr eine Frage aufdrängte, die sie kaum zu stellen wagte. Aber da sie im Zweifel eher ihrer Neugier als ihrer Diskretion nachgab, tat sie es dann doch: »Woher wisst ihr das?«

Wieder war enthemmtes Kreischen die Antwort. »Woher wohl?«, brachte Heidi schließlich prustend heraus.

Und Beate fügte an: »Was meinst du, wie wir an unsere Rollen gekommen sind?«

»Damals waren wir noch Harrys Küken!« Kristin verlor ihr Lachen schneller als die anderen. »Jetzt sind wir nur noch seine Hühner. Auf direktem Weg zum schlachtreifen Suppenhuhn!«

Mamma Carlotta beschloss, diese Antworten einfach nicht an sich heranzulassen. Schließlich wollte sie sich ihre neue Freundschaft mit diesen drei Frauen auf gar keinen Fall durch die Frage verderben lassen, was eine anständige Frau tun durfte und was nicht.

»Wenn ich noch mal auf die Welt komme«, sagte Heidi, »werde ich Assistentin der Geschäftsführung und kann dann aussehen, wie ich will. Küken, Henne oder

Suppenhuhn – ganz egal! Tanja trinkt jeden Morgen Kakao mit Sahne! Stellt euch das mal vor!«

»Und dann diese Schokoriegel!«, ergänzte Beate. »Ich würde was drum geben, wenn ich da nur einmal reinbeißen dürfte.«

Kristin nickte. »An Sport denkt Tanja nicht einmal!«

»Und das Beste ist«, meinte Heidi, »dass sie von Harry nicht angemacht wird. An ihrem Äußeren meckert er nicht rum, und mit ihr will er nicht in die Kiste. Ein herrliches Leben!«

»Deswegen ist sie auch so nett«, erklärte Beate. »Man muss nur zufrieden mit sich selbst sein, dann wird man so nett wie Tanja. Die kann man um alles bitten.«

Mamma Carlotta fühlte sich urplötzlich an das erinnert, was sie Tanja Möck versprochen hatte. »Allora! Es wird Zeit, dass ich nach dieser … dieser Location sehe.« Erstaunlich, wie leicht ein englisches Wort gelang, wenn man nur genug Sekt getrunken hatte! »Dann hat Tanja ein Problem weniger.«

Noch bevor sie erklären konnte, warum der Wirt der Location, die sie im Sinn hatte, gerne bereit sein würde, sein hässliches Ambiente für Fernsehaufnahmen zur Verfügung zu stellen, öffnete sich die Kantinentür, und eine Frau trat ein. Jung, gertenschlank, bildschön! Sie steuerte auf den Tisch zu, an dem Mamma Carlotta mit den drei Schauspielerinnen saß. »Gut, dass ihr noch da seid! Kann mich eine von euch morgen vertreten?«

Sandra Zielcke war eine bezaubernde junge Frau von Mitte zwanzig, mit langen blonden Haaren, einem schmalen Gesicht, heller Haut und großen grauen Augen. Alles an ihr war hell, außer ihren breiten Augenbrauen und den dichten Wimpern.

Heidi Schirrmacher sah sie ungläubig an. »Dich vertreten? Wobei?«

Sandra schien eine grundsätzliche Bereitschaft zu spüren und ließ sich auf dem letzten freien Stuhl nieder. Ihr Gesicht war mit einer dicken Puderschicht bedeckt, sie schien direkt vom Set zu kommen und den Gang in die Maske auf später verschoben zu haben. »Kennt ihr den Hühnerhof kurz vor Rantum?«

Die vier Frauen schüttelten den Kopf, und Heidi bemerkte spitz: »Braucht Harry ein neues Küken, oder was?«

Sandra wartete, bis das schrille Gelächter zu Ende war, ohne selbst auch nur zu lächeln. »Die veranstalten morgen einen Tag der offenen Tür und wollen, dass jemand von ›Liebe, Leid und Leidenschaft‹ eine Autogrammstunde gibt. Harry hat mich gebeten, das zu übernehmen.«

»Klar!« Beate zog die Mundwinkel herab. »Einen kleinen Nebenverdienst schustert er immer seinen Küken zu. Wir alten Hühner können sehen, wo wir bleiben.«

Auch darauf reagierte Sandra nicht. »Heute Morgen sind ein paar Szenen hängen geblieben. Ich muss morgen Vormittag wieder zum Dreh. Kann eine von euch die Autogrammstunde machen? Der Besitzer des Hühnerhofs hätte natürlich am liebsten Bruce, aber der will nicht. Und die anderen Hauptdarsteller haben das ebenfalls abgelehnt. So gut zahlt er auch wieder nicht!«

Heidi Schirrmacher war die Schnellste. »Ich bin erst morgen Nachmittag dran. Ich kann das übernehmen.«

»Prima!« Sandra stand auf und lächelte zum ersten Mal. »Die Unterlagen kannst du dir bei Tanja abholen. Und es wäre nicht schlecht, wenn du da heute Abend noch vorbeifahren würdest. Dann kannst du mit dem Besitzer alles besprechen.«

»Geht klar! Mache ich!«, rief Heidi.

Sandra schien zu wissen, dass alle ihr nachblickten, aber sie ließ sich dadurch nicht antreiben. Mit ruhigen Schritten verließ sie die Kantine, warf aber in der Tür einen so blitzschnellen, unverhofften Blick zurück, dass der Neid aller drei Kolleginnen entlarvt war.

»Irgendwann wird die auch dreißig«, sagte Kristin, die sich nicht über sich selbst, sondern über Sandra ärgern wollte. »Und dann ist Schluss mit Harrys süßem Küken. Dann wird sie auch eine Henne und scharrt im Dreck.«

Niemand hatte gemerkt, dass der Wirt an den Tisch getreten war. »Die führt was im Schilde«, sagte er. »Nehmt euch vor der in Acht. Die schleicht durch die Gegend, als wäre sie eine Privatdetektivin, die sich als Schauspielerin getarnt hat.«

Der Hausmeister des Dünenhofs zum Kronprinzen war auch dann noch skeptisch, nachdem er Eriks Dienstausweis lange und gründlich studiert hatte.

»Das ist sonst nicht meine Art«, meinte er umständlich, »Fremde in ein bewohntes Apartment zu lassen.«

Unter anderen Umständen wäre Erik vielleicht ärgerlich geworden. In diesem Fall hielt er es aber für möglich, dass er sich nicht deutlich genug ausgedrückt hatte. »Max Triebel ist tot«, sagte er noch einmal. »Ermordet! Wenn Sie uns die Tür zu seinem Apartment nicht sofort öffnen, werden wir sie aufbrechen lassen. So einfach ist das.«

Der Hausmeister zog die Tür seiner Souterrainwohnung ins Schloss und ging voran. »Hatte er den Schlüssel etwa nicht bei sich?«, fragte er brummig. »Wenn der weg ist, kann ich wieder mal ein Schloss auswechseln lassen.«

Erik griff in seine Tasche. »Ist es dieser?«, fragte er und hielt dem Hausmeister den Schlüssel hin, den Dr. Hillmot in der Hosentasche des Toten gefunden hatte.

Der Hausmeister blieb stehen und glotzte den Schlüssel an. »Wieso holen Sie mich, wenn Sie den Schlüssel haben?«

Nun wurde Erik ungeduldig. »Erstens konnte ich nicht sicher sein, dass dies der richtige Schlüssel ist. Zweitens kannte ich die Nummer des Apartments nicht. Und drittens hielt ich es für meine Pflicht, Sie davon in Kenntnis zu setzen, dass die Polizei eine Wohnung in diesem Haus durchsucht.«

Alle drei Punkte leuchteten dem Hausmeister ein, und er setzte seinen Weg fort, sogar ein wenig schneller als vorher. Sören ging auf den Fahrstuhl zu, aber der Hausmeister schüttelte den Kopf. »Die Wohnung liegt im Erdgeschoss.«

Anscheinend hätte sich Sören trotzdem gerne die Stufen erspart, aber da Erik hinter dem Hausmeister die Treppe hochstieg, folgte er den beiden widerwillig. Dabei stöhnte er, als legte er die letzten Meter zum Gipfel des Mount Everest zurück. »Wissen Sie, wie oft ich in den letzten Tagen von meiner Mansardenwohnung ins Erdgeschoss und wieder zurück gelaufen bin? Und jedesmal hatte ich die Arme voller Krimskrams! Was sich im Lauf der Zeit in so einer Bude ansammelt! Dabei bin ich erst vor drei Jahren bei meinen Eltern ausgezogen.«

Erik hoffte, dass der Hausmeister nicht zu der Ansicht kam, dass die Kriminalpolizei von Sylt schlecht trainiert und darüber hinaus verhätschelt und wehleidig war. An seiner Ungeduld merkte Erik, dass er selbst sich auf dem Weg der Besserung befand. Er folgte einer Spur, das belebte ihn! Die Hoffnung, in Triebels Wohnung etwas zu finden, was ihm half, den Mord schnell aufzuklären, hatte ihn von seiner Benommenheit befreit. Zwar fühlte er sich noch nicht gut, aber doch erheblich besser als noch vor einer Stunde.

Das Treppenhaus lag in der Mitte des Gebäudes, nach links und rechts gingen schmale, dunkle Flure ab. An jedem Ende gab es ein kleines Fenster, das nur wenig Licht hereinließ. Der Hausmeister betätigte das Flurlicht trotzdem nicht, denn die Tür zu Triebels Apartment lag dem Treppenhaus direkt gegenüber.

Erik winkte ab, als der Hausmeister nach seinem Generalschlüssel griff, und versuchte es mit dem Schlüssel, den Triebel bei sich getragen hatte. In dem Moment, als die Tür aufschwang, fiel die Ungeduld von Erik ab. Er blieb eine Weile auf der Schwelle stehen. Wie immer näherte er sich dem Ort, der ein Geheimnis bergen konnte, mit aller Vorsicht. Zunächst ließ er ihn auf sich wirken. Nie lief Erik Wolf bei der Spurensuche auf etwas zu, er näherte sich stets behutsam. Und wenn er in die Häuslichkeit eines Toten eindrang, der sie verlassen hatte, ohne zu ahnen, dass er niemals zurückkehren würde, war er besonders bedachtsam. Wie ein Eindringling kam er sich dann vor, wie jemand, der sich anmaßte, das Leben eines anderen in Augenschein zu nehmen, es an sich zu reißen, auszuforschen und zu bewerten. Da nützte es wenig, sich zu sagen, dass er dazu befugt war, dass es nicht nur sein Recht, sondern seine Pflicht war, dass es dem Mordopfer nicht mehr schadete und alles richtig sein musste, was zur Spur des Täters führte. Erik zögerte trotzdem lange, wenn er der Intimsphäre eines Toten gegenüberstand.

Für die Kälte, die ihm entgegenschlug, gab es nur eine Erklärung: Das Fenster oder die Balkontür stand offen. Und mit dieser Erkenntnis zerstoben Eriks Skrupel. Dass Triebel Fenster oder Tür weit geöffnet hatte, bevor er sein Apartment verließ, war nicht anzunehmen. Also musste jemand dort eingedrungen sein. Und wo jemand eingedrungen war, konnte es Spuren geben.

Er hielt den Hausmeister zurück. »Danke für Ihre Hilfe! Wenn wir Fragen haben, melden wir uns.«

Hinter der Eingangstür gab es einen kleinen Raum, der Flur und Küche zugleich war. Dahinter öffnete sich das Wohn- und Schlafzimmer des Einzimmerapartments. Von dort gelangte man in ein kleines Duschbad. Gegenüber der Eingangstür gab es ein Fenster und eine Balkontür, beides zusammen so breit wie das Zimmer. Erik wusste von seinen Strandspaziergängen, dass die Balkons dieses Gebäudes von einer Hausecke zur anderen liefen, durch Trennwände portioniert.

Er machte einen Schritt auf die Balkontür zu. Sie stand nicht offen, wie er vermutet hatte, sondern war in der Nähe des Griffs eingeschlagen worden.

»Vetterich muss sofort mit seinen Leuten herkommen«, sagte er. »Im Hafen dürften die allmählich fertig sein.«

»Soll ich ihn anrufen?«, fragte Sören, der sich zu freuen schien, dass er sich diese Aufgabe zutraute.

»Warum hat das niemand gehört?«, fragte Erik, nachdem Sören die KTU angefordert hatte. »Klirrendes Glas! Das muss doch jemand mitbekommen!«

Sören zuckte mit den Schultern. »Mir kommt es so vor, als wäre dieses Haus nicht komplett belegt. Ist Ihnen auch aufgefallen, dass auf dem Parkplatz höchstens ein Dutzend Fahrzeuge steht? Selbst wenn einige Bewohner mit ihren Autos unterwegs sind, schätze ich, dass nicht mehr als die Hälfte der Apartments bewohnt ist. Eher weniger!«

»Donnerwetter, Sören!«, staunte Erik. »Sie können ja schon wieder klar denken!«

»Außerdem hat es heute Nacht ziemlich heftig geweht. Da geht so manches zu Bruch. Wer wird da gleich an Diebe denken?«

»Fragen Sie mal den Hausmeister«, bat Erik, »ob die Nachbarwohnungen belegt sind.«

Sören nickte und verschwand. Als Erik die Lifttür hörte, musste er lächeln. Wenn sein Assistent auch mittlerweile wieder klar denken konnte, körperliche Bewegung schien ihm immer noch schwerzufallen.

Erik trat so dicht an die Balkontür heran, bis die Scherben unter seinen Füßen knirschten. Ein professioneller Einbrecher war hier nicht am Werk gewesen. Der ging anders vor, leiser, unauffälliger. Nein, hier war es nicht darum gegangen, möglichst schnell und unauffällig etwas Wertvolles zu stehlen und zu Geld zu machen, hier sollte etwas aus der Welt geschafft werden, was jemanden in große Schwierigkeiten bringen konnte. Bruce Markreiter? Alles sah danach aus. Mittlerweile war Erik gespannt auf diesen Mann. Und zum Glück fühlte er sich mehr und mehr einer Begegnung mit einem Star gewachsen.

Er starrte eine Weile hinaus und versuchte, sich andere Möglichkeiten auszumalen. Vielleicht ging es gar nicht um Bruce Markreiter persönlich, sondern um jemanden, der mit ihm in Verbindung stand? Eine Frau, die ein Verhältnis mit ihm eingegangen war? Womöglich die Frau eines bekannten Mannes, der verhindert hatte, dass der Fehltritt seiner Frau an die Öffentlichkeit kam? Oder Max Triebel war, während er Bruce Markreiter ausspionierte, auf etwas anderes gestoßen? Einen Skandal? Ein Verbrechen? Der Lister Hafen war nicht nur für Touristen interessant. Vor einigen Wochen war dort eine Bande von Uhren- und Juwelenräubern festgenommen worden. Wenn nun Max Triebel solchen Gangstern auf die Spur gekommen war? Die fackelten nicht lange, wenn es galt, einen Mitwisser auszuschalten. Oder er hatte zufällig etwas beobachtet, während er auf jemanden wartete, mit dem er sich am Hafen verabredet hatte? Aber warum traf sich ein Reporter mitten in der Nacht mit jemandem an einem Ort, der normalerweise menschenleer war? Dafür gab es nur eine Erklärung: Er hatte diesen Treffpunkt gewählt, gerade weil es keinen Zeugen geben durfte.

Eriks Blick wanderte über die Dünen, die sich vor dem Fenster erhoben. Dahinter tobte die Brandung, er hörte den gewaltigen Rhythmus der Wellen, das ständige Heranrollen und das Getöse, bevor sie ausliefen. Immer wieder, Stunde für Stunde, Jahr für Jahr aufs Neue. Schade, dass man im Erdgeschoss keinen Blick aufs Meer hatte.

Als Sören zurückkehrte, wusste Erik, dass es in dem Apartment weder eine Kamera noch ein Laptop gab. Auch keine Taschen, in denen Kamera und Laptop auf einer Reise transportiert wurden. In einem Schrank hatte er ein paar Wäschestücke gefunden, eine Hose und ein Hemd hingen auf einem Bügel, saubere Schuhe standen in einem Fach, in einem anderen lag ein dicker Pullover. Hinter der zweiten Schranktür fand Erik ein Ladekabel, das zu einem Laptop gehörte. Daneben lag Triebels Brieftasche.

»Kamera und Laptop fehlen«, erklärte Erik. »Es muss also tatsächlich um die Fotos gehen, die Triebel gemacht hat. Wegen der Fotos musste er sterben.«

Sören nickte, als hätte er nichts anderes erwartet. »Der Hausmeister sagt, die Nachbarapartments sind zurzeit nicht bewohnt. Von den rund hundert Apartments sind nur knapp vierzig belegt. Die Wohnungen sind alle im Privatbesitz. Viele Eigentümer vermieten nie, diese Wohnungen stehen den größten Teil des Jahres leer. Nur wenige haben ihre Wohnung an eine Immobiliengesellschaft vergeben, die für die Vermietung sorgt. Der Besitzer dieser Wohnung zum Beispiel macht das.« Sören zog einen Zettel aus der Tasche, auf dem er etwas notiert hatte. »Ein Arzt aus Detmold. Er ist krank und kommt nur noch selten nach Sylt.«

Erik sah Triebels Brieftasche durch, entdeckte aber nichts Besonderes. Personalausweis, Presseausweis, Führerschein, die üblichen Versichertenkarten und einige Geldscheine, mehr nicht.

»Auf dem Balkon könnten Spuren zu finden sein, Schuhspuren am Boden unter dem Balkon, Fingerspuren am Geländer und am Türgriff.«

»Es sei denn, der Täter hat Handschuhe getragen«, ergänzte Sören. »Der muss übrigens sportlich gewesen sein. Der Garten liegt ziemlich tief, der Abstand zu den Balkons im Erdgeschoss ist beträchtlich.«

»Vielleicht war er nicht allein?«, überlegte Erik.

Sören nickte. »Räuberleiter! Damit könnte es gehen.«

»Jetzt auf zum Inselzirkus! Es wird Zeit, dass wir uns Bruce Markreiter vornehmen.«

Draußen trafen sie den Hausmeister, der sich im Treppenhaus an den Lampen zu schaffen machte. »Kommissar Vetterich von der Kriminaltechnischen Untersuchung wird sich bei Ihnen melden. Schließen Sie ihm bitte das Apartment auf«, sagte Erik.

Der Hausmeister nickte. »Ich habe auch den Eigentümer verständigt. Der will wissen, wie lange Sie brauchen. Triebel wollte übermorgen ausziehen. Am Wochenende ist das Apartment wieder vermietet.«

»Bis dahin werden wir fertig sein«, antwortete Erik zuversichtlich und trat vors Haus. »Die frische Luft wird uns guttun«, sagte er zu Sören.

Der nickte, aber wirklich überzeugt schien er nicht zu sein. »Ist ja nicht weit«, machte er sich selbst Mut.

»Ihr Fahrrad steht an unserem Gartenzaun?«, vergewisserte sich Erik.

Wieder nickte Sören. Wenn die Schwiegermutter seines Chefs auf Sylt zu Besuch war, landete sein Fahrrad jeden Morgen am Gartenzaun der Familie Wolf, denn Mamma Carlotta ließ es sich nie nehmen, den armen Sören, der allein lebte und selten etwas Gutes in den Magen bekam, zu beköstigen. Während sie auf der Insel war, nahm Sören jede Mahlzeit bei ihr ein. Mamma Carlotta machte es glücklich, Sören sowieso, und auch Erik gefiel es, wenn alle Stühle an seinem Küchentisch besetzt waren.

Am Ende der Seestraße bogen sie links ab in die Westerlandstraße. Weit war es nun nicht mehr bis zum Süder Wung, wo das Haus der Familie Wolf stand.

»Mit den Rädern sind wir dann im Nu beim Inselzirkus«, munterte Erik seinen Assistenten auf.

»Mit dem Auto wären wir schneller«, brummte Sören. Aber er winkte schon ab, ehe Erik etwas erwidern konnte. »Okay, okay, dafür sind wir nicht nüchtern genug.«

»Hoffentlich treffen wir Markreiter an«, überlegte Erik.

»Sonst besuchen wir ihn eben in seinem Hotel.«

»Lieber wäre mir, ich könnte nicht nur mit ihm, sondern auch mit allen anderen sprechen, die vielleicht etwas wissen. Mal sehen, wie Markreiter reagiert. Davon wird es abhängen, wie weit unsere Befragung geht.«

Mamma Carlotta atmete tief durch, als sie die Kantinentür hinter sich ins Schloss zog. Madonna! In welche Gesellschaft hatte sie sich begeben? Drei Frauen, die über den intimsten Körperteil eines Mannes sprachen und sich sogar darüber lustig machten! So was würde in ihrem Dorf niemand wagen. Schon deswegen nicht, weil dort nur eine Ehefrau darüber Bescheid wusste, und die schwieg natürlich über eine Unvollkommenheit ihres Mannes. Und diejenigen, die davon nichts wissen durften, schwiegen erst recht. Aber diese drei redeten ganz offen darüber und fanden nichts dabei!

»Scandaloso!«, flüsterte Mamma Carlotta.

Natürlich kam es auch in ihrem Dorf gelegentlich vor, dass sich eine Frau zu einem Mann ins Bett legte, mit dem sie nicht verheiratet war. Die Tochter von Signora Neri sollte es sogar getan haben, damit der Besitzer der Fleischfabrik sie zu seiner Chefsekretärin machte. Aber redete sie darüber? Nein, sie hatte alles abgestritten, als sie mit ihrem Chef auf dem Schreibtisch erwischt worden war, und blieb auch nach zwei Jahren noch dabei, dass ihr schlecht geworden sei, dass ihr Chef sie auf den Schreibtisch gebettet und mit Mund-zu-Mund-Beatmung versucht habe, ihr zu helfen. Unvorstellbar, dass Signorina Neri darüber gelacht hätte, als sie die Stelle sicher hatte, oder gar über einen bestimmten Körperteil des Chefs ihren Spott trieb, von dem sie eigentlich nichts wissen durfte. Und daran, dass drei Mitarbeiterinnen der Fleischfabrik gleichzeitig um die Gunst ihres Chefs buhlten, mochte Mamma Carlotta gar nicht denken. In der Fleischfabrik hätte es Mord und Totschlag gegeben, jede hätte versucht, den anderen beiden den Kaffee zu vergiften oder zumindest deren Ruf zu ruinieren. Miteinander Sekt trinken und über den gemeinsamen Liebhaber spötteln? Undenkbar! Für so etwas musste man sich wohl zum Volk der Künstler zählen! In Carlottas Dorf aber gab es niemanden, der künstlerische Ambitionen hatte. Höchstens die Organistin, aber die war um die siebzig, unverheiratet und so prüde, dass sie ihre eigene Unterwäsche nicht neben die Unterhosen ihres Vaters zum Trocknen auf die Leine hängte.

Mamma Carlotta schritt an den Kulissen vorbei, die zurzeit menschenleer waren. Am Ausgang war es mit ihrer Entrüstung schon vorbei. Sie musste sich eingestehen, dass der selbstbewusste Umgang dieser drei Frauen mit Amore sie auch beeindruckte. Und Harry Jumperz geschah es zweifellos recht, dass man so mit ihm umging.

Sie öffnete die Tür und trat auf die hölzernen Bohlen, die um die Halle herumführten. Über dem großen Rasenplatz stand die Sonne. Das grelle Mittagslicht war mittlerweile weicher geworden, mit längeren Schatten. Der Gedanke, dass Carolin in dieser Welt ihre berufliche Zukunft suchte, gefiel ihr plötzlich gar nicht mehr. Am Ende würde auch ihre Enkelin, um eine Rolle zu bekommen …?

»No!« Mamma Carlotta schüttelte diesen schrecklichen Gedanken schnell wieder ab. Vielleicht hatte Erik doch recht. Dies war eine Scheinwelt, in der Kinder nichts zu suchen hatten. Sie bereute nun, dass sie es den beiden ermöglicht hatte, an eine Komparsenrolle zu kommen. Um Felix machte sie sich keine Sorgen, der hatte keine künstlerischen Ambitionen, und wenn er durch »Liebe, Leid und Leidenschaft« gelegentlich auf sein Käppi verzichtete, war nach Meinung seiner Nonna schon viel erreicht. Aber Carolin? Die lernte »Minna von Barnhelm« auswendig, ohne sich darüber im Klaren zu sein, auf welche Fähigkeiten es wirklich ankam, wenn sie eine Rolle ergattern wollte.

Auf dem Platz des Inselzirkus ging es ruhig zu. Gelegentlich lief jemand von einem Zirkuswagen zum anderen, eine junge Frau saß auf den Stufen eines Wagens und telefonierte, aus dem der Casting-Chefin tönte Gelächter, aus einem anderen eine wütende Stimme. Jetzt erst fiel Mamma Carlotta auf, dass der Platz mit einem hohen, stabilen Gitter eingezäunt war. Am Eingang befand sich eine Schranke, die ihr bei der Ankunft nicht aufgefallen war, weil sie geöffnet gewesen war, als die Kandidaten für die Komparsenrollen erwartet wurden. Jetzt war sie geschlossen, daneben stand ein Mann vom Sicherheitsdienst und bewachte den Eingang.

Auf dem Platz patrouillierten drei weitere Männer in dunklen Uniformen, die dafür sorgten, dass niemand hier eindrang und die Schauspieler bei ihrer Arbeit störte. Mamma Carlotta sah außerhalb des Zauns einige Fans stehen, die den Platz mit ihren Blicken absuchten. Anscheinend hofften sie darauf, einen Star von »Liebe, Leid und Leidenschaft« zu entdecken, und waren nun enttäuscht, dass sie nur Leute sahen, die vor der Kamera keine Aufgabe hatten.

Dann aber hörte sie eine helle Stimme: »Bruce!« Andere fielen ein, und schon skandierte eine Gruppe von fünf oder sechs jungen Frauen: »Bruce! Bruce!«

Tatsächlich trat gerade Bruce Markreiter aus dem Zirkuswagen, an dem ein Schild mit der Aufschrift »Maske« angebracht war, und ging zu einem anderen Wagen, der abseits stand. Nicht an dem Zaun, an dem der Fahrradweg nach Kampen entlangführte, sondern in der Nähe der Kulissenhalle, weit entfernt von den Stellen, wo sich Neugierige an den Zaun drückten und ihre Stars beobachten konnten. Er trug eine enge Jeans, die zeigte, dass er trotz seiner gut fünfzig Jahre eine fabelhafte Figur hatte, dazu helle Turnschuhe, ein schwarzes T-Shirt und eine beige Lederjacke. Seine dunklen Haare hatten die berühmten grauen Schläfen, die einen Mann angeblich noch attraktiver machten. Eine Frau jedoch auf keinen Fall, das war Mamma Carlotta mittlerweile aufgegangen. Markreiter bewegte sich aufrecht und mit großen Schritten auf seinen Wagen zu, wirkte aber dennoch nicht arrogant oder gar abweisend.

Ein Zirkuswagen, der ihm ganz allein gehörte? Einem Stargast wie ihm wurde sicherlich nicht zugemutet, seine Freizeit in der Kantine zu verbringen, wenn sie so kurz war, dass es sich nicht lohnte, ins Hotel zurückzukehren. Bruce Markreiter winkte seinen Fans freundlich zu, ging aber nicht zu ihnen, um Autogramme zu verteilen, obwohl die Mädchen mit ihren Schreibblöcken winkten.

Enttäuscht wandten sie sich ab, als er im Wagen verschwunden war. Zwei, drei lösten sich nur ungern vom Zaun, aber schließlich glaubten auch sie nicht mehr daran, dass ihr Star an den Zaun treten würde, um ein paar persönliche Worte mit ihnen zu wechseln. Und da einer der Wachmänner bereits ein paar Schritte auf sie zu machte, die durchaus bedrohlich wirkten, gaben sie es auf, Bruce Markreiter näher zu kommen.

Mamma Carlotta wurde plötzlich klar, dass sie privilegiert war. Heidi, Beate und Kristin hatten ihr ermöglicht, nicht nur einen Blick hinter die Kulissen zu werfen, sondern sich sogar länger dort aufzuhalten, als es allen anderen gestattet wurde. Sie würde darauf achten müssen, sich nicht damit zu brüsten, wenn sie beim Abendessen saßen, und nicht zu viel zu schwärmen von den neuen Eindrücken. Carolin würde dann noch weniger bereit sein, ihr den Angriff auf den Chefautor zu verzeihen. Hoffentlich besaß die Casting-Chefin wirklich die Macht, Mamma Carlotta und ihre Enkel zu Komparsen zu machen, obwohl der Chefautor dagegen war!

Diese Sorge pochte noch immer in ihrer Brust. Aber sie war wie weggeblasen, als sie eine junge Frau sah, die gerade die Schranke passierte. Mamma Carlotta liebte es, Bekanntschaften zu schließen, zu vertiefen und zu erneuern. Einen sympathischen Menschen kennenzulernen war eine große Freude. Ihn wiederzutreffen, sich aneinander zu erinnern, an ein Gespräch anzuknüpfen, zu zeigen, dass man nichts von dem vergessen hatte, was der andere von sich und der Familie erzählt hatte … all das war höchstes Glück. Und manchmal bekam ein solches Wiedersehen eine zusätzliche Bedeutung, nämlich dann, wenn es sich um Begegnungen mit Menschen handelte, die wichtig waren.

Wichtig waren natürlich die Lehrer der Kinder. Mamma Carlotta war nicht von der Idee abzubringen, dass die Schulnoten von der Sympathie abhingen, die ein Lehrer nicht nur den Kindern, sondern auch der Familie der Kinder entgegenbrachte. Deswegen hatte sie den Lehrern ihrer eigenen Kinder zu Ostern und Weihnachten immer selbst gebackenen Kuchen gebracht und nicht davor zurückgeschreckt, auch den schlechtesten Lehrer für seine pädagogischen Fähigkeiten zu loben, wenn er ihr beim Bäcker oder im Gottesdienst begegnete. Noch heute war sie davon überzeugt, dass ihr ältester Sohn es nie zu etwas gebracht hätte, wenn sie seinen Klassenlehrer nicht regelmäßig auf dem Markt getroffen und ihm dort ihre besten Rezepte verraten hätte.

So war es auch jetzt keine Frage, dass sie die junge Referendarin ausgiebig begrüßen musste, die sie kürzlich in Westerland kennengelernt hatte, als sie mit Carolin einen Bummel über die Friedrichstraße machte. Eine reizende junge Frau, nicht nur wegen ihrer angeblichen Ähnlichkeit mit Cindy Crawford! Es wurde wirklich Zeit, dass man sie für ihr pädagogisches Geschick und ihr Engagement lobte.

»Signorina Olsted!«, rief sie, noch ehe sie sich darüber wundern konnte, was die Referendarin auf dem Gelände machte. »Wie schön, Sie wiederzusehen!«

Alina Olsted sah Mamma Carlotta mit großen, erstaunten Augen entgegen. Dass sie nicht wusste, wen sie vor sich hatte, war offensichtlich. Trotzdem reichte sie Mamma Carlotta freundlich die Hand.

»Ich bin die Nonna von Carolina und Felice! Die Schwiegermutter von Hauptkommissar Wolf! Sie erinnern sich?«

Nun ging endlich ein Lächeln über das hübsche Gesicht der Referendarin. »Natürlich erinnere ich mich! Wie geht es Ihnen? Gefällt es Ihnen auf Sylt?«

Dazu hatte Mamma Carlotta einiges zu sagen. Ausgiebig und mit großen Gesten beschrieb sie, wie sie mit der Kälte auf der Insel zurechtkam, dass ihr von einem Besuch zum anderen der Wind immer weniger ausmachte und wie sehr sie sich darauf freute, zum ersten Mal das Osterfest auf Sylt zu erleben. Dann endlich ging ihr auf, dass Alina Olsteds Interesse bereits nachließ, dass ihre Augen über den Platz wanderten, als suchte sie jemanden. Mamma Carlotta konnte sich des Eindrucks nicht erwehren, dass die Referendarin das Gespräch abkürzen wollte. Was hatte sie überhaupt hierher geführt? Und warum war sie ohne Weiteres auf das Gelände gelassen worden?

Aber noch bevor Mamma Carlotta diese Frage gestellt

hatte, fiel ihr schon die Antwort ein: »Sie wollen nach Ihren Schülern sehen? Tut mir leid, das Casting ist längst vorbei.«

»Wie schade! Ich hätte den Kindern gern beigestanden.«

Mamma Carlottas Herz floss über vor Sympathie! So stellte sie sich eine Pädagogin vor. Nicht nur Wissensvermittlerin, sondern Beraterin der Kinder, die sogar ihre Freizeit opferte, wenn es darum ging, die Schüler auf einem wichtigen Weg zu begleiten. Mamma Carlotta berichtete ausführlich über Carolins Freude an »Minna von Barnhelm«, ließ auch den Namen des Dichters einfließen, der ihr inzwischen flott über die Lippen kam, und versicherte Alina Olsted, ihre Enkelin verdanke ihre Komparsenrolle ausschließlich dem hervorragenden Deutschunterricht. Dann machte sie den Vorschlag, den Rückweg gemeinsam anzutreten und bei dieser Gelegenheit auch über Felix' Leistungen im Deutschunterricht zu sprechen, der leider der Ansicht war, dass ein zukünftiger Fußballprofi ohne Schulabschluss auskam.

Aber Alina Olsted winkte ab. »Ich habe ein Gespräch mit Bruce Markreiter verabredet. Wenn ich Glück habe, stellt er sich für einen Workshop zur Verfügung. Meine Schüler wären sicherlich begeistert.«

Mamma Carlotta wusste nicht, was wichtiger war: sich nach der Bedeutung des Wortes »Workshop« zu erkundigen oder darüber zu staunen, dass es Alina Olsted gelungen war, den großen Bruce Markreiter für ihre Arbeit zu interessieren.

Noch ehe sie mit dem Staunen richtig angefangen hatte, fügte Alina Olsted erklärend an: »Meine Mutter war früher mit Bruce Markreiter bekannt. Deswegen ist er bereit, sich meinen Vorschlag anzuhören.«

Mamma Carlotta gratulierte ihr zu diesem wunderbaren Zufall, schenkte der jungen Lehrerin wortreich

Anerkennung, weil sie bereit war, die alte Freundschaft ihrer Mutter zum Wohle ihrer Schüler zu nutzen, und verabschiedete sich mit großer Herzlichkeit. Sie sah Alina Olsted nach, wie sie auf die Kulissenhalle zuging. Wie hübsch sie war! Eigentlich sah sie eher wie ein junges Mädchen aus, nicht wie eine Respektsperson. Wenn Mamma Carlotta da an ihre eigene Jugend dachte! Ihre Lehrerinnen waren allesamt das gewesen, was man in Italien una zitella nannte. Alte Jungfern, die sich in den Lehrerberuf geflüchtet hatten, als es mit Ehe und Familie nicht klappen wollte.

Vor der Tür der Kulissenhalle zog Alina Olsted ein Handy aus der Jackentasche. Anscheinend wagte sie nicht, an die Tür von Markreiters Wagen zu klopfen, sondern meldete sich vorher telefonisch an. Eine junge Frau mit exzellenten Manieren – wie gut, dass es solche Pädagoginnen gab!

Mamma Carlotta wandte sich ab. Nun wurde es Zeit, dass sie das Versprechen einlöste, das sie Tanja Möck gegeben hatte. Una bettola! Sie musste nun unbedingt der Kaschemme einen Besuch abstatten, von der sie ihr erzählt hatte.

Es war reiner Zufall, dass sie sich noch einmal umdrehte. Oder Intuition? Mamma Carlotta liebte es, für alles, was schwer zu erklären war, das Schicksal zu bemühen, dem ihre Intuition als Handlanger diente. Ja, es musste wohl ihre Intuition gewesen sein, die sie bewogen hatte zurückzuschauen, das Schicksal, das wollte, dass sie etwas sah, was sonst unbemerkt geblieben wäre.

Gerade steckte Alina Olsted ihr Handy in die Tasche zurück, da huschte jemand hinter dem Zirkuswagen hervor, in dem Bruce Markreiter verschwunden war. Eine junge Frau mit langen blonden Haaren. Sie blieb stehen, sah sich um ... und ihr Blick fiel auf Alina Olsted. Trotz der Entfernung konnte Mamma Carlotta ihr Erschrecken erkennen. Sie wirkte wie erstarrt. Aber nur wenige Augenblicke, dann zog sie sich vorsichtig hinter den Zirkuswagen zurück. Schritt für Schritt, ohne Alina Olsted aus den Augen zu lassen. Sekunden später war sie nicht mehr zu sehen.

Langsam drehte sich Mamma Carlotta um. Was hatte Sandra Zielcke hinter Bruce Markreiters Wagen zu suchen? Zwischen der Rückseite und dem Zaun gab es einen Grünstreifen von mehreren Metern, hinter dem Zaun dorniges Gestrüpp, in das sich kaum ein Neugieriger verirren würde. Hatte sie den Schauspieler dort belauscht oder beobachtet? War sie gar aus dem Wagen geflüchtet, als Bruce Markreiter ihn betrat? Mamma Carlotta dachte an das, was der Wirt gesagt hatte: »Nehmt euch vor der in Acht!« Er hatte behauptet, sie benähme sich wie eine Privatdetektivin, die sich als Schauspielerin getarnt hatte. Womöglich hatte er den Nagel auf den Kopf getroffen? War Sandra Zielcke einer Sache auf der Spur, der sie sich leichter annähern konnte, wenn sie sich in die Produktion von »Liebe, Leid und Leidenschaft« einschlich?

Nachdenklich ging Mamma Carlotta auf die Schranke zu, die ihr eilfertig geöffnet wurde. Vielleicht war Sandra Zielcke von Bruce Markreiters Frau hier eingeschleust worden? Vielleicht wollte sie ihren Mann der Untreue überführen? Nach dem, was Mamma Carlotta in der Kantine erlebt hatte, konnte sie nicht mehr daran glauben, dass die Pflanze der ehelichen Treue im Showgewerbe lange frisch blieb.

»Moin, Signora! Hat's geklappt mit der Komparsenrolle?«

Busso Heinemann legte die Zeitung zur Seite, die er anscheinend aus einem der Container gezogen hatte, die in der Nähe standen. Sie war schon älter und die Schlagzeile auf dem Titelblatt längst nicht mehr aktuell: »Bruce

Markreiter freut sich auf seine Arbeit auf Sylt!« Darunter ein Bild des Stars, der einem anderen freundschaftlich den Arm um die Schulter legte.

Mamma Carlotta beugte sich vor, um die Bildunterschrift zu entziffern. »Martin Eidam ist glücklich und stolz, weil er den Star für eine Gastrolle in ›Liebe, Leid und Leidenschaft‹ gewinnen konnte!«

In diesem Moment fiel es ihr wie Schuppen von den Augen. Der Wirt hatte sich geirrt! Nein, Sandra Zielcke war keine Privatdetektivin. Sie spielte einer Zeitung ihr Wissen zu! Wahrscheinlich war ihr gutes Geld dafür geboten worden, dass sie Bruce Markreiter beobachtete und pikante Details seines Privatlebens herausfand und weitergab. Kaum hatte der Star dann der Insel den Rücken gekehrt, würde er in jeder Zeitung lesen können, dass er wenig gegessen und zu viel getrunken habe, dass er eitel und selbstgefällig sei, dass er jede Nacht mit einer anderen ins Bett gegangen sei und Sonderwünsche durchgesetzt habe, die ihn die Sympathie seines Publikums kosten konnten. Vielleicht sogar Schlimmeres!

Busso Heinemann schien mit Vorwürfen zu rechnen, als er sah, wie die Freundlichkeit aus Mamma Carlottas Gesicht verschwand und einer Empörung Platz machte, von der er nicht wissen konnte, dass sie nichts mit ihm zu tun hatte.

»Die Zeitung ist uralt«, verteidigte er sich. »Die lag im Papiercontainer.«

Mamma Carlotta beugte sich zu ihm herab. »Sie sitzen doch immer hier, vero? Tag und Nacht?«

Busso rappelte sich hoch, ehe er antwortete: »Tagsüber, ja. Nachts nur, wenn es nicht zu kalt ist. Am Eingang von Feinkost Meyer gibt es ein windgeschütztes Plätzchen. Da gehe ich hin, wenn der Wind vom Meer kommt.«

»Haben Sie schon mal eine junge blonde Frau beobachtet? Sehr hübsch und schlank, etwa Mitte zwanzig, mit langen glatten Haaren?«

»Eine Schauspielerin? Die kenne ich.«

»Ist Ihnen was an ihr aufgefallen? Verhält sie sich merkwürdig?«

Busso zupfte an seinem Pullover herum, in dem sich einige Blätter verfangen hatten. »Tja, wenn ich's mir recht überlege ... Die schleicht gern rum. Erst habe ich gedacht, die wäre ein Fan. Eine, die sich in den Markreiter verknallt hat ...«

»Aber dann?«

»Dann habe ich mitgekriegt, dass sie Schauspielerin ist.«

»Warum haben Sie geglaubt, dass sie ein Fan von Markreiter ist?«

»Weil sie ihn ständig beobachtet. Und sie folgt ihm oft. Bruce Markreiter geht gern zu Fuß ins Hotel. Dann setzt er sich eine Mütze und eine Brille auf, und schon erkennt ihn kein Mensch. Aber kaum ist er weg, folgt ihm diese junge Dame. Unauffällig, versteht sich. Immer mit großem Abstand.«

Mamma Carlotta richtete sich auf. »Behalten Sie die Frau im Auge«, flüsterte sie Busso zu, obwohl niemand in der Nähe war, der sie belauschen konnte. Aber solche Aufträge wurden immer geflüstert, in jedem Krimi, in jedem Fernsehfilm. »Und wenn Sie was Auffälliges bemerken, dann sagen Sie mir Bescheid.«

Busso glotzte sie an, als verstünde er kein Wort. »Wie?«, fragte er dann, griff in seine Hosentasche und holte ein Handy heraus. »Wie soll ich Ihnen Bescheid geben? Bei Ihnen zu Hause anrufen? Dann brauche ich Ihre Nummer.«

Mamma Carlotta erschrak. Das fehlte noch, dass ein Obdachloser im Süder Wung anrief, um mit ihr zu sprechen! »Ab morgen habe ich auch ein Handy«, sagte sie schnell. »Ich gebe Ihnen dann die Nummer. Und ich verspreche Ihnen, dass Sie nicht nur Antipasti, sondern auch Bruschette, Crostini und Insalata mista bekommen.«

Über Bussos Gesicht ging ein Leuchten. Ob er so genau wusste, was ihm in Aussicht gestellt wurde? Vermutlich war er die italienische Küche nicht gewöhnt, aber dass es köstlich sein musste, daran bestand für ihn kein Zweifel. »Ich werde die Dame im Auge behalten«, versicherte er. »Sie können sich auf mich verlassen, Signora.«

Sören liebte sein teures Rennrad. Er sicherte es immer derart gründlich, dass er eine ganze Weile brauchte, bis er erst das Zahlenschloss am Hinterrad und dann das Schloss geöffnet hatte, das das Vorderrad mit dem Gartenzaun verbunden hatte. Besonders das Zahlenschloss machte ihm diesmal Schwierigkeiten. Er musste es mit mehreren Zahlenkombinationen versuchen, bis es endlich aufschnappte.

Währenddessen hatte Erik sein altes Rad aus dem Schuppen geholt, das er den ganzen Winter nicht benutzt hatte. Entsprechend schlaff waren die Reifen, aber es schien verkehrstüchtig zu sein.

»Können Sie mir die Reifen aufpumpen?« Erik hielt Sören die Luftpumpe hin. »Ich sage währenddessen meiner Schwiegermutter Bescheid, dass es bei uns später wird.«

Sören nahm ihm schweigend die Pumpe aus der Hand und machte sich an die Arbeit. Er sah nicht, dass sein Chef grinste. Normalerweise beklagte Sören sich bitterlich, wenn er durch die Arbeit daran gehindert wurde, Mamma Carlottas Kochkunst zu genießen. Diesmal schien der Gedanke an Antipasto, Primo, Secondo und Dolce seinen Appetit jedoch nicht anzuregen. Hoffentlich waren die Vorbereitungen des Abendessens noch nicht weit fortgeschritten. Erik wollte seine Schwiegermutter bitten, an diesem Abend nur einen kleinen Imbiss zu machen. Und er würde sie darauf vorbereiten, dass Sören möglicherweise selbst den zurückweisen würde. Der Geruch von Knoblauch, Olivenöl und gebratenem Speck hätte ihm vermutlich den Rest gegeben.

Als Erik wieder aus dem Haus trat, sah er ratlos aus.

»Ist sie verärgert?«, fragte Sören besorgt.

Erik schüttelte den Kopf. »Die Kinder sagen, sie ist noch nicht von diesem Casting zurückgekehrt.«

Sören glotzte seinen Chef an. »Carolin und Felix wollten sich doch bewerben und nicht Ihre Schwiegermutter, oder?«

»Sie kennen doch meine Schwiegermutter. So was lässt die sich nicht entgehen.«

Sören grinste breit. »Und jetzt hat sie die Hauptrolle bekommen?«

Erik winkte ab. »So schlimm nun auch wieder nicht.« Er schwang sich auf den Sattel und fuhr langsam auf die Westerlandstraße zu. »Genau habe ich es nicht verstanden. Carolin sitzt in ihrem Zimmer und heult. Anscheinend hat meine Schwiegermutter eine Sprechrolle bekommen. Und das findet Carolin ungerecht. Schließlich hat sie doch die ›Minna von Barnhelm‹ auswendig gelernt.«

Sie überquerten die Hauptstraße und wechselten kurz darauf auf den Radweg, der am Dorfteich entlangführte. So lange brauchte Sören, bis er die Zusammenhänge einigermaßen verstanden hatte. »Und Carolin heult, weil sie auch eine Sprechrolle haben wollte?«

»Nein, sie heult, weil meine Schwiegermutter sich mit dem Chefautor angelegt hat.«

Sören vergaß vor lauter Verblüffung zu treten und fiel zurück. »Aber Sie sagten doch gerade ...«

Erik ließ ihn nicht ausreden. »Fragen Sie mich nicht, Sören. Jedenfalls sitzt meine Schwiegermutter angeblich mit drei Schauspielerinnen zusammen und hat ihren Spaß.«

»Wo?«

Erik sah einer Ente nach, die erschrocken aufflog. »Hoffentlich nicht dort, wo wir gleich Bruce Markreiter verhören.«

Sören begann so heftig zu lachen, dass er beinahe vom Fahrrad gefallen wäre. »Morgen wird sie die ganze Produktionsgesellschaft mit Antipasti versorgen, wetten?«

Erik ließ sein Rad ausrollen und wartete, bis Sören wieder an seiner Seite fuhr. »Dieses Casting muss wirklich sehr merkwürdig gewesen sein. Felix saß eben sogar ohne sein Käppi am Küchentisch.«

Als sie am Friedhof vorbeifuhren, schien der Wind den Atem anzuhalten. Immer, wenn Erik Lucias Grab näher kam, drehte die Welt sich ein bisschen langsamer, die Sonne brannte dann auch schon Anfang April, und die Enten auf dem Wenningstedter Dorfteich drückten sich ins Schilf wie sonst nur während der Mittagshitze. Erik wagte es nicht, einen Blick nach links zu werfen. Er wollte sie nicht sehen, diese Ruhe unter den Bäumen, die Stille, die Lucia nicht gemocht hatte, in der er sie dennoch allein lassen musste.

Auf den Schreck brauchte Mamma Carlotta einen Cappuccino. Eigentlich hatte sie sich nur in die Bäckerei geflüchtet, damit sie Erik und Sören nicht begegnen musste. Und ein gutes Ciabatta-Brot konnte man schließlich immer gebrauchen! Aber nun stellte sie sich an einen der beiden Stehtische, die es hinter der Schaufensterscheibe gab, um sich zu stärken, bevor sie ihren Weg fortsetzte.

Leider war der Bäcker nicht da, mit dem Mamma Carlotta schon häufig geplaudert hatte, sondern nur seine durch und durch friesische Verkäuferin, die es schon befremdlich fand, wenn ihr knappes »Moin« mit einem lauten »Buongiorno« beantwortet wurde.

Der Cappuccino war entsprechend: der Kaffee knapp bemessen, die Milch nur flüchtig aufgeschäumt und der Kakaopuder so herb wie der Charme der Verkäuferin. Aber zumindest war er heiß, und ein heißes Getränk war immer gut, wenn man mit einer Gefühlsaufwallung klarkommen musste.

War es wirklich nötig gewesen, vor Erik zu flüchten? Die Antwort war gefunden, noch ehe Mamma Carlotta sich an dem Cappuccino die Zunge verbrannt hatte. Ja, es war nötig gewesen! Wie hätte sie Erik erklären sollen, mit welchem Ziel sie durch die Westerlandstraße fuhr? Er hätte angenommen, dass sie auf dem Nachhauseweg war und sich zehn Minuten später an die Zubereitung des Abendessens machen würde. Auf keinen Fall sollte er wissen, dass sie auf dem Weg in eine Kaschemme war, die sie Tanja Möck empfohlen hatte, weil sie diese Kaschemme sehr gut kannte. Auch dass sie dort regelmäßig Rotwein aus Montepulciano trank, den der Wirt extra für sie bezog, durfte Erik niemals erfahren.

Sie pustete so nervös in den Schaum ihres Cappuccinos, bis ihr eine Milchflocke auf der Nase tanzte. Warum waren Erik und Sören überhaupt mit dem Fahrrad unterwegs? Dieser Tag war Rudi Engdahls Geburtstag! Erik wollte sich von einem Streifenwagen der Verkehrspolizei nach Hause bringen lassen. Hatte es etwa ein Kapitalverbrechen gegeben, zu dem Erik radelte, weil er seinen Führerschein nicht riskieren wollte?

Sie beschloss, auf den Rest des ungenießbaren Cappuccinos zu verzichten. Unter diesen Umständen konnte sie sich Zeit lassen. Im Süder Wung erwarteten sie nur Carolins Vorwürfe, also war es gut und richtig, ausgiebig in Käptens Kajüte einzukehren. Dort gab es mindestens zwei Menschen, die ihr zuhören würden, wenn sie ihnen erzählte, dass sie demnächst im Fernsehen zu bewundern sein würde. Das schönste Erlebnis verlor seinen Glanz, wenn es nicht von allen Seiten beleuchtet, von anderen kommentiert und vor den Augen staunender Mitmenschen gedreht und gewendet werden konnte. Wirklich schade, dass die Verkäuferin es nicht verdient hatte, sich die wunderbare Geschichte anzuhören, die Mamma Carlotta erlebt hatte!

Die kümmerte diese Vergeltung leider wenig. Das war ärgerlich, aber schnell vergessen, als ein Kunde die Bäckerei betrat, den Mamma Carlotta kannte. »Signor Mierendorf! Come sta? Schon finito mit der Geburtstagsfeier von Signor Engdahl?«

Enno Mierendorf stöhnte statt einer Antwort tief auf und klammerte sich an die Theke, während er der Verkäuferin erklärte, dass er das Brot abholen wolle, das seine Frau bestellt habe. »Meine Schwägerin hat heute auch Geburtstag. Da muss ich jetzt hin.«

Mamma Carlotta wunderte sich darüber, dass Mierendorf trotz der Aussicht auf ein Familienfest nicht besonders glücklich aussah. Aber als ihm das Portemonnaie hinunterfiel und er bei dem Versuch, die Münzen einzusammeln, beinahe kopfüber auf dem Boden der Bäckerei gelandet wäre, wurde ihr klar, dass dem Polizeimeister eine schwere Prüfung bevorstand.

»Als Polizist hat man ja selten pünktlich Feierabend«, begann sie diplomatisch. »Wenn auf Sylt was passiert, sind Sie im Einsatz. Dafür hat Ihre Schwägerin sicherlich Verständnis.«

Enno Mierendorf versuchte, die drei Brote auf seinen beiden Armen unterzubringen. Das war ihm gerade gelungen, da begriff er, was die Schwiegermutter von Hauptkommissar Wolf ihm zu verstehen geben wollte. Über sein Gesicht ging ein Lächeln. »Stimmt! Wir haben einen neuen Fall! Ein Mord am Hafen von List!«

Mamma Carlotta nahm ihm ein Brot ab und zog ihn zur Tür. »In List, sagen Sie? Will mein Schwiegersohn etwa mit dem Fahrrad bis nach List fahren?«

Mierendorf war sicher, dass sein Chef einen Streifenwagen genommen hatte. Aber gerade in diesem Augenblick ging Kristin Pölzer am Schaufenster der Bäckerei vorbei, und Mamma Carlotta fand keine Zeit, der Ungereimtheit auf die Spur zu kommen. Sie riss die Tür auf und jubelte so laut, dass der Verkäuferin eine Praline, die sie gerade mit einer zierlichen Zange auf ein Tablett legen wollte, in die Schwarzwälder Kirschtorte fiel.

Kristin war stehen geblieben und warf einen langen Blick durch die geöffnete Tür. »Ist das diese Kaschemme, von der du erzählt hast, Carlotta?«

Die Tür der Bäckerei wurde so heftig ins Schloss geworfen, dass Mierendorf, der noch auf der oberen Stufe stand, einen Stoß in den Rücken erhielt, auf den Bürgersteig taumelte und Mühe hatte, auf den Beinen zu bleiben. Eine Verwünschung folgte ihm, die zum Glück durch die geschlossene Tür nicht zu verstehen war.

Mamma Carlotta sah durch die Scheibe, dass der Bäcker aus der Backstube kam, um sich zu erkundigen, was seine Verkäuferin derart in Rage gebracht hatte. Nun war ihre Stimme sogar durch die geschlossene Tür zu verstehen: »Der Kerl ist besoffen, und diese italienische Signora nennt unsere Bäckerei eine Kaschemme!«

Erik ärgerte sich über den Zaun, der das Gelände umschloss, über die Schranke und vor allem über den Wachdienst. Wie konnte ihm jemand, der seine Insel kaum kannte, Zutritt verwehren zu einem Teil von Sylt, der den Syltern gehörte, und nicht irgendwelchen Fernsehfritzen, die die Schönheiten der Insel für sich nutzten? Aber er merkte schnell, dass er ungerecht war. Natürlich mussten die Kulissen von »Liebe, Leid und Leidenschaft«

vor Neugierigen geschützt werden und die Schauspieler auch.

Erik suchte gerade in der Innentasche seiner Jacke nach dem Dienstausweis, um ihn dem Wachdienst zu zeigen, da sah er den Mann, der neben der Schranke auf der Erde kauerte. »Busso Heinemann! Sie sind immer noch auf Sylt?«

»Wo soll ich sonst hin, Herr Hauptkommissar? Auf Sylt kenne ich mich aus. Hier gibt's Leute, die mir gelegentlich helfen.«

»Sie mussten aus Ihrer Wohnung raus, als der Job weg war?«

Busso setzte ein reumütiges Gesicht auf. »Der verdammte Fusel! Ist das nicht eigentlich eine Krankheit, Herr Hauptkommissar? Ich kann nicht anders! Ohne Schnaps kriege ich nichts auf die Reihe. Aber komisch … bei mir sagt keiner, ich bin alkoholkrank. Bei mir sagen alle, ich saufe.«

Erik fühlte sich immer noch nicht stark genug, um sich auf eine Diskussion über den Schaden einzulassen, den übermäßiger Alkoholgenuss anrichtete. Und er wollte Busso Heinemann auch nicht daran erinnern, dass er seine Pflichten als Strandwärter sträflich vernachlässigt hatte, weil er sich mehr um seine Kömflasche als um die Sicherheit an Buhne 16 gekümmert hatte. Als dann beinahe jemand ertrunken war, ohne dass Busso die Gefahr erkannt hatte, war Schluss gewesen: Busso hatte seine Kündigung erhalten. Warum er dann auch seine Wohnung verloren hatte, wusste Erik nicht. Vermutlich, weil er sein ganzes Geld in Alkohol investiert hatte und irgendwann die Miete nicht mehr zahlen konnte.

Erik wandte sich dem Wachmann zu, der sich vor ihm aufgebaut hatte, und präsentierte ihm den Dienstausweis. »Ich möchte Bruce Markreiter sprechen. Und Herrn Eidam auch.«

Der Wachmann studierte den Ausweis ausgiebig, dann sagte er: »Herr Eidam ist nicht auf Sylt. Den kenne ich gar nicht.«

»Dann führen Sie mich bitte zu Herrn Markreiter.«

Der Wachmann öffnete die Schranke und ließ Erik und Sören passieren. »Ich bringe Sie zu Tanja Möck. Die hat hier den Überblick. Sicherlich kann sie Ihnen sagen, wo Markreiter steckt.«

Er ging ihnen voran auf einen Zirkuswagen zu, an dem ein Schild mit der Aufschrift »Büro« hing. Auf dem Weg dorthin sah Erik sich unauffällig um. Was für eine seltsame Atmosphäre! Die Leichtbauhalle in der Mitte des Platzes war groß, hässlich, funktional, aber zu ihrem Glück war sie von den Zirkuswagen umgeben, die sich der Halle zuwandten und sie mit ihren offenen Türen anzulächeln schienen. Dieser Kontrast machte den Eindruck der Halle, die so deutlich ein Provisorium war, erträglich.

Als Erik in der Zeitung gelesen hatte, dass der Inselzirkus in diesem Jahr etwas später beginnen würde, weil Eidam-TV den Platz gemietet hatte, wo der Zirkus seit vielen Jahren seine Manege aufschlug, hatte er sich geärgert. Jetzt allerdings kam es ihm so vor, als gäbe es nur für ein paar Wochen einen neuen Zirkusdirektor. Fernsehleute schienen auch zum fahrenden Volk zu gehören. Sie saßen auf den Stufen der Zirkuswagen und genossen die gute Luft, liefen über den Platz, mit Staffagen und allen möglichen Requisiten beladen oder mit Papierstapeln unter dem Arm. Aus einem der Wagen ertönte Musik, und wer über den Platz ging, summte oder trällerte die Melodie mit. Ja, hier gastierte ein moderner Zirkus!

Erik war ein wenig mit »Liebe, Leid und Leidenschaft« versöhnt, obwohl die Telenovela Unruhe auf die Insel gebracht hatte, die sogar bis in seine Familie getragen worden war. Überall auf Sylt musste man damit rechnen, auf Kameras zu stoßen, auf Leute mit Headsets und wichtigen Gesichtern, die Passanten anhielten und ihnen den Durchgang verwehrten. »Stopp! Wir drehen!«

Als das Inselblatt den Aufruf verbreitet hatte, dass Eidam-TV Komparsen suchte, war sein Ärger noch größer geworden. Nun aber war er bereit, diesen modernen Zirkus zu akzeptieren, vorausgesetzt, Carolin heulte nicht mehr, wenn er nach Hause zurückkam. Dann würde er gleich morgen mit Mamma Carlotta zum Lister Hafen fahren und dort mit ihr Fisch essen.

Er griff nach dem Arm seines Assistenten, der gerade den Bürowagen betreten wollte. Unauffällig nickte er zu einer jungen Frau, die auf die Schranke zuging, um den Platz zu verlassen. »Die kenne ich irgendwoher«, tuschelte er.

Sören grinste. »Besser, Sie lassen sich kein Autogramm geben. Ich glaube, das käme nicht gut.«

Erik sah ihn verständnislos an, und Sören grinste noch breiter. »Das ist Alina Olsted, die neue Referendarin. Haben Felix und Carolin nicht beide bei ihr Unterricht?«

»Stimmt!« Nun erinnerte sich Erik, Alina Olsted auf dem letzten Elternabend gesehen zu haben. Früher hatte Lucia solche lästigen Pflichten übernommen, und er selbst suchte jedes Mal nach Gründen, den Elternabend zu schwänzen. Aber immer wenn Felix ihn verdächtig eifrig in dieser Absicht bestärkte, ging er dann doch. Und bei dem letzten Elternabend, der im Januar kurz vor den Halbjahreszeugnissen stattgefunden hatte, war ihm Alina Olsted aufgefallen. Danach hatte er ihren Namen häufig gehört. Carolin himmelte die neue Referendarin an, die ihr anscheinend ein ganz neues Verständnis für Literatur vermittelt hatte.

»Was die wohl hier macht?«, fragte Erik.

Sören verdrehte die Augen. »Was geht uns das an?«

»Gar nichts!« Erik fiel wieder ein, dass er Sören ein Vorbild sein wollte. Ein Chef, der auch nach Alkoholgenuss noch in der Lage war, Wichtiges von Unwichtigem zu unterscheiden. Also folgte er Sören in den Bürowagen, wo eine Frau am Computer saß, die die Hände in den Schoß gelegt hatte und ihnen aufmerksam entgegensah. Anscheinend hatte sie ihr kurzes Gespräch mitgehört und sich gefragt, auf welchen Besuch sie sich einzustellen hatte.

Auch sie schien nicht in diesen modernen Zirkus zu passen. Breit und behäbig saß sie da, ihr schütteres Haar plusterte sich unvorteilhaft über den Ohren auf, ihre Augen waren klein und blass. Aber ihr freundlicher Blick und ihr sanftes Lächeln verliehen ihr trotzdem eine positive Ausstrahlung.

Erik zeigte ihr seinen Dienstausweis und erklärte: »Wir müssen Herrn Markreiter sprechen. Es ist dringend! Hält er sich hier irgendwo auf?«

»Ja, er ist noch hier«, antwortete Tanja Möck. »Entweder in seinem Wagen oder in der Kantine.«

Sie schien zu hoffen, dass er sich mit dieser Auskunft zufriedengeben und nun zielstrebig losgehen würde. Aber dann wurde ihr klar, dass sie nicht darum herumkam, sich zu erheben und die beiden Polizeibeamten zu begleiten. Obwohl sie augenscheinlich lieber sitzen geblieben wäre, wirkte sie dennoch nicht unfreundlich, als sie vor Erik und Sören mühsam aus dem Bürowagen kletterte. Erik wartete, bis Tanja Möck sicher auf der Erde angekommen war, erst dann sagte er: »Ich würde auch gern Herrn Eidam sprechen. Ist das möglich?«

Tanja Möck schüttelte den Kopf. »Er ist nicht auf Sylt, er ist in Hamburg geblieben.« Erklärend setzte sie hinzu: »Hamburg ist der Sitz unserer Produktionsgesellschaft. Dort wird ›Liebe, Leid und Leidenschaft‹ normalerweise gedreht. Hier auf Sylt produzieren wir nur einen Handlungsstrang. Den mit Bruce Markreiter.«

Erik sah sich ein weiteres Mal staunend um. »So ein Aufwand für einen einzigen Handlungsstrang?«

Tanja Möck lächelte. »Kaum ein Fernsehzuschauer macht sich ein Bild von dem Aufwand, den Fernsehaufnahmen erfordern.«

»Hat Herr Eidam einen Vertreter hier auf Sylt?«

Tanja nickte. »Unser Chefautor Harry Jumperz trifft alle Entscheidungen.«

»Dann würde ich auch mit ihm gerne reden.«

Über den Platz kam ein junger Mann, der sich eine marmorne Blumensäule aufgeladen hatte, die er so leichtfüßig trug, dass sofort klar war: Sie musste aus Pappmaschee bestehen.

»Die würde gut in mein neues Wohnzimmer passen«, raunte Sören seinem Chef zu. »Vor allem wäre sie leicht in die nächste Wohnung zu transportieren. Für den Fall, dass ich irgendwann noch mal umziehe.«

Tanja hielt den Kulissenarbeiter auf. »Weißt du, wo Bruce ist?«

Der junge Mann nickte zur Kulissenhalle. »Der ist in die Kantine gegangen. Hat irgendwas mit Harry zu besprechen.«

Erik hielt Tanja Möck zurück, die ihm vorausgehen wollte. »Wäre nicht ein anderer Ort besser für ein Gespräch geeignet? Sie hatten heute ein Casting. Wahrscheinlich sitzen die neuen Komparsen noch in der Kantine?«

Tanja schüttelte den Kopf. »Nein, die sind alle weg.«

»Wirklich alle?«

»Ja, alle!« Sie öffnete die Eingangstür der Halle und ließ die beiden Beamten eintreten.

Erik seufzte heimlich. Hoffentlich hatte Tanja Möck recht. Er mochte sich nicht vorstellen, wie seine Autorität untergraben würde, wenn er in der Kantine laut jubelnd von einer euphorisierten Italienerin begrüßt würde. Da er damit rechnen musste, dass sein eigener Alkoholkonsum einem geübten Auge nicht verborgen bleiben würde, konnte sich im Nu herumsprechen, dass Erik Wolf betrunken seinen Dienst verrichtete, während seine Schwiegermutter ebenso angeheitert mit dem Mordverdächtigen ihre erste Sprechrolle feierte. Dann fehlte nur noch der Chefredakteur des Inselblattes, der das Ganze in Wort und Bild festhielt!

Mamma Carlotta stellte das Fahrrad ab und betrachtete Käptens Kajüte mit prüfendem Blick. Als sie im Februar zum Biikebrennen auf die Insel gekommen war, hatte Tove Griess, der Wirt, mit der Renovierung seiner Imbissstube begonnen, die Arbeiten jedoch wegen Geldmangels bald wieder einstellen müssen. Seitdem sah die Fassade von Käptens Kajüte freundlicher aus, sodass man bei Eidam-TV womöglich nicht an eine Kaschemme glauben mochte. Aber Mamma Carlotta war zuversichtlich. Sobald man über die Schwelle trat, würde jedermann bestätigt bekommen, dass es sich hier um eine Bettola handelte, eine dunkle Höhle mit düsteren Wänden, holzvertäfelter Decke und einem olivgrünen Steinboden. Keine frische Farbe gab es, kein freundliches Accessoire und nichts, was nicht wie Frittierfett glänzte und wie Frittierfett roch.

Im Übrigen hatte der weiße Anstrich der Fassade bereits gelitten, war mit zwei, drei Graffitischmierereien verunstaltet worden, und das Gerümpel, das Tove Anfang des Jahres entfernt hatte, sammelte sich nun bereits wieder an einer Hausecke. Und die Fenster waren so lange nicht geputzt worden, dass niemand, der durch die Tür trat, ein gepflegtes Ambiente erwartet hätte.

Dem Wirt war bisher der Zusammenhang zwischen

seinen finanziellen Schwierigkeiten und seiner mangelnden Freundlichkeit noch nicht aufgegangen: Tove Griess behandelte jeden Gast wie einen unerwünschten Eindringling, betrog ihn ums Wechselgeld, drehte Kindern angebrannte Würste an und den Kunden, die auf dem Weg zum Autozug waren, den Kartoffelsalat, der das Mindesthaltbarkeitsdatum überschritten hatte. Er war ständig in Geldverlegenheit und zu jeder krummen Tour bereit, die etwas einbrachte. Und da er außerdem zur Gewalttätigkeit neigte und seine Überzeugung gern mit den Fäusten verteidigte, gehörte er zu Eriks besten Kunden. Die Gefängniszelle im Polizeirevier Westerland kannte er so gut wie kein anderer Sylter. Sogar noch besser als sein einziger Stammgast, der ein inselbekannter Spanner war und deswegen ebenfalls häufig aufs Polizeirevier geladen wurde, weil es mal wieder eine Anzeige gegeben hatte. Fietje Tiensch war schon so oft vor fremden Schlafzimmerfenstern erwischt worden, dass er sogar um seinen Posten als Strandwärter bangen musste. Noch ein einziger empörter Feriengast, und es würde ihm so gehen wie Busso Heinemann.

Mamma Carlotta stieß kräftig die Tür auf, obwohl der Wirt sie schon mehrmals gebeten hatte, es wie eine Friesin zu halten und seine Imbissstube so bedächtig zu betreten, dass ihm nicht vor Schreck ein Glas aus der Hand oder eine Wurst aus der Grillzange rutschte.

Aber wenn eine Italienerin mit guten Nachrichten erschien, konnte sie sich nicht unauffällig in den Raum drücken! Mamma Carlotta erschien in Käptens Kajüte wie ein Herbststurm im Frühling. Trotzdem war sie sicher, willkommen zu sein. Tove würde sich freuen, wenn er von der Neuigkeit hörte.

Zunächst sah es allerdings nicht danach aus. Mamma Carlotta, die sich etwas darauf zugutehielt, dass Tove Griess bei ihrem Eintritt gelegentlich so etwas wie ein

Grinsen hervorbrachte und dass der Strandwärter Fietje Tiensch dann den Blick aus seinem Jever nahm und sogar aufrichtige Freude zeigte, wurde diesmal enttäuscht. Der Wirt stand hinter der Theke wie ein Käpten, der soeben eine Meuterei niedergeschlagen und ihren Anführer über Bord geworfen hatte. Und Fietje Tiensch, der seine komplette Freizeit in Käptens Kajüte verbrachte, hockte da, als wäre ihm vorgeworfen worden, an der Meuterei beteiligt gewesen zu sein.

Auf Mamma Carlottas »Buongiorno« kam nicht mal ein mürrisches »Moin« zurück. Fietje Tiensch wagte erst ein kleines Lächeln, als Tove ihm den Rücken zuwandte.

»Che c'è?«, fragte Mamma Carlotta vorsichtig, der angesichts dieser Ungastlichkeit die deutschen Sprachkenntnisse versagten. »Was ist los?«, wiederholte sie, als sie auf einem der Barhocker saß, an die sie sich eigentlich gewöhnt hatte, die ihr aber nun so unbequem erschienen wie bei ihrem allerersten Besuch in Käptens Kajüte. Sie wagte nicht, einen Espresso zu ordern, und erst recht nicht den Rotwein aus Montepulciano, den Tove ihr häufig mit den Worten kredenzte: »Geht aufs Haus!«

Damit war an diesem Tag nicht zu rechnen. Und der Espresso würde entweder wie Ochsenschwanzsuppe aussehen oder zu sofortigen Kreislaufbeschwerden führen.

Als das Schweigen lange genug auf ihr gelastet hatte, versuchte sie es noch einmal: »Ist jemand gestorben?«

Tove fuhr zu ihr herum, fürchterlich anzusehen mit der rot besudelten Schürze, der Grillzange in der einen und der großen Gabel in der anderen Hand. Obwohl Mamma Carlotta wusste, dass die roten Flecken vom Ketchup herrührten, lehnte sie sich nicht bequem auf die Theke, wie sie es sonst tat, sondern versuchte, den Abstand zu dem übel gelaunten Wirt so groß wie möglich zu halten.

»Beinahe!«, fuhr er Mamma Carlotta an. »Es hätte nicht viel gefehlt, und ich hätte den Kerl auf den Grill gesetzt!«

Mamma Carlotta wusste, dass jetzt Fingerspitzengefühl gefordert war. Eine falsche Bemerkung, und Tove würde den Rotwein aus Montepulciano in den Ausguss kippen und ihn unter ihren Augen von der fettglänzenden Karte streichen, die seit der Eröffnung von Käptens Kajüte auf der Theke lag. Fragend sah sie Fietje an, der Tove einen zaghaften Blick zuwarf, ehe er antwortete: »Ein Mitarbeiter des Gewerbeaufsichtsamtes!«

»Gewerbe…« Mamma Carlotta war sonst immer begierig, eine neue Vokabel zu lernen. In diesem Fall hätte sie auf eine Erklärung gern verzichtet, da sie mit einem wüsten Schimpfwort rechnete, mit dessen Anwendung sie niemals irgendwo Eindruck machen konnte. Trotzdem fragte sie vorsichtig, um Tove Griess nicht auch noch mit Desinteresse zu kränken: »Cos'è?«

Toves Antwort wurde von der Grillzange übermittelt, die so unheilvoll klapperte, als solle sie sich demnächst nicht nur um Würste, sondern auch um die frei zugänglichen Körperteile von unerwünschten Besuchern kümmern.

Fietje dagegen kam zu der Ansicht, dass die italienische Signora sowieso nicht aufhören würde zu fragen, weshalb es besser war, ihr den Begriff zu erklären. »Da hat sich jemand beschwert, weil es in Käptens Kajüte nicht hygienisch einwandfrei zugeht«, begann er vorsichtig und musste sich nach diesem inhaltsschweren Satz erst mal mit einem guten Schluck Jever stärken. »Angeblich«, fügte er an und schien sich mit dieser Konzilianz selbst Mut gemacht zu haben. »Ich möchte wissen, wer eine Ratte in Toves Küche gesehen haben will, die sich durch den Heringssalat fraß. Der müsste ja hinten durchs Fenster geguckt haben.« Fietje Tiensch trank sein Glas leer und orderte ein zweites. »Unsereins hat die Polizei am Hals, nur weil manche Leute die Rollläden nicht schließen, bevor sie sich ausziehen, und so einer darf in Toves Küche gucken und ihn sogar anschwärzen!«

Mamma Carlotta verstand nun. »L'istituto d'igiene – die Polizia für Gesundheit!«

»Das wird mich eine Stange Geld kosten«, brummte Tove.

»Jawoll!«, bekräftigte Fietje, der mit diesem Wort allem Nachdruck verlieh, was ihm bemerkenswert erschien. Dann stellte er fest, dass Mamma Carlotta sich zwar um Anteilnahme für Toves neue Schwierigkeiten bemühte, dabei aber die Bedrückung vermissen ließ, die hier angebracht gewesen wäre. Erwartungsvoll blickte er ihr ins Gesicht, wo sich die Lösung für alle Probleme abzeichnete.

»Sie sehen aus, Signora, als hätten Sie gute Nachrichten!«

»Sì!« Mamma Carlotta schaute sich zufrieden um. Ob sie Tanja Möck von der Ratte in der Küche und dem Gewerbeaufsichtsamt erzählen würde, wusste sie noch nicht. Vermutlich war es nicht nötig, um sie und auch Harry Jumperz davon zu überzeugen, dass es sich hier um eine echte Kaschemme handelte, die für Eidam-TV genau richtig war. Nur wenn es in dieser Hinsicht Zweifel gab, würde sie den Heringssalat ins Spiel bringen, den Tove vermutlich noch nicht entsorgt hatte.

Sie lächelte ihn unbefangen an, während sie sich einen Cappuccino bestellte. Und als er keine Anstalten machte, seinen Kaffeeautomaten in Gang zu setzen, ergänzte sie: »Ich habe eine Idee, wie Sie in Käptens Kajüte sehr schnell ziemlich viel Geld verdienen können. Sie brauchen dafür nicht zu renovieren und nicht mal den Boden zu wischen. So, wie es hier aussieht, ist es genau richtig.« Sie wies zu dem Fernseher, der unter der Decke hing und während wichtiger Fußballspiele für gute Geschäfte in Käptens Kajüte sorgte. »Kennen Sie ›Liebe, Leid und Leidenschaft‹?«

Tove glotzte sie an, als wäre ihm jedes dieser drei Wörter nur vom Hörensagen bekannt. Aber Fietje wusste, wovon die Rede war. Daraufhin vergaß Mamma Carlotta fürs Erste die freudige Botschaft, mit der sie hergekommen war, und berichtete Tove und Fietje ausgiebig von ihrer Komparsenrolle, von den Schauspielerinnen, die ungeschminkt nur halb so attraktiv waren wie auf dem Bildschirm, und von dem fiesen Chefautor, für den keine Frau jung, schön und schlank genug war. Beinahe hätte sie auch zum Besten gegeben, wie es um dessen körperliche Beschaffenheit unterhalb des fetten Bauchs bestellt war, aber dann brachte sie es doch nicht über die Lippen.

Da Textsicherheit für eine neu entdeckte Schauspielerin das Wichtigste war, probierte sie die Sätze, die Tanja Möck ihr vorgesprochen hatte, gleich mehrmals in unterschiedlichen Modulationen aus, damit Tove und Fietje eine Ahnung von ihrer zukünftigen Aufgabe bekamen. Mal laut, mal leise, mal leicht dahingesagt und noch einmal mit tiefer Inbrunst.

Dann fragte Fietje: »Was ist das: Bettola?«

Und damit fiel Mamma Carlotta wieder ein, warum sie in Käptens Kajüte eingekehrt war. Da Toves Gesicht noch immer kein Lächeln zeigte, verzichtete sie vorsichtshalber darauf, das Wort ins Deutsche zu übersetzen. »Die Produktionsgesellschaft sucht eine Location.« Diese Mitteilung ließ sie eine Weile wirken, bis sie feststellen musste, dass sie keine Bewunderung erntete, trotz der zwei neuen Vokabeln, die ihr richtig gut gelungen waren. »Ich habe denen verraten, dass Käptens Kajüte perfekt geeignet wäre. Was sagen Sie nun?« Sie starrte Tove so lange ins Gesicht, bis dort das stumpfe Desinteresse endlich von einer winzigen Ungläubigkeit abgelöst wurde. »Ist das nicht meraviglioso?«

Tove sah Fietje an, als wollte er sich von ihm bestätigen lassen, dass er die Worte der Signora richtig verstanden hatte.

Aber Fietje war genauso skeptisch wie Tove. »Die wollen bestimmt einen Nobelschuppen«, meinte er. »So was wie das Gogärtchen oder die Sansibar.«

Und Tove nickte, als wäre er froh, dass damit die kurze Hoffnung wieder begraben war, die zwar Geld einbringen, aber auch sein gleichförmiges Leben in Aufruhr bringen würde.

»No, no!« Mamma Carlotta freute sich so auf die Verkündigung ihrer guten Nachricht, dass die vier Beine ihres Barhockers Probleme mit der Statik bekamen. Gab es etwas Schöneres, als einem armen Menschen, der gerade unter Resignation und Perspektivlosigkeit zusammenbrechen wollte, neue Hoffnung zu schenken? »Die suchen kein Nobelrestaurant, die brauchen eine Kaschemme!«

Erschrocken sah sie Tove an. Nun war es ihr doch herausgerutscht, das verächtliche Wort, das auf Tove womöglich die gleiche Wirkung hatte wie das Erscheinen des Gewerbeaufsichtsbeamten in seiner Küche.

Doch es stellte sich heraus, dass Tove sich über die Kategorie seiner Imbissstube keine Illusionen machte. Sein Gesicht knüllte sich zusammen, was einem zufriedenen Lächeln gleichkam. Und als er, statt sich endlich um den bestellten Cappuccino zu kümmern, in die Küche ging und mit einer Flasche Rotwein aus Montepulciano zurückkam, wusste Mamma Carlotta, dass er sich freute. Da er ihr Glas bis zum Rand füllte und »Geht aufs Haus!« sagte, stand sogar fest, dass er vor Freude außer sich war.

Mamma Carlotta war mittlerweile oft genug auf Sylt

gewesen, um zu wissen, wie ein Friese sich freute. Ungefähr so, als bekäme ein Italiener die Nachricht, dass er mit einer etwas geringeren Steuernachzahlung als befürchtet zu rechnen habe.

Erik blieb in der Tür der Kantine stehen, während Tanja ihm zu einem Tisch vorausging, an dem zwei Männer saßen. Einer war groß, kräftig, mit breiten Schultern und muskulösen Oberarmen. Sein Profil war scharf geschnitten und makellos.

Erik zweifelte keinen Augenblick daran, dass es sich um Bruce Markreiter handelte. Diese hohe Stirn, die gerade Nase, die dunklen, leicht gewellten Haare und die grauen Schläfen kannte auch jemand wie er, der sich nichts aus Promis machte. Statt Tanja Möck zu folgen, blieb er stehen und zog umständlich den Reißverschluss seiner Jacke auf, als wollte er sich Erleichterung verschaffen, ehe er sich in die Kantine begab, wo es nach abgestandenem Kaffee roch und unangenehm warm war. Warum um alles in der Welt hatte er den Schauspieler nicht erkannt, als er ihn am selben Morgen gesehen hatte? Weil er seine Mütze tief in die Stirn gezogen und die Sonnenbrille nicht abgenommen hatte, während Erik mit ihm sprach? Vielleicht auch, weil es ihm gelungen war, das Gespräch so schnell wie möglich zu beenden und Erik so oft wie möglich den Rücken zuzudrehen?

An diesem Morgen war Erik zu Fuß nach Westerland gegangen. Das tat er gerne, wenn ihn keine schweren Fälle auf dem Schreibtisch zur Eile antrieben. Und da an diesem Tag Engdahls Geburtstag gefeiert werden sollte, hatte er es vorgezogen, den Wagen zu Hause zu lassen. Sören war oberhalb des Strandes nach Westerland gejoggt, weil er ahnte, dass sein tägliches Fitnesstraining an diesem Abend ausfallen würde, Erik aber war zur Wasserkante hinabgestiegen und hatte sich dann gen

Süden gewandt. Die Luft war kalt und klar, wie er es liebte, die Sonne noch zu schwach, um zu wärmen, und der Wind frech und übermütig. Die Wellen leckten nur kurz über den Sand, sodass er nicht auf seine Schuhe achten musste. Ein perfekter Morgen für einen Spaziergang am Strand!

Unterhalb der Luftmessstation des Umweltbundesamtes war er dann auf den Mann in den Dünen aufmerksam geworden. Weit entfernt von einem der Wege, auf denen Touristen sich durch die Dünen bewegen durften, hockte er da, offenbar mit etwas beschäftigt, das er in seinem Schoß hielt. Er reagierte nicht auf Eriks Gesten, nicht einmal auf sein Rufen.

Wütend stapfte Erik zum Fuß der Dünen und schrie zu ihm hinauf: »Das Betreten der Dünen ist verboten!«

Nun endlich wurde der Mann auf ihn aufmerksam. Vorsichtig erhob er sich und blickte auf Erik hinab, als traute er weder seinen Augen noch seinen Ohren. Aber Anstalten, Eriks Anweisung zu folgen, machte er nicht.

Erik riss seinen Dienstausweis aus seiner Tasche. »Polizei! Kommen Sie sofort aus den Dünen heraus!«

Er wusste, dass er sich lächerlich machte. Aber immer wenn er auf Touristen aufmerksam wurde, denen der Dünenschutz egal war, reagierte er unverhältnismäßig. Wenn jemand auf einen Sylter Bürger nicht hören wollte, dann musste eben der Kriminalhauptkommissar her!

Tatsächlich schien der Mann nun einzusehen, dass er mit Ignoranz nicht weiterkam. Vorsichtig setzte er sich in Bewegung und folgte Eriks Anweisung. Während er die letzten Meter zum Strand hinabrutschte, musste Erik die Augen schließen, als er sah, wie kostbarer Sand unter den Füßen des Mannes hinabrieselte und Pflanzen mitbrachte, die nun am Fuß der Düne verrotten würden. Wann wurden die Touristen endlich vernünftig? Wann begriffen sie, dass die Dünen geschützt werden mussten?

»Das Betreten der Dünen ist verboten!«, wiederholte er, als der Mann vor ihm stand. »Mit jedem Tritt wird die empfindliche Grasnarbe beschädigt.« Er zeigte auf die Füße des Mannes, die in ledernen Slippern steckten. »Schauen Sie sich das an! Diese Pflanzen! Das sind Strandhafer und Strandroggen. Sie halten den Sand in den Dünen. Sonst würde er sich im Laufe der Zeit verteilen, und die Dünen gäbe es irgendwann nicht mehr.«

Der Mann sah tatsächlich so aus, als hätte er sich keine Gedanken über sein Verhalten gemacht. Das besänftigte Erik jedoch keineswegs. Wenn der Kerl jetzt noch etwas von seiner Gästekarte erzählte, die teuer genug gewesen sei, um mit ihr den Dünenschutz zu sichern, dann würde er sich vergessen.

Aber so weit ging der Mann mit der Wollmütze zum Glück nicht. Er schob sie sich noch ein Stück tiefer in die Stirn und korrigierte den Sitz seiner Sonnenbrille. Bei dieser Gelegenheit stellte Erik fest, dass er dünne lederne Handschuhe trug. Obwohl er sie abzog und in seine Jeanstasche steckte, hatte er damit Eriks Antipathie bis ins Unermessliche gesteigert. Wenn er eins nicht leiden konnte, dann waren das eitle Kerle, die sich mit überflüssigen Accessoires schmückten. Ob dieser Mann es schick fand, trotz des angenehmen Wetters Handschuhe zu tragen, oder ob er um den Zustand seiner manikürten Nägel fürchtete, war egal. Erik hatte gleich mehrere Gründe, ihn nicht zu mögen.

»Tut mir leid«, sagte er. »Das war gedankenlos von mir. Kommt nicht wieder vor.«

Erik betrachtete ihn genauer. Der Mann kam ihm bekannt vor. Irgendein Ganove, den er schon mal dingfest gemacht hatte? Der einen neuen Coup plante und deshalb von ihm nicht erkannt werden wollte? Warum sonst sorgte er mit seiner Mütze und den großen dunklen Brillengläsern dafür, dass so wenig wie möglich von seinem

Gesicht zu sehen war? Und dass er die Sonnenbrille nicht abnahm, während er mit ihm sprach, erschien Erik ebenfalls verdächtig. Aber so intensiv er auch nachdachte, es fiel ihm nicht ein, wo er diesen Mann schon einmal gesehen hatte.

Als Erik zur Wasserkante zurückgegangen war, drehte er sich um. Der Mann stand noch immer dort, wo er mit ihm gesprochen hatte, am Fuß der Dünen. Er sah nun aufs Meer hinaus, als hätte er viel Zeit, den herrlichen Anblick zu genießen. Ein harmloser Tourist, der sich in die Dünen zurückgezogen hatte, um mit der Natur allein zu sein? Oder wartete er nur ab, bis Erik sich entfernt hatte, um später erneut in die Dünen zu steigen, weil er nicht einsehen wollte, wie wichtig der Dünenschutz war?

Erik zwang sich, eine Weile ruhig weiterzugehen, um den Mann in Sicherheit zu wiegen, dann erst drehte er sich ein weiteres Mal um. Noch immer stand der Mann am Fuß der Dünen. Diesmal blickte er Erik nach. Trotz der Entfernung war Erik sich ganz sicher, dass der Mann ihn beobachtete.

Er wollte sich gerade resigniert abwenden und weitergehen. »Geh dahin zurück, wo du herkommst«, flüsterte Erik. »Mach die Natur kaputt, in der du selber lebst! Aber nicht unsere Dünen!«

In diesem Moment sah er es. Direkt über dem Punkt, an dem der Mann stand, etwa zwei oder drei Meter höher, bewegte sich etwas. Eine geduckte Gestalt! Sie trug eine weite graue Jacke und hatte sich die Kapuze über den Kopf gezogen. Als sie sich aufrichtete, wandte sie dem Meer den Rücken zu. Kurz drehte sie sich zurück, als rechnete sie damit, dass der Mann in die Dünen zurückkehrte, dann lief sie davon. Erik hätte nicht sagen können, ob es sich um einen Mann oder eine Frau handelte. Wenige Augenblicke nur, und das Dünengras hatte die Gestalt verschluckt. Erik glaubte aber, noch lange den aufstiebenden Sand zu sehen, und fühlte erneut seine ohnmächtige Wut.

Ob die beiden zusammengehörten? Dieser Mann, der noch immer am Fuß der Dünen stand, und die Person, die soeben geflüchtet war? Erik nahm nun an, dass es sich um eine Frau handelte. Vermutlich hatten die beiden ein Schäferstündchen genießen wollen, und nun war sie unruhig geworden, weil er nicht wiederauftauchte, und hatte sich davongemacht.

Erik brauchte lange, um seinen Zorn zu besiegen. Als er am Brandenburger Platz den Strand verließ, war daraus so etwas wie Schwermut geworden. Man konnte nichts tun, um die Leute davon zu überzeugen, wie wichtig der Dünenschutz war! Wer es nicht einsah, würde sich immer wieder über die Anordnungen der Kurverwaltung hinwegsetzen.

Erik strich ausgiebig seinen Schnauzer glatt, dann ging er langsam auf den Tisch zu, neben dem Tanja Möck immer noch stand und ihm entgegenblickte. Nun wusste er, warum ihm dieser Mann bekannt vorgekommen war, obwohl er sich so viel Mühe gegeben hatte, sein Gesicht zu verbergen. Bruce Markreiter war es gewesen, der sich ein Plätzchen gesucht hatte, wo er vor neugierigen Blicken verschont blieb.

Dem Schauspieler gegenüber saß ein kleiner dicker Mann, der auf Markreiter einredete und sich dabei so sehr ereiferte, dass ihm der Schweiß von der Stirn auf die Tischplatte tropfte. Bruce Markreiter dagegen blieb ganz ruhig. Worum es auch immer ging – er schien die besseren Argumente oder die besseren Nerven zu haben. Der kleine dicke Mann regte sich dermaßen auf, dass der Wirt mit dem Gläserspülen aufhörte, um dem Streit der beiden folgen zu können.

Erleichtert stellte Erik fest, dass sich sonst niemand in der Kantine aufhielt. Kurz schoss ihm die Frage durch den Kopf, wo seine Schwiegermutter nach dem Casting hingegangen sein mochte, aber er schob sie schnell beiseite, als der Dicke wütend aufsprang. »Die Polizei?«

Er schob Tanja Möck mit einer barschen Handbewegung zur Seite und kam aufgebracht auf Erik zu. »Wegen so einer Lappalie marschiert hier gleich die Polizei auf? Lächerlich!« Er fuhr mit dem Zeigefinger auf Erik los. »Sie werden es nicht wagen, mir was anzuhängen! Wenn dieses Küken eine Mimose ist, dann hat die Kleine hier nichts verloren! Ihr Bruder auch nicht! Und diese rasende Großmutter erst recht nicht! Da macht man so einem blassen Hühnchen ein Kompliment, um ihm ein bisschen Selbstvertrauen zu geben ... und schon hat man erst die Oma und anschließend die Bullen auf dem Hals! Passiert auf Sylt nichts Wichtiges, worum die Polizei sich kümmern könnte?«

Erik starrte ihm verblüfft ins Gesicht, während der Dicke weiter darüber lamentierte, dass ein netter, liebenswürdiger Mann heutzutage mit einem Bein im Gefängnis stünde, wenn er einem verängstigten jungen Mädchen durch besondere Freundlichkeit Mut zusprechen wolle. »Aber nicht mit mir, mein Lieber! Wenn diese Oma mir sexuelle Belästigung anhängen will, mache ich das Gleiche mit übler Nachrede. Darauf können Sie sich verlassen!«

Nun endlich gelang es Erik, den Redestrom durch eine Frage zu stoppen: »Wovon reden Sie eigentlich?«

Er hatte tatsächlich kein Wort verstanden, obwohl ihn einige Reizwörter in der wütenden Rede durchaus berührt und sogar den Verdacht in ihm geweckt hatten, dass er die Personen, von denen die Rede war, tatsächlich kannte. Aber angesichts der wichtigen Angelegenheit, die ihn hierher geführt hatte, entschied er sich dafür, sich erst später der Frage zu widmen, ob ihn diese Vorwürfe wirklich etwas angingen.

Während er seinen Dienstausweis zückte, setzte Tanja

Möck ihn darüber in Kenntnis, dass er den Chefautor von »Liebe, Leid und Leidenschaft« vor sich habe, der leider zurzeit etwas gereizt sei, was Erik nicht wundern dürfe, denn es gebe eine kleine Zeitverzögerung. »Die Einhaltung des Zeitplans ist ungeheuer wichtig, jede Verzögerung kostet viel Geld. Leider spielt das Wetter nicht immer mit. Gestern hat es geregnet, und wir konnten nicht drehen.«

Tanja sprach langsam und bedächtig, was Erik gut gefiel, denn so hatte Harry Jumperz ausreichend Gelegenheit, sich wieder zu fangen.

»Sie sind wegen einer anderen Sache hier?«, fragte er nun und wischte sich den Schweiß von der Stirn, während er sich gleichzeitig um eine entgegenkommende Miene bemühte.

Bruce Markreiter erhob sich und nickte Erik freundlich zu. So freundlich, dass er Erik sympathischer wurde, als ihm eigentlich lieb war. »Ich werde hier wohl nicht gebraucht?«

»Im Gegenteil«, antwortete Erik und bat den Schauspieler, sich wieder zu setzen. »Ich bin vor allem Ihretwegen gekommen.«

Bruce Markreiter ließ sich zurücksinken, der Protest, mit dem Erik gerechnet hatte, blieb aus. Markreiter fuhr sich mit gespreizten Fingern durch die Haare, legte den Kopf in den Nacken und schüttelte ihn, als trüge er eine Langhaarperücke, deren Fall er ändern wollte.

Auch Harry Jumperz nahm wieder auf seinem Stuhl Platz. Er schien sehr erleichtert zu sein, denn nun war es ihm plötzlich wichtig, mit den beiden Polizeibeamten besonders freundlich umzugehen. »Möchten die Herren einen Kaffee?«

Noch bevor Erik und Sören genickt hatten, rief er schon dem Wirt zu: »Zwei Kaffee, Lothar! Und ein bisschen zack-zack!«

Erik kam unverzüglich auf sein Anliegen zu sprechen. »Es geht um Mord«, sagte er und registrierte zufrieden, dass Jumperz' Kinnlade nach unten sackte. Auch Bruce Markreiter sah erschrocken aus.

»Einer von unserem Team?«, fragte Tanja Möck und rief sich damit in Erinnerung.

Erik bat sie, sich zu setzen. »Mir scheint, Sie haben den Überblick über alles, was hier passiert.«

Harry nickte bestätigend, während Tanja einen Stuhl heranzog und sich auf die Sitzfläche plumpsen ließ.

»Sagt Ihnen der Name Max Triebel etwas?«, fragte Erik und sah einen nach dem anderen aufmerksam an. »Er wurde in der letzten Nacht ermordet.«

Harry Jumperz schüttelte den Kopf, ohne nachzudenken, Bruce Markreiter auch, nur Tanja zögerte. Dann sagte sie: »Ein Journalist? Ich glaube, der hat eine Interviewanfrage gestellt.«

»Wen wollte er denn interviewen?«

»Bruce natürlich! An den anderen hatte er kein großes Interesse.«

Erik wandte sich an den Schauspieler und versuchte, sich nicht von dessen Gesamterscheinung blenden zu lassen. Dieser Mann war zehn Jahre älter als er selbst, aber weitaus besser in Form. In Bruce Markreiters Gegenwart fühlte sich Erik noch breiter und behäbiger, als er war. Ein Gefühl, das ihn sonst nur befiel, wenn er sich vom Tempo seiner Schwiegermutter beeindrucken ließ. »Haben Sie mit Max Triebel gesprochen?«

Bruce Markreiter sah fragend Tanja an, die den Kopf schüttelte. »Der ist von der Blitz. Denen gibst du nie Interviews.«

»Stimmt!« Bruce Markreiter lehnte sich zurück und faltete die Hände über seinem Waschbrettbauch. »Die drehen einem das Wort im Munde um und schreiben sowieso nur das, was sie wollen. Ob ich mit denen rede oder nicht – am nächsten Tag steht was in der Blitz, was ich nicht gesagt habe.«

Er schien sehr zufrieden zu sein, dass er es nicht mehr nötig hatte, so oft wie möglich in der Zeitung zu erscheinen, egal in welcher. Erik ärgerte sich darüber, dass diese Zufriedenheit nichts mit der Arroganz zu tun hatte, die er von einem Star erwartete. Er musste aufpassen, dass ihm der Mann nicht sympathisch wurde. Ein Kerl, dem der Dünenschutz egal war, durfte auf gar keinen Fall sympathisch sein!

Harry zeigte ein schmieriges Grinsen. »Hat die Blitz dir nicht vor ein paar Monaten eine Affäre mit dieser Stripteasetänzerin anhängen wollen? Aber deswegen gleich den Reporter umbringen …?« Er lachte, als hätte er einen guten Witz gemacht.

»Pass auf, was du sagst, Harry!«, sagte Bruce leise.

Der Chefautor hob abwehrend die Hände, sein Grinsen verlor er jedoch nicht. »War doch nur ein Spaß!«

Erik registrierte den wütenden Blickwechsel zwischen den beiden, ohne ihn zu kommentieren. Sören, der für wenige Augenblicke von der Anwesenheit des Fernsehstars angeregt worden war, saß längst wieder zusammengesunken da und schien nur darauf zu warten, dass die Vernehmung ein Ende hatte.

»Ich würde später gern unter vier Augen mit Ihnen reden«, sagte Erik zu Bruce Markreiter.

»Das ist mir auch lieber!« Ehe Erik ihn hindern konnte, war Bruce Markreiter aufgestanden und hatte seinen Stuhl zur Seite geschoben. »Ich bin in meinem Wagen. Tanja kann Ihnen zeigen, wo er steht.«

Sören richtete nun seinen Oberkörper auf und sah Bruce Markreiter so angestrengt nach, als hielte er es für möglich, dass der bekannte Schauspieler in den nächsten Minuten die Flucht ergriff, um sich seiner Verhaftung zu entziehen. Erik, dessen Führungsqualitäten sich allmählich erholten, gab mit einer kleinen Handbewegung zu verstehen, dass Sören mit jeglichem Aktionismus warten solle, bis er wieder nüchtern war.

Dann wandte er sich an Tanja Möck. »Max Triebel ist also nicht hier gewesen, um Interviews zu machen?«

Tanja schüttelte den Kopf. »Bruce wollte nicht, an den Nebendarstellern war die Blitz nicht interessiert … aber Sandra hat schließlich einen Termin mit Triebel gemacht. Sandra Zielcke! Sie ist neuerdings in der Hauptcast. Ihre Rolle ist erheblich aufgewertet worden. Mit ihr hat Max Triebel sich zufriedengegeben.«

»Aber das Interview wurde nicht hier gemacht?«

Tanja schüttelte den Kopf. »Nein, Sandra hat sich irgendwo mit Triebel getroffen.«

»Ist sie hier?«

»Sie macht gerade einen Außendreh. Kann aber nicht mehr lange dauern. Es wird ja bald dunkel.«

»Woran ist Triebel eigentlich gestorben?«, mischte sich Harry Jumperz ein. »Erschlagen, erwürgt, erstochen?«

»Erschossen«, antwortete Erik und versetzte Sören einen unauffälligen Stoß mit dem Ellbogen, damit der sich gerade hinsetzte und ein minimales Interesse an diesem Gespräch bekundete.

»Dann ist Bruce' Pistole also wirklich keine Attrappe?«

Harry Jumperz schien diese Frage nicht an Erik und Sören, sondern an Tanja gerichtet zu haben.

»Was meinen Sie damit?«, hakte Erik nach.

»Bruce hat immer eine Waffe dabei«, erklärte Harry. »Er ist mal gestalkt worden. Seitdem fühlt er sich wohler, wenn er eine Knarre unter dem Kopfkissen hat. Sagt er jedenfalls.«

Erik runzelte die Stirn. »Sie glauben ihm nicht?«

Harry Jumperz zuckte mit den Schultern. »So gut kenne ich Bruce Markreiter nicht, dass ich beurteilen kann, ob er losballert, wenn ein Reporter was von ihm will.« Er sah Erik aufmerksam ins Gesicht, dann wanderte sein Blick zu Sören. Spätestens jetzt schien ihm aufzugehen, dass die Vertreter der Sylter Mordkommission nicht besonders tatkräftig wirkten. »Fest steht jedenfalls, dass Bruce sehr nervös ist. Und er hat sich nicht ins Team integriert.«

Tanja sah Harry tadelnd an. »Er ist hier schließlich der Stargast!«

»Na und? Deswegen kann er doch mal mit den anderen ein Bier trinken! Aber er hockt entweder in seinem Zirkuswagen, oder er sucht sich auf der Insel ein Plätzchen in der freien Natur.« Zu Erik gewandt ergänzte er: »Bruce Markreiter ist Frischluftfanatiker. Ausgerechnet ein Mann mit einem so bekannten Gesicht hält sich am liebsten draußen auf!«

Erik nickte grimmig. »Dann trägt er eine Mütze und eine Sonnenbrille?«

Tanja Möck nickte. »Er fährt aber auch gern mit seinem Auto über die Insel.«

Harry Jumperz schnaubte verächtlich. »Ein zitronengelber Porsche! Und dann wundert er sich, dass er überall erkannt wird und Autogramme geben soll. Ich habe gesagt: Bruce, du musst dir eben irgendwo einen unauffälligen Kleinwagen leihen! Dann kommt keiner angelaufen, wenn du vor einer roten Ampel stehst. Aber nein! Er fährt mit dieser Schickimickikarre rum, damit er anschließend darüber meckern kann, dass ein Star wie er nirgendwo in Ruhe die Natur genießen kann.«

»Es ist immer dasselbe«, sagte auch Tanja und lächelte leicht. »Jeder Star beklagt sich, wenn er von Fans belästigt wird. Aber wehe, niemand erkennt ihn! Das ist noch tausendmal schlimmer!«

Tove malte sich in leuchtenden Farben das Geschäft aus, das er mit Eidam-TV machen würde. »Ich bin konkurrenzlos. So was wie meinen Laden gibt's auf Sylt nirgendwo.« Zum ersten Mal schien er richtig stolz auf seine heruntergekommene Imbissstube zu sein. »Was die mir zahlen, reicht sicherlich für neues Mobiliar. Vielleicht kann ich sogar den Fußboden erneuern.«

Mamma Carlotta sah sich um, betrachtete Käptens Kajüte in ihrer ganzen Unvollkommenheit und kam dann zu der Ansicht, dass ihr all das Hässliche zu vertraut war, um es vermissen zu wollen. »Besser, Sie legen was auf die hohe Kante«, empfahl sie diplomatisch.

Fietje schlug in die gleiche Kerbe. »Falls dein Lieferwagen mal den Geist aufgibt! Kann ja nicht mehr lange dauern!« Vorsichtshalber wartete er, bis Tove ihm ein neues Jever hingestellt hatte, ehe er ergänzte: »Oder wenn dir das Gewerbeaufsichtsamt den Laden dichtmacht. Dann brauchst du einen Spargroschen, damit du dich eine Weile über Wasser halten kannst.«

Toves gute Laune war wie weggeblasen. Der Tourist, der in diesem Augenblick Käptens Kajüte betrat, würde vermutlich kein Stammgast werden. Mamma Carlotta mochte sich nicht vorstellen, wie oft der Kartoffelsalat, nach dem er verlangte, schon umgerührt worden war, damit seine Oberfläche nicht trocken und dunkel aussah. Und als Tove zwei Rollmöpse aus einer trüben Lake fischte, musste sie sich abwenden.

Selbst bei Feinkost Meyer, wo der Fisch appetitlich und frisch angerichtet wurde, erfasste sie der Ekel angesichts dieser glitschigen aufgerollten Fischhappen, von denen ein saurer Sud tropfte, den sie nicht mal als Jauche für ihre Kohlköpfe geduldet hätte. Und dass man diese zusammengerollten Fischleichen, die mit Holzspießen daran gehindert wurden, in ihre angestammte Form zurückzufallen, Möpse nannte, machte die Sache noch schlimmer. Sie brauchte nur an den fetten Mops der Klavierlehrerin in ihrem Dorf zu denken, und schon verursachte ihr die Vorstellung, einen Rollmops auf den Teller gelegt zu bekommen, Übelkeit. Lucia hatte Erik vor der Hochzeit das Versprechen abgenommen, niemals in ihrer Gegenwart einen Rollmops zu verzehren, ansonsten hätte sie das Verlöbnis auf der Stelle gelöst. Mittlerweile konnte Mamma Carlotta ihre Tochter gut verstehen.

Als der Kunde die Imbissstube verlassen hatte, beschloss sie, dass sie Tove angesichts der Gefälligkeit, die sie ihm erwiesen hatte, durchaus zumuten konnte, sich mit ihren Erlebnissen noch einmal zu beschäftigen, das unerhörte Benehmen des Chefautors ein weiteres Mal von allen Seiten zu beleuchten und sich abermals bestätigen zu lassen, dass es richtig gewesen war, diesem Kerl die Meinung zu sagen. Danach würde sie sich unter Umständen seelisch so weit erholt haben, dass sie sich ums Abendessen kümmern konnte.

Natürlich hätten sich die Ereignisse auch sehr gut beim Speckwürfeln, Parmesanreiben, Knoblauchpressen und Tomatenhäuten besprechen lassen, aber sie hatte den bösen Verdacht, dass sie an diesem Abend bei der Arbeit allein bleiben würde. Erik hatte entweder mit seinem neuen Mordfall zu tun oder würde von der Scheinwelt reden, von der seine Kinder ferngehalten werden sollten, und Carolin und Felix hatte sie zu wenig voraus. Die beiden hatten ja selbst erlebt, wie es an einem Ort zuging, an dem eine Telenovela gedreht wurde.

Ob die Nachbarin Frau Kemmertöns Zeit hatte, sich Carlottas Erlebnisse anzuhören, war ebenfalls nicht gewiss, und die Kassiererinnen von Feinkost Meyer hatten häufig so viel zu tun, dass man kaum über die Erörterung der Wetterlage und des Gesundheitszustands der Familienangehörigen hinauskam. Blieben also nur Tove und Fietje, die sich immer anhörten, was Mamma Carlotta zu erzählen hatte. Tove, weil ihm als Wirt nichts anderes übrig blieb, und Fietje, weil er froh war, wenn ihm jemand eine Unterhaltung aufnötigte. Beide waren diesbezüglich nicht verwöhnt.

Mamma Carlotta legte die Unterarme auf die Theke und übersah geflissentlich, dass Tove ihr nachschenkte. Nach einer halben Stunde fühlte sie sich endlich befreit genug, um sich auf den Nachhauseweg zu machen. Die Vorbereitungen des Abendessens waren noch nicht weit gediehen, und auf Carolins Hilfe war vermutlich nicht zu zählen. Mamma Carlotta kletterte von ihrem Barhocker, während sie ein letztes Mal erwähnte, wie sie dem Chefautor den Kopf zurechtgerückt hatte. »Der grapscht kein junges Mädchen mehr an!«

Tove und Fietje waren auch diesmal so beeindruckt, wie sie gehofft hatte, und Tove versprach hoch und heilig, den Fernseher in Käptens Kajüte laufen zu lassen, wenn Mamma Carlotta auf dem Bildschirm zu sehen sein würde. Vor allem natürlich, wenn sie vor den Augen der ganzen Fernsehnation Käptens Kajüte verließ und sagte: »Was für eine … Bettola!«

»Vielleicht ist Ihre Imbissstube sogar deutlich zu erkennen!«, meinte Mamma Carlotta. »Das wäre eine gute Reklame!«

Aber Tove winkte ab. Er wusste mittlerweile, was Bettola bedeutete, und ging davon aus, dass auch die Fernsehzuschauer schnell herausfinden würden, dass von einer Kaschemme die Rede war. Ihm reichte es, wenn die Produktionsgesellschaft ihn gut dafür bezahlte, dass er sein Etablissement für Dreharbeiten zur Verfügung stellte. Notfalls war er sogar bereit, auch sein Gesicht in die Kamera zu halten, weil er eine Visage hatte, die auf Sylt genauso ihresgleichen suchte wie seine Imbissstube.

Fietje dagegen wollte auf keinen Fall als Stammgast einer Kaschemme auf dem Bildschirm zu sehen sein. »Wenn meine Verwandten mich erkennen!«, sagte er, schien dann über diese Worte zu erschrecken und steckte seine Nase noch tiefer ins Bier, wo er sich gern vor aller Welt verbarg.

»Dann wüssten die wenigstens, dass du noch lebst«, entgegnete Tove.

Aber anscheinend wollte Fietje gerade das auf keinen Fall. Schon oft hatte Mamma Carlotta sich gefragt, auf welchem Lebensweg er nach Sylt gekommen war und wie er dort zum Strandwärter und zum Stammgast in Käptens Kajüte werden konnte. Sie wurde den Verdacht nicht los, dass für ihn ein ganz anderes Schicksal bestimmt gewesen war. Auf Mamma Carlottas Frage, warum es Verwandte gab, die nicht wussten, wo er sich aufhielt, gab er keine Antwort und entzog sich allen weiteren Fragen, indem er abrupt das Thema wechselte: »Mein alter Freund Busso wohnt übrigens zurzeit dort, wo sonst der Inselzirkus gastiert.«

Weiter kam er nicht, denn Mamma Carlotta fiel sofort ein, dass sie ein nettes Gespräch mit Busso Heinemann geführt hatte, dass sie ihn demnächst mit Antipasti und Panini unterstützen würde und auch dafür sorgen wollte, dass er weniger Alkohol zu sich nahm und stattdessen mehr Obst und Gemüse.

Fietje staunte sie mit offenem Mund an, dann ließ er durchblicken, dass der neue Platz, den Busso sich gesucht hatte, viel angenehmer sei als der Hauseingang in der Friedrichstraße, wo er bisher zu nächtigen pflegte. »Da konnte man sich nie zu ihm setzen, weil häufig einer von der Kurverwaltung vorbeikam. Der hielt mir später vor, dass ein Strandwärter, der noch in Amt und Würden steht, nicht mit einem Obdachlosen gesehen werden sollte. Auch dann nicht, wenn er mal ein Kollege war.«

Mamma Carlotta beklagte ausgiebig die Hartherzigkeit der Menschen, die einem Gestrauchelten einen Tritt versetzten, statt ihm auf die Beine zu helfen. Als sie damit fertig war, hatte sich ihr Rotweinglas wieder gefüllt, und

Fietje war im Besitz eines frischen Jever. Nun war er sogar richtig redselig geworden, was nur selten vorkam. Seine Augen, die in den vielen Falten und dem Bart kaum zu sehen waren, funkelten sogar ein wenig, während er erzählte, dass er am Abend zuvor mit einer ganzen Flasche Köm zu Busso gegangen war und sich, als sie beinahe leer war, nicht mehr fit genug für den Rückweg gefühlt hatte. Also war er neben Busso auf der Decke eingeschlafen.

»Wenn der pennt, weckt ihn nicht mal ein Orkan auf. Aber ich hatte Schwierigkeiten mit dem Schlafen im Freien. Vor allem, weil ich häufig in die Büsche musste.« Fietje warf Mamma Carlotta ein verlegenes Lächeln zu, aber die sah ihn an, als vermutete sie nichts als botanisches Interesse, wenn sich jemand in eine Anpflanzung zurückzog, sodass Fietje auf nähere Erläuterungen verzichtete. »Nachts ist auf dem Gelände nichts los. Die haben eine Alarmanlage. Da kann keiner über den Zaun oder über die Schranke. Da kommt nur mal einer von der Wach- und Schließgesellschaft vorbei. Die kennen Busso.«

Mamma Carlotta rutschte mit der einen Körperhälfte vom Barhocker und stellte das linke Bein auf den Boden. Dass Fietjes Erzählung ein spannendes Ende haben konnte, hielt sie für ausgeschlossen. Augenscheinlich wollte er nur ausprobieren, ob es ihm noch gelang, eine Geschichte zu Ende zu erzählen, ohne den Anfang vergessen zu haben.

»Ich wollte mich gerade wieder hinlegen, da habe ich einen Mann gesehen, den ich kannte.«

Mamma Carlotta schob sich auf den Hocker zurück. Anscheinend wurde die Geschichte doch spannender, als sie angenommen hatte. »Wer war das?«

»Einer, den ich morgens noch in der Zeitung gesehen hatte.«

»Ein Schauspieler?«

Fietje nickte, als bereute er schon, etwas ausgeplaudert zu haben, was er besser für sich behalten hätte.

»Bruce Markreiter?«

Wieder nickte Fietje. »Aber allein war der nicht.«

»Eine Frau war bei ihm? Eine attraktive, kleine, zierliche mit langen blonden Haaren?«

Nun schüttelte Fietje den Kopf. »Eine Frau, ja. Aber blond war die nicht und klein und zierlich auch nicht. Sie war groß und hatte dunkle Haare, jawoll!«

Nun war sogar Tove interessiert. »Ich denke, der Platz ist gesichert?«

Fietje ging allmählich die Puste aus. Die Erzählung dauerte ihm viel zu lange, und dass sie ein derartiges Interesse erregte, gefiel ihm gar nicht. »Der Mann kennt ein Schlupfloch in der Nähe der Halle. Da gibt's zwischen dem Zaun und der Wand einen Spalt, durch den kann man sich drücken, ohne dass die Alarmanlage anschlägt. Da sind die beiden durchgeschlüpft.«

»Und du natürlich hinterher!«, höhnte Tove. »Anscheinend hast du noch nicht genug Leuten beim Bumsen zugeguckt.« Tove erschrak und duckte sich unter Mamma Carlottas strafendem Blick. »Entschuldigung, Signora. Beim ... Liebesspiel, wollte ich sagen.« Dann fuhr er Fietje wütend an: »Macht so ein Schauspieler irgendwas anders als die Normalos? Lohnt es sich wirklich, dass du dafür deinen Job riskierst?«

Fietje starrte in sein Bier, während er antwortete: »Die haben sich nur unterhalten.«

»So ein Pech aber auch!«, entgegnete Tove wütend, der für Fietjes Gewohnheit, das Leben anderer Menschen zu beobachten, so wenig Verständnis hatte wie Fietje für Toves Gewalttätigkeit und sein cholerisches Temperament.

Das kleine Mädchen, das in der Tür von Käptens

Kajüte erschien, sah aus, als wollte es wieder kehrtmachen angesichts der zornigen Miene von Tove, die schon geschäftsschädigend genug war, wenn er sich in bester Laune befand. Als die Kleine ihre Eistüte in der Hand hatte und wieder auf den Hochkamp trat, sagte Fietje zu Mamma Carlotta: »Aber eine attraktive Blonde mit langen Haaren war auch da.«

»Auch eine Schauspielerin?«, fragte Mamma Carlotta.

Fietje nickte. »Die habe ich neulich im Fernsehen gesehen. In dieser Serie, von der Sie vorhin erzählt haben.«

»Und sie ist Bruce Markreiter und der Frau nachgeschlichen, vero?«

Fietje verzichtete auf eine Antwort, weil er merkte, dass Mamma Carlotta sie bereits kannte. Stattdessen bewies er, dass er sich auch schon Gedanken gemacht hatte. »Warum trifft der Schauspieler sich mit einer Frau nicht in seinem Hotel?«

»Vielleicht, weil er dort beobachtet werden könnte?«, überlegte Mamma Carlotta.

»Leute in der Hotelhalle«, bestätigte Tove, »das Personal, der Zimmerservice …«

Mamma Carlotta nickte. »Dass er sich in seinem Zirkuswagen genauso wenig sicher fühlen kann, ahnt er wahrscheinlich nicht. Er wird von Sandra Zielcke beobachtet und weiß es nicht.«

»Er denkt, in seinem Zirkuswagen sieht ihn niemand, der seiner berühmten Frau was verraten könnte«, fiel Fietje ein. »So eine erfährt schnell, wenn ihr Mann fremdgeht.«

»Dann müssen wir nur noch darauf achten«, beschloss Mamma Carlotta, »in welcher Zeitung darüber berichtet wird, dass Bruce Markreiter sich in der Nacht mit einer Frau in seinem Zirkuswagen trifft. Dann wissen wir, dass Sandra Zielcke nicht nur Schauspielerin ist, sondern auch für diese Zeitung arbeitet.« Sie dachte nach, während Fietje und Tove sie aus großen Augen ansahen. »Besser aber, wir finden schon vorher Beweise. Dann können wir verhindern, dass so ein gemeiner Artikel über Bruce Markreiter erscheint.«

Tove und Fietje fanden nicht, dass es sie etwas anging, wenn sich ein Promi beim Fremdgehen erwischen ließ. Und dass mit Bruce Markreiters Dankbarkeit zu rechnen war, wollten sie auch nicht glauben. Tove noch weniger als Fietje. Er wollte nur eins: Mamma Carlotta sollte dafür sorgen, dass aus Käptens Kajüte die Kaschemme wurde, die ihm Geld einbrachte.

»Wie wär's, wenn Sie gleich wieder zurückfahren, Signora, und denen sagen, dass alles klargeht mit dieser …« Er hätte gerne das italienische Wort für seine Kaschemme benutzt, aber es fiel ihm nicht auf Anhieb ein.

Dafür erinnerte sich Mamma Carlotta an eine andere Vokabel, die sie an diesem Tag gelernt hatte. »… mit dieser Location«, sagte sie und ließ sich von Tove und Fietje bestaunen.

»Nun schnacken Sie sogar Englisch?«

Mamma Carlotta gab zu verstehen, dass im Film- und Fernsehgewerbe die englischen Vokabeln nur so hin und her flogen und man sich anzupassen habe, wenn man dort ein und aus ging. Dann aber fiel ihr ein, dass sie nicht nur Komparsin mit einer kleinen Sprechrolle war, sondern vor allem die treu sorgende Nonna ihrer Enkelkinder und die Schwiegermutter eines schwer arbeitenden Kriminalhauptkommissars. Und alle drei brauchten am Abend ein gutes, nahrhaftes Essen, jedenfalls solange Carlotta Capella sich auf Sylt aufhielt. Sie hatte Lucia an ihrem Grab versprochen, ihre Familie bei jedem Besuch so gut zu versorgen, wie ihre Tochter es zu Lebzeiten getan hatte.

»Sagen Sie mir nachher Bescheid, wenn Sie wissen, ob

es wirklich klappt?«, meinte Tove. »Dann mache ich den Laden zu, und wir feiern ein bisschen. Käptens Kajüte im Fernsehen! Wenn das kein Grund ist!«

Mamma Carlotta blieb zögernd neben ihrem Barhocker stehen, dann schüttelte sie den Kopf. »Heute kann ich das nicht mehr herausfinden. Ich muss jetzt nach Hause, i bambini brauchen pünktlich ihr Essen. Aber morgen gehe ich gleich zu Tanja Möck und erzähle ihr, dass sie nicht mehr nach einer Location zu suchen braucht.«

Tove versprach, ihr als Gegenleistung zu helfen, wenn sie mit dem Handy nicht zurechtkommen sollte, das sie vom nächsten Morgen an in der Tasche haben wollte.

Als sie aus der Kulissenhalle traten, breitete die Dämmerung ihren Schleier über den Platz. Es roch nach feuchter Erde, salzigem Wind und frischem Laub und, obwohl aus dem Bürowagen Kaffeeduft beigemischt wurde, nach Sylt. Der typische Abendgeruch der Insel. Das stimmte Erik versöhnlich. Eidam-TV schien die Insel nicht zu verändern, wie er befürchtet hatte. Dass die Halle für ein paar Wochen den Inselzirkus verdrängte, gefiel ihm zwar immer noch nicht, aber solange der Geruch der Insel blieb, der ihm seit seiner Kindheit vertraut war, wollte er sich nicht ärgern.

Tanja Möck zeigte auf einen Zirkuswagen, der abseits stand. »Der gehört Bruce Markreiter. Er hat einen für sich allein.«

»Der Stargast!«

Tanja nickte. »Wahrscheinlich hat Herr Eidam viele Zugeständnisse machen müssen. Aber es lohnt sich. Der Gastauftritt eines Stars verbessert immer die Quote.«

Tanja Möck wollte zum Bürowagen gehen, aber Erik hielt sie zurück. »Wie würden Sie das Verhältnis zwischen Herrn Jumperz und Herrn Markreiter beschreiben? Verstehen sich die beiden? Oder gibt es Schwierigkeiten zwischen ihnen?«

Tanja zuckte mit den Schultern und schwieg eine Weile. Schließlich antwortete sie: »Unser Chefautor ist nicht besonders beliebt, auch bei Bruce Markreiter nicht.«

»Die beiden haben also kein freundschaftliches Verhältnis?«

»Auf keinen Fall!«

»Und Bruce Markreiter? Ist der beliebt?«

Tanja schüttelte langsam, sehr langsam den Kopf. »Er zieht sich zurück, will mit den anderen nichts zu tun haben. Die meisten halten ihn für arrogant.«

Wieder steuerte sie auf den Bürowagen zu, aber auch diesmal hielt Erik sie zurück. »Wussten Sie, dass Bruce Markreiter eine Pistole hat? Ist das wirklich allgemein bekannt, wie der Chefautor sagt?«

Tanja nickte. »Ja, das weiß jeder.«

»Trauen Sie Herrn Markreiter einen Mord zu?«

»Um die Frage zu beantworten«, wich Tanja aus, »kenne ich ihn nicht gut genug.«

»Und ein Motiv wüssten Sie auch nicht?«

Tanja schüttelte den Kopf und antwortete nicht.

Erik wartete, bis Tanja Möck in den Bürowagen gestiegen war, dann holte er sein Handy heraus und wählte Vetterichs Nummer. Während der Ruf rausging, entschloss er sich, Sören einen Auftrag zu geben, damit der nicht mehr an sein Bett, sondern an seine beruflichen Aufgaben dachte. »Rufen Sie bei Dr. Hillmot an und fragen Sie ihn, ob er schon den Todeszeitpunkt kennt.«

Das war nicht zu erwarten. Dr. Hillmot hatte vermutlich dafür gesorgt, dass die Leiche in der Pathologie abgeliefert worden war, danach aber sicherlich den Heimweg angetreten, um sich am nächsten Morgen mit dem toten Max Triebel zu beschäftigen. Doch es sah einfach besser aus, wenn Sören den Eindruck erweckte, sich um seine

Arbeit zu kümmern, statt neben seinem Chef zu stehen und schwankend in den Himmel zu glotzen.

Es dauerte lange, bis Vetterich sich meldete. »Haben Sie schon irgendwas herausgefunden?«, fragte Erik ohne lange Vorrede.

»Was soll die Eile?«, brummte Vetterich zurück. »Hat das nicht Zeit bis morgen?«

Erik antwortete nicht. Er wusste, dass Vetterich sein Diensthandy nie mit nach Hause nahm. Wenn er einen Anruf entgegennahm, dann war er an seinem Arbeitsplatz. Und wenn er dort war, dann befasste er sich mit der Auswertung der mageren Spuren, die er gefunden hatte. Kommissar Vetterich war ein harter Hund, der in Fällen wie diesem alles, was er tat, mit einem markigen Spruch kommentierte: »Dienst ist Dienst, und Schnaps ist Schnaps!« Wahrscheinlich wusste er selbst, dass es besser sein würde, die Ergebnisse seiner Untersuchungen am nächsten Morgen zu überprüfen, um ganz sicherzugehen, dass der Alkohol ihm nicht die Urteilskraft vernebelt hatte. Aber was das Geschoss anging, das sie in List gefunden hatten, war er sich sehr sicher. »Kaliber 7,65! Jetzt müssen Sie nur noch die Pistole dazu finden.«

Als Erik aufgelegt hatte, stellte er verwundert fest, dass Sören tatsächlich ein Telefongespräch mit Dr. Hillmot führte. Entweder hatte sein Assistent versehentlich die Privatnummer des Gerichtsmediziners gewählt, was ihm in seinem derartigen Zustand durchaus zuzutrauen war, oder Dr. Hillmot war tatsächlich in die Pathologie gefahren, statt erst mal seinen Rausch auszuschlafen.

»Der steht wirklich am Seziertisch«, sagte Sören ungläubig, als er das Gespräch beendet hatte.

»Nehmen Sie sich ein Beispiel an ihm«, entgegnete Erik.

Sören dachte über diese Möglichkeit nach, schüttelte dann aber den Kopf. Nein, an einem Mann wie Dr. Hillmot, der es über sich brachte, in angetrunkenem Zustand eine Leiche zu öffnen, ohne dabei ohnmächtig zu werden, wollte er sich kein Beispiel nehmen. Für Sören gehörte diese besondere Fähigkeit in den Bereich der Gefühlsrohheit und nicht in die Kategorie Tapferkeit.

»Hat er schon Ergebnisse?«, fragte Erik ohne jeden Optimismus.

Zu seinem Erstaunen nickte Sören. »Er sagt, der Tod ist zwischen Mitternacht und zwei Uhr eingetreten.«

Erik dachte nach. »Mitternacht? Zu diesem Zeitpunkt ist doch in List noch was los.«

Sörens Denkapparat schien allmählich wieder in Gang zu kommen. »Um diese Jahreszeit nicht unbedingt«, meinte er. »Die Osterferien haben noch nicht begonnen, und abends wird es noch ziemlich kalt.«

»Wann schließt Gosch?«

»Der ist flexibel.«

Erik fühlte sich plötzlich erheblich tatkräftiger als noch vor einer Stunde. Erstaunlich, wie ein paar sichere Erkenntnisse die Energie beflügeln konnten!

»Rufen Sie bei Gosch an«, beauftragte er Sören, »und fragen Sie, wann gestern geschlossen wurde. Wenn die bis Mitternacht oder länger geöffnet hatten, können wir den Todeszeitpunkt sogar nach hinten verschieben. So ein Schuss bleibt ja nicht ungehört. Andererseits ... eine Zeitspanne von nur zwei Stunden ist nicht schlecht.« Entschlossen ging er auf Bruce Markreiters Zirkuswagen zu. »Und dann kommen Sie nach!«

Die Tür des Wagens öffnete sich, noch bevor Erik ihn erreicht hatte. Ein Mann stieg heraus und blickte Erik und Sören neugierig entgegen. Bruce Markreiter, der hinter ihm erschien, versetzte ihm einen winzigen Stoß, damit er den Blick auf die beiden Polizeibeamten freigab.

»Ciao, Luca! Dann ist ja alles klar für morgen.«

Markreiter stieg hinter seinem Gast aus dem Wagen, als wollte er ihn drängen, sich zu entfernen. Aber der schien nicht gehen zu wollen, ehe er wusste, wer Bruce Markreiter einen Besuch abstattete. Anscheinend kam es selten vor, dass sich in diesem geschützten Bereich von »Liebe, Leid und Leidenschaft« Fremde blicken ließen.

Bruce Markreiter sah sich genötigt, seinen Gast vorzustellen. »Luca Medina, mein Stuntman. Er doubelt mich, wenn's gefährlich wird.«

Erik nickte Luca Medina freundlich zu und stellte sich und seinen Assistenten vor. Ihm schoss der Gedanke durch den Kopf, dass er als Zehnjähriger ein Buch über einen Stuntman gelesen und bis zum zwölften Lebensjahr den Wunsch gehabt hatte, später ebenfalls Stuntman zu werden. Dann erst war ihm klar geworden, welche Fähigkeiten man dafür brauchte und wie gefährlich dieser Beruf war. Erik sah Luca Medina bewundernd an. Ein Stuntman! Mit dem musste er ein paar Worte wechseln – als ließe sich damit feststellen, ob er wirklich so stark, furchtlos und draufgängerisch war, wie er es in Eriks Jugendzeit zu sein hatte.

Er warf Bruce Markreiter einen Blick zu, mit dem er sich dafür entschuldigen wollte, dass er zunächst ein paar Worte mit seinem Stuntman sprach. »Sagt Ihnen der Name Max Triebel etwas?«, fragte er. »Ein Reporter der Blitz. Haben Sie schon mal mit ihm zu tun gehabt?«

Luca Medina warf Bruce Markreiter einen fragenden Blick zu, dann schüttelte er den Kopf. »No! Was ist mit ihm?«

Doch Erik winkte ab. »Schon gut.« Was hatte er erwartet? Dass Luca Medina ihm anbieten würde, auf den Grund des Hafenbeckens zu tauchen, um dort nach weiteren Spuren zu suchen? Er bedankte sich bei Medina und wandte sich wieder Bruce Markreiter zu, der daraufhin wieder in seinen Wagen stieg und sich in der offenen Tür zu ihm umdrehte. »Treten Sie ein!«

Sein Wagen war erstaunlich komfortabel eingerichtet und geräumiger, als er von draußen aussah. Eine kleine Sitzecke, ein Bett, ein Einbauschrank und sogar eine Pantry-Küche enthielt er. Der Schauspieler schien ein ordnungsliebender Mensch zu sein. Alles war an seinem Platz, nur ein aufgeschlagenes Buch lag auf dem Tisch, eine Lesebrille sorgte dafür, dass es nicht zuschlug. Erik schämte sich für die kurze Genugtuung, dass er selbst noch ohne Lesehilfe auskam.

»Zu Dreharbeiten gehört immer viel Warterei«, erklärte Bruce Markreiter. »Ich verbringe diese Zeit nicht gern in der Kantine. Lieber lege ich mich aufs Bett und lese, wenn es sich nicht lohnt, ins Hotel zurückzukehren.« Er wies mit ausladender Geste auf die Sitzgruppe, wo Erik Platz nahm. Bruce selbst setzte sich auf sein sorgfältig gemachtes Bett. »Meistens lohnt es sich nicht«, ergänzte er.

»Manchmal ziehen Sie sich aber in die Dünen zurück, um sich zu sonnen, oder?«, fragte Erik spitz.

Markreiter verzog das Gesicht. »Sie haben mich erkannt?«

Erik setzte zu einer Antwort an, die Bruce mit einer strikten Geste unterband. »Erzählen Sie mir nichts. Alles, was Sie mir zum Dünenschutz sagen wollen, weiß ich.«

»Umso schlimmer«, meinte Erik, »dass Sie sich einfach darüber hinwegsetzen.«

Bruce Markreiter gab sich große Mühe, zerknirscht auszusehen. »Ich bin ständig auf der Suche nach Plätzen, wo ich nicht gesehen und erkannt werde. Am Strand lässt man mich nicht in Ruhe. Ich kann nicht mal auf dem Balkon meines Hotelzimmers sitzen, ohne dass auf der Straße jemand stehen bleibt und zu mir hochschreit. Können Sie sich vorstellen, wie das ist? Ich möchte auch mal ungestört die Natur genießen.«

»Indem Sie unsere Dünen zerstören?«, gab Erik scharf

zurück. »Im Übrigen scheint Ihre Rechnung nicht aufzugehen. Es war Ihnen jemand in die Dünen gefolgt. Haben Sie das nicht bemerkt?«

Bruce Markreiter gab die Haltung des reumütigen Natursünders sofort auf und bedachte Erik mit einem scharfen Blick. »Wer war das?«

Erik zuckte mit den Schultern. »Ich konnte nicht mal erkennen, ob es ein Mann oder eine Frau war.« Er betrachtete kurz das markante Kinn und die dunklen, ausdrucksvollen Augen, dann ergänzte er: »Vermutlich eine Frau. Ihre Fans sind sicherlich zum größten Teil Frauen?«

Bruce Markreiter nickte. »Tatsächlich hatte ich das Gefühl, dass mir jemand folgte. Das denke ich, seit ich auf Sylt bin. Ich habe mich mehrmals umgesehen, aber nie jemanden entdeckt. Ich dachte, ich würde es mir einbilden. Das passiert mir oft. Manchmal fürchte ich, dass ich schon unter Verfolgungswahn leide.« Er spielte gedankenverloren mit dem Einband eines Buches, das neben ihm auf dem Bett lag.

Obwohl es nicht seine Art war, fiel Erik mit seiner Frage ins Haus: »Besitzen Sie eine Waffe?«

Bruce Markreiter nickte, ohne zu zögern. »Ja. Und einen Waffenschein auch.« Dann fuhr er sich mit beiden Händen durch die Haare, eine Geste, die Erik einstudiert vorkam. Sicherlich wusste Markreiter, dass eine perfekte Frisur für sein gutes Aussehen nicht nötig war. Im Gegenteil! Ihm stand das Legere, Nachlässige besonders gut. Und er schien zu glauben, dass sein angenehmes Äußeres ihm Vorteile verschaffen könnte.

»Welches Kaliber?«, fragte Erik und versuchte, Bruce Markreiter spüren zu lassen, dass er sich nicht vom attraktiven Äußeren eines Schauspielers beeindrucken ließ.

»7,65!«, kam es zurück.

Wie aus der Pistole geschossen, dachte Erik und musste über seine heimliche Wortspielerei lächeln. Dann erst wurde ihm die Bedeutung der Antwort klar, und seine Miene wurde schnell wieder ernst. »Tatsächlich Kaliber 7,65?«, wiederholte er ungläubig. »Wo ist die Waffe?«

»Hier!« Bruce Markreiter zeigte auf einen Schrank, der über seinem Bett angebracht war.

Bei dieser Gelegenheit fiel Erik auf, dass Markreiters Fingernägel tatsächlich perfekt manikürt und seine Hände sehr gepflegt waren. Erik bemühte sich, gegen den Teil seiner Antipathie anzugehen, der nichts mit dem Fall zu tun hatte. Sonst würde er Bruce Markreiter womöglich eine Schuld nachweisen wollen, weil der sich die Hände manikűren ließ und teure Lederhandschuhe trug, um sie zu schützen.

Markreiter erhob sich, um die Waffe aus dem Schrank zu holen, aber Erik hielt ihn zurück. »Stopp! Das mache ich selbst!«

Bruce Markreiter ließ sich wieder zurücksinken. »Was soll das?«, fragte er und verlor schlagartig jede Konzilianz. »Sie behandeln mich wie einen Verdächtigen!«

Erik sah sich genötigt, seine Stimmlage und auch seinen Tonfall zu verändern. »Max Triebel war einer Geschichte auf der Spur, die morgen auf dem Titel der Blitz stehen sollte. Dabei ging es um Sie, Herr Markreiter.« Er stand auf, damit er auf den Schauspieler hinabblicken konnte. »Ich halte es für möglich, dass Sie das verhindern wollten. Sie wissen, dass Max Triebel erschossen wurde, und ich weiß, dass Sie im Besitz einer Pistole sind. Was ich noch weiß: Triebel wurde von einem Geschoss mit dem Kaliber 7,65 getötet. Im Klartext: Sie stehen unter Mordverdacht.«

Seine Entschlossenheit blieb nicht ohne Wirkung. Bruce Markreiter starrte mit offenem Mund zu ihm hoch. Anscheinend war lange nicht mehr so direkt und unverhohlen mit ihm umgegangen worden. »Ich soll den Journalisten umgebracht haben? Sind Sie von allen guten

Geistern verlassen? Ich habe gar keine Munition. Nur die Waffe! Als Abschreckung! Falls ich mal wieder von einem Fan verfolgt werde.«

Erik öffnete das Schrankfach und blickte hinein. »Wo ist die Pistole?«

Markreiter erhob sich ebenfalls und blickte ihm über die Schulter. »Da! Rechts! Oder ... etwa nicht?« Er ließ die Arme sinken und sah aus wie ein Schüler, der durch offenkundige Reue das Strafmaß verringern wollte. »Tatsächlich, sie ist weg. Gestohlen!«

Mamma Carlotta lief durch alle Räume. Niemand zu Hause! Die Tomatensuppe stand kalt auf dem Herd, die Vorbereitungen der Spaghetti alla carbonara waren nicht fortgeschritten, nicht mal von der Zabaione hatte jemand genascht. Wie es aussah, waren die Kinder zu irgendwelchen Freunden gegangen, um mit ihnen über ihre Erlebnisse beim Casting zu sprechen, und Erik und Sören anscheinend noch mit dem neuen Mordfall beschäftigt. Sie war allein zu Hause – ein unerträglicher Zustand für Carlotta Capella!

Daheim in Umbrien war sie nie allein. Die Familie war groß, und außer Lucia waren alle in dem Dorf geblieben, wo sie zur Welt gekommen waren. Sechs Kinder und Schwiegerkinder und unzählige Enkel! Wie sollte man da jemals allein sein? Außerdem gab es immer die Möglichkeit, zu einem Nachbarn zu gehen. Dort saß die Nonna oder der Nonno bei gutem Wetter vor der Tür, und da das Wetter meistens gut war, brauchte man nur die Gasse entlangzugehen und hatte jede Menge Unterhaltung. Oder man ging durch die Hintertür in die Küche der Nachbarin, gesellte sich zu ihr, gab ihr gute Ratschläge oder ging ihr zur Hand und plauderte derweil mit ihr über den neuen Freund der Tochter der nächsten Nachbarin. Noch einfacher war es, sich an einen Gartenzaun zu stellen, hinter dem eine Hausfrau die Wäsche aufhängte, und mit ihr ein Gespräch über Waschmittel, Stärke und Weichspüler zu beginnen, es zu den Schulden des übernächsten Nachbarn zu führen, der trotzdem einen neuen Fernseher angeschafft hatte, und mit dem Verdacht zu beenden, dass die Witwe Usebio einen Freund hatte, der sogar gelegentlich bei ihr übernachtete. In Italien alles kein Problem! Aber hier auf Sylt? Die Türen waren geschlossen, niemand saß davor, und Erik hatte ihr dringend davon abgeraten, einfach durch den Hintereingang das Haus der Nachbarin zu betreten. Was in Umbrien selbstverständlich war, wurde auf Sylt Hausfriedensbruch genannt.

Carlotta ging zum Fenster und warf einen Blick zum Nachbarhaus. Bei Familie Kemmertöns war alles dunkel. Wäre jemand zu Hause gewesen, würden jetzt die ersten Lichter angehen. Zwecklos, dort zu klingeln und unter einem Vorwand nach Geselligkeit zu suchen.

Sie zog ihre Jacke wieder an, griff nach dem Schlüssel und steckte ihn ein. Allein zu Hause bleiben? Nein, das kam nicht infrage. Sie würde sich ja zu Tode langweilen! Da war es doch besser, sie brachte Tanja gleich jetzt die frohe Botschaft, dass una bettola gefunden war, deren Wirt kein Problem damit hatte, seine Imbissstube im Fernsehen als Kaschemme zu präsentieren. Tanja würde sich freuen!

Gerade wollte sie die Haustür hinter sich ins Schloss ziehen, da fiel ihr Busso Heinemann ein. Der arme Mann würde sich Hoffnungen machen, wenn er sie zu Gesicht bekam! Die durfte sie nicht enttäuschen. Eilig ging sie zum Kühlschrank und nahm die Antipasti heraus, die sie immer am ersten Tag ihres Aufenthalts auf Sylt einlegte. Eine große Portion steckte sie in einen Plastikbeutel, in eine Tüte ein halbes Ciabatta-Brot und dazu eine Packung Grissini. Busso Heinemann sollte an diesem Abend mit dem guten Gefühl einschlafen, dass jemand für ihn gesorgt hatte.

Tatsächlich bestaunte Busso das, was Mamma Carlotta ihm auf die Decke legte, wie ein Kind seine Weihnachtsgeschenke. Allein die Tatsache, dass sie ihr Versprechen wahr gemacht hatte, rührte ihn zu Tränen. »Das habe ich nicht erwartet, Signora!«

Der Wachmann dagegen, der die Schranke bewachte, beurteilte diese Angelegenheit anders. Dass die Leckerbissen, die ihren Duft bis zur Schranke verströmten, einem Obdachlosen zugutekommen sollten, schien ihm nicht zu gefallen. Er machte einen langen Hals und betrachtete stirnrunzelnd alles, was vor Busso ausgebreitet wurde. Mamma Carlotta, die es gewöhnt war, dass ihre Antipasti in jedem Feinschmecker Begehrlichkeiten weckte, fragte ihn: »Soll ich Ihnen das nächste Mal auch ein paar marinierte Paprikaschoten mitbringen?«

Aber das lehnte der Wachmann strikt ab. »Ich bin kein Penner«, sagte er. »Wenn ich Hunger habe, kann ich mir was kaufen.«

Mamma Carlotta war gekränkt. Wie konnte man ihr freundliches Angebot derart falsch verstehen? Dass der Wachmann sich gerade eine italienische Mamma zur Feindin machte, ahnte er wahrscheinlich nicht. Zur Strafe setzte sie ihre hochmütigste Miene auf und teilte dem undankbaren Wachmann mit knappen Worten mit, dass sie von Tanja Möck erwartet werde. Und das, ohne ihn in die Geschichte einzuweihen, die zu ihrer Bekanntschaft geführt hatte. In diesen Genuss wäre der Mann sicherlich gekommen, wenn er sich freundlicher verhalten hätte!

Doch der Wachmann nahm entweder seine Aufgabe besonders ernst, oder er war noch immer beleidigt, weil er glaubte, dass er in einen Topf mit einem Obdachlosen geworfen werden sollte. Jedenfalls weigerte er sich, die Schranke zu heben, bevor er sich telefonisch bei Tanja

Möck erkundigt hatte, ob der Besuch von Carlotta Capella wirklich erwünscht war. Und selbst dann durfte Mamma Carlotta noch nicht auf den Platz gehen, sondern musste warten, bis Tanja zur Schranke kam, um sie dort abzuholen.

Von da an verlief jedoch alles so erfreulich, wie Mamma Carlotta es erwartet hatte. Tanja Möck war so dankbar, wie es sich gehörte, und Mamma Carlotta wies ihren Dank entrüstet zurück, weil sich das ebenso gehörte. Ein stabiles Fundament für alle weiteren Bitten und Gefälligkeiten, die noch folgen würden.

»Wir könnten morgen in Käptens Kajüte einkehren«, schlug Tanja vor, »und alles Weitere mit dem Wirt besprechen. Ich habe Vollmacht für die Verhandlungen bekommen. Wie wär's mit einem zweiten Frühstück dort?«

Mamma Carlotta nickte zögerlich. Frühstück in Käptens Kajüte? Klebriges Toastbrot, Marmelade aus einem Plastikeimer und Dauerwurst, deren Name Tove Griess viel zu wörtlich nahm? Aber dann sagte sie sich, dass Tanja Möck eine Kaschemme gesucht hatte und dass sie genau das morgen vorfinden würde. »Va bene«, strahlte sie. »Ich werde da sein!«

Tanja machte Anstalten, wieder in ihren Bürowagen zurückzugehen. »Wenn Sie wollen, können Sie gern noch in die Kantine gehen. Als Gast von Eidam-TV. Beate und Kristin sind auch da. Die kennen Sie ja schon!« Tanja wies zur Eingangstür der Halle, über der das rote Licht angebracht war, das so dunkel war wie am Nachmittag. »Gehen Sie ruhig durch die Kulissenhalle. Es wird nicht gedreht.«

Mamma Carlotta war hocherfreut. Den Gedanken an Erik und die Kinder schob sie einfach beiseite. Wer nicht für Spaghetti alla carbonara nach Hause kam, der durfte sich nicht wundern, wenn die Köchin es vorzog, statt mit der Zubereitung des Abendessens ihre Zeit mit neuen

Bekanntschaften zu verbringen. Und dass Carolins Fernbleiben etwas mit ihrem Protest gegen ihre Nonna zu tun hatte, wollte sie nicht an sich heranlassen. Mamma Carlotta hatte ein reines Gewissen. Sie hatte ihren Enkelkindern Komparsenrollen verschafft, und sie hatte Carolin vor einem zudringlichen Kerl bewahrt. Sollte sie sich das etwa vorwerfen lassen? Dass sie außerdem eine Sprechrolle bekommen hatte, war ebenfalls nichts, was man ihr zur Last legen konnte. Nein, Mamma Carlotta hatte das reinste Gewissen der Welt. Und deswegen würde sie sich jetzt als Gast von Eidam-TV einen schönen Abend machen. Basta!

Sören klopfte an die Tür des Wohnwagens. Als Bruce Markreiter ihn hereinließ, merkte Erik gleich, dass die Aufgabe, die Sören zu erledigen gehabt hatte, gut für seine körperliche Verfassung gewesen war. Er wirkte wesentlich frischer. Trotzdem wandte Erik sich nach einem kurzen Blick wieder seinen Notizen zu, statt Sören nach den Ergebnissen seines Anrufs bei Gosch zu befragen.

»Eine Ceska, Modell 83, sagen Sie?«

Markreiter nickte. »Eine tschechische Pistole. Sie wurde in den Achtzigerjahren fürs Militär konzipiert. Aber auch die tschechische Polizei hat sie benutzt.«

»Wie sind Sie an diese Waffe gekommen?«, erkundigte sich Erik.

»Ein Bekannter hat sie mir besorgt. Vor ein paar Jahren. Ich wurde von einem aufdringlichen Fan verfolgt, der mir Angst machte. Ein Stalker. Ich wollte etwas haben, womit ich ihm auch Angst machen konnte.«

»Werden Sie von diesem Stalker immer noch belästigt?«

Bruce Markreiter verzog den Mund, dann zuckte er mit den Schultern. »Der Stalker von damals sitzt in der

Psychiatrie. Aber ... es könnte sein, dass sich da was Neues anbahnt. Ich spüre, dass ich beobachtet werde. Dass jemand um meinen Wagen herumschleicht. Dass ein Auto mich verfolgt. Ich ... ich spüre es einfach!«

»Deswegen die Pistole?«

Markreiter nickte. »Ich fühle mich sicherer. Und Munition brauche ich nicht. Ich will ja nicht schießen, sondern einem Angreifer Angst einjagen.«

Erik stand auf und warf einen Blick aus dem Fenster, das auf den Platz ging, dann wies er zu dem rückwärtigen Fenster, das mit Klappläden verschlossen war.

»Die Läden sind immer zu«, sagte Markreiter, ehe Erik fragen konnte. »Wer sich von hinten anschleicht, kann mich nicht beobachten. Aber belauschen«, ergänzte er. »Zum Beispiel, wenn ich telefoniere oder Besuch habe.«

»Wie könnte der Täter an Munition gekommen sein? Für eine tschechische Waffe?«

»Meine Ceska ist eine Exportvariante«, erklärte Bruce Markreiter. »Die kann mit westlicher Munition geladen werden. Falls meine Pistole überhaupt die Tatwaffe ist.«

»Daran zweifle ich nicht«, gab Erik zurück. »Oder halten Sie es für einen Zufall, dass Max Triebel einer Geschichte auf der Spur war, in der es um Sie geht, und dass am nächsten Tag ausgerechnet Ihre Waffe verschwunden ist?«

»Ich weiß wirklich nicht«, meinte Markreiter, »welcher Geschichte er auf der Spur gewesen sein soll. Bei mir ist für so einen Skandalreporter nichts zu holen.«

»Sie haben keine Vorstellung, wer Ihnen die Pistole gestohlen haben könnte?«

»Das kann jeder gewesen sein! Alle, die hier arbeiten, wissen, dass ich eine Waffe in meinem Wagen habe. Und der ist nicht immer abgeschlossen.«

»Eine Waffe derart schlampig aufzubewahren ist eine

Straftat. Wenn Sie Glück haben, eine Ordnungswidrigkeit! Mindestens!«

»Nicht bei einer ungeladenen Waffe, für die es keine Munition gibt!«

»Und Sie meinen, jemand hat Ihnen die Pistole gestohlen und sich Munition beschafft, um Max Triebel zu erschießen?«

Bruce Markreiter hob die Hände und spreizte die Finger. Eine Geste der Ungeduld, ein Zeichen, dass er der Fragerei überdrüssig war, dass er dieses Gespräch beenden wollte. »Sieht so aus.«

»Oder derjenige kannte Ihre Waffe, hat sich vorsorglich Munition gekauft und dann die Pistole gestohlen?«

»Auch möglich!«

»Warum? Weil er Sie belasten wollte?«

Bruce Markreiter gefiel diese Variante, seine Geste fiel entsprechend sparsam aus. »Das wird's sein! Ich stand mit der Presse schon immer auf schlechtem Fuß. Da kann jemand auf die Idee kommen, dass mir die Nerven durchgegangen sind. Damit hat der wahre Täter gerechnet. Er hat darauf vertraut, dass ich in Verdacht gerate.«

»Und die Sache, der Max Triebel auf der Spur war?«

»Das muss ein Missverständnis sein.«

Erik betrachtete den Schauspieler scharf, als wollte er ihm eine Lüge nachweisen. »Wenn sich herausstellen sollte, dass Max Triebel wirklich mit Ihrer Waffe erschossen wurde, sind Sie auf jeden Fall dran. Wenn Sie nicht selbst geschossen haben ...«

»Habe ich nicht!«

»... dann haben Sie sich auf jeden Fall mitschuldig gemacht«, ergänzte Erik ruhig. »Weil Ihre Waffe jedermann zugänglich war.« Erik wandte sich an Sören, weil er sich nicht auf ein weiteres Wortgefecht mit Bruce Markreiter einlassen wollte. Der Mann war zu selbstbewusst und viel zu nüchtern, um sich verbal bezwingen zu lassen.

»Haben Sie was herausgefunden?«, fragte Erik seinen Assistenten.

Sören war froh, dass er endlich loswerden konnte, was er ausfindig gemacht hatte. »Der zeitliche Ablauf des Tathergangs ist nun klarer. Gosch hat gegen acht das Gourmetrestaurant im Hafendeck geschlossen. Aber unten in der Alten Bootshalle ging's noch bis kurz vor zehn. Eine Stunde dauert es etwa, bis alle Angestellten das Gelände verlassen haben. Danach herrscht Ruhe im Lister Hafen. Das muss in der vergangenen Nacht so gegen elf gewesen sein.«

Erik strich seine Cordhose glatt und dann auch seinen Schnauzer, bevor er fragte: »Wo waren Sie zwischen elf und zwei Uhr, Herr Markreiter?«

Dessen Antwort kam für seinen Geschmack zu schnell: »Ich bin herumgefahren. Das mache ich oft.«

»Wo sind Sie gewesen? Sind Sie gesehen worden?«

»Mit Sicherheit!«, entgegnete Bruce Markreiter. »Ich fahre einen auffälligen Wagen.«

»Wir wollen nicht wissen, wo Ihr Wagen gewesen ist«, konterte Erik, »sondern wo Sie gesehen wurden.«

»Die Leute kennen mich. Ich bin auch sicher, dass einige auf mich aufmerksam geworden sind. Eigentlich wollte ich noch in irgendeiner Bar einen Cocktail nehmen. Aber als ich merkte, dass man mich nicht in Ruhe lassen würde, bin ich weitergefahren.«

Erik warf Sören einen enttäuschten Blick zu. Er war schon jetzt davon überzeugt, dass Markreiters Alibi hieb- und stichfest war. Verdammt! Dieser Fall war anscheinend doch nicht so leicht zu lösen, wie er gedacht hatte. Ganz abgesehen davon, dass Fälle, in die Prominente verwickelt waren, immer schwer zu lösen waren. Er brauchte bloß an die Staatsanwältin zu denken, die jedes Mal in hysterische Sorge geriet, dass Erik einen wichtigen Menschen nicht mit dem angemessenen Respekt behandelte.

»Ich brauche Ihre Angaben schon ein wenig genauer. Wann sind Sie wo gesehen worden? Und wer hat Sie gesehen?«

Bruce Markreiter dachte kurz nach, dann setzte er ein zuvorkommendes Lächeln auf. »Ans Gogärtchen kann ich mich erinnern. Ich bin gegen eins dort angekommen. Da war noch was los. Der Türsteher hat mich gesehen.«

»Wir werden das nachprüfen.«

»Selbstverständlich, Herr Hauptkommissar. Ach ja … da fällt mir noch was ein.« Markreiter legte eine Hand an die Schläfen, eine große Geste, die Erik nicht gefiel. Dieser Mann schien Spezialist für große Gesten zu sein! »Ich wollte einen Abstecher ins Spielkasino machen. Ein bisschen um mein Glück spielen!« Er verzog sein Gesicht zu einer kleinen Grimasse, die Erik genauso wenig gefiel wie seine großen Gesten. »Ich dachte, nachts um halb zwei könnte ich direkt vor dem Kasino parken.«

Erik sah ihn ungläubig an. »Auf dem Platz vorm Rathaus? Der ist gesperrt! An jeder Einmündung stehen Pflöcke.« Verächtlich ergänzte er: »Weil es mehr Leute wie Sie gibt, die glauben, dass Regeln nur für die anderen da sind.«

»Diesmal war ein Pflock herausgezogen und anscheinend nicht wieder eingesetzt worden.«

»Und so was betrachten Sie als Einladung?«

Markreiter spielte den reuigen Verkehrssünder nicht besonders überzeugend. »Ich weiß natürlich, dass das Befahren des Platzes verboten ist. Das hat mir der Portier des Kasinos auch sehr deutlich gesagt. Er hat mich gar nicht erst reingelassen.«

Erik erlaubte sich ein spöttisches Lächeln. »Bruce Markreiter lässt sich abweisen?«

»Ich wurde nicht abgewiesen, sondern gebeten, meinen Porsche woanders abzustellen. Aber dazu hatte ich keine Lust.«

»Und Sie haben auf den Besuch des Kasinos verzichtet?«

»Korrekt.«

Als Erik sich erhob, war seine Energie wie weggeblasen. »Sagen Sie, Herr Markreiter … wie machen Sie das? Nachts herumfahren und morgens wieder vor der Kamera stehen …«

»Das ist zum Glück nicht die Regel«, entgegnete Markreiter schnell. »Aber manchmal kann ich nicht schlafen, und dann fahre ich eben lieber herum, als mich schlaflos im Bett zu wälzen.«

»Aber Max Triebel haben Sie unterwegs nicht zufällig gesehen?«

»Wenn, dann hätte ich ihn nicht erkannt.«

»Und bis zum Lister Hafen sind Sie nicht gekommen?«

»Nein!«

»Tatsächlich nicht?«

Bruce Markreiter sprang so plötzlich auf, dass Erik erschrocken zusammenfuhr und Sören sogar einen Schritt zur Tür machte, als wollte er flüchten. »Nein!«, brüllte er so laut, dass es auf dem ganzen Platz zu hören sein musste. »Nein! Haben Sie das jetzt kapiert?«

Kristin und Beate freuten sich, Carlotta zu sehen. Und sie klopften ihr anerkennend auf die Schulter, als sie hörten, dass es ihr gelungen war, Tanja eine wichtige Arbeit abzunehmen. »Du hast eine Location für sie gefunden? Großartig!«

Kristin legte das Drehbuch zur Seite, das sie eigentlich studieren wollte. »Die paar Sätze lerne ich vor dem Einschlafen. Harry hat heute mal wieder ein paar Änderungen in letzter Minute vorgenommen. Mit welchem Ergebnis?« Fragend sah sie erst Mamma Carlotta, dann Beate an.

Die nickte. »Er hat dir mindestens fünf Sätze gestrichen.«

»Bingo!« Kristin klopfte empört auf das Drehbuch. »Ich habe ihn gebeten, mich wenigstens mal in der Totalen zu zeigen. Aber was hat er gesagt?«

Beate zögerte keinen Augenblick. »In deinem Alter? Das ist schlecht für die Quote!«

Kristin nickte deprimiert. »Und dafür habe ich mich liften lassen!«

»Mir hat er heute gesagt, ich wäre fett geworden«, erzählte Beate. »Dabei ernähre ich mich nur noch von Salatblättern, Knäckebrot und Sekt.« Sie lachte bitter. »Und ich bringe weniger als die Hälfte von Harrys Gewicht auf die Waage. Aber er …«

»… ist eben ein Mann«, ergänzte Kristin.

Beate hob das Glas und prostete Kristin und Carlotta zu. »Auf den Sekt könnte ich natürlich verzichten, aber irgendein Vergnügen muss auch eine Schauspielerin haben. Stimmt's?«

Mamma Carlotta dachte an den Rotwein, den sie in Käptens Kajüte getrunken hatte, und bat den Wirt um einen Espresso.

Der wurde ihr gerade serviert, da kam Heidi Schirrmacher herein. Sie trug eine große Tüte bei sich, die sie hinter ihrem Rücken verbarg, während sie sich unauffällig umsah. Auf der gegenüberliegenden Seite der Kantine saßen ein paar junge Männer aus dem Kamerateam zusammen und fachsimpelten, die Leiterin der Garderobe legte an einem anderen Tisch ihren Mitarbeiterinnen einen Katalog vor und besprach mit ihnen die Kleidung, die Sandra Zielcke in einer Schlüsselszene tragen sollte. An einem weiteren Tisch hockte jemand missmutig über seinem Bier, und vor der Theke stritten sich zwei Männer über die Qualität eines Drehbuchautors, den der eine begnadet und der andere total unbegabt fand.

»Harry ist nicht hier?«, fragte Heidi flüsternd, während sie sich zu Carlotta, Kristin und Beate setzte.

»Meinst du, den Fettwanst könntest du übersehen?«, fragte Beate genauso leise zurück.

Das Gekicher, das prompt einsetzte, unterband Heidi mit einer resoluten Handbewegung. Die anderen begriffen sofort, dass sie etwas Wichtiges zu berichten hatte. So leise, dass es an keinem der Tische gehört werden und auch nicht an die Ohren des Wirtes dringen konnte, tuschelte Heidi: »Die Zeit der Rache ist gekommen.«

Mamma Carlotta lief ein Schauer über den Rücken. Rache? Was war damit gemeint?

Heidi schob mit dem Fuß die Tüte unter den Tisch, damit jede der drei sie mit ihren Füßen betasten konnte. Für Mamma Carlotta war das wenig aufschlussreich, durch ihre neuen Stiefeletten spürte sie nur etwas Weiches, Nachgiebiges. Beate und Kristin konnten ohne Umstände aus ihren Slippern schlüpfen, aber obwohl sie die Plastiktüte mit den Zehen kneteten, wurden sie genauso wenig schlau aus ihrem Inhalt.

Heidi schien nichts anderes erwartet zu haben. »Ich komme gerade von dem Hühnerhof. Ihr wisst schon, wo morgen diese Autogrammstunde ist!«

Die anderen nickten. »Und was hat das mit dieser Tüte zu tun?«, fragte Kristin.

»Ich habe was mitgebracht«, sagte Heidi. »Heute Nacht werden wir aller Welt zeigen, wie klein der kleine Unterschied ist, mit dem Harry so gern angibt.«

Keine der drei konnte sich vorstellen, was Heidi vorhatte, aber in zwei Augenpaaren erschien prompt ein frivoles Leuchten. Mamma Carlotta war die Einzige, die skeptisch dreinblickte. So abenteuerlustig sie eigentlich war, die Gedanken an den Körperteil eines Mannes, der in ihrem Dorf als unaussprechlich galt, bereiteten ihr immer noch Pein.

»Dem werden wir heute die große Klappe stopfen!«, flüsterte Heidi.

»Aber wie?«, fragte Beate zurück. »Ich möchte meine Rolle nicht verlieren.«

Heidi winkte ab. »Das will keiner.« Sie sah sich um. »Hier können wir nicht reden! Lasst uns woanders hingehen.«

»Aber wohin? Belauscht werden können wir überall, wo man ›Liebe, Leid und Leidenschaft‹ und unsere Nasen kennt.«

Heidi überlegte, dann lachte Kristin plötzlich Mamma Carlotta an. »Wie wär's mit dieser Location, die du für Tanja aufgetan hast?«, fragte sie. »Eine Kaschemme! Da dürften wir unter uns sein!«

Das bestätigte Mamma Carlotta unumwunden. Tove wusste nichts von »Liebe, Leid und Leidenschaft« und Fietje nichts Genaues. Gäste, die den Abend in Käptens Kajüte verbringen wollten, waren nicht zu erwarten, und diejenigen, die sich eine Currywurst oder Pommes frites in ihre Ferienwohnung holten, würden nichts merken, wenn Beate, Kristin und Heidi ihnen konsequent den Rücken zudrehten. Trotzdem gab sie nur zögernd den Namen und die Adresse von Käptens Kajüte preis. Durfte sie sich als Schwiegermutter eines Kriminalhauptkommissars überhaupt auf ein so anstößiges Spiel einlassen?

Die drei Schauspielerinnen waren sofort Feuer und Flamme. »Wir bestellen uns ein Taxi!«

Beate zog gerade ihr Handy aus der Tasche, da fiel Mamma Carlotta ein, wie sie sich ein wenig aus dieser bedenklichen Komplizenschaft lösen konnte, ohne ganz auf das Abenteuer verzichten zu müssen, von dem sie nicht einmal genau wusste, wie es aussehen sollte. Wenn sie nicht gemeinsam mit den anderen im Taxi, sondern mit ihrem Fahrrad zum Hochkamp fuhr, dann hätte sie die Möglichkeit, sich leicht von den dreien zu trennen und ihnen zu erklären, dass sie mit derart obszönen Plänen nichts zu tun haben wollte. In diesem Fall konnte sie sich auf den Sattel schwingen und im Nu zu Hause sein, wo sie eigentlich längst hingehörte.

Außerdem fiel Mamma Carlotta ein weiterer guter Grund ein, sich nicht mit den drei anderen zu verbünden, indem sie sich mit ihnen in ein Taxi setzte. Sie fühlte sich verpflichtet, Tove auf das Erscheinen der drei Schauspielerinnen vorzubereiten, damit er sich einigermaßen freundlich verhielt und die Zusammenarbeit mit Eidam-TV nicht gefährdete.

Eilig wünschte sie dem Wachmann an der Schranke einen guten Abend, obwohl er es nicht verdient hatte, und winkte Busso Heinemann nur flüchtig zu. Sie wollte unbedingt vor Beate, Heidi und Kristin in Käptens Kajüte ankommen. Also lief sie, so schnell sie konnte, zu ihrem Fahrrad, während sie den Schlüssel schon aus ihrer Jackentasche heraussuchte … und blieb wie angewurzelt stehen.

Einige Meter entfernt sah sie Sörens auffälliges Rennrad stehen. Und daneben Eriks Fahrrad! Was konnte das bedeuten? Dass Erik mit Unterstützung seines Assistenten seine Schwiegermutter suchte? Damit endlich die Spaghetti alla carbonara auf den Tisch kamen?

Ihr schlechtes Gewissen rührte sich wieder, aber ihr Wunsch, etwas zu erleben, hielt prompt dagegen. Was war schon eine Mahlzeit, um die sich auch jeder andere kümmern konnte, wenn es darum ging, einem Fiesling wie Harry Jumperz eine Lektion zu erteilen? Das war ohne Zweifel eine Aufgabe von höherer Bedeutung.

»Basta!«, flüsterte Mamma Carlotta und schloss ihr Fahrrad auf.

Gerade rollte ein Taxi auf die Schranke zu. Sie musste sich beeilen. Nur gut, dass keine Zeit mehr war, zu Lucias Grab zu gehen und sie zu den Plänen zu befragen. Ob sie ebenfalls Mamma Carlottas Unternehmungsgeist über die Versorgung ihrer Familie gestellt hätte, war mehr als fraglich …

Erik machte ein paar Schritte, dann blieb er stehen und strich sich nachdenklich den Schnauzer glatt. Sören beobachtete ihn und fragte dann: »Ist was, Chef?«

Erik antwortete nicht, sondern drehte sich um und ging zu Bruce Markreiters Wagen zurück. Er klopfte und öffnete die Tür, noch bevor er zum Eintreten aufgefordert wurde. »Was ich noch sagen wollte, Herr Markreiter …«

Weiter kam er nicht. Bruce Markreiter, mit seinem Handy am Ohr, sprang wütend auf. »Können Sie nicht warten, bis ich ›Herein‹ rufe?«

Erik betrachtete ihn kurz, aber sehr aufmerksam, dann sagte er ruhig, als hätte er Markreiters Vorwurf nicht zur Kenntnis genommen: »Morgen wird die Spurensicherung kommen. Es könnte ja sein, dass der Dieb Ihrer Pistole Spuren hinterlassen hat. Nur, damit Sie Bescheid wissen …«

Ohne auf eine Entgegnung Markreiters zu warten, zog er die Tür wieder ins Schloss und ging auf den Bürowagen zu. »Der hat sofort nach dem Handy gegriffen, als wir gegangen waren«, sagte er zu Sören. »Wetten, dass er jemandem von unserem Besuch erzählt hat?«

»Was haben Sie vor?«, fragte Sören misstrauisch, als Erik die Tür des Bürowagens öffnete. Er machte sich nicht die Mühe, seinem Chef zu folgen, sondern wartete unterhalb der Stufen, fest entschlossen, jede Anstrengung zu vermeiden, die erlässlich war. Der kurze Anstieg seiner Leistungskurve hatte längst einen Knick erhalten und tendierte erneut gegen null.

Es dauerte nicht lange, bis Erik wieder erschien. »Frau Möck weiß Bescheid, dass Vetterich morgen kommen wird.«

»Was soll er hier suchen?«, nörgelte Sören, als wollte er partout nichts Gutes an der Welt finden, die etwas so Verheerendes wie den Alkohol hervorgebracht hatte.

Erik antwortete nicht, sondern fuhr fort: »Sie hat mir erklärt, wo der Außendreh gemacht wird.«

Sören blieb stehen, weil er sich in seiner Verfassung nicht gleichzeitig wundern und fortbewegen konnte. »Was haben wir mit dem Außendreh zu tun?«

Erik winkte ihn weiter. »Wir müssen mit Sandra Zielcke reden. Die hat ein Interview mit Max Triebel gemacht. Vielleicht weiß die was. Wir müssen unbedingt herausfinden, welcher Sache Max Triebel auf der Spur war.«

»Wenn es um Bruce Markreiter ging ...«, versuchte es Sören, »und wenn der ein Alibi hat ...«

Er brach ab, weil er merkte, dass er sich mit dem, was er sagen wollte, zu viel zugemutet hatte.

»... dann kommt er zwar als Täter nicht infrage«, ergänzte Erik, »aber es kann ja sein, dass noch jemand in diesen Fall verwickelt ist. Und dieser Jemand wollte unbedingt verhindern, dass die Schlagzeile in die Blitz kommt.«

Sören stellte erfreut fest, dass er den Zusammenhang verstand. »Und dann hat er Markreiters Pistole geklaut, damit der Verdacht auf den Besitzer der Waffe fällt.«

»Sehr gut«, lobte Erik. »Schleierhaft ist mir nur, wie er so schnell an die Munition gekommen ist.«

»Und wenn Markreiter nicht die Wahrheit gesagt hat? Wenn er doch Munition besaß?«

Erik blieb stehen und sah seinen Assistenten anerkennend an. »Sie meinen, er hat es nicht zugegeben, weil dann seine Fahrlässigkeit noch viel schwerer wiegen würde! Die Pistole jedermann zugänglich aufzubewahren ist schon schlimm genug. Sie mitsamt der Munition in dem Wagen liegen zu lassen ist auf jeden Fall eine Straftat.«

Sören freute sich darüber, dass sein Denkapparat allmählich wieder in Gang kam. »Der Mann ist Schauspieler! Der kann uns was vorspielen, ohne dass wir es merken.«

Erik nickte. »Aber ein Alibi kann er uns nicht vorspielen. Wenn er letzte Nacht zur fraglichen Zeit gesehen wurde, dann ist er aus dem Schneider.«

Der Wachmann öffnete die Schranke und wünschte den beiden Polizeibeamten einen schönen Abend.

Erik reagierte nur flüchtig, denn seine Aufmerksamkeit wurde plötzlich abgelenkt. Direkt hinter der Schranke blieb er stehen und schnupperte. »Das riecht hier nach ...«

»... nach den Antipasti Ihrer Schwiegermutter«, fiel Sören ein und ging zu Busso Heinemann hinüber, der sich tief ins Gebüsch gedrückt hatte, wo er dem Wind nicht ausgesetzt war. Er steckte bis zum Hals in seinem warmen Schlafsack und sah so aus, als hätte ihn die Müdigkeit mitten in der Mahlzeit übermannt. Neben seinem Kopf stand eine Flasche Köm, die zur Hälfte geleert war, daneben lag eine offene Plastiktüte, aus der die Gerüche strömten, die aus Erik Wolfs Küche einen Ort der Behaglichkeit machten, wenn seine Schwiegermutter zu Besuch auf Sylt war.

Erik erschien neben Sören. »Man könnte meinen, er wäre bei mir eingebrochen und hätte die Antipasti aus dem Kühlschrank geklaut«, flüsterte er. »Wo mag es die zu kaufen geben? Bei Feinkost Meyer?«

»Schon möglich«, entgegnete Sören. »Aber wie soll Busso Heinemann sich so was leisten können?«

»Sie meinen, er hat sie dort geklaut?«

»Was sonst?« Aber vorsichtshalber ergänzte er: »Das geht uns nichts an«, damit sein Chef nicht auf die Idee kam, zusätzlich zu diesem anstrengenden Mordfall noch einen Diebstahl aufklären zu wollen.

Sören sah erleichtert aus, als sich Eriks Handy in diesem Augenblick meldete und von den Antipasti ablenkte. Am anderen Ende war Carolin. Und als Erik das Gespräch beendet hatte, sah er so besorgt aus, dass Sören schon fürchtete, eine weitere Leiche sei gefunden worden und die Arbeit noch lange nicht zu Ende.

So war er zunächst nur erleichtert, als sich herausstellte, dass niemand gewaltsam zu Tode gekommen war, sondern lediglich Mamma Carlotta vermisst wurde. »Sie wird einen Strandspaziergang machen, weil das Essen fertig und die Familie noch nicht zu Hause ist.«

Als er jedoch hörte, dass Carolin eine kalte Tomatensuppe auf dem Herd gefunden hatte und verschiedene Hinweise auf Spaghetti alla carbonara, jedoch weder gewürfelten Speck noch geriebenen Pecorino, machte er sich ebenfalls Sorgen. Dass die Schwiegermutter seines Chefs etwas anderes für wichtiger befunden hatte als die Verköstigung der Familie, konnte er sich nicht vorstellen. »Ob ihr was passiert ist?«, fragte Sören ängstlich.

Erik antwortete nicht, aber in seinem Gesicht stand dieselbe bange Frage. »Meinen Sie, wir können einen Kollegen von der Streife schon wieder um einen Gefallen bitten?«, fragte er vorsichtig.

Sören nickte, ohne zu zögern. »Die haben ja alle begeistert von ihren Antipasti gegessen!«

Erik fiel es schwer, den Zusammenhang zwischen dieser unleugbaren Tatsache und seiner Sorge um Mamma Carlotta zu erkennen, aber da Sören bereit war, die Verkehrspolizei zu alarmieren, verzichtete er auf die Überlegung, ob er sich selbst damit lächerlich machte. Er wollte sich auch nicht fragen, was seiner Schwiegermutter zugestoßen sein könnte, und erst recht nicht, ob es ihr gefallen würde, von einer Streife aufgegriffen und nach Hause gebracht zu werden.

Ihr Gesicht war eiskalt, als Mamma Carlotta vor Käptens Kajüte vom Fahrrad stieg. Es hatte sich stark abgekühlt, seit die Sonne untergegangen war, und der Fahrtwind hatte ein Übriges getan. Nun war sie froh, dass sie eher angekommen war als das Taxi mit Heidi, Beate und Kristin.

Als sie das Fahrrad abschloss, stieg feuchte Hitze in ihr hoch. Schon während sie auf die Tür von Käptens Kajüte zuging, zog sie den Reißverschluss ihrer Jacke auf und strich die Locken aus dem Gesicht, die sich über ihrer Stirn kringelten, wie sie es sonst nur im Sommer taten.

Wieder war Fietje Tiensch der einzige Gast. Er starrte schweigend in sein Jever, während Tove genauso schweigend die Bratwürste betrachtete, die auf dem Grill lagen und in den nächsten Stunden an den Mann gebracht werden mussten, ehe sie als ungenießbar gelten würden. Die kurze Hoffnung, dass es so weit war, verschwand aus seinem Gesicht, als er Mamma Carlotta erkannte, die sich noch nie auf sein kulinarisches Angebot eingelassen hatte.

»Moin«, sagte er erstaunt. »Ich dachte, Sie müssten für Ihre Familie das Abendessen vorbereiten?«

»Dachte ich auch«, gab Mamma Carlotta zurück und zog die Jacke aus, obwohl es in Käptens Kajüte nicht wesentlich wärmer war als draußen. Tove war der Meinung, dass es überall dort warm genug war, wo der Mensch vor dem Wind geschützt war. Das Andrehen der Heizkörper kam für ihn nur bei sibirischen Temperaturen infrage. Bei Beschwerden verwies er auf seinen Grill, der Wärme verbreitete, zumindest wenn er viel zu tun hatte. »Es gibt Wichtigeres als das Abendessen«, ergänzte sie und gab Tove einen kurzen Überblick über das, was von ihm erwartet wurde.

Draußen fuhr gerade ein Auto vor, wenig später schlugen Türen zu, und es war anzunehmen, dass Heidi, Kristin und Beate in wenigen Augenblicken in der Tür erscheinen würden. Also sprach Mamma Carlotta noch schneller als sonst und flocht überall da, wo ihr die deutsche Vokabel nicht augenblicklich einfallen wollte, eine italienische ein, damit es flotter ging. Als sie fertig war, sah Tove nicht schlauer aus als vorher, und auch Fietjes einzige Reaktion war ein offener Mund und ein staunender Blick.

Als Mamma Carlotta die Schritte vor der Tür hörte, fasste sie noch einmal hastig zusammen: »Freundlich sein! Capito? Sonst wird das nichts mit dem guten Geschäft! Una bettola bedeutet nicht, dass der Wirt seine Gäste schlecht behandelt. Capito?«

Tove begriff nun und verzog sein Gesicht zu einer Grimasse, die wohl ein Lächeln sein sollte, als Heidi, Beate und Kristin in Käptens Kajüte einfielen.

Fietje, der gerade sein Glas leeren wollte, verschluckte sich, als Beate rief: »Supi! Das ist ja wirklich gnadenlos hässlich hier!«

Toves Gesicht fiel in den Ausdruck zurück, mit dem er seit Jahr und Tag seine Gäste empfing, als Heidi lachend einfiel: »Hier klebt man ja an den Tischen fest, so fettig ist hier alles!«

Nun sah Tove sogar so aus, als wäre ihm das gute Geschäft mit der Fernsehproduktion total egal, aber als er merkte, dass die Äußerungen der Damen nicht zu lästigen Beschwerden führten, sondern lediglich für Erheiterung sorgten, beließ er es bei der Frage: »Was darf's sein?«

Die vier Frauen ließen sich an dem Tisch nieder, der am weitesten von der Tür und der Theke entfernt war, und beschlossen, den Wein zu probieren, den Mamma Carlotta hier mit Vorliebe zu sich nahm.

So prosteten sie sich ein paar Minuten später mit dem Rotwein aus Montepulciano zu, und Mamma Carlotta dachte nur ganz kurz an die Familie, stellte sich nur ganz kurz die Frage, ob jemand im Hause Wolf auf sie wartete, und redete sich dafür umso länger ein, dass das, was Erik und den Kindern recht war, ihr billig sein konnte. Es gelang ihr sogar, das Thema zur Diskussion zu stellen, obwohl eigentlich alle so schnell wie möglich erfahren wollten, was Heidi in ihrer Tüte mit sich führte. Aber die Empörung der drei war so groß, dass Heidis Mitbringsel in Vergessenheit geriet.

»Dein Schwiegersohn sucht dich, wenn du nicht pünktlich zum Essen zu Hause bist? Unerhört!«, rief Beate entrüstet. »Du bist kein Kind mehr, Carlotta!«

Und Heidi fand sogar, dass es eine pädagogische Glanzleistung sei, den Kindern vor Augen zu führen, wie quälend es war, auf jemanden warten und sich immer wieder die Frage stellen zu müssen, ob ihm etwas zugestoßen sei. »Nun werden sie merken, wie das ist!«

»Und in Zukunft entweder rechtzeitig zum Essen zu Hause sein oder sich abmelden«, bekräftigte Kristin.

»Du bist eine moderne, emanzipierte Frau!«, ergänzte Heidi. »Du musst nicht am Herd stehen und darauf warten, dass ein Familienmitglied sich gnädig dazu herablässt, dein Essen zu probieren, das du mit viel Aufwand gekocht hast!«

Mamma Carlotta war hochzufrieden. Modern und emanzipiert! So war sie noch nie genannt worden! Aber so gerne sie sich etwas vormachen ließ – in diesem Fall mochte sie nicht daran glauben, dass Heidi ins Schwarze getroffen hatte. Trotzdem würde sie deren Worte natürlich bei nächster Gelegenheit wiederholen, sie Erik und den Kindern vorhalten und vor allem in Umbrien auf dem Dorfplatz erwähnen. Immer dann, wenn eine Folge von »Liebe, Leid und Leidenschaft« gelaufen war und Heidi Schirrmacher als Arztsekretärin länger als eine halbe Minute auf dem Bildschirm zu sehen gewesen war!

Niemand von ihren Kindern, Nachbarn und Verwandten würde dann an Carlottas Erinnerung vorbeikommen, dass ebendiese Schauspielerin sie modern und emanzipiert genannt hatte.

»Nun zeig uns endlich, was du in dieser Tüte hast!«, forderte Beate und wies unauffällig unter den Tisch.

Heidi nickte und zog die Plastiktüte zwischen ihren Füßen hervor. »Auf dem Hühnerhof, wo morgen die Autogrammstunde stattfindet«, begann sie, »wurde heute der Tag der offenen Tür vorbereitet. Dabei habe ich das hier entdeckt und ... mitgehen lassen.«

»Geklaut?«, fragte Kristin und lachte, als hätte Heidi einen guten Witz gemacht.

»Die Gelegenheit konnte ich mir nicht entgehen lassen«, bestätigte Heidi, der es ebenso wenig ausmachte wie den anderen beiden, dass sie etwas mitgenommen hatte, was ihr nicht gehörte. Mamma Carlotta überlegte ein weiteres Mal, ob es richtig gewesen war, mit diesen drei Frauen Bekanntschaft zu schließen. Erst der Spott über den gewissen Körperteil eines Mannes und nun auch noch Diebstahl? Dass nur Erik nicht erfuhr, in welche Gesellschaft sie sich begeben hatte!

Jetzt kam endlich der große Moment: Heidi zog etwas aus ihrer Tüte, was erst zu erkennen war, als sie es hochhielt.

»Ein Huhn?«, fragte Kristin ungläubig.

»Damit wird morgen, direkt nach der Autogrammstunde, ein Tanz aufgeführt«, erklärte Heidi. »Die Tänzerinnen stülpen sich dann diese Masken über.« Sie machte es vor, und wenige Augenblicke später saß neben Carlotta, Beate und Kristin ein riesiges Huhn am Tisch. Von Heidis Gesicht war nichts mehr zu sehen, auch von ihrem Oberkörper nicht. Die Hühnermaske reichte bis über die Taille, die Arme waren unter großen weißgefiederten Flügeln verborgen. Als sie sie bewegte, drang unter der

Maske ein kicherndes Gack-gack hervor. Der weiche rote Kamm auf der Maske bebte, der Schnabel öffnete und schloss sich, ohne dass Heidis Mund zu erkennen war. Nur in den leeren Augenhöhlen blitzte ein übermütiges Augenpaar, das eindeutig zu Heidi gehörte. Ansonsten war sie unmöglich zu identifizieren.

»Würdet ihr mich erkennen?«, kam es dumpf unter der Maske hervor.

Alle waren sich einig. Dass Heidi unter der Hühnermaske steckte, konnte niemand ahnen, der es nicht wusste.

»Aber was hat das mit unserer Rache an Harry zu tun?«, fragte Kristin.

Heidi zerrte sich die Maske mit Beates Hilfe wieder herunter. »Wir waren alle mal Harrys süße Küken, nicht wahr? Jetzt ist Sandra Harrys Küken, und wir sind nur noch seine alten Hennen.« Heidi saß nun wieder so da, wie jede sie kannte, und legte die Hühnermaske auf ihren Schoß. »Diese alten Hennen werden Harry heute Nacht zeigen, dass sie sich nicht ungestraft beleidigen lassen.« Sie wandte sich an Carlotta und nickte zu Tove hinüber. »Ist der Wirt vertrauenswürdig?«, fragte sie leise. »Oder rennt der morgen zur Polizei?«

Vertrauenswürdig hätte Mamma Carlotta ihn nie bezeichnet, aber dass Tove Griess nicht zur Polizei laufen würde, so viel war sicher. Genau wie Fietje Tiensch setzte er niemals freiwillig einen Fuß in eine Polizeistation.

Heidi nickte zufrieden. »Du machst doch mit, Carlotta? Ich habe vier Masken geklaut. Zu viert sind wir stärker als zu dritt. Harry ist zwar ein Schwächling, aber wir müssen auf Nummer sicher gehen. Der darf zu keiner Gegenwehr kommen. Und vor allem: Er darf uns nicht erkennen. Auch nicht an unseren Stimmen! Also kein Wort währenddessen!«

»Nun erzähl endlich, wie wir es machen wollen!«, rief

Kristin und ergänzte dann leise: »Wie wär's, wenn wir den Kerl abmurksen? Ich wäre dabei!«

»Ich auch!«, kicherte Beate. »Das alte Suppenhuhn, das den Koch erledigt! Super Sache!«

Mamma Carlotta spürte, wie ihr eine Gänsehaut über den Rücken rieselte. Ehe sie klarstellen konnte, dass sie bei so etwas niemals mitmachen und unverzüglich ihren Schwiegersohn über diese schrecklichen Pläne in Kenntnis setzen würde, berührte Heidi sanft ihren Arm. »Keine Bange! Einen Denkzettel soll er bekommen. Einen, den er nie wieder vergisst! Du bist doch auch der Meinung, Carlotta, dass dieser Fiesling so etwas verdient hat, oder?«

»Naturalmente!« Dieser Meinung war Mamma Carlotta unbedingt.

»Harry hat heute lange in der Kulissenhalle zu tun«, flüsterte Heidi. »Ich habe gehört, wie er mit Tanja gesprochen hat. Er will sich am späten Abend um die Neuordnung der Kulissen kümmern. Dann habe er endlich seine Ruhe, hat er gesagt.«

Beate runzelte die Stirn. »Neuordnung der Kulissen? Was soll das heißen?«

Heidi zuckte mit den Schultern. »Ich glaube, die Küchenkulisse soll weg. Daraus wird ein Fitnessraum für die Arzttochter.«

Beate war empört. »Also darf ich demnächst nicht mal mehr einen Braten in die Röhre schieben? Nur noch der Familie das Essen servieren? Verdammt! Damit macht er meine Rolle schon wieder ein Stück kleiner!«

»Aber Sandra, sein süßes Küken, darf sich demnächst im knappen Sportdress auf dem Crosstrainer präsentieren«, fiel Kristin ein. »Dieser Mistkerl!«

»Der hat's wirklich verdient!«, bestätigte Beate.

Mamma Carlotta hätte gern die Frage eingeworfen, wie nun eigentlich der Denkzettel aussah, der Harry Jumperz verpasst werden sollte. Die drei anderen hatten, während sie aufs Taxi warteten, anscheinend schon einiges beredet. Sie merkte, dass sie Angst vor diesem Plan hatte und froh war, die Einzelheiten nicht zu kennen, weil sie dann verpflichtet wäre, das Vorhaben empört zurückzuweisen und Erik mitzuteilen, was dem armen Chefautor angetan werden sollte. Wenn sie bei etwas mitmachte, was sich nicht gehörte, dann wollte sie später wenigstens sagen können, dass sie nicht gewusst habe, worauf sie sich eingelassen habe.

Heidi wurde ernst. »Die Frage ist nur ... wie kommen wir in die Halle, ohne dass die Alarmanlage anschlägt?«

Beates Gesichtszüge fielen herunter. »Daran habe ich noch gar nicht gedacht. Der Wachmann hat schon Feierabend.«

»Der hätte uns sowieso nicht sehen dürfen«, fiel Kristin ein. »Soll der uns morgen verraten?«

Betretenes Schweigen. Schließlich sagte Kristin: »Tanja hat einen Generalschlüssel. Mit dem kann man auch die Alarmanlage ausschalten. Wir könnten sie in ihrem Hotel besuchen und den Schlüssel heimlich mitnehmen.«

Aber davon wollten Heidi und Beate nichts hören. »Das ist gemein! Die arme Tanja!«

»Wir können ihn ja später zurücklegen«, verteidigte Kristin ihren Plan.

Aber die beiden anderen lehnten rundweg ab. »Wir dürfen Tanja da nicht mit reinziehen!«

Mamma Carlotta knetete ihre Hände, während die anderen weitere Möglichkeiten erörterten und wieder verwarfen. Schließlich sagte Heidi: »Dann warten wir eben, bis er rauskommt, und schnappen ihn uns vor der Schranke.«

»Der wird quieken wie ein Schwein«, gab Beate zu bedenken.

Aber Kristin winkte ab. »Die nächsten Häuser sind ein

Stück entfernt. Wenn eine ihm den Mund zuhält und wir uns beeilen, dann könnte es klappen.«

Nun hatte Mamma Carlotta sich entschlossen. »Ich weiß einen besseren Weg«, sagte sie.

Die anderen sahen sie ungläubig an. »Du? Wieso kennst du dich auf dem Gelände aus?«

Mamma Carlotta warf Fietje einen Blick zu, dann flüsterte sie: »Ich habe was erfahren. Aber ich kann euch nicht sagen, von wem.«

Der Ort der Dreharbeiten war leicht auszumachen. Wo gedreht wurde, gab es mindestens einen geräumigen Lieferwagen, in dem immer jemand kopfüber steckte und etwas suchte. Diese Erfahrung hatte Erik mittlerweile gemacht. Und überall standen Leute herum, die Headsets trugen und auf etwas warteten, scheinbar ohne zu wissen, worauf. Und dann, wenn der unkundige Beobachter glaubte, dass die Kamera kaputt gegangen oder der Hauptdarsteller krank geworden war, rief jemand »Klappe, die Erste!«, und es ging los – ohne dass ersichtlich wurde, warum es nicht schon eine halbe Stunde vorher losgegangen war.

In diesem Fall war von den Dreharbeiten nichts zu sehen, sie fanden am Strand, in der Nähe des Restaurants Wonnemeyer, statt. Aber vor dem Eingang des Campingplatzes, direkt unter einer Laterne, stand ein Bus mit der Aufschrift »Eidam-TV«, daneben ein junger Mann, der mit einer Kabeltrommel hantierte, und ein Camper, der auf ihn einredete. Augenscheinlich regte er sich darüber auf, dass Eidam-TV sich unterstand, einen Teil des Strandabschnitts abzusperren, wo er seinen Abendspaziergang zu machen pflegte. »Der Strand ist für alle da!«, hörte Erik ihn rufen. »Wozu zahle ich Kurtaxe?«

Der Angestellte von Eidam-TV war, wie Erik kurz darauf feststellte, Kölner, konnte es aber, was Schwerfälligkeit und Gelassenheit anging, ohne Weiteres mit einem Friesen aufnehmen. Er beantwortete jeden Einwand des Campers, der immer ärgerlicher wurde, mit demselben stoischen »Kommt nicht infrage!« und zeigte keinerlei Ungeduld – nicht einmal als der Camper erkennen ließ, dass er auch vor Tätlichkeiten nicht zurückschrecken würde, sollte ihm der Weg durch die Dünen versperrt bleiben. Selbst als er feststellte, dass die Kriminalpolizei von Sylt per Fahrrad aufgetaucht war und ebenfalls Zugang zum Drehort verlangte, blieb er ruhig und winkte Erik und Sören durch, während der Camper tobte, weil das Leben ungerecht war, die Fernsehfritzen sich überall breitmachten und die Obrigkeit sich Sachen herausnahm, die dem kleinen Touristen verwehrt blieb. Und dabei war er es, der Kurtaxe bezahlte!

Ein paar Minuten später stiefelten Erik und Sören über den Schlängelpfad durch die Dünen. Aus der Dämmerung war längst Dunkelheit geworden. Aber zum Glück war der helle sandige Pfad, der das Heidekraut durchschnitt, unter dem klaren Mondlicht gut zu erkennen. Eigentlich hätte er gern mit seinem Assistenten über den Anruf der Staatsanwältin gesprochen, aber da mit keiner intelligenten Antwort zu rechnen war, unterließ er es.

Sie hatten kaum den Inselzirkus verlassen, als Eriks Handy geklingelt hatte und die Nummer von Frau Dr. Speck im Display zu erkennen gewesen war. Am liebsten hätte Erik sein Handy in die Jackentasche zurückgesteckt. Er hatte damit gerechnet, dass sie ihm Vorschriften machen wollte, wie er mit der Presse umzugehen habe, dass er Rücksicht auf den prominenten Namen nehmen und daran denken müsse, welche Schwierigkeiten auf die Polizei und die Staatsanwaltschaft zukommen konnten, wenn ein Verdächtiger verhaftet wurde, den die ganze Nation kannte. Womöglich hatte es sogar schon eine Beschwerde gegeben, weil irgendjemand bemerkt hatte, dass die Mordkommission volltrunken am Tatort erschienen war.

Aber zu Eriks großem Erstaunen bekam er weder Ermahnungen noch versteckte Drohungen zu hören, mit denen Frau Dr. Speck sonst immer großzügig umging, wenn sie mit dem Westerländer Polizeirevier zu tun hatte.

Seufzend hatte Erik sich gemeldet, weil er fürchtete, dass er am nächsten Tag dem Chefredakteur des Inselblattes, mit dem die Staatsanwältin befreundet war, ein Interview geben müsse und dass anschließend sämtliche Blätter der Regenbogenpresse in seinem Büro erscheinen würden.

Aber Frau Dr. Speck bewies mal wieder, dass sie für jede Überraschung gut war. »Was habe ich gehört, Wolf? Bruce Markreiter steht in Verdacht, diesen Journalisten erschossen zu haben?« Ehe Erik fragen konnte, wo sie diese Auskunft bekommen hatte, fuhr sie schon fort: »Dass mir das nicht an die große Glocke kommt! Verstanden?«

»Wie meinen Sie das?«, fragte Erik verdutzt.

»Wie ich es gesagt habe!« Die Staatsanwältin schätzte es nicht, wenn jemand ihrem Tempo nicht folgen konnte und umständlicher dachte und redete als sie. »Ich halte Ihnen die Presse vom Leib! Jeden Journalisten, der sich bei Ihnen meldet, verweisen Sie an mich! Klar?«

»Klar!«

»Und Sie informieren mich laufend über Ihre Ermittlungsergebnisse. Kapiert?«

»Kapiert!« Erik war diesmal über den minimalistischen Redestil der Staatsanwältin froh gewesen, der es ihm gestattet hatte, ebenso knapp zu antworten.

Voller Erstaunen hatte er sein Handy wieder eingesteckt, nachdem die Staatsanwältin ihm jede erdenkliche Hilfe zugesichert hatte.

Der Weg war nicht weit, schon bald hatten sie den

Dünenkamm überschritten und konnten das Meer glitzern sehen, dieses Licht auf den Wellen, das ständig in Bewegung war. Erik sah nicht nach rechts, wo die Bank neben dem Gedenkstein stand, der zur Erinnerung an die Segelflugschule Wenningstedt errichtet worden war. Auf dieser Bank hatte er mit Lucia am Tag vor dem Unfall gesessen. Sie hatten über die Kinder gesprochen, über Lucias Familie in Umbrien, über Nachbarn, über kleine Sorgen und über Erinnerungen, die sie zum Lachen gebracht hatten. Und Lucia hatte verlangt, dass er sie küsste, in aller Öffentlichkeit! Er hatte abgewehrt und sie auf ihre eigenen vier Wände vertröstet. Aber hatte er sie geküsst, als sie dort angekommen waren? Erik wusste es nicht. Wie fahrlässig man doch mit dem Leben umging, wenn man glaubte, es dauerte noch lange!

Sie liefen eine Weile parallel zum Strand, der unter ihnen lag. Dann kamen die Lichter des Restaurants Wonnemeyer in Sicht, das zwischen Kliff und Strand lag. Noch bevor sie es erreichten, kamen ihnen zwei Männer mit Kameras entgegen, die ihnen bereitwillig Auskunft gaben. »Wir sind fertig. Sandra zieht sich gerade um.«

Als Erik und Sören die hölzerne Treppe zum Restaurant hinabstiegen, trat Sandra Zielcke gerade aus einem der hinteren Eingänge. Anscheinend hatte Wonnemeyer der Fernsehproduktion Räumlichkeiten zur Verfügung gestellt.

Mittlerweile war es später Abend geworden. Der Strand spiegelte das weiße Mondlicht wider, es glitzerte auf dem Wasser und brach sich in den flinken kleinen Wellen. Der wolkenlose Himmel war von einem tiefen Blau, aber nicht finster. Der Tag ging in eine helle Nacht über.

Während sie Sandra Zielcke entgegensahen, fragte Erik leise: »Ob meine Schwiegermutter wohl mittlerweile aufgetaucht ist?«

Sören sah ihn erschrocken an. Anscheinend hatte er Mamma Carlotta über seinen vielfältigen Beschwerden für eine Weile vergessen. »Ich habe neulich mal von einer alten verwirrten Frau in Morsum gelesen«, sagte er voller Sorge, »die sich in der Nacht verirrt hat und am nächsten Morgen tot am Strand gefunden wurde.«

Aber Erik winkte ärgerlich ab. »Wollen Sie meine Schwiegermutter etwa eine alte verwirrte Frau nennen? Wenn sie das erfährt, macht sie Ihnen nie wieder Pappardelle mit Pilzsugo.«

»Aber was ist, wenn sie gestürzt ist und sich was gebrochen hat? Dann könnte sie genauso hilflos irgendwo liegen wie diese alte verwirrte Frau aus Morsum.«

Erik dachte kurz nach, dann schüttelte er den Kopf. »Meine Schwiegermutter ist nicht hilflos. Und sie ist nie allein. Wenn ihr was passiert, schreit sie Zeter und Mordio. Wo ihr etwas zustößt, gibt es auf der Stelle einen Menschenauflauf.«

Er war froh, als Sandra Zielcke auf sie zu trat und sie ansprach, sodass er den schrecklichen Gedanken an eine hilflos daliegende Mamma Carlotta beiseiteschieben konnte. »Sie wollen mich sprechen?« Erik fiel sofort auf, dass Sandra Zielcke sich nicht wunderte, von der Polizei Besuch zu bekommen. »Ich hoffe, es dauert nicht lange. Ich bin furchtbar müde. Der Dreh war anstrengend.«

Erik nickte verständnisvoll. »Nur ein paar Fragen«, beruhigte er sie. »Wir können ja gemeinsam durch die Dünen zurückgehen. Dann verlieren Sie keine Zeit.«

Sandra Zielcke trug Röhrenjeans, einen schmalen, langen Pullover und darüber eine kurze weite Jacke in strahlendem Weiß. Ihren ebenfalls weißen Schal hatte sie sich mehrfach um den Hals geschlungen, als müsse sie auf ihre Stimme achtgeben. Sie sah blass und müde aus und jünger, als sie war. Ihr Tonfall erschien Erik um mehrere

Nuancen zu locker. »Wahrscheinlich geht es um Max Triebel?«

»Wie kommen Sie darauf?« Erik war überrascht.

»Ich habe heute in der Redaktion der Blitz angerufen«, entgegnete Sandra. »Triebel hatte mir zugesagt, heute das Interview zu schicken, das er gestern Morgen mit mir gemacht hat. Wir hatten verabredet, dass ich es gegenlese, bevor es in Druck geht.«

Erik nickte. »Und das hat er nicht gemacht.«

Sandra sah auf ihre Fußspitzen. Sie hatte große Füße, und die Westernstiefel, die sie trug, machten sie noch ein paar Zentimeter länger. »Ging wohl schlecht«, meinte sie. »Er ist tot.«

»Hat man Ihnen auch gesagt, woran er gestorben ist?«, fragte Erik.

»Herzinfarkt?«

»Nein, er wurde ermordet.«

»Aha!« Sandra schritt nun so zügig aus, dass Erik Mühe hatte nachzukommen und Sören es gar nicht erst versuchte. »Solche Typen leben anscheinend gefährlich. Die treten öfter mal jemandem auf die Füße.«

Auch Erik gab es auf, mit Sandra Schritt zu halten. Aber immerhin gelang es ihm, dicht hinter ihr zu bleiben, während Sören schon hoffnungslos abgeschlagen war.

»Triebel schien einem Skandal auf der Spur zu sein«, sagte er in Sandras Rücken. Er überlegte, ob er Bruce Markreiters Namen nennen sollte, unterließ es dann aber. »Wenn wir wissen, worum es dabei ging ...«

»Er hat nichts von einem Skandal gesagt«, fiel Sandra ihm ins Wort.

»Überlegen Sie bitte noch mal. Vielleicht irgendeine Bemerkung, der Sie keine Bedeutung beigemessen haben ...«

Sandra ging weiter schweigend vor ihm her. Immerhin bewegte sie sich nun etwas langsamer voran, sodass er mühelos aufschließen konnte. Als er wieder an ihrer Seite ging, stellte er fest, dass sie zu Boden blickte, so, als dächte sie intensiv nach. Schließlich schüttelte sie den Kopf.

»Ich kann mich an nichts erinnern. War ja nur ein kurzes Interview.« Sie lachte auf. »Leider! Ich weiß natürlich, dass er eigentlich Bruce Markreiter haben wollte.«

Nun war der Name doch gefallen! »Kennen Sie ihn näher?«, fragte Erik.

Sandra warf ihm einen erstaunten Blick zu. »Hat Bruce was damit zu tun? Mit diesem Mord, meine ich.«

»Warum fragen Sie? Hat Max Triebel seinen Namen erwähnt?«

»Nur dass er ihn für ein Interview haben wollte, das Bruce aber abgelehnt hat.«

»Wissen Sie, warum er Bruce Markreiter unbedingt interviewen wollte?«

Sandra warf ihm einen Blick zu, als hielte sie ihn gleichzeitig für dumm, inkompetent und ignorant. »Was für eine Frage! Alle wollen Bruce!«

Sie stockte. Im selben Moment stand ein Gedanke zwischen ihnen, den sie nicht aussprechen mochte. Noch nicht! Warum nicht?

»Vielleicht hat er in einem ganz anderen Zusammenhang über Markreiter gesprochen?«, fragte Erik vorsichtig weiter.

Sandra zögerte noch immer. »Von einer Frau hat er gesprochen«, sagte sie dann langsam und nachdenklich. »Von einer Berlinerin, die Bruce Markreiter ständig auf den Fersen ist. Die hat jedes Mal in der Redaktion angerufen und sich beschwert, wenn die Blitz etwas Kritisches über Bruce Markreiter geschrieben hat. Triebel war auch Berliner. Er sagte, er erkennt eine Berlinerin immer, auch wenn sie hochdeutsch spricht. Geht mir übrigens genauso.«

»Sie kommen auch aus Berlin?«

Sandra nickte. »Wenn Sie es nicht gehört haben, bin ich sehr froh. Als Schauspielerin muss man reines Hochdeutsch reden.«

»Machen Sie sich keine Sorgen! Mir ist nichts aufgefallen.« Erik wurde nachdenklich. »Eine Frau hat Bruce Markreiter also verfolgt. Oder ... verfolgt sie ihn immer noch?«

»Ich bin nicht sicher«, antwortete Sandra nachdenklich, »wie er es genau ausgedrückt hat. Jedenfalls wusste Triebel was von ihr. Vielleicht hat er da mal recherchiert. Womöglich hat er auch mal was darüber geschrieben. Keine Ahnung!«

»Einen Namen hat er nicht genannt?«

Sandra schüttelte den Kopf. »Er hat gesagt, manche treiben es so weit, dass sie nicht nur das Objekt ihrer Begierde auf völlig unnatürliche Weise lieben, sondern alle anderen auf ebenso unnatürliche Weise hassen.«

»Wen meinte er konkret?«

Sie schüttelte den Kopf, als hielte sie diese Frage für dumm und überflüssig. »Konkreter hat er sich nicht ausgedrückt. Ich habe ihn so verstanden, dass eine Stalkerin alle hasst, die ihr Opfer lieben, und erst recht die, die von ihm geliebt werden.«

»Also alle Fans von Bruce Markreiter. Oder auch ... Dania Kaiser, seine Frau?«

»Und alle, die nicht nett mit dem Opfer umgehen.«

»Also ... ein Skandalreporter wie Max Triebel!«

Nun lachte Sandra, doch es klang etwas künstlich. »Das haben Sie mir jetzt aber in den Mund gelegt! Dass Sie das nicht vergessen! Und wie gesagt ... das Interview war nur kurz. Ich war nicht länger als eine halbe Stunde mit Triebel zusammen.«

Nun kam der Parkplatz in Sicht. Sandra ging wieder schneller, als könnte sie es nicht erwarten, ins Hotel zu kommen und sich schlafen zu legen. Oder wollte sie weg von den Fragen der Polizei?

Erik suchte seine Visitenkarte in der Jackentasche und reichte sie Sandra. »Falls Ihnen noch irgendwas einfällt …«

»… rufe ich Sie an. Geht klar!«

Erik sah sich nach Sören um. Der schleppte sich erst jetzt auf den Parkplatz, mit so schweren Schritten, als hätte er soeben den Jakobsweg hinter sich gebracht. Erik schob ihm sein Rennrad entgegen. »Am besten, Sie fahren jetzt nach Hause, Sören, und legen sich ins Bett. Falls meine Schwiegermutter mit Spaghetti alla carbonara auf uns wartet, werde ich Sie entschuldigen.«

Sören nickte dankbar. »Wenn sie überhaupt zu Hause ist.« Dann machte er sich an die gewaltige Aufgabe, sein rechtes Bein über den Sattel zu heben. Aber bevor es ihm gelungen war, fiel ihm etwas ein, und er stellte das Bein wieder ab. »Eigentlich wollte ich morgen früh freihaben. Sie wissen ja, mein Umzug. Ich muss den Kühlschrank und den Herd anschließen.«

»Das wird Ihnen morgen mit Ihrem dicken Kopf niemals gelingen«, behauptete Erik. »Besser, Sie machen Dienst. Das ist körperlich weniger anstrengend. Außerdem brauche ich Sie. Bei einem neuen Mordfall gibt's keinen Urlaub.«

»Ich wollte keinen Urlaub haben, sondern Überstunden abfeiern«, maulte Sören. »Übermorgen kommen meine Kegelbrüder und tragen mir die großen Möbel runter. Dann müssen mindestens die Lampen hängen.«

»Sie schaffen das schon«, meinte Erik. »Und wenn nicht, verschieben Sie Ihren Umzug um ein paar Tage.«

Irgendwas Wichtiges schien gegen diese Variante zu sprechen, aber Sören war unfähig, sich daran zu erinnern. Als er endlich auf dem Sattel saß und allmählich in Schwung kam, rief er zurück: »Wenn Ihre Schwiegermutter heute Nacht gesucht werden muss, klingeln Sie mich aus dem Bett! Für sie verzichte ich auf meinen Schlaf.«

Der Dorfteich lag still und verlassen da. Zwar schlief Sylt noch lange nicht, aber hier herrschte bereits nächtliche Ruhe. Kein Spaziergänger auf dem Weg, der um den Teich herumführte, nicht einmal ein Auto fuhr vorbei. Es war kalt. In der Nacht musste sogar mit Bodenfrost gerechnet werden.

Mamma Carlottas Abenteuerlust war ebenfalls auf dem Gefrierpunkt angekommen. Worauf hatte sie sich eingelassen? Sogar Tove hatte sie beim Abschied mit einem besorgten Blick angesehen. Und der gehörte nicht zu denen, die lange fackelten, wenn es darum ging, etwas heimzuzahlen. Aber es war ihr gelungen, seinen Blick unbefangen zu erwidern. Denn in diesem Moment war ihr eine Idee gekommen, wie sie sich der Rache an Harry Jumperz entziehen konnte, um stattdessen nach Hause zu gehen, die Spaghetti alla carbonara zu kochen, mit Carolin zu reden und am nächsten Tag von nichts zu wissen.

Ihre Enkelin musste endlich einsehen, dass die Nonna nur ihr Bestes im Sinn hatte, wenn sie sich mit einem Chefautor anlegte, der aus unschuldigen jungen Mädchen seine süßen Küken machen wollte. Er hatte die Rache, die Heidi, Beate und Kristin planten, wahrlich verdient. Doch obwohl Heidi nochmals davon gesprochen hatte, dass sie Mamma Carlotta für eine moderne und emanzipierte Frau hielt, bedrückte sie der Gedanke an die Familie viel mehr als die Respektlosigkeit und die Ungerechtigkeit, mit der ein Mann wie Harry Jumperz Frauen behandelte.

»Meine Familie wird sich Sorgen machen«, hatte sie gesagt, nachdem sie alle Einzelheiten besprochen hatten, wie Harry Jumperz seine gerechte Strafe bekommen sollte. »Ich werde am Süder Wung vorbeifahren und Bescheid sagen, dass ich später komme.«

Doch leider hatte Kristin schnell erkannt, was sie im Schilde führte. »Damit du uns dann morgen erzählen kannst, die Familie hätte dich nicht mehr gehen lassen? Und das Abendessen wäre wichtiger gewesen? Nein, nein!« Kristin hatte ihr Handy aus der Tasche gezogen und Mamma Carlotta in die Hand gedrückt. »Du kannst sie anrufen. Aber vergiss nicht, dass dein Schwiegersohn auch eine Lektion verdient hat! Dich zu suchen wie ein Kind, das nicht pünktlich nach Hause gekommen ist! Unerhört! Am Ende bekommst du zur Strafe noch Stubenarrest?«

Als sie dann aufgebrochen waren, hatte Kristin sich sogar geweigert, zu den anderen beiden ins Taxi zu steigen, sondern sich auf den Gepäckträger von Carlottas Fahrrad gesetzt. »Besser, ich passe auf, dass du nicht abtrünnig wirst.«

So hatte Mamma Carlotta nur einen langen Blick in den Süder Wung werfen können, als sie an der Einmündung vorbeifuhren, und sich ansonsten darauf konzentrieren müssen, trotz der schwankenden Last auf ihrem Gepäckträger zügig voranzukommen.

Carolins Stimme hatte sie sich erst aus dem Ohr gewischt, als die Friesenkapelle in Sicht gekommen war. Ihr Vater sei noch nicht zu Hause, hatte sie kühl erklärt, er habe mit dem neuen Mordfall zu tun. Und ihre Nonna solle sich ruhig mit ihren neuen Bekannten rumtreiben, ihr wäre das total egal. »Schleim dich nur ein! Vielleicht bekommst du dann sogar eine echte Nebenrolle! Ich werde heute Abend weiter an ›Minna von Barnhelm‹ arbeiten. Wahrscheinlich bewerbe ich mich später am Theater. Meine Großmutter hat mir ja meine Zukunftsaussichten beim Fernsehen verdorben!« Und damit hatte sie aufgelegt.

Mamma Carlottas Herz hatte geblutet. Carolin war der Meinung, dass sie sich herumtrieb! Dass sie ihr sämtliche beruflichen Perspektiven kaputt machte! Und dass sie das alles nur tat, um selbst an eine größere Rolle zu kommen! Wie brachte sie das nur wieder in Ordnung?

Leider war ihr auf Anhieb nichts eingefallen, womit sie sich Carolins Liebe zurückholen konnte, so blieb ihr nichts anderes übrig, als darauf zu vertrauen, dass ihre Enkelin bald erkennen würde, was der Chefautor für ein Mann war. Vielleicht würde sich am nächsten Tag herumsprechen, was mit ihm geschehen war. Und dann musste sich jeder vernünftige Mensch sagen, dass Harry Jumperz eine solche Rache verdient hatte. Jedes noch so junge Küken wusste dann, dass es einmal zum Huhn wurde. Und wenn vier Hühner dafür sorgten, dass es Harry Jumperz an den Kragen ging, dann würde auch Carolin erkennen, dass der Weg vom Küken zum Huhn nicht weit war. Und dass ein Huhn, wenn es reichlich Eier gelegt hatte, im Suppentopf landete! Jedenfalls, wenn der Koch Harry Jumperz hieß!

Das Taxi wendete gerade vor der Friesenkapelle und kehrte in den Ort zurück. Kristin sprang vom Gepäckträger, um die letzten Meter zu Fuß zu gehen, was Mamma Carlotta, die im Fahrradfahren nicht sehr geübt war, ins Straucheln brachte. Schlingernd hielt sie auf Heidi und Beate zu, verzweifelt bemüht, ihnen auszuweichen, aber dennoch unfähig, eine andere Richtung einzuschlagen als auf die beiden zu.

Heidi fing sie schließlich auf, indem sie nach dem Lenker griff, während Kristin geistesgegenwärtig den Gepäckträger packte und damit verhinderte, dass das Rad zu Boden fiel. Als es sicher am Zaun des Friedhofs stand, zogen Heidi und Beate aus jeder ihrer Manteltaschen ein Sektfläschchen hervor.

Mamma Carlotta war sehr erstaunt gewesen, dass

Tove so etwas im Angebot hatte. Und er selbst war nicht minder verwundert gewesen, dass jemand danach fragte. Die Piccoloflaschen gehörten anscheinend noch zur Erstausstattung von Käptens Kajüte, aber da Wein und Sekt im Gegensatz zu Grillgut und Mayonnaise ruhig etwas länger lagern durften, setzte Mamma Carlotta das Fläschchen genauso freudig an die Lippen wie die anderen drei.

»Auf uns«, rief Heidi. »Auf den Club der Bösen Hühner!«

»Pscht«, machte Mamma Carlotta. »In der Nähe der Schranke kampiert ein Obdachloser.«

»Das trifft sich gut«, rief Heidi lachend. »Dem schenken wir nachher Harrys Hose.«

Diese Idee fand Mamma Carlotta genauso originell wie die anderen drei. Sie hatte nun wieder nichts anderes im Sinn, als es dem Kerl heimzuzahlen, der ihre Enkeltochter belästigt hatte. Ohne Hose sollte er dastehen und merken, wie schnell es mit seiner Autorität dann vorbei war. Ohne Hose war jeder Mann der Lächerlichkeit preisgegeben, ob der kleine Unterschied wirklich ein kleiner oder ein großer war. Dass Jumperz gezwungen sein würde, die Nacht in der Kulissenhalle zu verbringen, geschah ihm ganz recht. Vor allem aber, dass er am nächsten Morgen würde bekennen müssen, von vier Hühnern überwältigt worden zu sein, die ihm die Hose ausgezogen und ihn hilflos zurückgelassen hatten. Ganz Eidam-TV würde sich totlachen!

Plötzlich fiel ihr etwas ein. »Was ist, wenn er in den Zirkuswagen geht, in dem die Garderobe aufbewahrt wird, und sich was zum Anziehen holt?«

Aber Heidi konnte sie beruhigen. »Die Kleidung sämtlicher Darsteller wird abends ins Hotel gebracht. Die Zirkuswagen sind nicht sicher genug. Stell dir vor, wir fangen heute mit einer Szene an, die morgen fortgesetzt wird! Was wäre, wenn in der Nacht die Kleidung geklaut würde?«

Nun, da es so weit war, freute Mamma Carlotta sich sogar, dass ihr die Flucht an den heimischen Herd nicht gelungen war. Heidi hätte sie nie wieder eine moderne, emanzipierte Frau genannt, wenn ihr Spaghetti alla carbonara wichtiger gewesen wären als Harry Jumperz' wohlverdiente Strafe. Und Erik hatte sie damit ebenfalls heimgezahlt, dass er sie bei Eidam-TV gesucht hatte wie ein Kind, das daran gehindert werden sollte, sein erstes Bier zu trinken. Sosehr sie die Fürsorge ihres Schwiegersohns schätzte, das ging zu weit! Dass sie nun etwas plante, was er niemals gutheißen würde, geschah ihm ganz recht.

Heidi sah auf die Uhr. »Der Zeitpunkt ist günstig«, sagte sie. »Der Wachmann patrouilliert stündlich. Immer zur vollen Stunde! Wir haben also fünfzig Minuten Zeit.«

Kurz darauf schlichen sie den Zaun entlang, bis sie auf die Wand der Leichtbauhalle trafen. Mamma Carlotta hatte vorher festgestellt, dass die Decke, die Busso Heinemanns Zuhause darstellte, leer war und dass er den Einkaufswagen von Feinkost Meyer mit seinen Habseligkeiten tief ins Gebüsch geschoben hatte. Er war also unterwegs und würde hoffentlich erst zurückkehren, wenn die Rache an Harry Jumperz vollzogen war.

Nun war sie unversehens zur Anführerin der Bösen Hühner geworden, weil sie als Einzige einen Weg kannte, der auf das Gelände von Eidam-TV führte, ohne dass die Alarmanlage ausgelöst wurde. Hoffentlich hatte sie Fietjes Worte richtig in Erinnerung! Und hoffentlich hatte sich nichts geändert, seit er Bruce dabei beobachtet hatte, wie dieser mit einer Frau in das Gelände eingedrungen war.

Als sie an der Stelle angekommen waren, die Fietje beschrieben hatte, drängte sich Mamma Carlotta den anderen voran durch ein dichtes Gebüsch – und stand dann tatsächlich vor einem Spalt, der sich zwischen der Wand der Leichtbauhalle und dem Sicherheitszaun öffnete. Ein schmaler Spalt! Sehr schmal sogar.

»Höchstens Größe vierzig«, flüsterte Heidi. »Das wird knapp.« Sie bedachte Mamma Carlotta, die in ihrem ganzen Leben noch nicht mit der Kleidergröße vierzig geliebäugelt hatte, mit einem vielsagenden Blick und strich sich dann über die eigenen Hüften. »Was ist, wenn Carlotta und ich da nicht durchpassen?«

Beate schlüpfte ihnen voran. Kein Problem bei ihrer schlanken Figur. Dann reichte sie Heidi die Hand, die sich in den Spalt schob, und begann zu ziehen. Auf der andere Seite tat Kristin ihr Bestes, Heidi durch den Spalt zu schieben. Erleichtert stöhnte sie auf, als es geschafft war.

Ächzend hielt sich Heidi die Seiten. »Gott sei Dank!«

Augenblicke später stand Mamma Carlotta voller Stolz neben ihr. Es hatte sich gezeigt, dass sie zwar molliger war als Heidi, aber augenscheinlich schmalere Hüften hatte und deshalb viel leichter durch den Spalt gekommen war.

»Im Bürowagen brennt Licht«, flüsterte Kristin.

»Keine Panik«, raunte Heidi zurück. »Das hat der Wachmann angemacht. Bei der nächsten Patrouille löscht er es wieder. Immer im Wechsel. Damit beweist er, dass er stündlich da war.«

»Und dadurch wird Bewegung vorgetäuscht«, ergänzte Beate.

Heidi verteilte die Masken, und kurz darauf standen sich vier große Hühner gegenüber. Ein seltsames Bild. Obwohl ihr die Situation mit einem Mal so absurd erschien, dass man eigentlich nur in Gelächter ausbrechen konnte, blieb Mamma Carlotta ernst. Genau wie die anderen drei. Die Heiterkeit war mit einem Schlag verflogen. Würde es ihnen gelingen? Würde Jumperz womöglich einer von ihnen die Maske herunterziehen? Oder sich so erbittert wehren, dass es zu Verletzungen kam? Aber keine gab sich die Blöße, ihre Zweifel zu äußern. Sie hatten A gesagt, jetzt kam es auf das B an!

Vier große Hühner schlichen auf den Eingang der Kulissenhalle zu, wo ein schwaches Licht brannte. Die Nacht war hell und ruhig. Kein Geräusch in der Nähe, nur von ferne war gelegentlich der Motor eines Autos zu hören. Mamma Carlotta vernahm das Atmen der anderen drei, spürte die Bewegung neben sich, ohne zu wissen, ob es Kristin, Heidi oder Beate war, die unruhig von einem Bein aufs andere trat. Die Spannung, die der ausgelassenen Vorfreude gefolgt war, wurde zur Last.

Mamma Carlotta hoffte schon, jemand würde nun den Vorschlag machen, die Sache wieder abzublasen, weil sie viel zu gefährlich war, da sagte Heidi: »Also los!«

Sie ging voran, öffnete leise die Eingangstür der Halle und trat als Erste in den Gang. Die Tür auf der gegenüberliegenden Seite war nur angelehnt. Das Licht, das in den Gang fiel, zeigte, dass sich dort jemand aufhielt. Harry achtete streng darauf, dass der Letzte, der die Halle verließ, das Licht löschte. Also musste er noch da sein.

Heidi war die Mutigste. Sie tastete sich vorsichtig in die Halle hinein, lautlos, während die anderen drei mit angehaltenem Atem in der Nähe der Tür stehen blieben. Vorsichtig folgte Heidi den Schienen, auf denen die Kamera vor die Kulisse fuhr. Dabei beugte sie sich so weit wie möglich vor und versuchte, in die erste Kulisse zu schauen. Es handelte sich um das Wohnzimmer der Arztfamilie. Aber es war leer.

Heidi schlich weiter, die anderen folgten ihr unhörbar. Dann plötzlich zuckte etwas über die hohe helle Wand auf der linken Seite der Halle. Ein Schatten! In einer der Kulissen auf der rechten Seite der Halle hatte sich etwas bewegt. Heidi, die immer noch voranging, winkte mit ihrem linken Flügel. Das konnte nur bedeuten, dass sie Harry gesichtet hatte und den anderen Hühnern das Zeichen gab nachzukommen. Kurz darauf folgte der doppelte Flügelschlag, das verabredete Zeichen zum Angriff, und unmittelbar danach war ein Schrei zu hören. Ein Schrei des Entsetzens, den Mamma Carlotta nie vergessen würde ...

Erik hatte schlecht geschlafen. Er schlief immer schlecht, wenn er viel getrunken hatte, aber in dieser Nacht hatte es mehrere Gründe gegeben, dass er nicht zur Ruhe gekommen war. Neben dem Rumoren in seinem Magen, dem Schwindelgefühl und dem lästigen Harndrang war es der neue Mordfall gewesen, der ihm im Kopf herumgegangen war. Bruce Markreiter, der ein Motiv, aber voraussichtlich auch ein Alibi hatte. Und dann diese Frau, von der Sandra Zielcke gesprochen hatte. Eine Stalkerin, die den Schauspieler krankhaft liebte und Max Triebel ebenso krankhaft hasste. Wenn sie die Täterin war, musste sie gewusst haben, dass Triebel eine Skandalgeschichte über Bruce Markreiter veröffentlichen wollte. Wer mochte diese Frau sein?

Erik richtete sich so weit auf, dass er den Wecker auf seinem Nachttisch erkennen konnte. Erst in einer halben Stunde würde er läuten. Also hatte er noch Zeit, sich auf den schweren Moment des Aufstehens vorzubereiten. Er hörte die Badezimmertür klappen und dann Schritte auf der Treppe. Und im selben Moment fiel ihm ein, dass es noch einen weiteren Grund gegeben hatte, warum er so schwer in den Schlaf gefunden hatte: Er hatte sich mit seiner Schwiegermutter gestritten. So etwas war noch nie vorgekommen. Natürlich ging sie ihm häufig auf die Nerven mit ihrem lauten und schnellen Reden, den vielen Übertreibungen und ihrem dramatischen Naturell. Aber gestritten hatten sie sich nie. Und so angriffslustig wie am

Abend zuvor hatte er sie auch noch nie erlebt. Obwohl sie ihm weismachen wollte, dass sie einen ausgelassenen Abend mit neuen Freundinnen verbracht hatte, war sie nervös und angespannt gewesen. Sie war ihm regelrecht fremd vorgekommen.

Vorsichtig erhob er sich, tappte aus dem Zimmer, blieb auf dem Treppenabsatz stehen und lauschte. Aus der Küche drangen die üblichen Geräusche, Geschirrklappern, das Zischen der Espressomaschine, hin und wieder ein Gegenstand, der zu Boden fiel. An diesem Morgen waren es viele Gegenstände! Das bedeutete, dass Mamma Carlottas Gemütsverfassung nicht die beste war. Auch die unterdrückten Flüche und Verwünschungen, die bis in die erste Etage drangen, waren kein gutes Zeichen. Anscheinend hatte sie ihm noch immer nicht verziehen, dass sie von einem Streifenwagen aufgegriffen und nach Hause gebracht worden war.

Wütend hatte sie ihn angefunkelt. »Du behandelst mich wie ein ungezogenes Kind, Enrico! Hast du vergessen, dass ich eine moderne, emanzipierte Frau bin?«

Davon hörte Erik tatsächlich zum ersten Mal. Beinahe hätte er sogar gelacht. Aber angesichts ihres Zorns war ihm das Lachen schnell vergangen. »Ich habe mir Sorgen gemacht«, hatte er sich verteidigt. »Dir hätte etwas zugestoßen sein können. Deswegen habe ich die Kollegen vom Streifendienst alarmiert. Sonst bist du ja immer pünktlich zum Abendessen zurück.«

Aber dieser Hinweis hatte alles noch schlimmer gemacht. »*Ich* war zum Abendessen zurück!«, hatte seine Schwiegermutter ihn angefahren. »Aber niemand war zu Hause! Sollte ich warten, bis sich einer von euch gnädig dazu herablässt, das Essen zu probieren, das ich mit viel Aufwand gekocht habe?«

Erik war perplex gewesen. Lieber Himmel! Seine Schwiegermutter emanzipierte sich! Das war ja schrecklich! Bisher war darauf Verlass gewesen, dass bei Mamma Carlotta alles so blieb, wie es war. Er hätte sogar gewettet, dass sie das Wort Emanzipation gar nicht kannte, weder das deutsche noch das italienische. Das ließ sich nur mit ihrem neuen Umgang erklären. In Schauspielerkreisen war Emanzipation wahrscheinlich selbstverständlich.

»Ich war sehr beschäftigt«, hatte er hilflos zurückgegeben. »Der neue Mordfall …!«

»Du warst beschäftigt?« Sie hatte ihn derart aufgebracht angeherrscht, dass er jede Hoffnung auf Spaghetti alla carbonara fahren ließ. »Trotzdem hattest du Zeit, mich zu kontrollieren! Schämst du dich nicht, mir hinterherzuspionieren, als wäre ich minderjährig?«

Erik hatte kein Wort verstanden. »Das habe ich nicht getan!«

»Gib's wenigstens zu! Warum sonst stand dein Fahrrad am Zaun? Und Sörens auch! Du warst bei Eidam-TV.«

»Aber nicht deinetwegen, sondern wegen einer Vernehmung!«

Mamma Carlotta jedoch hatte ihm kein Wort geglaubt. So war Erik gezwungen gewesen, ihr mehr von diesem Mordfall zu erzählen, als ihm lieb war. Erst als sie glauben konnte, dass er tatsächlich zu Eidam-TV gekommen war, um Bruce Markreiter zu vernehmen, war Schluss gewesen mit ihren Vorwürfen.

An ihrer Empörung änderte das allerdings nichts. »Bruce Markreiter soll einen Mord begangen haben? Enrico, du musst dich irren! Man wird dich auslachen, wenn du so was behauptest. Ein berühmter Mann! Der würde das nie tun!«

»Er hat ein Motiv«, verteidigte Erik sich. »Und es scheint so, als wäre Max Triebel mit Markreiters Pistole erschossen worden.«

Tatsächlich vergaß Mamma Carlotta bei dieser ungeheuren Neuigkeit, was sie Erik vorgeworfen hatte, und er hatte die Hoffnung, dass sie ihm nun glaubte. »Ich bin wirklich nur zu Eidam-TV gekommen, um mit Bruce Markreiter zu reden. Und mit diesem Harry Jumperz.«

Mit der Erwähnung des Chefautors schien Mamma Carlotta allerdings wieder einzufallen, dass sie beleidigt sein wollte. Schlagartig brach sie das Gespräch ab und wollte unverzüglich schlafen gehen.

Bisher war es Erik furchtbar lästig gewesen, sich jeden Abend anhören zu müssen, dass eine Kassiererin von Feinkost Meyer eine Verwandte in Pienza hatte, wo auch einer von Mamma Carlottas vielen Neffen wohnte, oder dass die Schwester des Bäckers, die in der Türkei verheiratet war, zu Besuch nach Sylt kommen wollte. Gestern Abend jedoch hatte Mamma Carlotta zu Bett gehen wollen, ohne ausführlich zu berichten, was sie davon abgehalten hatte, die Familie mit Spaghetti alla carbonara zu verwöhnen. So etwas war noch nie vorgekommen, und es gefiel ihm ganz und gar nicht. Mamma Carlotta erzählte doch sonst immer alles, ob sie aufgefordert worden war oder nicht. Und wenn sie ausdrücklich gebeten wurde, war sie dermaßen entzückt, dass ihre Schilderungen dreimal so lang wie nötig waren und derart üppig ausgeschmückt und mit ihren ganz persönlichen Ansichten dekoriert, dass kein vernünftiger Mensch sie für bare Münze nehmen konnte.

Erik war immer unruhiger geworden. Auch er wäre eigentlich gern zu Bett gegangen, aber er hatte gespürt, dass er nicht in den Schlaf finden würde, solange er nicht wusste, wer Mamma Carlotta etwas von Emanzipation ins Ohr geflüstert hatte. Als seine Schwiegermutter angefangen hatte, die Küche aufzuräumen, obwohl längst alles an seinem Platz stand, und statt einer Antwort mit der Frage gekommen war, ob er die Zabaione probiert habe, war ihm klar geworden, dass sie ihm etwas verheimlichte.

»Nun sag schon! Wenn du eine Nebenrolle bekommen hast, verspreche ich dir, Carolin nichts davon zu verraten!«

Mamma Carlotta jedoch hatte hoch und heilig versichert, dass es bei der winzigen Sprechrolle geblieben war. Derart hoch und heilig sogar, dass Erik dennoch den Eindruck gehabt hatte, ins Schwarze getroffen zu haben. Was war nur los mit ihr? Was hatte sie so verändert?

Dann endlich war es aus ihr herausgeplatzt: »Ich war in Käptens Kajüte«, hatte sie trotzig bekannt und die Entgegnung auf sämtliche Vorwürfe, die sie von ihm erwartete, gleich vorweggenommen: »Ich weiß, du hast mich oft genug vor diesem Wirt gewarnt. Aber ich kann nichts dafür! Eidam-TV hat sich ausgerechnet diese Kaschemme für Fernsehaufnahmen ausgesucht.«

Sie war aufgesprungen und hatte sich in Positur gestellt.

»Ich gehe in diese Kaschemme und sage ...« Ihre Stimme hatte sich verändert, sie hatte mit einem Mal langsam und ausdrucksvoll gesprochen, ihre Miene war so feierlich geworden, als habe sie etwas kundzutun, was die Welt verändern konnte. »›Was ist das für eine ... Bettola!‹ Und wenn ich herauskomme, muss ich sagen: ›Der Espresso schmeckt wie Spülwasser.‹«

Das wiederholte sie dreimal, jeweils in einer anderen Klangfarbe, aber immer mit dem gleichen Gesichtsausdruck, der nicht zu den belanglosen Worten passte.

Unter anderen Umständen hätte Erik sie darauf aufmerksam gemacht, dass ihr Urteil über den Espresso besser leicht dahingesagt werden sollte, aber gestern Abend hatte er nichts tun wollen, was Mamma Carlotta missfiel. Und natürlich hatte er sich auch jeden Vorwurf verboten. Anscheinend konnte seine Schwiegermutter wirklich nichts dafür, dass sie den Abend ausgerechnet in Käptens Kajüte verbracht hatte. Wenn die Produktionsgesellschaft diese Kulisse angemietet hatte, so war das nicht ihre Schuld.

Als die Küchentür ging, zog Erik sich ins Bad zurück. Dort hörte er einen Garderobenbügel klappern und kurz darauf die Haustür ins Schloss fallen. Mamma Carlotta ging zum Bäcker, um frische Brötchen zu holen! Während er die Zahnpasta auf seine Zahnbürste drückte, stellte er fest, dass ihm die Aussicht auf ein gutes Frühstück gefiel. Hoffentlich ging es Sören genauso gut wie ihm. Sie würden heute eine Menge zu tun haben.

Mamma Carlotta drückte die warme Brötchentüte an sich, als sie den Bäckerladen verließ. Wie gut, dass Herr Arfsten keinen Zweifel an ihrer Darstellung gehabt hatte! Nein, er hatte zu allem genickt, was Mamma Carlotta vorgetragen hatte.

Selbstverständlich musste ein Irrtum vorliegen, wenn seine Verkäuferin behauptete, die Schwiegermutter von Hauptkommissar Wolf hätte seine Bäckerei eine Kaschemme genannt. Nachdem Mamma Carlotta ein drittes und viertes Mal beteuert hatte, dass sie von einem ganz anderen Lokal gesprochen hatte, war er restlos überzeugt gewesen.

Zufrieden hatten sich die beiden voneinander verabschiedet. Herr Arfsten, weil er sicher sein konnte, dass seine Bäckerei ein Ort war, an den Mamma Carlotta jederzeit gerne zurückkehren würde, und sie, weil sie die Gelegenheit hatte nutzen können, dem Bäcker einen Hinweis auf seine Verkäuferin zu geben, mit deren Freundlichkeit es nicht weit her war. Für diese Anspielung hatte sich Herr Arfsten sogar herzlich bedankt. So hatte

Mamma Carlotta glücklich von ihm scheiden können, mit dem guten Gefühl, etwas bewirkt zu haben.

Nun musste sie nur noch in ihrer eigenen Familie für Ordnung sorgen. Denn Carolin hatte am Abend zuvor nicht einmal ihren Gutenachtgruß erwidert und war zu Bett gegangen, ohne ihre Nonna eines Blickes zu würdigen. Sie war dabei geblieben: Erst hatte ihre Großmutter sich eine Sprechrolle unter den Nagel gerissen und sich dann auch noch unterstanden, sie vor dem Chefautor lächerlich zu machen. Beides war unverzeihlich! Schmollend hatte Carolin sich an »Minna von Barnhelm« geklammert und wollte niemanden sonst an sich heranlassen.

Mamma Carlotta seufzte heimlich. Wie gut, dass ihre Enkelin nie erfahren würde, was in der letzten Nacht geschehen war! Schlimm genug, dass der Schrei sie die ganze Nacht verfolgt hatte …

Bis zu jenem Augenblick hatte sie das Abenteuer in sich aufgesogen, hatte sich unter dem großen Hühnerkostüm stark gefühlt und ihre Überlegenheit sogar genießen können. Der Club der Bösen Hühner führte ja nichts Böses im Schilde, das hatte sie sich immer wieder gesagt. Seine vier Mitglieder sorgten gewissermaßen für Recht und Ordnung. Auf ungewöhnliche Weise zwar, aber der Zweck heiligte bekanntlich die Mittel. Ein Kerl wie Harry Jumperz hatte es nicht anders verdient.

Doch dann dieser Schrei! Harry Jumperz war zu Tode erschrocken, als er sich umdrehte und einem großen Huhn gegenüberstand, das ihn feindselig anstarrte. Und als drei weitere auftauchten, stand ihm die nackte Angst ins Gesicht geschrieben. Wer unter den Masken steckte, schien er nicht zu ahnen, aber dass die vier ihm ans Leder wollten, begriff er sofort. Mit weit aufgerissenen Augen wich er zurück, stolperte über einen Hocker, fiel hin … und schon war Heidi über ihm.

Ein zweites Huhn griff nach Harrys Beinen, während Heidi seine Schultern zu Boden drückte, die dritte riss den Reißverschluss seiner Hose herunter. Mamma Carlottas Aufgabe war es, den tobenden, zappelnden, kreischenden Chefautor zu bändigen, während Beate und Kristin ihm die Hose auszogen. Sie musste ihn überall dort zu Boden drücken, wo er Oberhand gewinnen wollte, und verhindern, dass er die anderen drei attackierte und ihnen womöglich Verletzungen zufügte. Und bei alldem hatte sie auch noch unbedingt darauf achten müssen, dass ihr Blick nicht auf den Körperteil fiel, für den sie noch immer keinen Namen wusste, der ihr nicht die Röte ins Gesicht trieb.

In diesem Augenblick war ihre Angst entstanden, ihre Hilflosigkeit, ihre Feigheit, ihr Widerwille. Sie hatte nicht gewusst, welche Überwindung es kostete, einem Menschen den Willen zu brechen, selbst einem Mistkerl wie Harry Jumperz.

Es fiel ihr schwer, die Angst in seinen Augen zu missachten. Am schwierigsten aber war es, den Mund zu halten und ihn nicht damit zu trösten, dass alles nur ein Spaß sei. Natürlich durfte er ihre Stimmen nicht hören. Wenn er auch am nächsten Morgen ahnen mochte, welche von seinen Hühnern ihn überwältigt hatten – wissen durfte er es auf keinen Fall.

Dass ihn die Kraft verließ, machte die Sache zwar einfacher, aber nicht leichter. Einen tobenden Kerl am Toben zu hindern war eine Sache, einem hilflosen Mann Gewalt anzutun war um einiges schwerer.

Zum Glück war Harry Jumperz vollkommen untrainiert, sein fetter Bauch war ihm im Weg, die kurzen Beine strampelten schließlich nur noch hilflos, die Muskeln seiner Arme, ohnehin eher schwach ausgebildet, zitterten, als Heidi ihn an den Händen in Richtung eines leichten Kulissenschrankes zog. Beate und Kristin griffen nach seinen Füßen, während Mamma Carlotta den Schrank öffnete.

Als Harry Jumperz merkte, was die vier Hühner mit ihm vorhatten, mobilisierte er ein letztes Mal seine Kräfte, aber es half nichts. Der Rachedurst verlieh Heidi, Beate und Kristin eine Stärke, gegen die Harry nicht ankam.

Es war ein schrecklicher Moment, als es endlich gelungen war, Harry in den Schrank zu drängen. Da Mamma Carlotta auf keinen Fall einen Blick auf seinen nackten Unterkörper riskieren wollte, sah sie als Letztes, bevor sich die Schranktüren schlossen, in Jumperz' Gesicht. Sie wünschte, sie hätte es nicht getan. Dann hätte sie die Angst in seinen Augen nicht sehen müssen, die sie seitdem nicht mehr losließ. Das pure Entsetzen! Dabei musste der Mann doch wissen, dass so ein Kulissenschrank schon aus dem Leim ging, wenn man kräftig an die Tür pochte! Warum diese Angst? Weil Kerle, die Frauen schlecht behandelten, allesamt Angsthasen waren?

Heidi hatte ihr vorher erklärt, dass die Kulissenmöbel sehr leicht und die Schlösser der Schränke schnell aufzubrechen seien, dass Harry nur deshalb in den Schrank gesteckt werden müsse, um ihnen Zeit zur Flucht zu geben. Nach wenigen Minuten würde er sich befreit haben und ihnen folgen können. Das musste verhindert werden! Er sollte sich ausgiebig seiner Nacktheit schämen und, wenn er sich Hilfe suchte, aller Welt zeigen müssen, dass es mit seiner Autorität schon vorbei war, wenn ihm die Hose fehlte.

Trotzdem wusste Mamma Carlotta, dass Harry Jumperz sich in den nächsten Tagen sehr schlecht benehmen, viele seiner Küken bevorzugen, unzählige junge Mädchen belästigen und seine Hühner verächtlich behandeln musste, bis sie das Entsetzen in seinen Augen vergessen würde oder sogar darüber lachen konnte, wie die anderen drei es jetzt schon taten.

Gegenseitig hatten sie sich aus der Kulissenhalle geschoben. »Schnell«, zischte Heidi am Ausgang. »Wenn er sich gegen die Schranktür wirft, ist sie offen. Dann kommt er uns nach.«

»Ohne Hose?«, meinte Beate kichernd und hielt ihre Trophäe hoch. »Er wird nicht weit kommen.«

Sie schoben sich durch den Spalt zwischen dem Zaun und der Halle und halfen sich dort gegenseitig aus ihren Kostümen.

»Was ist los, Carlotta?«, fragte Heidi. »Hat dir die Sache etwa keinen Spaß gemacht?«

»Es geht«, murmelte Mamma Carlotta und fragte sich, wie sie ihr Schuldgefühl jemals loswerden sollte. Als sie sah, wie Beate Harrys Unterhose mit spitzen Fingern in den Müllcontainer fallen ließ, der in der Nähe von Bussos Schlafplatz stand, wurde ihr klar, was das Schlimmste war: Sie würde mit ihrem schlechten Gewissen allein bleiben müssen. Undenkbar, dies Erlebnis mit den Nachbarinnen in ihrem Heimatdorf zu teilen. Sie würde sich ja in Grund und Boden schämen, wenn sie bekennen musste, dass sie dabei geholfen hatte, einen hilflosen Mann der Lächerlichkeit preiszugeben und in einen Schrank zu sperren. Das war gemein, hundsgemein! Selbst bei einem so unsympathischen und selbstherrlichen Kerl wie Harry Jumperz! Wie hatte sie da nur mitmachen können! Keine ihrer Nachbarinnen würde Verständnis dafür haben. Nur gut, dass die Sache auch einen karitativen Aspekt hatte. Busso Heinemann würde sich, wenn er zu seinem Schlafplatz zurückkehrte, über eine neue Hose freuen dürfen. Hoffentlich nahm er es an wie ein gütiges Geschick und kam nicht auf die Idee, es mit den nächtlichen Ereignissen in der Kulissenhalle in Verbindung zu bringen. Falls er je davon erfuhr …

Sie war froh, aus ihren schweren Gedanken gerissen zu werden. Die junge Frau, die über die Straße kam, hätte sie womöglich nicht erkannt, wenn sie nicht direkt auf sie zugelaufen wäre. Dabei hatte Alina Olsted, die Lehrerin der Kinder, augenscheinlich ihretwegen die Straßenseite gewechselt, um sie zu begrüßen. Welch eine Freude!

Ausgiebig schüttelte sie Alina Olsted die Hand, erkundigte sich nach dem Woher und Wohin, bestärkte sie in dem Vorsatz, ihre Brötchen bei Bäcker Arfsten zu kaufen, und versicherte, dass Carolin und Felix pünktlich zum Unterricht erscheinen würden. »Mit einem guten Frühstück im Bauch, damit sie Kraft zum Lernen haben.«

Bei dieser Gelegenheit konnte sie auch anbringen, dass es sich bei Felix und Carolin um mutterlose Kinder handelte, denn die junge Referendarin war, als Lucia dem schrecklichen Verkehrsunfall zum Opfer fiel, noch nicht mit dem Studium fertig gewesen. Als Alina Olsted endlich zu Wort kam, war Mamma Carlotta sicher, den Boden bereitet zu haben für eine milde Beurteilung sämtlicher Klassenarbeiten. Wer würde schon einem Kind eine schlechte Note geben, das keine Mutter hatte, die mit ihm unregelmäßige Verben übte?

»Gibt's Neuigkeiten vom Mord am Hafen?«, fragte Alina Olsted. »Ist Ihr Schwiegersohn schon weitergekommen mit seinen Ermittlungen?«

Mamma Carlotta betrachtete die junge Frau erstaunt. »Sie wissen davon?«

Alina Olsted lachte. »So was spricht sich rum! Obwohl die Zeitungen merkwürdigerweise nichts berichten.«

Bei dieser Gelegenheit fiel Mamma Carlotta auf, dass sie selbst sehr wenig von Eriks neuem Mordfall wusste. Sie versuchte sich an das zu erinnern, was er ihr am Abend zuvor erzählt hatte, doch das meiste war an ihr vorbeigerauscht. Eine Leiche war in List aus dem Hafen gefischt worden. Der Tote war ein Journalist, der einen bösen Artikel über Bruce Markreiter schreiben wollte.

Deswegen war Erik zu Eidam-TV gegangen und nicht, um seine Schwiegermutter an den Herd zurückzuholen. Anscheinend hatte er wirklich die Wahrheit gesagt. Gestern Abend hatte sie seine Erklärung für eine Ausrede gehalten, um sie zu besänftigen, nun schien es so, als wäre es wirklich nicht nötig gewesen, ihm vor Augen zu halten, dass sie eine moderne, emanzipierte Frau war.

»Ich habe gehört, Ihr Schwiegersohn war bei Bruce Markreiter! Hat der was damit zu tun?«

Mamma Carlotta bedauerte außerordentlich, dass sie keinen Informationsvorsprung hatte, an dem sie die Lehrerin ihrer Enkelkinder teilhaben lassen konnte. »Enrico spricht nicht über seine Fälle. Dienstgeheimnis! Sie verstehen?«

Dass sie aus Erik bisher noch jedes Dienstgeheimnis herausgekitzelt hatte, ließ sie selbstverständlich unerwähnt. Alina Olsted sollte einen guten Eindruck vom Vater ihrer beiden Schüler haben und wissen, dass er seine Pflichten ernst nahm. Freundlich erkundigte sie sich, warum die Lehrerin so großes Interesse an dem Fall habe. »Kennen Sie den Toten? Oder Bruce Markreiter?«

Aber die Referendarin winkte erschrocken ab. »Einen Schauspieler? Nein, mit dieser Scheinwelt will ich nichts zu tun haben.«

»Scheinwelt! Das sagt mein Schwiegersohn auch!«

Aber da Alina Olsted trotzdem Interesse daran hatte, gab Mamma Carlotta bereitwillig alles weiter, was sie in dieser Scheinwelt erlebt hatte. Jedenfalls all das, was die Schwiegermutter eines Hauptkommissars erzählen durfte, die sich genauso dem Gesetz verpflichtet fühlen musste wie ihr Schwiegersohn. Verdächtigungen musste sie also leider für sich behalten und ließ unerwähnt, dass sie eine der Schauspielerinnen für eine Spionin hielt, die ihre Rolle nutzte, um etwas über Bruce Markreiter herauszubekommen, was sie dann einer Zeitung in die

Hände spielte. Natürlich einer, die ihr viel Geld dafür zahlte! Ob Sandra Zielcke nun fürchtete, dass es ihr ebenso ergehen könnte wie dem Journalisten, der mit einem Loch im Kopf im Hafen von List gelandet war? Eine interessante Frage, aber Mamma Carlotta wagte nicht, sie auszusprechen. Auch was sie von dem Chefautor hielt, schluckte sie herunter. Erst recht verriet sie natürlich kein Sterbenswörtchen von dem, was sich in der vergangenen Nacht in der Kulissenhalle abgespielt hatte. Aber zum Glück blieb noch eine Menge zu erzählen übrig.

Leider war Alina Olsted an ihrer kleinen Sprechrolle bei Weitem nicht so interessiert, wie sie gehofft hatte. Sie unterbrach sogar Mamma Carlottas weitschweifige Erzählungen und kam auf den Mordfall zurück. Und als sie einsah, dass sie von Mamma Carlotta nichts erfahren würde, was sie selbst noch nicht wusste, machte sie Anstalten, sich zu verabschieden.

Selbstverständlich ließ Mamma Carlotta sie nicht gehen, ehe Alina Olsted von ihrer Familie in Umbrien erfahren hatte, von den Lebensläufen ihrer Kinder, der langen Krankheit ihres Mannes und dem Schmerz, als ihre Tochter Lucia einem deutschen Touristen in dessen kalte Heimat gefolgt war. Und dass Alina Olsted sich mit der Schilderung ihrer eigenen Lebensumstände zu revanchieren hatte, war für Mamma Carlotta genauso selbstverständlich.

»Lebt Ihre Familie auf Sylt? Ihre Eltern, Ihre Geschwister? Oder sind Sie wegen Amore nach Sylt gekommen?«

Alina Olsted ließ erste Anzeichen von Ungeduld erkennen. Sie entfernte sich bereits mit winzigen Rückwärtsschritten, während sie antwortete, dass ihre Mutter auf Sylt geboren sei. »Aber sie ist dann nach Berlin gegangen, wo ich auf die Welt kam und aufgewachsen bin.« Sie lachte. »Eine waschechte Berliner Jöre!«

»Und nun sind Sie zu la mamma nach Sylt zurückgekehrt? Che bello!«

Alina Olsted kramte ihre Geldbörse aus der Tasche, damit es später beim Bäcker schneller ging. »Nein, meine Mutter lebt nicht mehr. Aber sie liegt hier begraben.«

»In Wenningstedt? Wo auch meine Lucia ihr Grab hat? Dann könnten wir ja mal gemeinsam …«

Aber diesen Satz wollte Alina Olsted nicht vollendet wissen. Mit freundlichen Worten unterbrach sie Mamma Carlotta, wünschte ihr einen schönen Tag und versicherte, dass ihre Enkel zu den nettesten Kindern der Schule zählten und sie Carolins Interesse an der großen Literatur unbedingt weiter fördern wolle. Dann lief sie in Richtung Bäckerei davon.

Mamma Carlotta bedauerte ihre Eile, hatte aber vollstes Verständnis. Eine Lehrerin musste pünktlich zur ersten Unterrichtsstunde vor ihre Klasse treten! Sicherlich würde man sich demnächst bei der Grabpflege wiedersehen. Dann würde sich bestimmt die eine oder andere Gelegenheit ergeben, der Referendarin von Eriks Ermittlungen zu erzählen. Mamma Carlotta hatte auch dem Lehrer ihres Ältesten hinter vorgehaltener Hand einiges verraten, zum Beispiel dass ihr Onkel, der eine Sargtischlerei besaß, auf alle Särge fünfundzwanzig Prozent aufschlug, damit er auch dann noch auf seine Kosten kam, wenn die trauernden Hinterbliebenen ihm einen Nachlass von fünfundzwanzig Prozent abgeschwatzt hatten. Als die Mutter des Lehrers starb, war er sehr dankbar dafür gewesen. Und dass Guido am Schuljahresende haarscharf die Versetzung in die nächste Klasse geschafft hatte, hielt Mamma Carlotta nicht für einen Zufall.

Hochzufrieden trug sie die Brötchentüte nach Hause. Dem netten Geplauder mit Alina Olsted war zu verdanken, dass die bedrückende Erinnerung an die vergangene

Nacht in den Hintergrund getreten war. Ein unterhaltsamer Tag stand ihr bevor. Sie würde Besitzerin eines Handys werden und dann mit Tanja Möck in Käptens Kajüte frühstücken gehen. Und wenn sie dann noch erfuhr, dass Harry Jumperz aus seiner Angst und der Peinlichkeit, ohne Hose den Weg nach Hause finden zu müssen, geläutert hervorgegangen war und von nun an jeder Frau mit Respekt begegnete, würde dieser Tag ein guter Tag werden.

Die Schreckensvision, die sie überfiel, als sie in den Süder Wung einbog, schob sie kurzerhand beiseite, als ihr Frau Kemmertöns, die Nachbarin, entgegenkam, die sich freudig anbot, zu Mamma Carlottas Ablenkung beizutragen. So flog die Frage nur ganz kurz durch ihren Kopf, was geschehen würde, wenn Harry Jumperz den Club der Bösen Hühner trotz aller Vorsorge erkannt hatte. Wenn er Beate, Heidi und Kristin an ihren Augen, ihrem Duft, ihren Händen identifiziert hatte und wenn die drei dann im Kreuzverhör zugaben, dass eine Vierte ihre Komplizin gewesen war und dass es sich dabei um die Schwiegermutter von Kriminalhauptkommissar Wolf handelte. Nein, dieser entsetzliche Gedanke nistete sich zum Glück nicht in ihren Gedanken ein, weil Frau Kemmertöns mit einer anrüchigen Neuigkeit aufwarten konnte. Die unfreundliche Verkäuferin von Bäcker Arfsten hatte ein Verhältnis mit dem neuen Verkäufer von Fisch-Blum, mit dem sie scheinbar liebenswürdiger umging als mit den Kunden der Bäckerei. Als das ausgiebig erörtert worden war, rauschte Sören mit seinem Rennrad vorbei und klingelte Mamma Carlotta aus den pikanten Einzelheiten, mit denen Frau Kemmertöns sie gerade versorgte.

»Madonna! Das Frühstück!« Mamma Carlotta verabschiedete sich hastig von der Nachbarin, versprach noch, sich demnächst mit ihren Erfahrungen bei »Liebe, Leid und Leidenschaft« zu revanchieren, und hastete hinter

Sören her. Wenn sie sich auch neuerdings eine moderne, emanzipierte Frau nannte – das Frühstück für die Familie durfte darunter nicht leiden. Schlimm genug, dass die Zutaten für die Spaghetti alla carbonara noch immer im Kühlschrank lagen! Man durfte es mit der Emanzipation nicht übertreiben. Das hatte sogar die Rechtsanwältin in ihrem Dorf eingesehen, die darauf bestanden hatte, dass ihr Mann Hausmann wurde und die Kinder aufzog. Am Ende war er mit der Kindergärtnerin durchgebrannt, die von Emanzipation nichts hielt. So konnte es einer modernen Frau ergehen!

Erik stellte erfreut fest, dass Sörens Verfassung sich entscheidend verbessert hatte. So mitgenommen er sich am Abend vorher noch verabschiedet hatte, so aufgeweckt wirkte er nun. Zufrieden hörte er zu, wie Sören Mamma Carlotta die Sorgen schilderte, die er sich ihretwegen gemacht hatte.

»Signora, Ihr Schwiegersohn und ich, wir hatten solche Angst um Sie! Da gab es neulich einen Fall in Morsum …«

Erik warf Sören einen scharfen Blick zu, damit er die Frau, die am Strand zu Tode gekommen war, weder alt noch verwirrt nannte. Aber Sören wusste, worauf es ankam, und schilderte sie als agil und lebensfroh. »Dennoch hat sie sich verirrt und ist erfroren!«

Mamma Carlotta war gerührt, dass sogar Sören, der nicht zur Familie gehörte, Angst um sie gehabt hatte. Deshalb schlug sie zwei Eier mehr in die Pfanne, die Sören zugutekommen sollten, und war sogar bereit, sich damit abzufinden, dass der Fahrer eines Streifenwagens sie behandelt hatte wie die alte Signora Gabrieli in ihrem Dorf, die oft im Nachthemd auf die Straße lief und dann nicht wieder nach Hause fand.

»Meine Schwiegermutter ist eine moderne und emanzipierte Frau«, erläuterte Erik seinem Assistenten und schickte seinen Worten einen bedeutungsvollen Blick hinterher. »Die kann selbstverständlich nach Hause kommen, wann sie will.«

Sören wollte dazu etwas sagen, was Mamma Carlotta vermutlich nicht gefallen hätte, spürte dann aber die Spannung, die in der Küche lag, und schwieg vorsichtshalber.

Dabei beließ er es, während Mamma Carlotta sich um das Rührei kümmerte, um die Schnittlauchröllchen, die es krönen sollten, um die Brötchen, von denen sie Sören eins ungefragt auf den Teller legte, um die selbst gekochte Feigenmarmelade, die sie ihm anpries, und das alles, während sie gleichzeitig ein Auge auf die Pfanne hatte und schilderte, wie entwürdigend die Freundlichkeit des jungen Streifenbeamten gewesen war.

»Am liebsten hätte er mich in den Wagen gehoben, weil er mir nicht zutraute, selbst hineinzuklettern«, schimpfte sie. »Und wenn ich mich geweigert hätte, mich von ihm nach Hause bringen zu lassen, dann wären mir vermutlich Handschellen angelegt worden. Dabei hätte ich in der Zeit, in der er mein Fahrrad in den Streifenwagen bugsierte, längst zu Hause sein können.«

»Er hat es gut gemeint«, warf Erik ein. »Und ich auch.«

Erleichtert begrüßte er seinen Sohn, der in diesem Moment die Küche betrat und erfreulicherweise die Aufmerksamkeit seiner Nonna auf sich zog. Denn Felix war ohne sein Käppi erschienen, was so viel Aufsehen erregte, dass Erik die Gelegenheit fand, seinen Assistenten kurz an die bevorstehende Arbeit zu erinnern. »Mit wem mag Max Triebel sich in List getroffen haben?«

Sören bestrich genüsslich sein Brötchen mit Feigenmarmelade, während er antwortete: »Mit jemandem, der dabei nicht beobachtet werden wollte.«

»Klar, der Mörder wollte keine Zeugen. Aber warum hat Max Triebel sich auf diesen Treffpunkt eingelassen?«

»Wahrscheinlich, weil er keine Angst hatte. Vermutlich hat der Täter einen guten Grund genannt, warum er Max Triebel unbedingt in der Nacht an diesem menschenleeren Ort treffen wollte.«

»Zum Beispiel ein bekannter Schauspieler, der nicht gesehen werden will?«

Sören brauchte eine Weile, bis er mit der Feigenmarmelade, die ihm die Mundhöhle verklebte, fertig war. Dann erinnerte er Erik an Bruce Markreiters Alibi.

»Das müssen wir erst mal überprüfen.« Erik sah auf die Uhr. »Vetterich ist vermutlich schon dabei, sich Markreiters Wohnwagen vorzunehmen. Aber viel verspreche ich mir nicht davon. Er wird unzählige Abdrücke finden, die nicht zuzuordnen sind. Und in Triebels Apartment wird es ähnlich sein.«

Sören betrachtete dankbar das Rührei, das Mamma Carlotta ihm auf den Teller häufte. »Aber Fingerabdrücke am Balkongitter! Und Schuhabdrücke unter dem Balkon! Die könnten uns weiterhelfen!«

»Vorausgesetzt, wir haben einen Verdächtigen, können seine Fingerabdrücke nehmen und uns seine Schuhe ansehen.«

»Wenn Markreiters Alibi nichts taugt, hätten wir einen!«

»Es wird was taugen«, gab Erik zurück. »Der ist ja nicht dumm.«

»Bruce Markreiter hat ein Alibi?«, fragte Mamma Carlotta und setzte sich an den Tisch, obwohl sie eigentlich noch nicht fertig war mit den Lobeshymnen, die Felix sich verdient hatte, indem er ohne Käppi zum Frühstücken erschienen war.

»Und ein Motiv«, gab Erik zurück und runzelte dann

ärgerlich die Stirn, wie immer, wenn seine Schwiegermutter sich in seine Arbeit einmischte.

Dass Sören die Frage beantwortete, ärgerte ihn noch mehr. »Er ist mit dem Auto herumgefahren und dabei gesehen worden«, erklärte Sören. »Zwar müssen wir das noch überprüfen, aber Markreiter wird nicht so dumm sein, ein Alibi vorzuweisen, das sich nicht bestätigen lässt. Wenn er sagt, er ist gesehen worden, dann war das so.«

Erik betrachtete seine Schwiegermutter argwöhnisch, die plötzlich mit ihren Gedanken weit weg zu sein schien. »Was ist los? Bist du vorletzte Nacht auch unterwegs gewesen, ohne dass ich es weiß? Weil du ja neuerdings modern und emanzipiert bist? Hast du etwa Bruce Markreiter gesehen?«

Dass sie diese anzügliche Frage nicht entrüstet zurückwies, sondern sogar schwieg, gab Erik zu denken. Wenn Mamma Carlotta verstummte, mussten ihre Gedanken sehr schwer sein. Normalerweise machte ihr das gleichzeitige Nachdenken und Reden nichts aus. Nun sah sie Erik an, als wäre sie aus einem Tagtraum erwacht. »Wann ist dieser Journalist ermordet worden?«

»Zwischen Mitternacht und zwei Uhr«, entgegnete Erik und ärgerte sich dann darüber, dass er geantwortet hatte. Scharf setzte er hinzu: »Was geht dich das an?«

»Gar nichts«, gab Mamma Carlotta zurück und versuchte freundlich und arglos zu lächeln.

»Er will zwischen halb eins und eins in Kampen vor dem Gogärtchen gesehen worden sein«, ergänzte Sören, »und danach vor dem Spielkasino in Westerland. Wenn wir das bestätigt bekommen, ist er aus dem Schneider.«

Carolin kam in die Küche und unterbrach ihr Gespräch. Nicht nur das! Erik und Sören, Mamma Carlotta, sogar Felix verschlug es die Sprache. Carolin war ganz in tragisches Schwarz gekleidet, schwarze Hose, schwarzer Rollkragenpullover, darüber eine schwarze Weste. Sogar ihre Augen hatte sie schwarz umrahmt. Bei einem jungen Mädchen, das sich bis dahin mit dekorativer Kosmetik schwergetan hatte, eine Sensation.

Mamma Carlotta fand als Erste ihre Sprache wieder. »Ist was passiert, Carolina?«

Ihre Enkelin schob sich mit einer so ausdrucksvollen Geste einen schwarzen Haarreif auf den Kopf, dass Erik an Bruce Markreiter erinnert wurde. Anscheinend gehörten diese großen Gesten zu allen Schauspielern. Auch zu denen, die es werden wollten.

»Was soll schon sein?«, fragte Carolin aufreizend gleichgültig.

»Du siehst aus, als wolltest du zu einer Beerdigung.«

»Sie will Schauspielerin werden«, erinnerte Felix. »Die sehen entweder aus wie Paradiesvögel oder wie Nebelkrähen.«

Carolin warf ihrem Bruder einen Blick zu, als überlegte sie sich, ob sie an einen Banausen wie ihn überhaupt das Wort richten wolle. Dann sagte sie sehr langsam und betont: »Mein Herr, Ihre Irrung ist sehr zu vergeben und Ihre Verwunderung sehr natürlich.«

Felix starrte seine Schwester mit offenem Munde an. »He?«

Carolin griff nach einem Brötchen und schnitt es auf. Ohne ihren Bruder anzusehen, fuhr sie fort: »O, ersticken Sie dieses Lachen! Wenn Sie an Tugend und Vorsicht glauben, so lachen Sie so nicht.«

Erik begriff, dass er nicht nur mit seiner Tochter, sondern auch mit Minna von Barnhelm am Tisch saß, und gab sich Mühe, freundlich und verständnisvoll zu reagieren. »Das Schwarz steht dir gut. Mal was anderes.«

Mamma Carlotta pflichtete ihm augenblicklich bei, weil sie niemals etwas sagen würde, was ein Enkelkind kränken könnte. Wenn Carolin glaubte, dass sie hübsch aussah, wenn sie sich kleidete wie eine italienische Witwe, dann durfte man ihr den Mut nicht nehmen. Das Selbstbewusstsein einer Heranwachsenden war ja so leicht zu erschüttern! Außerdem hatte sie an ihrer Enkelin etwas gutzumachen und hätte selbst dann anerkennende Worte gefunden, wenn Carolin sich mit frisch gepiercter Unterlippe an den Tisch gesetzt hätte.

Felix winkte ab. »Auf jeden Fall besser als beigefarbene Socken und braune Halbschuhe. Bisher hast du total uncool ausgesehen. Jetzt kann man sich endlich mit dir auf der Straße blicken lassen. Geil!«

Nun konnte Carolin sogar lächeln, wie Minna von Barnhelm gelächelt haben mochte, als Major von Tellheim ihr ein Kompliment machte. »Du hast auch endlich gemerkt, dass dein blödes Käppi total bescheuert aussieht.«

Als seine Schwiegermutter ansetzte, beide Kinder mit vielen Worten zu bestätigen, ging Erik dazwischen: »Kann mir einer von euch sagen, warum der Chefautor von ›Liebe, Leid und Leidenschaft‹ so merkwürdig reagiert hat, als ich gestern zu ihm kam? Der ist auf mich los, als wollte ich ihm was.«

Carolin fuhr so plötzlich in die Höhe, dass Erik vor Schreck das Brötchen aus der Hand rutschte: »Du warst bei dem Chefautor? Hast du einen Schuss?«

Ehe Erik sich diese Formulierung verbitten konnte, war Carolin schon aufgesprungen und ging auf ihre Großmutter los. »Musst du Papa sofort alles petzen? Du bist wirklich das Letzte! Ihr seid beide das Letzte!«

Sie sah aus, als wollte sie ihrer Großmutter das Marmeladenbrötchen vor die Füße werfen, entschied sich dann aber doch für ihren Teller, auf dem das Brötchen derart heftig aufschlug, dass es nach einem halben Überschlag mit der Marmeladenseite auf der Tischdecke landete. »Meine Oma macht den Chefautor an, und mein

Vater lässt sogar den Bullen raushängen! Das ist ja so was von superpeinlich!« Mit zwei Schritten war sie an der Tür. »Wenn ich achtzehn bin, ziehe ich aus und gehe zum Theater!«

Carolin ließ die Tür donnernd ins Schloss fallen.

»Carolina! Dein Kakao!«, rief Mamma Carlotta ihr nach.

»Den kannst du dir in die Haare schmieren!«, kam es aus der Diele zurück.

Mamma Carlotta griff sich erschrocken in die Locken. »Was ist nur mit Carolina los?«, fragte sie Erik, der darauf nichts zu sagen wusste. »So hat sie noch nie mit mir geredet.«

»Und noch nie so schnell und so viel auf einmal«, staunte Erik, der bis zu diesem Zeitpunkt glücklich darüber gewesen war, dass seine Tochter so wortkarg war wie er selbst und einen angenehmen Gegensatz bildete zu dem italienischen Temperament, das er durch Felix im Hause hatte und das mit seiner Schwiegermutter regelmäßig zu Besuch kam. Er wandte sich an Felix: »Kannst du mir das erklären?«

Der erhob sich ebenfalls. Kopfschüttelnd sah er seinen Vater an. »Du tickst wirklich nicht mehr ganz richtig, Papa! Wie kannst du dich von der Nonna so aufhetzen lassen? Zum Chefautor gehen und sich beschweren! Das ist echt das Hinterletzte!«

»So war das gar nicht«, versuchte Erik sich zu rechtfertigen, aber auch Felix war schon auf dem Weg zur Tür und schien keinerlei Interesse an den Erklärungen seines Vaters zu haben. »Ich war dienstlich bei dem Chefautor!«

»Und die Erde ist eine Scheibe«, entgegnete Felix, ehe die Küchentür ein zweites Mal donnernd zufiel.

»Worüber hätte ich mich beschweren sollen?«, rief Erik ihm nach, doch eine Antwort bekam er nicht.

»Die kriegen sich schon wieder ein«, meinte Sören, der

sich noch gut genug an die Pubertät erinnern konnte, um zu wissen, welche Worte man niemals auf die Goldwaage legen sollte. »Ich würde jetzt nicht hinter den beiden herlaufen!« Damit hielt er Mamma Carlotta zurück, die gerade Anstalten machte, die Tür aufzureißen und auf der Stelle die Gerechtigkeit wiederherzustellen.

Mamma Carlotta ließ sich schwer auf ihren Stuhl fallen und berichtete erstaunlich zügig und mit klaren und sogar knappen Worten, was sich in der Kantine zugetragen hatte. »Sollte ich zusehen, wie dieser Fiesling auch Carolina zu seinem süßen Küken macht? Wohin das führt, kann man sich ja denken!«

Erik gab ihr unumwunden recht, worauf Mamma Carlotta einen weiteren Espresso brauchte, um damit den Umstand zu genießen, dass ihr eine schwere Last von der Seele genommen worden war.

»Du hast alles richtig gemacht!«, betonte Erik noch einmal, und ein winziges Lächeln blitzte unter seinem Schnauzer hervor. »Dann dachte der Chefautor also, ich wollte ihn zur Rechenschaft ziehen, weil er meine Tochter angegrapscht hat. Jetzt verstehe ich endlich!«

»Carolin wird sich schon wieder einkriegen«, meinte Sören zuversichtlich. »Außerdem müssen wir uns jetzt um das Wesentliche kümmern, Chef. Die Staatsanwältin wird einen Bericht von uns erwarten. Was sollen wir ihr sagen?«

Erik zählte es an den Fingern auf. »Ein Journalist wurde ermordet, der einem Skandal um Bruce Markreiter auf der Spur war. Der hätte ein Motiv, und vermutlich ist Triebel sogar mit dessen Waffe erschossen worden. Aber ... er hat höchstwahrscheinlich auch ein Alibi. Doch es gibt auch eine Stalkerin, die Max Triebel gehasst hat, weil sie ihren Schwarm von ihm bedroht sah.«

»Aber von der wissen wir so gut wie nichts«, ergänzte Sören und sah schlagartig deprimiert aus. »Nur, dass sie

Berlinerin ist! Außer Sandra Zielckes Aussage haben wir nichts. Und die ist mehr als dürftig.«

»Vielleicht hat der Täter auch nur deshalb Markreiters Waffe gestohlen, um den Verdacht auf ihn zu lenken. Weil bekannt ist, dass er die Skandalpresse hasst. Und die Blitz ganz besonders!«

»Dann muss es jemand aus Markreiters Umfeld sein!«

Erik nickte. »Wir sollten dem Chefautor auf den Zahn fühlen. Der hat den Verdacht sofort auf Markreiter gelenkt.«

»Und das ist ein Kerl«, warf Mamma Carlotta ein, »dem alles zuzutrauen ist.«

Erik grinste leicht. »Wer junge Mädchen anbaggert, bringt auch Journalisten um?«

Bevor er sich über das ärgerliche Gesicht seiner Schwiegermutter amüsieren konnte, ging sein Handy. Der Leiter der Spurensicherung war am anderen Ende. »Irgendwas gefunden?«, fragte Erik.

Vetterich antwortete genauso knapp. »Schuhspuren unter dem Balkon von Triebels Apartment und Fingerabdrücke am Balkongitter!«

»Also war kein Profi am Werk«, meinte Erik. »Der hätte Handschuhe getragen.«

»Die Spuren sind gesichert. Schuhe in Größe fünfundvierzig und einundvierzig. Ich lasse heute noch das Sohlenrelief prüfen, dann sage ich Ihnen, um welche Schuhtypen es sich handelt. Vorausgesetzt, die Abdrücke stammen von Markenschuhen. Sie müssen dann nur noch einen Verdächtigen finden, zu dem sie passen.« Vetterich grunzte zufrieden, wie er es immer tat, wenn die Spurenausbeute gut war. »Außerdem habe ich noch ein abgesplittertes Stück eines Hornknopfes gefunden. Braun. Zeige ich Ihnen bei Gelegenheit! Könnte sein, dass der Knopf kaputt gegangen ist, als sich jemand übers Balkongeländer geschwungen hat.«

»Nicht schlecht.« Erik war genauso zufrieden wie Vetterich. »Und wie sieht's in und um Markreiters Zirkuswagen aus?«

»Jede Menge Spuren! Ältere und frische. Die Sache ist ein bisschen unübersichtlich. Hinter dem Wagen haben sich anscheinend öfter Leute herumgedrückt.«

»Um Markreiter zu bespitzeln?«

»Vielleicht aber auch nur, um zu pinkeln. Wir haben Urinspuren gefunden. Nicht wenige!«

»Und im Wagen? An dem Schrank, wo die Pistole lag?«

»Hauptsächlich Fingerabdrücke, die von Markreiter selbst stammen dürften, denn das sind die meisten. Aber ich habe auch eine zweite Spur gesichert. Noch relativ frisch.«

Erik stürzte seinen Kaffee herunter. »Also hat auch jemand anders als Markreiter das Schrankfach geöffnet, in dem die Pistole lag?«

»Sieht so aus.«

Als Erik aufgelegt hatte, sagte er zu Sören: »Mierendorf soll von allen Fingerabdrücke nehmen, die bei Eidam-TV arbeiten. Zu Markreiters Wagen hatte kein Außenstehender Zutritt.«

»Und die Munition?«

»Fragen Sie Rudi Engdahl! Der kennt sich damit aus. Vermutlich hat der Täter keine Zeit gehabt, sich die Munition auf dem Festland zu besorgen. Engdahl soll herausfinden, wo es auf Sylt diese Munition zu kaufen gibt.«

Sören nickte. »Wenn der keinen bösen Kater hat, wird er das schaffen.«

Erik wollte seinem Assistenten gerade erzählen, dass der, der feiern könne, auch arbeiten müsse, da ging sein Handy erneut. Schnell trank er noch einen Schluck Orangensaft, dann nahm er das Gespräch an. Sein Gesicht wurde lang und länger, während er zuhörte. Ein unheilvolles Schweigen senkte sich über die Küche.

Mamma Carlotta stellte die Espressotasse zur Seite und starrte ihren Schwiegersohn gebannt an. Sören kratzte in aller Eile sein Rührei vom Teller, als ahnte er bereits, dass aus einer zweiten Portion nichts werden würde.

Und richtig! Erik trieb ihn zur Eile an, kaum dass er das Telefongespräch beendet hatte. »Wir müssen los, Sören! Es gibt schon wieder einen Toten!«

Kurz vor der Einmündung in die Westerlandstraße ließ Mamma Carlotta das Fahrrad ausrollen. Wie war Harry Jumperz wohl ohne Hose in sein Hotel gekommen? Hatte er warten müssen, bis die Techniker am Morgen ihre Arbeit antraten, die immer als Erste in die Kulissenhalle kamen? Oder hatte er etwas gefunden, was er sich umbinden konnte? Dann war der Nachtportier seines Hotels womöglich der Einzige gewesen, der heimlich über ihn gelacht hatte. Das wäre schade, wo es dem Club der Bösen Hühner doch darauf angekommen war, Harrys Ansehen vor allem in den Augen seiner Küken herabzusetzen. Auf gar keinen Fall wollte Mamma Carlotta warten, bis Tanja Möck ihr beim Frühstück in Käptens Kajüte von Harrys Blamage erzählte. Sie wollte mit Heidi, Beate und Kristin gemeinsam darüber lachen, dass Harry am Morgen verschämt hinter einer Kulisse gestanden und jemanden auf sich aufmerksam gemacht hatte, der ihm eine Hose besorgen sollte. Sie wollte sich königlich über Harrys Bloßstellung amüsieren und sich immer wieder sagen, dass er diese Peinlichkeit verdient hatte.

Zum Glück hatte sie einen Weg gefunden, bei Eidam-TV aufzutauchen, ohne für neugierig gehalten zu werden. Bei der Casting-Chefin ihre neue Handynummer zu hinterlegen, das war ein guter Grund! Der Besuch des Drogeriemarktes in der Hauptstraße bedeutete nur einen kleinen Umweg, und Eriks altes Handy steckte in ihrer Jackentasche.

Aber es quälte sie noch eine andere Frage: Wie konnte Sören behaupten, Markreiter sei in der vorletzten Nacht zwischen Mitternacht und zwei in Kampen und Westerland gesehen worden? Fietje hatte den Schauspieler dabei beobachtet, wie er mit einer jungen Frau in das Gelände von Eidam-TV eingedrungen war! Sie musste mit Fietje reden! Sofort!

Schon während sie auf Käptens Kajüte zufuhr, wusste sie, dass sie nicht vom Fahrrad steigen musste. Dass die Imbissstube noch geschlossen war, sah sie auf den ersten Blick. Toves Lieferwagen stand nicht vor der Tür, und die Fenster waren dunkel. Dort würde Fietje also nicht zu finden sein. Blieben nur noch der Strand oder das Strandwärterhäuschen. Wenn Fietje Dienst hatte, würde sie ihn dort antreffen.

Sie bog am Ende des Hochkamps in die Seedüne ein und fuhr parallel zum Meer, das deutlich zu hören und zu riechen war. An der Seestraße stieg sie vom Rad. Direkt hinter dem Dünenhof zum Kronprinzen führte eine Holztreppe zum Strand hinab. An diesem Strandabschnitt verrichtete Fietje seinen Dienst. Das Strandwärterhäuschen war leer, also hatte er entweder frei, oder er musste unterhalb des Kliffs zu finden sein. Mamma Carlotta lief den Holzsteg entlang und kletterte auf eine kleine Bank, von der aus sie den Strand überblicken konnte. Und kurz darauf sah sie Fietje, der gerade ein paar Strandkörbe näher an die Wasserkante gerückt hatte. Anscheinend rechnete er mit gutem Wetter und mit Feriengästen, die im Strandkorb die Sonne genießen wollten.

Mamma Carlotta wollte ihm zuwinken, ihn auf sich aufmerksam machen, aber bald merkte sie, dass das nicht nötig war. Fietje ging auf die Treppe zu und machte sich an den Aufstieg. Sie konnte warten, bis er oben ankam.

Es dauerte eine Weile, denn die Treppe war hoch und steil, Fietjes Kondition nicht die beste und der Anstieg mühsam. Aber Mamma Carlotta wartete gerne, der Blick übers Meer entschädigte für alles. Es war sehr dunkel an diesem Morgen, ein tiefes, schönes Grau, das in der Nähe der Schaumkronen grün aufblitzte. Von ihnen gab es viele. Beinahe jede Welle war damit besetzt, nicht nur die großen, rollenden, auch die kleinen, hüpfenden Wellen sprühten Gischt auf. Sie wälzten sich nicht mächtig auf den Sand, nein, sie sprangen auf ihn zu und leckten nur kurz darüber, ehe sie sich wieder zurückzogen, als wollten sie nicht gesehen werden. Ein lebendiges Bild! Ein fröhlicher Morgen, zu dem die vielen weißen Wolken passten, die über den Himmel jagten, als hätten sie es eilig, der Sonne Platz zu machen.

Mamma Carlotta genoss den Lärm und die Bewegung um sie herum, das Knattern der Fahne, die hinter dem Dünenhof wehte, das Schreien der Möwen und den Wind, der in jede Ritze der hohen hölzernen Treppenanlage fuhr. Als Fietje endlich bei ihr ankam, hatte sie nicht das Gefühl, lange auf ihn gewartet zu haben.

Fietje blieb überrascht stehen, als er sie erkannte. »Signora! Sind Sie meinetwegen hier?«

Er führte sie in das himmelblaue Strandwärterhäuschen, wo er bald die Klappe öffnen würde, an der die Strandbesucher vorbeigehen und ihre Gästekarten vorzeigen mussten. Mamma Carlotta blieb in der geöffneten Tür stehen, weil ihr die Enge in dem Häuschen nicht behagte und noch weniger der Geruch darin.

»Überlegen Sie noch mal, Fietje! Als Sie vorgestern Nacht neben Busso Heinemann eingeschlafen sind, wann haben Sie Bruce Markreiter gesehen? Können Sie sich daran erinnern?«

Fietje brauchte nicht lange zu überlegen. »Jedenfalls nach Mitternacht! Ich habe die Glocke der Friesenkapelle zwölfmal schlagen hören. Dann bin ich noch eine Weile liegen geblieben. Eine halbe Stunde oder so ...«

»Demnach haben Sie ihn gegen halb eins gesehen?«

Fietje strich sich nachdenklich über den Bart, dann nickte er. »Das könnte hinkommen.«

»Und wann haben die beiden das Gelände wieder verlassen?«

Fietje überlegte gründlich. »Die waren nicht lange da. Höchstens eine halbe Stunde.«

Mamma Carlotta nickte zufrieden. »Das reicht, Fietje!«

Seine Einladung auf einen Köm lehnte sie ab, obwohl Fietje behauptete, er sei am frühen Morgen die reinste Medizin, und widerstand auch, als er ihr den Vorschlag machte, sich mit ihr die Butterkekse zu teilen, die er im Strandwärterhaus aufbewahrte.

Tief in Gedanken versunken radelte sie die Seestraße hinab und bog so unvorsichtig in die Westerlandstraße ein, dass sich ein Mopedfahrer zu einer Notbremsung genötigt sah. Aber sie merkte nicht einmal, dass sein lautes Schimpfen ihr galt. Ohne aus ihren Überlegungen geschreckt worden zu sein, setzte sie ihren Weg fort.

Da war also gestern ein Skandalreporter ermordet worden, der etwas schreiben wollte, was Bruce Markreiter nicht gefallen würde! Der Schauspieler hatte damit ein Motiv – diese Vokabel war ihr mittlerweile wohlvertraut. Sie wusste natürlich auch längst, was ein Alibi war. Und nun wusste sie auch, dass Erik sich irrte. Das Alibi, das Bruce Markreiter ihm vorgesetzt hatte, würde sich nicht bestätigen, obwohl Erik fest davon ausging. Er würde feststellen, dass Markreiter zwischen eins und zwei weder vor dem Gogärtchen in Kampen noch vor dem Spielkasino in Westerland gesehen worden war. Nein, er war während dieser Zeit in das Gelände des Inselzirkus eingedrungen. Zusammen mit einer jungen Frau! Und damit hatte er kein Alibi für den Mord.

Bruce Markreiter hatte also durchaus Gelegenheit gehabt, Max Triebel zu erschießen! Entweder gegen Mitternacht, dann war er anschließend von List nach Wenningstedt geflohen, um in seinem Zirkuswagen mit der jungen Frau zu überlegen, was nun zu tun war! Oder aber er hatte mit ihr beraten, wie man den Reporter am besten beseitigen konnte, und war anschließend mit ihr nach List gefahren. Die junge Frau musste demnach seine Komplizin sein.

Voller Sorge bog Mamma Carlotta in die Hauptstraße ein und steuerte den Drogeriemarkt an. Aber wie sollte sie Erik das erklären? Wie sollte sie ihm erzählen, was sie von Fietje erfahren hatte? Erik ahnte ja nicht einmal, dass sie den Strandwärter kannte. Und Fietje würde ihr nie verzeihen, wenn sie dafür sorgte, dass er zu einer Zeugenaussage ins Polizeirevier gerufen wurde. Nein, Erik musste selbst herausfinden, was Bruce Markreiter in der Mordnacht getan hatte.

Mamma Carlotta versuchte sich zu beruhigen. Erik war ein guter Polizist, für ihn war es eine Kleinigkeit, der Wahrheit auf die Spur zu kommen. Bisher hatte er jeden Mordfall aufgeklärt, das würde auch diesmal so sein. Und als sie die Drogerie betrat, war es ihr schon gelungen, ihre Sorgen zu besänftigen.

Dieser Schutzmechanismus funktionierte bei ihr ausgezeichnet. Carlotta Capella war in der Lage, jeden trüben Gedanken so lange an die Sonne zu halten, bis er strahlte und funkelte. Als sie auf die Verkäuferin zutrat und nach einer Karte für das alte Handy ihres Schwiegersohns verlangte, war Bruce Markreiter aus ihren Gedanken verschwunden. Und als es ihr mit großen Gesten und unzähligen Umschreibungen, die für viel Heiterkeit sorgten, gelungen war, eine Prepaidkarte zu erstehen, dachte sie auch nicht mehr an Erik und seine Arbeit.

Da die Verkäuferin so reizend war, die Prepaidkarte

in das Handy einzulegen und all das zu erledigen, was eigentlich der Kunde selbst zu tun hatte, war Mamma Carlotta vollauf damit beschäftigt, ihr zum Dank den Grund ihres Aufenthalts auf Sylt zu erklären. Zwar kam sie leider über ihre beiden Enkelkinder und das hübsche Haus am Süder Wung nicht hinaus, aber Mamma Carlotta verließ das Geschäft mit der optimistischen Einstellung, dass sich alles irgendwie regeln würde.

Etwas viel Vergnüglicheres stand ihr nun bevor als die Überlegung, wie Erik Bruce Markreiter einen Mord nachweisen konnte. Sie würde zum Inselzirkus radeln und sich dort an Harry Jumperz' Blamage erfreuen, zusammen mit den anderen drei Mitgliedern des Clubs der Bösen Hühner. Das Getuschel aller anderen würde sie sich anhören, in ihre Schadenfreude einstimmen und jedesmal nicken, wenn jemand sagte, dass Jumperz eine solche Bloßstellung verdient hatte. Keines seiner entzückenden Küken würde ihn mehr schwärmerisch ansehen, weil er ein mächtiger Chefautor und der Freund von Martin Eidam war, für den er auf Sylt sämtliche Entscheidungen traf. Sie alle würden heimlich über ihn lachen, und seine Autorität würde zum Teufel sein.

Mamma Carlotta lächelte, als sie rechts zum Dorfteich abbog. Aber es erstarb bald, als sie sich dem Inselzirkus näherte. Denn vor dem Gelände standen mehrere Autos. Und eins davon gehörte Erik.

Sie stieg vom Rad und starrte durch die Seitenscheibe, um ganz sicher zu sein. Ja, am Rückspiegel baumelte der kleine Weihnachtsmann, den Carolin im ersten Schuljahr gebastelt hatte. Es gab keinen Zweifel, das war Eriks Wagen. Der dahinter gehörte Dr. Hillmot, den kannte sie ebenfalls. Und anhand der Utensilien, die sie im dritten Wagen sah, erkannte sie in ihm das Fahrzeug der Spurensicherung.

Erik hatte mit keiner Silbe erwähnt, wo er die Leiche

finden würde, zu der er gerufen worden war. Und auf Sörens Fragen hatte er nur ausweichend geantwortet und versprochen, ihm während der Fahrt alles zu erzählen, was er wissen musste. Nun begriff Mamma Carlotta, warum. Sie hatte nicht erfahren sollen, dass es einen Toten im Umfeld der Fernsehserie gab! Mit einem Mal fühlte sie sich so schwach, dass sie fürchtete, sich nicht auf den Absätzen ihrer Stiefeletten halten zu können. Was war bei Eidam-TV geschehen? War jemand zu Tode gekommen, den sie kannte?

Mamma Carlotta sah sich nach Busso Heinemann um, aber seine Decke war leer. Oder war Erik etwa seinetwegen hier? War Busso in der Nacht das Opfer eines Mordanschlags geworden? Sie zögerte, aber dann legte sie entschlossen den Pullover auf die Decke, den sie in der Waschküche gefunden hatte. Sie war sicher, dass Erik diesen Pullover schon getragen hatte, als er zu Dinos Beerdigung nach Umbrien gekommen war. Lucia hätte ihn aufgrund der dünn gescheuerten Ellbogen sicher längst entsorgt. Mamma Carlotta wusste von den vielen Kämpfen, die ihre Tochter auszufechten hatte, wenn sie Erik ein altes Kleidungsstück ausreden und ein neues einreden wollte. Also war sie sicher, dass sie in Lucias Sinne handelte, wenn sie Eriks alten Pullover einer anderen Nutzung zuführte.

Während sie frische Panini und ein Glas Feigenmarmelade neben den Pullover legte, stellte sie fest, dass auch der Wachmann, der die Schranke zu beaufsichtigen hatte, nicht an seinem Platz war. Er stand vor der Kulissenhalle und redete mit einem der Kameraassistenten. So sehr war er in sein Gespräch vertieft, dass er nicht bemerkte, wie Mamma Carlotta ohne seine ausdrückliche Erlaubnis das Gelände betrat.

Erik drehte sich weg, als die Leiche auf den Boden gelegt wurde, und wandte sich an einen Kulissenarbeiter, der sich an die Trennwand zur nächsten Kulisse drückte, um den Abstand zu dem Toten so groß wie möglich zu halten.

»Sie haben ihn entdeckt?«, fragte er freundlich.

Der junge Mann hatte Mühe, den Blick von dem Toten zu nehmen und Erik anzusehen. Er war ein schmaler, schlaksiger Kerl von etwa Mitte zwanzig, mit krausen dunklen Haaren und einer fahlen Haut. Nervös kaute er an seiner Unterlippe. »Ich dachte, mich tritt 'n Pferd«, sagte er. »Verdammt! Das werd ich mein Leben nicht vergessen!«

Erik nickte mitfühlend. »So etwas ist schrecklich. Sie hatten natürlich nicht damit gerechnet?«

Der Kulissenarbeiter nickte. »Nee, bestimmt nicht. Obwohl was anders war. Irgendwie komisch ... Aber wer denkt denn an so was?«

»Was war anders?«

»Na, die Kulissen eben. Tische und Stühle stehen normalerweise in der Mitte des Raums. Und die Kommode neben der Tür. Aber als ich heute Morgen hier reinkam, war alles vor den Schrank gerückt worden.«

»Sodass der Mann nicht aus dem Schrank herauskonnte.«

»Das war wohl Absicht.« Der junge Mann musste schlucken, ehe er fortfahren konnte, seine Augen waren feucht geworden. »Wie er da hockte! So ein Scheiß! Wie soll ich dieses Bild wieder loswerden? Ich glaub, heut Abend nehm ich eine Valium. Sonst bekomm ich noch Albträume!«

Erik stimmte ihm zu, dann fragte er: »Haben Sie gleich gemerkt, dass er tot war?«

Der junge Mann zögerte. »Er hatte die Augen auf. So, als würde er mich angucken. Und da war ... so viel Entsetzen drin. So eine Angst! Sein Mund stand offen. Die untere Hälfte des Gesichtes war überkrustet. Speichel, Tränen, was weiß ich!« Nun konnte er es nicht mehr ertragen, verließ die Kulisse und trat in den breiten Gang, in dem die Schienen für die Kameras lagen. Dort drehte er sich zu Erik um. »Warum hatte er keine Hose an? Und woran ist er überhaupt gestorben?«

»Das wird der Gerichtsmediziner feststellen«, gab Erik zurück. »Äußere Anzeichen eines unnatürlichen Todes sind nicht zu erkennen.«

»Aber ein natürlicher Tod war das ja wohl nicht! Wenn den der Schlag getroffen hat, dann deshalb, weil man ihn in einen Schrank gesperrt hat!« Und vorwurfsvoll fügte er hinzu, als sei Erik schuld daran: »Ohne Hose!«

Erik klopfte ihm begütigend auf die Schulter, dann schickte er ihn in die Kantine, wo sich seine Kollegen aufhielten, wo der Regisseur sich schrecklich darüber aufregte, weil mit den Innenaufnahmen noch nicht begonnen werden konnte, wo der Aufnahmeleiter hektisch mit Martin Eidam telefonierte, um sich von ihm instruieren zu lassen, wie mit der neuen Situation umzugehen war, und wo alle anderen die Köpfe zusammensteckten und Mutmaßungen anstellten. Eidam-TV befand sich im Ausnahmezustand.

Dr. Hillmot zuckte mit den Schultern, als Erik zu ihm trat und fragte: »Schon irgendwelche Erkenntnisse?«

»Herzstillstand«, kam es zurück.

»Angst? Atemnot?«

Dr. Hillmot griff zu einer Stuhllehne, die er brauchte, um sich in die Höhe zu wuchten. »Erstickt ist er nicht«, sagte er, als er neben Erik stand und sich den Schweiß von der Stirn wischte. »Er hatte genug Luft zum Atmen. Aber es gibt Leute, die geraten in Panik, wenn sie eingeschlossen werden. Klaustrophobie! Und wenn sie dann noch ein schwaches Herz haben … Der Mann kann jedenfalls abtransportiert werden, den Rest mache ich in der Pathologie.« Dr. Hillmot blickte zur Tür, die in die Kantine führte. »Ob man da einen Kaffee kriegen kann? Ich bin noch nicht zum Frühstücken gekommen.«

Als Erik es sogar für möglich hielt, dass es in der Kantine auch belegte Brötchen gab, ließ er sich nicht mehr aufhalten. »Am besten, Sie kommen nach, Wolf! Wir können dort dann alles besprechen.«

Erik nickte, obwohl er nicht die Absicht hatte, Dr. Hillmot zu folgen. Stattdessen wandte er sich an Vetterich, der mit seinen Leuten bisher im Hintergrund geblieben war. »Am Schrank gibt es hoffentlich Spuren«, sagte er. »Vielleicht decken sie sich mit denen, die Sie an Markreiters Schrank im Zirkuswagen und am Balkongitter gefunden haben.«

Vetterich nickte, als hielte er Eriks Anweisung für überflüssig. »Die beiden passen übrigens zusammen.«

»Welche beiden?«

»Die Fingerabdrücke auf dem Balkongitter und die Abdrücke an Markreiters Schrank.«

Erik lächelte zufrieden. »Wir müssen unbedingt die Fingerabdrücke von allen Leuten nehmen, die hier arbeiten.«

»Frau Möck wird dafür sorgen, dass sämtliche Mitarbeiter in der Kantine zusammenkommen. Ich habe alles dabei, um die Abdrücke zu nehmen.«

Erik drehte sich zu Sören um. »Denken Sie auch, was ich denke?«

Sören nickte, ohne zu überlegen. »Jumperz wollte Markreiter die Schuld an Triebels Tod zuschieben. Er hat versucht, den Verdacht auf ihn zu lenken. Markreiter hat sich gerächt.«

»Oder mundtot gemacht, damit er nichts verraten kann. Also wusste Jumperz was!«

Aber nun schüttelte Sören den Kopf. »Wenn er ihn

mundtot machen wollte, wäre er gründlicher zu Werke gegangen. Wer einen Mitwisser loswerden will, sperrt ihn nicht in einen Schrank. Woher sollte er wissen, dass Jumperz da nicht lebend wieder rauskommt?«

»Und warum hat er ihm vorher die Hose ausgezogen?« Erik wandte sich an einen von Vetterichs Leuten. »Ist Harry Jumperz' Hose irgendwo gefunden worden?«

Aber der Mann schüttelte nur den Kopf.

Erik starrte Sören so lange an, bis der fragte: »Habe ich eine Warze auf der Nase? Oder was ist los, Chef?«

»Irgendwas stimmt hier ganz und gar nicht!«

»Wir müssen mit Markreiter reden«, meinte Sören.

»Erst sollten wir wissen, ob er wirklich für vorletzte Nacht ein Alibi hat. Verdammt, wir hätten das gleich überprüfen müssen!«

»Mit dem Fahrrad nach Kampen ins Gogärtchen?«, fragte Sören. »Und anschließend mit dem Rad nach Westerland zum Spielkasino?«

»Sollen wir der Staatsanwältin erklären«, fragte Erik zurück, »dass wir zu betrunken waren, um gleich mit der Arbeit an dem Mordfall zu beginnen? Dass wir erst unseren Rausch ausschlafen mussten?«

Sören hielt das für keine gute Idee. »Wir müssen das schleunigst nachholen«, schlug er vor.

Aber Erik schüttelte den Kopf. »Wir können hier nicht weg. Sagen Sie Mierendorf Bescheid. Der soll das machen. Ich will, wenn ich mit Markreiter rede, wissen, ob er als Mörder von Max Triebel infrage kommt.«

Mamma Carlotta wankte auf die Kulissenhalle zu. Ihr war übel, in ihrem Kopf drehte sich alles, der Boden unter ihren Füßen schwankte. Was war aus dem großen Spaß geworden? Madonna! Wer hatte Harry Jumperz daran gehindert, aus dem Schrank zu kommen? Und was, wenn

Erik herausbekam, dass seine Schwiegermutter etwas mit dieser schrecklichen Sache zu tun hatte? Sie musste unbedingt mit den anderen Bösen Hühnern sprechen. Einen Plan entwerfen! Eine Strategie! Vielleicht alles zugeben? Oder besser alles tun, damit niemand erfuhr, wie der Chefautor in den Schrank gekommen war?

Mamma Carlotta brauchte nicht lange nachzudenken. Sie war eindeutig für die zweite dieser beiden Möglichkeiten. Doch wie auch immer die Entscheidung ausfiel, sie mussten sie gemeinsam treffen. Auf keinen Fall durften sie sich in Widersprüche verwickeln. Es wäre schrecklich, von Erik entlarvt zu werden. Ehe das geschah, war es besser, alles zuzugeben und heldenhaft zu der Schuld zu stehen, die sie auf sich geladen hatte.

Zum Glück war Tanja Möck der Ansicht gewesen, dass nur ein Mann es geschafft haben konnte, Harry Jumperz in den Schrank zu stecken. Und warum sollte nicht das, was Tanja dachte, auch Erik durch den Kopf gehen? »Ein großer, kräftiger Mann«, hatte Tanja gesagt. »So einer wie Bruce Markreiter zum Beispiel.«

»Sie meinen, der könnte es gewesen sein?«, hatte Mamma Carlotta atemlos gefragt.

Und Tanja hatte genickt. »Harry hat mir so manches anvertraut. Zum Beispiel glaubte er, dass Bruce diesen Journalisten auf dem Gewissen hat. Und wenn er ihm das ins Gesicht gesagt hat ...« Sie beendete den Satz mit einem vielsagenden Blick. »So was lässt sich unser Stargast nicht gefallen.«

Luca Medina, der Stuntman, trat aus der Halle, kurz bevor Mamma Carlotta die Tür erreichte. »Signora!«, rief er erfreut und schüttelte ihr ausgiebig die Hand. »Haben Sie schon gehört, was passiert ist?« Er lachte in ihr bedrücktes Gesicht. »Schauen Sie nicht so traurig! Um den Kerl ist es nicht schade! Wer immer das getan hat, er wird gute Gründe gehabt haben.«

Mamma Carlotta sah ihn entrüstet an. »Wie können Sie so etwas sagen?«

Luca Medina wechselte ins Italienische, als wollte er von anderen nicht verstanden werden: »Dem weint hier keiner eine Träne nach. Nicht mal eins von seinen Küken, die mit ihm im Bett waren.«

Mamma Carlotta betrachtete ihn kopfschüttelnd. »Von Toten soll man nicht schlecht sprechen«, sagte sie tadelnd.

Aber Luca Medina lachte nur. »Über Harry Jumperz Gutes reden? Da will mir absolut nichts einfallen!« Er berührte Mamma Carlottas Arm, als wollte er sich dafür entschuldigen, dass dieses Gespräch nicht lange dauern konnte. »Ich werde in der Maske erwartet. In einer Stunde muss ich Bruce zum Verwechseln ähnlich sein.«

Als Mamma Carlotta ihn fragend ansah, lachte er wieder. »Heute soll ein Stunt gedreht werden.«

»Sie meinen, die Dreharbeiten werden fortgesetzt?«

»Zeit ist Geld! Wenn Martin Eidam auch seinen Chefautor verloren hat – Kohle ist dem wichtiger als Pietät.« Noch einmal berührte er ihren Arm. »Man sieht sich!«

Sie blickte ihm nach und stellte fest, dass er nicht in die Maske ging, sondern an Bruce Markreiters Wohnwagen klopfte. Die Tür wurde geöffnet, ohne dass zu erkennen war, von wem, und schon war Luca Medina verschwunden. Vermutlich hatte er noch etwas mit Markreiter zu besprechen, bevor die Dreharbeiten fortgesetzt wurden.

Der Weg durch die Kulissen war diesmal versperrt, aber Mamma Carlotta hätte ihn sowieso nicht gewählt. Wenn es auch viele Neugierige gab, die gern einen Blick auf den Toten geworfen hätten, sie selbst war froh, dass sie ihn nicht sehen musste. Mit gesenktem Kopf drängte sie sich durch die Mitarbeiter von Eidam-TV, die den Flur belagerten, der zur Kantine führte. Mutmaßungen flogen hin und her, Verdächtigungen wurden geflüstert,

Häme stand in vielen Gesichtern, in einigen Betroffenheit. Trauer aber war nirgends zu sehen.

Beate und Kristin saßen an einem Tisch am Fenster, weit weg von der Theke, wo sich alle drängten, die mehr hören wollten und möglichst viele Zuhörer für ihre eigene Meinung suchten.

Beate und Kristin versuchten so unbefangen wie möglich auszusehen. Doch kaum hatte sich Mamma Carlotta zu ihnen gesetzt, tuschelte Kristin: »Was sollen wir tun?«

Und Beate fragte: »Du hast hoffentlich deinem Schwiegersohn nichts verraten?«

Die zweite Frage wies Mamma Carlotta empört zurück, auf die erste, die sie sich währenddessen tausendmal gestellt hatte, wusste sie mittlerweile eine Antwort: »Wir tun gar nichts! Mein Schwiegersohn ist ein sehr guter Polizist. Der wird herausfinden, wer dafür gesorgt hat, dass Harry nicht aus dem Schrank herauskam. Auch ohne dass wir ihm verraten, wer ihn dort hineingesteckt hat.«

Beate nickte und sah Kristin eindringlich an. »Carlotta hat recht. Wir haben keine Schuld! Was wir getan haben, war nur ein Spaß.«

Als sie sah, dass Kristin die Lippen zusammenpresste, ergänzte Mamma Carlotta: »Ecco, kein besonders netter! Aber Harry war auch kein besonders netter Mensch!«

»Genau!«, bekräftigte Beate. »Dass er nicht aus dem Schrank herauskam, dafür können wir nichts.«

Kristin nickte tapfer, dann blickten alle drei nachdenklich auf ihre Hände. Schließlich sah Kristin eindringlich zu dem Stuhl an ihrem Tisch, der nicht besetzt war, und sagte, ohne aufzublicken: »Heidi hat Harry am meisten gehasst.«

Mamma Carlotta starrte den leeren Stuhl so lange an, bis ihr klar wurde, was Kristin mit dieser Feststellung sagen wollte. »Wo ist sie überhaupt?«

»In Rantum«, entgegnete Beate. »Du weißt doch, die Autogrammstunde im Hühnerhof.«

Ein Mann kam an ihrem Tisch vorbei, der ihnen zuzwinkerte und dabei vielsagend mit den Armen schlug, als hätte er Flügel. »Trauert der Hühnerhof um seinen schärfsten Hahn? Seid tapfer, Mädels!«

»Zieh Leine, Teddy!«, knurrte Beate und blickte ihm finster hinterher, als er zur Theke ging, um vor seinen Kollegen den Scherz zu wiederholen, den er für außerordentlich gelungen hielt.

Beates Laune verschlechterte sich zusehends. War sie vorher betroffen und verstört gewesen, wurde sie jetzt griesgrämig. »Du warst gestern Abend fein raus!«, brummte sie Mamma Carlotta an. »Mit dem Fahrrad im Nu über alle Berge.«

»Was willst du damit sagen?« Mamma Carlotta fühlte sich urplötzlich einem Vorwurf ausgesetzt, ohne zu ahnen, was sie falsch gemacht haben sollte.

»Du warst gerade losgefahren, da vermisste Heidi ihr Umhängetäschchen«, maulte Beate und legte sich eine Hand aufs magere Dekolleté, als hätte sie Atembeschwerden. »Sie meinte, es hätte sich losgerissen, als sie sich durch den schmalen Spalt zwischen dem Zaun und der Halle gedrängt hat.« Sie zog die Mundwinkel herab. »Sie hat nun mal breite Hüften.«

Kristin nickte. »Sie hat gesagt, wir sollen ruhig schon losgehen.« Kristin sah aus, als würde sie gerne das Gesicht verziehen, wenn es ihre botoxgelähmte Stirn zugelassen hätte. »Und es wäre sowieso besser, wenn wir nicht zu dritt gesehen würden.«

»Sie ist also allein zurückgegangen«, vergewisserte sich Mamma Carlotta, »und hat ihr Täschchen gesucht?« Sie merkte, dass die beiden auf etwas hinauswollten, was sie nicht in aller Deutlichkeit beim Namen nennen mochten. Aber Mamma Carlotta wollte ebenso wenig etwas sagen, was ausgesprochen erst zu seiner ganzen schrecklichen Bedeutung gelangte. Sie war entschlossen, es ebenso bei Andeutungen zu belassen wie die beiden anderen, um notfalls alles als Missverständnis abtun zu können. »Hat sie es gefunden?«

Beate und Kristin zuckten die Achseln. »Keine Ahnung.«

»Ihr habt nicht auf sie gewartet?«

»Sollte Harry uns erwischen?«

»Ihr konntet doch nicht damit rechnen, dass er ohne Hose hinter euch herkommt.«

»Trotzdem wollten wir so schnell wie möglich weg«, sagte Kristin. »Außerdem hat's Heidi seit einer Weile mit den Knien. Sie wollte ohnehin nicht mit uns beiden zurückgehen, sondern nach einem Taxi telefonieren.«

»Ich bin ins Hotel gejoggt«, erklärte Beate. »Ich war noch nicht zu meinem Sportprogramm gekommen.«

»Aber im Hotel habt ihr dann beide auf Heidi gewartet!«

»Ich bin nicht ins Hotel gegangen«, erwiderte Kristin und begann plötzlich zu flüstern. »Ich habe vor ein paar Tagen einen Typen kennengelernt.«

Mamma Carlotta verstand. »Zu dem bist du gegangen?«

Kristin wies zur gegenüberliegenden Wand, was heißen sollte, dass sie sich gen Osten davongemacht hatte und nicht in den Ort zurückgegangen war. »Der wohnt am Weidenstieg.«

Mamma Carlotta blickte Beate an. »Aber du!«

Doch Beate schüttelte den Kopf. »Nennt mich ruhig feige, aber ich wollte weg. Die Vorstellung, dass Harry ohne Hose hinter uns herkommen könnte …« Sie beendete den Satz, indem sie sich schüttelte.

»Du wolltest doch an der Bar auf Heidi warten«, erinnerte Kristin vorwurfsvoll.

»Ich war total verschwitzt, als ich im Hotel ankam. Ich musste unter die Dusche.« Beate wurde plötzlich ärgerlich. »Was redet ihr überhaupt von mir? Heidi hat gesagt, wir sollen nicht auf sie warten! Warum wohl?«

In Mamma Carlotta wehrte sich alles gegen diesen schrecklichen Verdacht. Sie wollte unter allen Umständen verhindern, dass er laut und deutlich geäußert wurde.

Zum Glück kam es nicht dazu, denn in diesem Moment kehrte Heidi von der Autogrammstunde zurück. Sie warf sich auf den vierten Stuhl und atmete so schwer, als hätte sie eine längere Strecke im Laufschritt zurückgelegt.

»Ich hab's gerade gehört«, stieß sie hervor, als sie genug Luft geschöpft hatte. Sie wischte sich den Schweiß von der Stirn, dann legte sie die Unterarme auf den Tisch und beugte sich vor. »Wer von euch war's? Wer ist zurückgegangen und hat Harry den Rest gegeben?«

Die Luft war noch immer kühl und frisch, aber die Sonne war höher gestiegen und machte sich daran, den Tag zu erobern. Einen kalten, aber klaren und vielleicht auch sonnigen Tag.

Erik und Sören gingen nachdenklich zum Auto zurück. »Ach, übrigens ...« Sören druckste herum, als sollte ein Geständnis folgen, das ihn um seine Beförderung zum Oberkommissar bringen könnte. »Ich muss Ihnen was zeigen.«

»Was Wichtiges?«, wollte Erik wissen. Und als Sören mit den Schultern zuckte, ergänzte er: »Hat das was mit unseren beiden Fällen zu tun?«

Sören zögerte. »Das nicht, aber ...«

In diesem Moment stieß Erik ihn aufgeregt an. »Sehen Sie sich den an!« Mit offenem Mund sah er dem Mann entgegen, der gerade aus der Friedhofspforte trat. »Busso Heinemann!«

Sören war nicht halb so erstaunt wie sein Chef. »Auf

dem Friedhof gibt es fließendes Wasser. Vielleicht hat er sich sogar gewaschen.«

Nun öffnete Erik die Autotür schnell, ließ sich auf den Fahrersitz fallen und zog die Tür so hastig ins Schloss, als wollte er von dem Obdachlosen nicht gesehen werden.

»Was ist los?«, fragte Sören ungeduldig. »Hat der was mit unserem Fall zu tun?«

»Haben Sie seinen Pullover gesehen?«, fragte Erik aufgeregt. »Ich glaube, der hatte meinen Lieblingspulli an.«

Sören drehte sich ungläubig um. »Sie meinen, der ist im Süder Wung eingestiegen und hat Ihnen Ihren Pullover geklaut?«

Erik schüttelte den Kopf und strich sich über die Stirn, als wollte er einen unsinnigen Gedanken wegwischen.

Sören grinste. »Vermutlich war Ihr Pullover kein Unikat.«

»Nein, eher Dutzendware von Jensen.«

»Und schon einige Jahre alt?«

Erik versuchte nachzurechnen und stellte fest, dass viele Winter ins Land gezogen sein mussten, seit er den Pullover gekauft hatte.

Sörens Lächeln vertiefte sich noch. »Es gibt eben Leute, die trennen sich eher von ihren Klamotten.«

Erik legte nun Wert darauf, schleunigst das Thema zu wechseln. Dynamisch drehte er den Zündschlüssel, betätigte ein paarmal das Gas und ließ den Motor aufheulen, doch dann fiel ihm noch etwas ein. »Wir müssen Busso Heinemann fragen, ob er letzte Nacht was beobachtet hat!«

Sören sprang aus dem Auto und lief Busso Heinemann hinterher. Erik konnte beobachten, wie er ihn aufhielt, wie Heinemann sich erschrocken zu ihm umdrehte, dann so aussah, als wollte er flüchten, und schließlich mehrmals nachdrücklich den Kopf schüttelte.

Erik kannte seine Antwort, noch ehe Sören wieder ins Auto gestiegen war.

»Er hat nichts gesehen. Er war die halbe Nacht mit irgendwelchen Pennern in Wenningstedt unterwegs.«

Erik starrte durch die Windschutzscheibe, ohne etwas zu sehen. »Ob hier wohl derselbe Täter am Werk war? Hat Triebels Mörder Harry Jumperz im Schrank eingeschlossen?«

»Eigentlich spricht nichts dafür«, entgegnete Sören. »Beide Fälle haben ganz unterschiedliche Handschriften. Nur ... dass beide Spuren zu ›Liebe, Leid und Leidenschaft‹ führen.«

»Und zu Bruce Markreiter«, meinte Erik nachdenklich. »Wer steckt einen Mann ohne Hose in einen Schrank und sorgt dann dafür, dass er nicht wieder rauskommt?«

»Klingt eher wie ein Dummejungenstreich.«

»Das ist es aber nicht, wenn das Opfer an Klaustrophobie leidet.«

»Der Täter konnte aber nicht damit rechnen, dass Harry stirbt. Also können wir nicht davon ausgehen, dass sein Tod geplant war. Höchstens wurde er billigend in Kauf genommen.«

»Eigentlich konnte der Täter davon ausgehen, dass Jumperz am nächsten Morgen lebendig aus dem Schrank geholt wird ...«

»Ohne Hose!«

»... und dann wütend sein wird wie ein Stier.«

»Wieso hatte der Täter keine Angst vor seiner Rache?«

Endlich startete Erik den Wagen. »Merkwürdig, dass wir die Hose nirgendwo gefunden haben.«

»Anscheinend hat der Täter sie mitgenommen. Eine Trophäe?«

»Wie ist der überhaupt auf das Gelände gekommen? Harry Jumperz war allein, der Wachmann hatte Feierabend. Die Schranke war verschlossen und die Alarmanlage eingestellt.«

Erik hielt an der Hauptstraße und wartete geduldig den Strom der Autos ab, die Richtung Strand fuhren. Viel zu geduldig für Sörens Geschmack, dessen Nervenkostüm immer strapaziert wurde, wenn Erik gleichzeitig Auto fuhr und über einen Fall nachdachte.

»Es könnte jemand gewesen sein«, meinte Sören, »der zu Eidam-TV gehört. Der hat sich irgendwo so lange verborgen gehalten, bis alle anderen weg waren.«

Erik nickte. »Tanja Möck sagt, wenn man versucht, die Schranke zu überwinden, wird ein Alarm ausgelöst. Wir können also davon ausgehen, dass niemand von außen gewaltsam eingedrungen ist. Also muss es jemand gewesen sein, der für ›Liebe, Leid und Leidenschaft‹ arbeitet.«

»Nach Alibis brauchen wir diesmal nicht zu fragen«, maulte Sören. »Selbst wenn Dr. Hillmot den Todeszeitpunkt bestimmen kann, wissen wir nicht, wann Jumperz in den Schrank gesteckt wurde.«

»Nicht vor zehn«, meinte Erik. »So lange hatte Frau Möck noch in ihrem Bürowagen zu tun.«

»Und Jumperz wird nicht vorgehabt haben, die ganze Nacht in den Kulissen zu arbeiten«, fuhr Sören fort. »Ich schätze, der hätte gegen Mitternacht Feierabend gemacht. Spätestens! Demnach müsste er zwischen zehn und zwölf überwältigt worden sein.«

»Schätzen!«, wiederholte Erik spöttisch. »Wollen Sie das der Staatsanwältin erzählen? Die will Beweise! Handfeste Indizien! Einen konkreten Verdacht!«

»Damit können wir nicht dienen«, stellte Sören fest. »Mittlerweile wissen wir immerhin, dass Markreiter ein Alibi für den Mord an Triebel hat!«

Enno Mierendorf hatte sich am Morgen, gleich nach Dienstantritt, auf den Weg gemacht und bald danach angerufen, um Markreiters Angaben zu bestätigen. »Der Türsteher vom Gogärtchen hat ausgesagt, dass der gelbe Porsche zur fraglichen Zeit vorgefahren ist. Markreiter hat sich sogar vorgestellt, aber das wäre nicht nötig gewesen. Der Türsteher hat ihn gleich an der Mütze erkannt, die er immer aufsetzt, wenn er inkognito bleiben will, und an der Sonnenbrille, die er dann auch nachts trägt.« Mierendorf hatte gelacht. »Ist ja auch total unauffällig! Dieser Typ will einerseits nicht behelligt werden, aber andererseits auch nicht unerkannt bleiben, weil er dann an seiner Popularität zweifeln müsste.« Der Türsteher hatte Bruce Markreiter keinen Platz an der Theke zusichern können, an dem er von aufdringlichen Fans verschont geblieben wäre, daraufhin hatte der Star abgewinkt, Gas gegeben und war Richtung Westerland gebraust. »Der Portier des Spielkasinos hat Bruce Markreiter genauso beschrieben«, hatte Mierendorf berichtet. »Die Mütze tief in die Stirn gezogen, Sonnenbrille trotz Dunkelheit und das auffällige Auto! Markreiter hat auch hier keinen Versuch gemacht, unerkannt zu bleiben. Trotz seiner Maskerade. Als er dann hörte, dass er nicht direkt vor dem Kasino parken durfte und ihm ein Fußweg von mehreren Hundert Metern zugemutet werden sollte, ist er weitergefahren.«

»Die Uhrzeiten stimmen?«, hatte Sören vorsichtshalber noch gefragt.

Und auch das hatte Enno Mierendorf bestätigt. Es gab keinen Zweifel, Bruce Markreiter hatte ein Alibi. Für den Mord an Max Triebel kam er nicht infrage.

Er war erst in der Kulissenhalle erschienen, als alle anderen schon aus der Kantine eine Gerüchteküche machten, in der sämtliche Mutmaßungen gedreht und gewendet wurden, die sich um Harry Jumperz' plötzliches Ableben drehten. Markreiters Betroffenheit, als er vom Tod des Chefautors erfuhr, war nicht besonders eindrucksvoll ausgefallen. »Soll ich daran auch schuld sein?«, hatte er anzüglich gefragt und gleich ergänzt: »Haben Sie nun endlich mein Alibi überprüft?«

Und Erik war nichts anderes übrig geblieben, als zu nicken und ihm zu bestätigen, dass seine Angaben sich allesamt als richtig erwiesen hatten.

Der Star hatte sie nur müde angelächelt. »Machen Sie sich nichts draus! Ich kann verstehen, dass Sie an die Möglichkeit gedacht haben, ich könnte es gewesen sein.«

Erik hatte sich über sein scheinbares Entgegenkommen geärgert. Für ihn war Markreiters Reaktion nichts als Arroganz gewesen, Überheblichkeit, Selbstüberschätzung. »Glauben Sie ja nicht, dass Sie damit aus dem Schneider sind«, hatte er gesagt. »Bleibt immer noch, dass Max Triebel mit Ihrer Waffe erschossen wurde.«

»Woher wissen Sie das?«, hatte Markreiter gefragt, wieder mit dieser unangenehmen Freundlichkeit. »Was Sie wissen, ist nur, dass meine Waffe gestohlen wurde und dass Max Triebel mit einer Pistole erschossen wurde, die das gleiche Kaliber hat wie meine.«

»Das ist nicht alles! Triebel hat eine Frau erwähnt, die angeblich sehr für Sie schwärmt. Und Sie haben davon gesprochen, dass Sie sich seit einiger Zeit beobachtet fühlen, dass Sie glauben, jemand verfolgt Sie ...«

Nun hatte Markreiter seine herablassende Zuvorkommenheit endlich aufgegeben. »Sie meinen, da hat mich wieder jemand aufs Korn genommen? Eine Frau, die mich bis jetzt nur heimlich verfolgt? Die sich bald nicht mehr abschütteln lässt?«

»Sie könnte den Journalisten umgebracht haben«, meinte Sören.

Und Erik ergänzte: »Weil er nicht nett über Sie geschrieben hat. Aus Rache!«

Bruce Markreiter hatte nun sehr ernst ausgesehen. »Wenn mich diese Frau schon lange beobachtet, weiß sie vermutlich, dass ich eine Waffe habe. Dann weiß sie auch, wie sie in meinen Wohnwagen kommt.«

»Aber indem sie Triebel mit Ihrer Waffe erledigt, schiebt sie Ihnen den Mordverdacht zu. Passt das zu so einer übersteigerten Liebe?«

Darauf hatte Markreiter keine Antwort gewusst. Nur die, dass eine Stalkerin ein massives psychisches Problem habe. »Solche Leute sind nicht normal! Die handeln auch nicht normal! Und die sind auch nicht mit normalen Maßstäben zu messen!«

Das Klingeln seines Handys riss Erik aus seinen Gedanken. Er gab Sören einen Wink, damit er das Gespräch annahm.

»Rudi Engdahl war dran«, sagte Sören, als er das Handy zurücklegte. »Er behauptet, auf ganz Sylt ist keine Munition für Markreiters Pistole zu bekommen.«

Erik fuhr mittlerweile die Kjeirstraße entlang, die schnurgerade und gut zu übersehen war. Deshalb hatte er das Tempo auf beachtliche fünfundvierzig Stundenkilometer gesteigert. Er sah sich außerstande, bei diesem mörderischen Tempo Engdahls Ermittlungsergebnis zu kommentieren.

»Rudi hat auch bei Gosch nachgefragt«, fuhr Sören fort. »Keiner der Angestellten hat einen Schuss gehört, niemandem ist was aufgefallen.«

Erik seufzte, und als er am Ende der Kjeirstraße vor der Ampel halten musste, konnte er auch wieder sprechen. »Irgendwas muss Markreiter mit der Sache zu tun haben. Mit beiden Todesfällen! Wenn er auch nicht Triebels Mörder ist ...«

»Sie meinen, er hat den Mord in Auftrag gegeben?«

»Warum nicht? Und Harry Jumperz hat was gewusst oder geahnt. Bruce Markreiter wollte ihn mundtot machen.«

Sören verdrehte die Augen, was sein Chef zum Glück

nicht sah, weil er auf die Ampel starrte, die gerade auf Grün wechselte. »Das hatten wir doch schon! Der Täter konnte nicht wissen, dass Jumperz diesen Anschlag nicht überlebt.«

»Darauf kam es Markreiter vielleicht nicht an«, meinte Erik und bog nach links in den Hof des Polizeireviers ein. »Er wollte ihm einen Denkzettel verpassen. Jumperz sollte wissen, dass mit Markreiter nicht zu spaßen ist.«

Sören wurde nachdenklich, war aber noch nicht überzeugt. »Und dafür hat er ihm die Hose ausgezogen?«

Darauf wusste Erik keine Antwort. »Was wollten Sie mir eigentlich vorhin zeigen?«, fragte er seinen Assistenten.

Sören zögerte, griff in seine Brusttasche ... dann zog er die Hand wieder zurück. »Später, wenn wir Ruhe haben«, sagte er. »Das geht nicht zwischen Tür und Angel.«

»Meinetwegen.« Verdrießlich schloss Erik den Wagen ab und trottete hinter Sören her zur hinteren Eingangstür. Sie stiegen die Stufen ins Revierzimmer hinauf, wo sie von Rudi Engdahl empfangen wurden, der sich viel Mühe gab, die Folgen seiner Geburtstagsfeier hinter einer aufgeräumten Miene zu verbergen. Zackig meldete er, dass die Staatsanwältin schon mehrmals angerufen habe.

»Sie will wissen, ob Sie mit dem Mordfall Triebel schon weitergekommen sind. Der Chefredakteur der Blitz macht ihr anscheinend Druck. Ich habe ihr gesagt, dass wir bereits den nächsten Toten haben. Daraufhin hat sie verlangt, dass Sie sofort zurückrufen, sobald Sie wieder im Büro sind.«

Prompt stieg der Trotz in Erik hoch. Immer wenn die Staatsanwältin eine sofortige Reaktion erwartete, überwand er den Ärger darüber, indem er lange zögerte, bis er tat, was sie von ihm verlangte. Obwohl Frau Dr. Speck nie davon erfuhr, erfreute sich Erik dann an der Genugtuung, sich ihr widersetzt zu haben.

»Gibt's sonst was Neues?«, fragte er, blätterte die Anzeigen der Vortage durch, ohne auf Engdahls beschwörenden Blick zu achten, und sah nach, ob das Faxgerät angestellt war und genug Papier enthielt.

»Vetterich weiß, welche Turnschuhe die beiden getragen haben, die in Triebels Apartment eingestiegen sind«, berichtete Rudi Engdahl und las von einem Notizblatt vor: »Marke Nike in Größe einundvierzig und Reebok in fünfundvierzig. Anscheinend Damen- und Herrenschuhe.«

»Vielleicht sollte ich mit dem Anruf bei der Staatsanwältin warten«, überlegte Erik laut, »bis Vetterich mit der Spurensicherung im Inselzirkus fertig ist?«

Engdahl zog ein bedenkliches Gesicht. »Das würde ich mir an Ihrer Stelle gründlich überlegen. Sie sollen sofort anrufen, wenn Sie zurück sind, hat sie gesagt. Und wenn Frau Dr. Speck sofort sagt, dann meint sie sofort. Sie hat Sie auf Ihrem Handy nicht erreichen können, darüber war sie ohnehin schon mächtig sauer.«

Erik nickte, trödelte aber noch weiter herum, las das Protokoll über die Vernehmung eines Taschendiebs, das Rudi Engdahl am Morgen geschrieben hatte, überprüfte dann sein Handy und stellte fest, dass er es tatsächlich am Morgen nicht angestellt hatte.

»Wir sollten mit Herrn Eidam telefonieren«, sagte er zu Sören. »Und mit Jumperz' Familie.«

»Ich habe mich schon erkundigt«, erwiderte Sören. »Es gibt eine geschiedene Frau und eine Tochter, die bei der Mutter lebt. Herr Eidam kann uns vermutlich Namen und Adresse nennen.«

»Kümmern Sie sich darum«, sagte Erik und ging in sein Zimmer. Dort zog er Pfeife und Tabak aus der Innentasche der Jacke und legte beides auf den Schreibtisch. Wenn er auch niemals im Büro rauchte, so hatte er es doch gern, wenn alles bereitlag, falls er den dringenden

Wunsch verspürte, in den Hof zu gehen und ein paar Rauchwolken in die Luft zu paffen.

Er richtete den Bund seiner bequemen Breitcordhose, zog seinen Pullunder so weit herab, dass er den fehlenden Hemdknopf verdeckte, und strich sich ausgiebig den Schnauzer glatt. Dann endlich fühlte er sich stark genug, zum Telefonhörer zu greifen und die Nummer der Staatsanwältin zu wählen.

Mamma Carlotta tastete immer wieder nach ihrem Handy. Nie hätte sie gedacht, dass sie auf diese Errungenschaft jemals stolz sein könnte! Nun aber fühlte sie sich sehr gut mit einem Telefonino in der Tasche. Fortschrittlich und wichtig! Sie würde Mühe haben, in Umbrien ihre Abneigung gegen Mobiltelefone aufrechtzuerhalten. Andererseits wurde sie neuerdings modern und emanzipiert genannt! Und das sogar von drei Frauen, die im Fernsehen zu bewundern waren. War das nicht Grund genug, einen einmal gefassten Beschluss zu überdenken?

Es war ein angenehmes Gefühl gewesen, Tanja Möck und auch der Casting-Chefin ihre Handynummer hinzulegen. Und als sie mit Busso Heinemann die Nummern tauschte, war sie sich sehr wichtig vorgekommen. In Umbrien würde jeder einsehen, dass man einem Prinzip untreu werden musste, wenn es darum ging, einer Spionin das Handwerk zu legen. Busso hatte mittlerweile in der ganzen Obdachlosenszene bekannt gemacht, dass die junge blonde Schauspielerin aus »Liebe, Leid und Leidenschaft« beobachtet werden müsse. Viele kannten sie, weil es auf Sylt einige Hotels gab, die einen Fernseher in der Lobby stehen hatten, der auch von außen gut zu sehen war. Wem Sandra Zielcke unter die Augen kam, der würde sich bei Busso melden.

Während er seine eigene Mobilfunknummer in Mamma Carlottas Handy einspeicherte, fragte sie ihn vorsichtig, ob er in der vergangenen Nacht irgendetwas beobachtet habe. »Sie wissen doch, dass ein Mann heute Morgen tot aufgefunden wurde, oder? Haben Sie was gesehen oder gehört?«

Aber Busso schüttelte den Kopf. »Das hat mich die Polizei auch schon gefragt. Aber ich war mit meinen Kumpels bei Feinkost Meyer verabredet. Bin erst spät zurückgekommen. Da war alles dunkel und still.«

Busso ärgerte sich, dass er eine Sensation verpasst hatte, und Mamma Carlotta gab sich Mühe, sich ihre Erleichterung nicht anmerken zu lassen. Noch in der vergangenen Nacht hätte sie sich keine Sorgen gemacht. Wenn Busso Heinemann vier große Hühner beim Eindringen in den Inselzirkus beobachtet hätte, hätten sie ihn einfach zum Komplizen gemacht. Ein paar Antipasti zusätzlich, und er hätte bestimmt nichts dagegen gehabt, dass einem fiesen Kerl, der junge Mädchen belästigte, ein Denkzettel verpasst wurde. Nun aber war dieser Kerl tot, und das änderte alles. Niemand durfte etwas vom Club der Bösen Hühner erfahren. Er war ein Geheimbund geworden!

Zum Glück brachte Busso die Hose, die er am Morgen auf seiner Decke gefunden hatte, nicht mit dem Geschehen in der Kulissenhalle in Zusammenhang. Er glaubte, er habe sie ebenso Carlottas Schwiegersohn zu verdanken wie den Pullover, den er nicht genug loben konnte. »So was Gutes habe ich nie besessen!«

Als Mamma Carlotta aufs Fahrrad stieg, ging es ihr besser. Das Schuldgefühl war allerdings immer noch da, ebenso wie die Angst, dass Erik sie als Mitglied des Clubs der Bösen Hühner entlarven könnte. Außerdem machte ihr die Frage schwer zu schaffen, ob es Heidi, Kristin oder Beate gewesen war, die Harry Jumperz daran gehindert hatte, sich aus dem Schrank zu befreien. Sollte Erik herausfinden, dass seine Schwiegermutter bei Harrys schrecklichem Ende die Finger im Spiel gehabt hatte, würde er ihr vielleicht verzeihen, wenn sie den entscheidenden Hinweis zur Ergreifung der Täterin geben konnte? Sie musste die Augen offen halten! Vielleicht verriet sich eine der drei über kurz oder lang!

Einen Besuch an Lucias Grab versagte sie sich vorsichtshalber. Was ihre Tochter zu den Ereignissen sagen würde, wollte sie sich nicht ausmalen. Ihre Mutter in einen Mordfall verwickelt! Die Komplizin von drei Bösen Hühnern, von denen eins womöglich die Täterin war! Jede der drei hätte die Gelegenheit gehabt, zurückzugehen und dafür zu sorgen, dass Harry Jumperz nicht wieder aus dem Schrank herauskam. Und ein Motiv hatten sie auch. Madonna! Oder vielleicht steckte ja doch Bruce Markreiter hinter Triebels Ermordung und auch hinter Harrys Tod? Erik würde heute herausfinden, dass er ein falsches Alibi vorgebracht hatte, dann sein Augenmerk auf den Schauspieler legen und von dem Club der Bösen Hühner hoffentlich nie etwas erfahren.

Am besten, sie fuhr ans Meer! Dort würde sie auf Tanja Möcks Anruf warten. Die hatte zurzeit alle Hände voll zu tun und war nicht sicher, ob sie pünktlich in Käptens Kajüte erscheinen konnte, um die Location in Augenschein zu nehmen, die Mamma Carlotta für sie ausgesucht hatte.

»Jetzt habe ich ja Ihre Handynummer«, hatte sie gesagt. »Ich rufe Sie an, sobald ich kann.«

Wieder tastete Mamma Carlotta nach ihrem Handy, während sie am Dorfteich entlangradelte. Mit welchem Ton es wohl einen Anruf melden würde? Sie musste die Ohren spitzen, damit das Klingeln nicht vom Donnern der Brandung übertönt wurde.

Bald war sie an dem Platz angekommen, an dem früher das Kurhaus von Wenningstedt gestanden hatte, das jedoch abgerissen und bis jetzt nicht wieder aufgebaut worden war. Erik hatte ihr von dem Streit zwischen der Gemeindevertretung und den Kritikern des Neubaus erzählt, der bisher verhinderte, dass Wenningstedt wieder zu einem Kurhaus kam. Die Gegner wollten nicht, dass das neue Haus der Kurverwaltung in ein Hotel integriert wurde, das zwanzig Millionen Euro verschlingen sollte, und vor allem wollten sie nicht, dass Investoren auf die Insel kamen, die den Syltern Stück für Stück ihre Heimat wegnahmen.

Sie stellte ihr Fahrrad ab und wandte sich dem Meer zu. Der Strand würde erst zu sehen sein, wenn sie an der Kliffkante angekommen war oder auf der hölzernen Treppenanlage, die hier noch größer und höher war als am Strandübergang Seestraße. Rechts lag das Restaurant Meeresblick, vor dem viele Strandkörbe hinter gläsernen Wänden standen, die den Wind von den Gästen fernhielten. Dahinter das Lokal Kliffkieker, das sich an die Kliffkante klammerte, die immer schmaler wurde und dem Restaurant immer weniger Platz ließ.

Auf der gegenüberliegenden Seite hatte sich Gosch breitgemacht. Ein kleines, enges Selbstbedienungsrestaurant, das bei Kälte, Regen und Sturm aus allen Nähten platzte und den Gästeansturm kaum bewältigen konnte. Sobald das Wetter es jedoch zuließ, wurde draußen gegessen, also immer, wenn es nicht regnete und der Sturm nicht so stark war, dass er das Fischfilet vom Teller pustete.

In dicken Mänteln saßen die Gäste an ihren Tischen, auch der Straßenverkauf lief auf Hochtouren. Widerwillig betrachtete Mamma Carlotta die Kunden, die mit einem Brötchen, aus dem der Fischsud tropfte, zur Kliffkante gingen. An diese grässlichen Fischbrötchen würde sie sich niemals gewöhnen!

Sie stellte sich an den langen Stehtisch, den Gosch entlang der Kliffkante aufgebaut hatte, schlug den Kragen ihrer Jacke hoch und genoss den Blick aufs Meer. Längst hatte sie erfahren, dass die Gedanken besser fliegen konnten, wenn dem Blick keine Grenzen gesetzt wurden. Wie sie in Umbrien auf den Berg hinter ihrem Haus stieg, wenn sie ein Problem zu lösen hatte, so waren es auf Sylt das Meer, die Dünen und der Wind, die aus kleinen Gedanken große machten und aus großen Problemen kleine.

Das Meer beruhigte sie mit seinem ewigen Rhythmus und dem immer gleichen Sichüberschlagen und Auslaufen der Wellen, der Wind andererseits gab ihr die Kraft, einen Gedanken zuzulassen und zu verfolgen. Wer von den Bösen Hühnern hatte Harry auf dem Gewissen? In jedem Augenpaar hatte sie Misstrauen gesehen, aber eine der drei war womöglich unehrlich. Nur ... welche?

Erst als sich jemand neben sie stellte, der einen Teller bugsierte, auf dem ein frisch gebratenes Fischfilet in einer fettglänzenden Panade neben einem kalten Kartoffelsalat lag, beschloss sie zu gehen. Sosehr sie die Insel Sylt inzwischen liebte, die friesische Küche war ihr nach wie vor zuwider.

Wenn sie nur an den Grünkohl dachte, der ihr nach dem Biikebrennen angeboten worden war! Zusammen mit fetten Würsten schwamm er in einer undefinierbaren Brühe und verströmte einen Geruch, als habe man ihn so lange auf dem Herd stehen lassen, bis alles Gute, Bekömmliche aus ihm herausgekocht worden war. Sie schüttelte sich heimlich. Grünkohl war beinahe noch grässlicher als diese Fischbrötchen und der Kartoffelsalat.

Vorsichtshalber nahm sie ihr Telefonino aus der Jackentasche und hielt es in der Hand, während sie sich an den Abstieg zum Strand machte. So würde sie mitbekommen, wenn ein Anruf einging, und dann Zeit genug haben, zum Hochkamp zu fahren, um Tanja Möck mit Tove Griess bekannt zu machen.

Sie war gerade auf dem ersten Treppenabsatz angekommen, da sah sie die Frau. Sie drängte sich hinter den Brunnen, der zu dem Strandbistro am Fuß der Treppenanlage gehörte. Dem flüchtigen Beobachter mochte sie weismachen, sie suche Schutz vor dem Wind, um in ihrem Reiseführer blättern zu können, ohne dass die Seiten ständig verschlagen wurden. Aber Mamma Carlotta sah genau, dass sie für das Büchlein in ihrer Hand keinen Blick hatte. Nein, sie starrte einer Person nach, die den letzten Teil der Treppe zum Strand hinabstieg. Und nun machte sie sich an die Verfolgung. Langsam und vorsichtig. Immer auf den nötigen Abstand bedacht! Was hatte sie vor? Wem war Sandra Zielcke auf den Fersen?

Die Staatsanwältin war außer sich. »Kommen Sie bloß nicht auf die Idee, Bruce Markreiter zu verhaften! Dann kann ich die Presse nicht mehr draußen halten!«

»Keine Sorge«, gab Erik zurück. »Für den Mord an Max Triebel hat er ein Alibi. Warum also sollte ich ihn verhaften?«

»Aber der Mord hat was mit Bruce Markreiter zu tun?«

»Sieht so aus! Max Triebel war angeblich einem Skandal auf der Spur, in dem Markreiter die Hauptrolle spielt.«

»Könnte er den Mord in Aufrag gegeben haben? Und den Einbruch in Triebels Apartment auch?«

»Das glaube ich nicht. Die Einbrecher sind sehr dilettantisch vorgegangen.«

»Welche Spuren verfolgen Sie also?«

»Das Mordopfer hat von einer Frau gesprochen, die sich jedes Mal bitter beschwert hat, wenn die Blitz etwas Kritisches über Bruce Markreiter geschrieben hat.«

»Ein übereifriger Fan?«

»Anscheinend schlimmer!«

»Also eine Stalkerin? Himmel, Stalken wird ja ein regelrechter Volkssport!«

Erik zögerte. »Ich weiß nicht, ob man sie so nennen kann. Markreiter selbst spricht jedenfalls nicht von einer konkreten Belästigung. Er sagt zwar, er fühle sich verfolgt und beobachtet, aber …«

»Was wissen Sie von dieser Frau?«, unterbrach Frau Dr. Speck.

Wieder zögerte Erik. »Nur, dass sie Berlinerin ist«, sagte er dann.

Zu seiner Verwunderung gab sich die Staatsanwältin mit dieser Antwort zufrieden. »Ich könnte mich um Bruce Markreiters Biografie kümmern«, schlug sie vor. »Wenn ich die Zeitungsausschnitte der letzten zwei Jahre zusammentrage … vielleicht findet sich da ein Anhaltspunkt für einen Skandal, dem Triebel auf der Spur war.«

Erik konnte nicht glauben, was er da hörte. Die Staatsanwältin bot ihm Hilfe an? Es verschlug ihm die Sprache.

»Ihre Personaldecke ist zu dünn«, fuhr Frau Dr. Speck fort. »Außerdem gibt es im Kommissariat Westerland wohl niemanden, der sich mit Skandalgeschichten von Promis auskennt. Stimmt's – oder habe ich recht?«

Nun scherzte sie sogar! Erik wurde die Staatsanwältin immer unheimlicher. »Das wäre sehr nett«, brachte er mühsam heraus.

»Geht klar!«, kam es dynamisch zurück. »Ich schicke Ihnen alles, was ich über Markreiter finde. Am besten per Kurier, dann kommt es so schnell wie möglich bei Ihnen an.« Ehe Erik sich bedanken konnte, fuhr sie schon fort: »Und der andere Fall? Der Tod des Chefautors? Sehen Sie einen Zusammenhang?«

Erik wusste, dass die Staatsanwältin zackige Antworten auf ihre forschen Fragen verlangte. Dennoch zögerte er auch hier. »Wir müssen noch einige Spuren auswerten«, meinte er diplomatisch. »Die KTU ist noch nicht mit der Arbeit fertig. Die Fingerabdrücke von allen Mitarbeitern der Produktionsfirma sind genommen, aber noch nicht ausgewertet worden. Und natürlich suchen wir mit Hochdruck nach der Mordwaffe und nach Triebels Laptop und Kamera.«

Eigentlich erwartete er nun die Aufforderung, sich gefälligst zu beeilen, aber stattdessen kam es brummig zurück: »Der Chefredakteur der Blitz nervt! Was soll ich dem sagen, wenn er mich das nächste Mal anruft?«

Diesmal zögerte Erik keine Sekunde. »Dass es die Ermittlungen gefährdet, wenn wir jetzt schon die Ergebnisse unserer Arbeit an die Öffentlichkeit tragen.«

Die Stimme der Staatsanwältin lächelte. »Sehr gut, Wolf! Also weiter so!«

Als Sören eintrat, schüttelte Erik noch immer ungläubig den Kopf. »Ist was los, Chef?«, fragte sein Assistent erschrocken.

Erik schüttelte weiter den Kopf, jetzt, um Sören seine Sorge zu nehmen. »Die Staatsanwältin war richtig freundlich«, sagte er, und seine Stimme hörte sich an, als mache ihm dieses Wohlwollen genauso zu schaffen wie das Barsche, Fordernde, ewig Unzufriedene, das er gewöhnt war.

Auch Sören war verblüfft. »Freundlich? Die Staatsanwältin?«

»Sie hat uns sogar Hilfe angeboten.«

»Vielleicht hat sie einen neuen Lover?«, mutmaßte Sören.

Erik wehrte ab. »Was geht uns das Liebesleben der Staatsanwältin an? Sagen Sie mir lieber, ob Sie die geschiedene Frau von Harry Jumperz erreicht haben.«

Sören setzte sich vor Eriks Schreibtisch und begann mit dem Stuhl zu kippeln, was Erik ihm abzugewöhnen versuchte, seit sie zusammenarbeiteten. Bisher jedoch ohne

Erfolg. »Sie hat mir erzählt, dass Jumperz an starker Klaustrophobie litt. Und dass er außerdem ein schwaches Herz hatte.«

Erik griff nach seiner Pfeife und kaute nervös auf dem Mundstück herum. »Also hat der Täter Harrys Tod billigend in Kauf genommen, wenn er ihn gezwungen hat, stundenlang in diesem Schrank zu sitzen.«

Sören hob die Schultern. »Frau Jumperz ist allerdings fest davon überzeugt, dass niemand davon wusste. Sie sagte, die Klaustrophobie und auch die Herzschwäche seien Harrys bestgehütete Geheimnisse gewesen. Ein Mann wie er gibt keine Schwäche zu. Und Herzprobleme sind in der TV-Branche anscheinend ein Stolperstein auf dem Weg zur großen Karriere. Wer was werden will, muss psychisch und physisch kerngesund sein. Und extrem belastbar!«

Erik sah seinen Assistenten nachdenklich an. »Vielleicht ist es doch gar nicht so schlecht, Beamter zu sein?«

»Frau Jumperz hat behauptet, nicht mal Martin Eidam wüsste von Harrys Klaustrophobie. Und den nannte er immerhin seinen Freund.«

»Trotzdem muss jemand davon gewusst haben«, überlegte Erik. »Und wenn das so ist, dann können wir von einem Mordanschlag reden.« Er legte beide Unterarme auf die Tischplatte, beugte sich Sören entgegen und setzte das verständnisvolle Gesicht des Vorgesetzten auf, der immer ein offenes Ohr für seine Mitarbeiter hat. »Sie wollten mir was sagen! Also raus mit der Sprache, Sören! Worum geht's?«

Sörens Miene veränderte sich schlagartig. Wieder erschien so etwas wie Schuldbewusstsein darin. »Sie wissen, mein Umzug«, begann er. »Der alte Sönksen aus dem Erdgeschoss ist ja ins Altenheim gegangen.«

Erik nickte ungeduldig. Er hörte seit Wochen kaum etwas anderes von Sören. Angefangen von der Entscheidung, die Wohnung zu wechseln und sich eine höhere Miete aufzuhalsen über das Aussuchen von Tapeten und Teppichböden bis zu den Überlegungen, ob der Tiefkühlschrank des alten Sönksen noch hundert Euro wert sei, hatte er jeden Entschluss gemeinsam mit Sören gefasst.

»Die Tochter vom alten Sönksen hat mir die Wohnung schon vor zwei Wochen besenrein übergeben«, fuhr Sören fort.

Erik nickte erneut. Auch das war ihm wohlbekannt.

»Aber zwei Kartons im Keller hat sie vergessen. Ich habe mir den Inhalt angesehen. Bücher, Zeitschriften und so was …«

Vetterich trat ein, ohne anzuklopfen, wie es seine Art war. »Ich habe die Fingerabdrücke untersucht, die ich an dem Kulissenschrank gefunden habe.«

»Und?«, fragte Erik gespannt.

Vetterich schüttelte den Kopf. »Wer den Schlüssel des Schranks gedreht hat, ist nicht derselbe, der über Triebels Balkongitter geklettert ist. Und auch nicht derjenige, der das Schrankfach in Markreiters Zirkuswagen geöffnet hat, in dem die Pistole lag.«

Erik sank enttäuscht zurück. »Vielleicht decken sich die Spuren in Triebels Apartment mit dem Fingerabdruck eines Mitarbeiters von Eidam-TV?«

»Darum kümmere ich mich als Nächstes«, sagte Vetterich und verließ den Raum so grußlos, wie er ihn betreten hatte.

»Wenn nicht«, ergänzte Sören, »müssen wir davon ausgehen, dass Triebels Mörder nichts mit ›Liebe, Leid und Leidenschaft‹ zu tun hat.«

Erik nickte. »Die Spuren am Kulissenschrank werden uns nicht weiterbringen. Jeder, der für Eidam-TV arbeitet, kann den Schrank berührt haben.«

»Fingerspuren taugen ohnehin nur als Indiz, nicht als Beweis.«

Sie versanken in kurzes Brüten, dann erinnerte Erik seinen Assistenten an das Gespräch, das Vetterich unterbrochen hatte. »Was haben Sie in den Kartons von dem alten Sönksen gefunden?«

Wieder ging in Sörens Gesicht die Veränderung vor, die Erik sich nicht erklären konnte. Von der Idee, sein Assistent könnte ihm einen schweren dienstlichen Fehler beichten wollen, rückte er nun ab. Sören sah nicht so aus, als schämte er sich für das, was er selbst getan hatte, sondern für die Verfehlung eines anderen.

»Nun sagen Sie schon«, drängte Erik. »Was haben Sie gefunden?«

»Pornozeitschriften«, antwortete Sören leise. »Schon ältere, fünf bis sechs Jahre alt. Stellen Sie sich das vor! Sönksen ist über achtzig!«

Erik sah Sören ungläubig an. Dass dieser junge Mann, der zu der Generation gehörte, die sich besonders im Bereich der Sexualität um keine Konventionen mehr scherte, darüber empörte, dass ein alter Mann Pornozeitschriften gelesen hatte, amüsierte ihn. »Was ist daran so schlimm? Wenn's ihm geholfen hat, besser mit dem Alter und dem Alleinsein fertigzuwerden ...«

»Darum geht's nicht«, gab Sören zurück. »Ist mir doch egal, ob der alte Sönksen ...« Den Rest des Satzes schluckte er herunter, und Erik war ihm dankbar dafür.

»Was ist es dann, was Sie so aufbringt?«

Wortlos erhob sich Sören, ging in sein Zimmer und stand schon wenige Augenblicke später wieder vor Eriks Schreibtisch. Obwohl er die Zeitschrift zusammengerollt hatte und mit beiden Händen bedeckte, konnte Erik erkennen, dass es sich um ein Pornoblatt der übelsten Sorte handelte. Mit einer heftigen Bewegung legte Sören es seinem Chef hin.

»Schlagen Sie mal die Seite dreißig auf!«

Erik begann zu blättern und gab sich redlich Mühe,

nur nach den Seitenzahlen zu schauen und den Bildern, die sich ihm boten, keinen einzigen Blick zu schenken. Auf Seite dreißig machten junge Prostituierte Werbung für ihre Dienste. Alle stellten sich in mehr oder weniger aufreizenden Posen dar, und fast allen war auf die Brust oder den Unterkörper die Telefonnummer gedruckt, die der geneigte Leser anrufen konnte, wenn er sich mal so richtig verwöhnen lassen wollte. Auch die Stadt, in der die jeweilige Dame ihre Freier empfing, war vermerkt, um es den Interessenten leichter zu machen.

Sören tippte auf eine junge Frau oben links auf der Seite. »Kennen Sie die?«

Erik wollte gerade den Kopf schütteln, da fiel ihm auf, was diese junge Frau von den anderen unterschied. Hübsch waren sie allesamt, gut gebaut und großzügig in der Präsentation ihres Körpers sowieso. Aber eins unterschied die junge Frau oben links von allen anderen: Sie hatte einen Leberfleck auf der Oberlippe, der sie außergewöhnlich machte.

»Wie Cindy Crawford in jungen Jahren«, sagte Erik, kurz bevor er begriff, wen er dort sah.

Als Sören antwortete: »Cindy Crawford hat aber mit Sicherheit nie als Prostituierte gearbeitet«, wusste er, wen er vor sich hatte. Alina Olsted, die Lehrerin seiner Kinder.

Mittlerweile hatte Sandra Zielcke sich ihre große Sonnenbrille auf die Nase geschoben und die Kapuze ihrer weiten grauen Jacke über den Kopf gezogen. Zwar beobachtete Mamma Carlotta, wie zwei Frauen sich anstießen, auf Sandra Zielcke zeigten und sich wohl fragten, ob sie eine Darstellerin der bekannten Fernsehserie vor sich hatten, die gerade auf Sylt gedreht wurde, die meisten aber gingen an ihr vorbei, ohne sie zu beachten. Sie blieb unbehelligt, während sie Alina Olsted mit einem Abstand folgte, der so groß war, dass die junge Lehrerin nicht auf sie aufmerksam wurde.

Sie trug eine leichte Aktentasche bei sich, schien direkt aus der Schule zu kommen und sich am Strand vom Unterricht, von lärmenden Schülern, von der anstrengenden Arbeit in der Klasse erholen zu wollen.

Auch Sandra Zielcke war nicht mit leeren Händen am Strand erschienen. Sie hatte eine Kamera um den Hals hängen und einen Rucksack bei sich, den sie über die rechte Schulter gehängt hatte. Jetzt blieb sie auf dem letzten Treppenabsatz stehen, während Alina Olsted sich auf den Weg zur Wasserkante machte.

Sandra ließ sie nicht aus den Augen, während sie ihren Rucksack öffnete und ein Laptop herausnahm. Sie warf sich den Rucksack wieder über die Schulter, klemmte das Laptop unter den rechten Arm und folgte nun Alina Olsted mit einem Abstand, den sie sorgfältig einhielt. Immer wenn Alina stehen blieb, um den Blick über den Strand schweifen zu lassen, unterbrach auch Sandra ihre Wanderung und tat so, als wollte sie ebenfalls die gute Luft, den Wind und die Aussicht genießen.

Mamma Carlotta folgte den beiden. Was hatte Sandra Zielcke vor? Dass sie etwas plante, stand außer Frage. Aber was? Woher kannte sie die Lehrerin? Und was hatte sie mit ihr vor?

Mittlerweile war Alina Olsted an der Wasserkante angekommen. Sie schlug den Kragen ihres Trenchcoats hoch und zog den Kopf zwischen die Schultern, als fröre sie.

Mamma Carlotta blieb in der Nähe eines unbesetzten Strandkorbs stehen. Weiter wagte sie sich nicht vor, damit Sandra Zielcke sie nicht bemerkte. Notfalls konnte sie sich in den Strandkorb zurückziehen, wenn die Gefahr bestand, dass Sandra auf sie aufmerksam wurde. Das war ein unbestreitbarer Vorteil. Allerdings musste sie sich damit begnügen, die beiden aus der Ferne zu beobachten. Um von ihrem Gespräch etwas mitzubekommen, hätte sie so dicht herangehen müssen, dass sie niemals unbemerkt geblieben wäre.

Sie zog sich so weit hinter den Strandkorb zurück wie möglich, während Sandra Zielcke den Vorstoß wagte, für den sie anscheinend die richtige Gelegenheit abgewartet hatte.

Alina Olsted sah aufs Meer hinaus, als sie von hinten angesprochen wurde. Sie drehte sich um und lächelte Sandra liebenswürdig an. Dann nickte sie, setzte ihre Aktentasche ab und ließ sich die Kamera aushändigen. Sandra stellte sich in Positur, und Alina schoss mehrere Fotos.

Mamma Carlotta sah ungläubig zu. Das alles wegen ein paar Fotos an der Wasserkante? Nein, da stimmte etwas nicht! Diese Aufnahmen hätte Sandra von jedem machen lassen können! Warum ausgerechnet von Alina Olsted? Warum war es ihr so wichtig, mit ihr in Kontakt zu treten? Das musste doch einen Grund haben!

Alina gab Sandra die Kamera zurück, ein zweistimmiges Lachen flog zu Mamma Carlotta. Gerade bückte Sandra sich, um Alinas Aktentasche aufzuheben und ihr zu reichen, als ihr das Laptop unter dem Arm wegrutschte und vor Alinas Füße fiel, direkt neben die Aktentasche.

Mamma Carlotta beobachtete, wie Alina das Laptop aufhob und mit freundlicher Miene zurückgab. An Sandras Gesicht war abzulesen, dass sie sich entschuldigte und einen Scherz über ihre Ungeschicklichkeit machte. Dann fielen anscheinend ein paar Abschiedsworte, und Alina wandte sich ab und spazierte an der Wasserkante entlang gen Süden.

Sandra Zielcke blieb stehen und blickte ihr nach. Dann beschäftigte sie sich eine Weile mit der Kamera, betrachtete anscheinend die Fotos, die Alina Olsted gemacht hatte, drückte mehrere Tasten, verstaute dann Kamera und Laptop im Rucksack und kehrte zur Treppe zurück. Mamma Carlotta verbarg sich hinter dem Strandkorb und blickte ihr lange nach, ehe sie ihr folgte. Oben an der Kliffkante steckte Sandra ihr Handy ein, mit dem sie augenscheinlich telefoniert hatte. Dann bummelte sie zur Ecke der Dünenstraße und blieb dort wartend stehen. Kurz darauf kam ein Taxi vorgefahren. Sandra zog ihre Jacke aus, legte sie sich über den Arm, stieg ein und fuhr Richtung Westerland davon.

Kopfschüttelnd sah Mamma Carlotta dem Wagen nach. Aber sie kam nicht dazu, sich viele Gedanken um Sandras merkwürdiges Verhalten zu machen, denn auf einmal erklang in ihrer Jackentasche die Marseillaise. Tanja Möck rief an und teilte ihr mit, dass sie nun Zeit habe, die Kaschemme zu besuchen, die für die Dreharbeiten gebucht werden sollte. »In der nächsten Stunde werde ich hier nicht gebraucht!«

Erik sah Kommissar Vetterich enttäuscht an. »Und Sie haben wirklich niemanden vergessen?«

Der Leiter der KTU schüttelte den Kopf. »Ich bin nach der Personalliste vorgegangen. Und Tanja Möck hat dafür gesorgt, dass jeder Mitarbeiter von Eidam-TV zu mir gekommen ist. Die Komparsen habe ich allerdings außen vor gelassen. Von den Sylter Schülern kommt ja wohl keiner in Betracht.«

Erik lachte. »Dann müssten Sie auch von meiner Schwiegermutter Fingerabdrücke nehmen.«

Vetterich lachte nicht mit, Humor war nicht seine Sache. »Soll ich …?«

»Bloß nicht!«, fiel Erik ihm ins Wort. »Meine Schwiegermutter würde daraus eine Geschichte machen, die ich mir in zehn Jahren noch anhören muss!« Er wurde wieder ernst. »Es hat also jemand das Schrankfach in Markreiters Wagen geöffnet«, sagte er nachdenklich, »der nicht zu Eidam-TV gehört.«

»Und wer in Triebels Apartment eingestiegen ist«, ergänzte Sören, »um sein Laptop und die Kamera zu klauen, hat auch nichts mit Eidam-TV zu tun.«

Erik griff erneut nach seiner kalten Pfeife und begann auf dem Stiel herumzukauen. »Wenn wir bloß die Tatwaffe hätten!«

»Oder das Laptop und die Kamera!«, meinte Sören und begann wieder mit seinem Stuhl zu kippeln.

Beide sahen vor sich hin, als wären sie tief in Gedanken versunken, aber als ihre Blicke sich trafen, wussten sie, dass sie beide nicht über die Mordfälle, sondern über Alina Olsted nachdachten.

»Was soll ich tun?«, fragte Erik. »Zur Schulleitung gehen?«

Aber Sören lehnte ab. »Sie hat sich ein bürgerliches Leben aufgebaut. Wollen Sie ihr das kaputt machen?«

»Hat sie das wirklich?«, zweifelte Erik.

»Alles spricht dafür. Sie ist sogar eine gute Lehrerin. Carolin ist begeistert von ihrem Unterricht. Sie sollte nichts davon erfahren.«

Erik nickte. »Ja, für eine Jugendsünde ein ganzes Leben lang büßen ...« Er unterbrach sich, dachte nach und schüttelte den Kopf. »Sie ist gar nicht der Typ für so was. Sie ist ... eine kluge, ruhige Person. Sie kleidet sich geschmackvoll, schminkt sich kaum, wirkt durch und durch seriös.«

»Vielleicht haben viele dieser Nutten zwei Seiten?«, vermutete Sören. »Eine, mit der sie Kohle machen, und eine andere, mit der sie ein normales Leben führen.«

Plötzlich stellte er alle vier Stuhlbeine auf die Erde und sah zur Uhr. »Wir sollten dafür sorgen, dass wir nicht zu spät zum Mittagessen kommen. Oder ist Ihre Schwiegermutter jetzt so emanzipiert, dass sie mittags nicht mehr kocht?«

Erik zog ein zweifelndes Gesicht. »Die Zutaten für die Spaghetti alla carbonara liegen noch im Kühlschrank. Die Zabaione müsste auch noch da sein, wenn Felix sie nicht aufgegessen hat, und die Tomatensuppe braucht nur aufgewärmt zu werden.« Er lachte. »Das muss auch eine moderne und emanzipierte italienische Großmutter hinkriegen.« Er stand auf. »Kommen Sie, Sören! Aber wir müssen mit Fingerspitzengefühl vorgehen. Mit einer emanzipierten Schwiegermutter im Haus und einer Tochter, die als Schauspielerin Karriere machen will, haben wir es nicht leicht. An jeder Ecke steht ein Fettnäpfchen.«

»Hoffentlich ist Carolin wenigstens nicht mehr beleidigt«, seufzte Sören.

In diesem Augenblick betrat Rudi Engdahl den Raum. »Sandra Zielcke möchte Sie sprechen!«

Sören war schneller als sein Chef. Ihm schien plötzlich aufzugehen, wofür er am Vortag keinen Blick gehabt hatte: Sandra Zielcke war eine sehr attraktive junge Dame. Dass sie viel getan hatte, um aus ihrer natürlichen Schönheit etwas Kunstvolles, sogar Künstliches zu machen, fiel anscheinend nur Erik auf. Und ihm hatten Frauen noch nie gefallen, die erst zufrieden waren, wenn sie mit Make-up das Letzte aus sich herausgeholt hatten. Sören jedoch war von Sandras Erscheinung derart geblendet, dass er nur daran dachte, ihr die Jacke abzunehmen, einen halbwegs bequemen Stuhl anzubieten, das Fenster zu öffnen, weil ihm plötzlich die abgestandene Luft peinlich war, und sie zu fragen, ob ihr Kaffee, Tee oder Mineralwasser lieber sei, statt sich zu erkundigen, was sie hergeführt hatte.

Sie lehnte jedes der Angebote ab und schien mit Eriks Frage ganz zufrieden zu sein: »Was führt Sie zu uns? Ist Ihnen etwas eingefallen, was uns bei unseren Ermittlungen helfen könnte?«

Sandra Zielcke zuckte die Achseln. »Ich habe was gefunden. Eigentlich wollte ich es ins Fundbüro bringen, aber dann ...«

»Was haben Sie gefunden?«, unterbrach Erik sie.

Sandra Zielcke öffnete ihren Rucksack und holte ein Laptop und eine Kamera heraus. »Das hat in den Dünen gelegen«, erklärte sie.

Erik fuhr in die Höhe. »In der Nähe der Luftmessstation?«, fragte er und achtete nicht auf Sörens erstaunten Blick. »Oberhalb des Strandes?«

Sandra Zielcke schüttelte erstaunt den Kopf. »Nein, in der Nähe von List! Und da Max Triebel in List ermordet wurde, habe ich gedacht, ich bringe die Sachen besser nicht ins Fundbüro, sondern zu Ihnen.«

Ungläubig starrte Erik auf Laptop und Kamera. Beides hatte Sandra auf seinen Schreibtisch gelegt und sah ihn nun erwartungsvoll an. »Habe ich das richtig gemacht?«, fragte sie wie ein kleines Mädchen.

Die Enttäuschung stand Erik anscheinend ins Gesicht geschrieben. Sandra Zielcke sah ihn so schuldbewusst an, als täte es ihr leid, ihm keine Freude gemacht zu haben.

Erik riss sich zusammen. »Ja, Sie haben alles richtig gemacht«, antwortete er und versuchte, seine Stimme überzeugend klingen zu lassen.

Ob es ihm gelungen war, wusste er nicht. Die Idee, dass Bruce Markreiter sich in den Dünen mit Triebels Laptop und seiner Kamera beschäftigt hatte, war wie ein Blitz durch seinen Kopf gefahren und hatte ein wahres Feuerwerk an Gedanken und Erkenntnissen entzündet. Aber nun war in Sekundenschnelle alles wieder verraucht. Wenn Sandra Zielcke ihren Fund in der Nähe von List gemacht hatte, konnte Markreiter weder das Laptop noch die Kamera in Händen gehabt haben. Nein, er hatte in den Dünen wohl doch nur allein sein wollen.

Sören übernahm es, Sandra überschwänglich für ihre

Umsicht zu loben und ihr wortreich zu danken. »Gut möglich, dass beides Max Triebel gehörte.«

»Davon gehe ich aus«, sagte Erik, der seinen Frust schnell überwunden hatte. Das wäre ja auch zu schön gewesen, Bruce Markreiter so leicht einen Mord nachzuweisen. Und außerdem ... wie konnte er vergessen, dass der Star ein Alibi hatte? Und wo blieb überhaupt der Zusammenhang zwischen dem Mord an Max Triebel und dem Tod des Chefautors?

Er ging zum Schrank und holte Latexhandschuhe heraus. »Vetterich muss beides auf Spuren untersuchen«, sagte er zu Sören. »Sobald wir wissen, ob das wirklich Triebels Eigentum ist.«

Ausführlich ließ er sich von Sandra erklären, wo sie Laptop und Kamera gefunden hatte, ihre Auskünfte blieben jedoch vage. Es hätte am frühen Morgen eine Szene gedreht werden sollen, die am Vortag nicht in den Kasten gekommen war. Dann aber hatte der Regisseur es sich anders überlegt, und Sandra Zielcke war unverhofft zu einem drehfreien Vormittag gekommen.

Sie hatte sofort gewusst, was sie damit anfangen wollte. »Im Produktionsbüro steht ein Fahrrad für den Fall, dass mal jemand eine Besorgung zu machen hat. Das geht mit dem Fahrrad oft schneller als mit dem Auto.«

»Wann sind Sie losgefahren?«, fragte Erik.

»Gegen halb neun«, gab sie nach kurzem Überlegen zurück. »Ich fahre gern mit dem Fahrrad über die Insel. Dabei habe ich die ehemalige Trasse der Inselbahn genommen und bin nach List gefahren. Eine herrliche Strecke.« Sie lächelte verlegen, als sie bekannte, dass sie sich entschlossen hatte, sich in den Dünen auszuruhen und zu sonnen. »Ich weiß natürlich, dass das Betreten der Dünen eigentlich verboten ist. Aber ich dachte ...«

Erik unterbrach ihre Ausflüchte mit einer energischen Handbewegung. Was immer sie sich gedacht hatte, er wollte es nicht hören. Es gab keine guten Gründe, in die Dünen zu steigen. Wenn er sich auf ihre Erklärungen einließ, dann würde er ihr das Gleiche sagen wie Bruce Markreiter. »Laptop und Kamera lagen also mitten in den Dünen?«

Sandra nickte. Den genauen Fundort konnte sie jedoch nicht beschreiben. »Das war hinter dem Abzweig zum Ellenbogen.« Sie überlegte angestrengt. »Danach habe ich irgendwo mein Fahrrad abgestellt, um mich für eine Weile in die Dünen zu legen.« Nein, Schuhspuren seien ihr nicht aufgefallen. »Die verwehen ja sehr schnell.« Und die Polizei an den Ort zu führen, wo sie Laptop und Kamera gefunden hatte, das traute sie sich nicht zu. »Die Dünen sehen doch überall gleich aus.«

Erik nickte resigniert. »Sie haben Ihre Fingerabdrücke bereits abgegeben?«, erkundigte er sich vorsichtshalber. Und als Sandra nickte, setzte er hinzu: »Dann können wir Ihre Abdrücke auf dem Laptop und der Kamera abstrahieren und sehen, welche übrig bleiben. Ob überhaupt welche übrig bleiben …«

Sandra Zielcke merkte, dass Erik ihren Besuch beenden wollte. Er zog den linken Latexhandschuh über, spielte mit dem anderen herum, als überlegte er, ob er Sandra Zielcke seine Rechte reichen müsse. Es war nicht zu übersehen, dass er Laptop und Kamera unbedingt einer Untersuchung unterziehen wollte. Sie erhob sich, strich mit beiden Händen ihre Haare zurück und führte sie im Nacken zusammen, als wollte sie sie dort zusammenbinden. Anschließend fielen sie ihr glatt über den Rücken, ohne dass auch nur ein einziges Haar aus der Reihe tanzte.

Sie verzichtete darauf, Erik die Hand zu reichen, der daraufhin auch seinen rechten Handschuh überzog. »Ich geh dann mal wieder …«

Erik bedankte sich, Sören vervielfachte seinen Dank

mit unzähligen schönen Worten und führte Sandra Zielcke galant zur Tür. Er hatte gerade die Hand auf die Klinke gelegt, da drehte sie sich noch einmal um. »Ach, beinahe hätte ich's vergessen …«

Erik, der gerade das Laptop aufklappen wollte, blickte auf. »Was Wichtiges?«

»Vielleicht …« Sandra zögerte, dann sprach sie entschlossen weiter: »Ich habe was Merkwürdiges beobachtet. Heute Morgen. Auf dem Weg vom Hotel zum Inselzirkus.«

Erik runzelte die Stirn, als sie nicht weitersprach. »Was war das?«

Sandra machte wieder einen Schritt auf seinen Schreibtisch zu. »Eine Frau, die hinter Bruce herschlich. Sie ist mir zufällig aufgefallen. Und als ich merkte, dass sie von Bruce nicht gesehen werden wollte, habe ich sie beobachtet.«

Erik spürte, dass seine Hände zu vibrieren begannen. Er zerrte die Handschuhe wieder herunter. »Was genau haben Sie gesehen?«

»Sie bespitzelt Bruce. Sie gehört anscheinend zu diesen Stalkerinnen, die ihre Opfer nicht ansprechen und nie direkt mit ihnen in Kontakt treten. Sie sind ihr Schatten.«

»Sie kennen sich aus«, sagte Sören und sah Sandra Zielcke voller Bewunderung an.

Die zuckte mit den Schultern. »In unserer Branche ist Stalken ein heißes Thema. Es gibt kaum einen Star, der noch nicht gestalkt worden ist. Ich hatte mal einen Kollegen am Theater, der wurde von einer Frau verfolgt, die sich ähnlich verhielt. Er sah sie nie, aber er wusste immer, dass sie da war. Als sie verhaftet wurde, hat sie gesagt, sie habe ihn vor der bösen Welt beschützen müssen. Die böse Welt war in diesem Fall eine Ehefrau, die ihn angeblich nicht verdient hatte.«

»Was ist mit der Ehefrau passiert?«, fragte Erik unheilvoll.

»Sie fiel einem Verkehrsunfall zum Opfer. Dass die Stalkerin dahintersteckte, ließ sich zwar nicht beweisen, aber vieles sprach dafür. Und der Intendant ist mit anonymen Briefen bedroht worden. Der wollte nämlich den Vertrag des Schauspielers nicht verlängern.«

Sören schien endlich vergessen zu haben, dass Sandra Zielcke eine attraktive Frau war. Sein Gesicht war nicht mehr voller Bewunderung, sondern sehr nachdenklich geworden. »Was ist mit Bruce Markreiter und Harry Jumperz?«, frage er. »Gab's Probleme zwischen den beiden?«

»Jede Menge«, kam es wie aus der Pistole geschossen zurück. »Bruce konnte Harry nicht ausstehen. Er ließ ihm keine Freiheiten in der Gestaltung seiner Rolle. Ich habe vor ein paar Tagen aufgeschnappt, dass Bruce vorzeitig aus seinem Vertrag rauswollte. Aber Harry wollte ihn nicht gehen lassen.« Sandra Zielcke wandte sich wieder zur Tür und griff nach der Klinke. »Mir ist auch zu Ohren gekommen, dass Bruce ein interessantes Filmangebot bekommen hat. Das kann er nicht annehmen, wenn er weiter für ›Liebe, Leid und Leidenschaft‹ arbeitet. Aber Harry soll gnadenlos gewesen sein. Er hat auf Vertragserfüllung bestanden.«

Erik erhob sich und machte zwei Schritte auf Sandra zu. »Wie sah die Frau aus? Können Sie sie beschreiben?«

Sandra nickte. »Mitte bis Ende zwanzig, groß und schlank, mit dunklen Haaren. Sie hat einen Leberfleck auf der Oberlippe, der ist mir gleich aufgefallen.« Wieder setzte sie das schuldbewusste Lächeln auf, als täte es ihr leid, dass sie nicht mit dem Namen der Stalkerin aufwarten konnte und auch nicht auf die Idee gekommen war, sie festzuhalten und nach der Polizei zu rufen. »Dass sie Berlinerin ist, wissen Sie ja schon. Das hatte Max Triebel mir verraten. Mehr kann ich leider nicht sagen.«

Erik machte eine versöhnliche Geste, wollte Sandra Zielcke erklären, dass sie ihnen sehr geholfen hatte … aber das erledigte Sören bereits mit allergrößter Freundlichkeit und ausführlicher, als Erik es angemessen fand.

Ein Leberfleck auf der Oberlippe! Plötzlich sprang Erik auf und lief zur Tür. Sandra Zielcke hatte das Revierzimmer noch nicht durchquert. »Wann war das?«, rief er ihr nach. »Um wie viel Uhr ist Ihnen die Stalkerin aufgefallen?«

Sandra zögerte. »Zwischen halb neun und neun«, meinte sie dann.

Erik nickte, vergaß, sich zu bedanken, und kehrte zu seinem Schreibtisch zurück. Ausgiebig strich er sich seinen Schnauzer glatt, dann griff er zum Telefon und wählte.

Er hatte damit gerechnet, die Stimme seiner Schwiegermutter zu hören, aber es war Felix, der sich meldete. »Ich habe zwei Freistunden. Die Nonna ist unterwegs.«

»Geh bitte mit dem Telefon in die Küche«, trug Erik ihm auf, »und schau auf Carolins Stundenplan. Er hängt an der Pinnwand direkt neben deinem.« Erik hörte Felix die Treppe hinunterlaufen und die Küchentür öffnen. »Wann hat Caro heute Morgen Deutsch?«

»Erste und zweite Stunde«, gab Felix zurück.

»Also von acht bis halb zehn?«

»Exakt!«

Währenddessen war Sören zurückgekommen. Sobald Erik aufgelegt hatte, meinte Sören: »Sie haben wirklich gedacht, Alina Olsted …?«

Erik antwortete nicht, sondern rief die Schule an. Als er erfuhr, dass Frau Olsted nicht krank war, sondern ihren Unterricht nach Plan absolviert hatte, meinte er: »Jetzt wissen wir es wenigstens genau. Sie kann nicht die Stalkerin sein.«

Sören war noch nicht überzeugt. »Es sei denn, sie hat eine Dienstauffassung wie meine frühere Englischlehrerin. Die brachte uns Arbeitszettel mit und machte Besorgungen, während wir die Fragen beantworten mussten. Kurz vor Unterrichtsende kam sie wieder und hat die Zettel eingesammelt.«

Erik war empört. »Das ist ja unglaublich!« Dann jedoch winkte er ab. »Sicherlich hätte Carolin das schon mal erwähnt. Sie ist sehr angetan von Frau Olsteds Unterricht.«

»Waren wir auch«, entgegnete Sören und grinste von einem Ohr zum anderen. »Unser Streber hat die Aufgaben gelöst, wir anderen haben Skat gekloppt und anschließend die Ergebnisse abgeschrieben. Ich habe immer von diesem Englischunterricht geschwärmt.«

Aber Erik wollte davon nichts hören. »Frau Olsted ist nicht die einzige Frau auf der Welt, die einen Leberfleck auf der Oberlippe hat.«

Sören nickte. »Die jüngste Schwester meiner Mutter hat auch einen. Und meine Cousine ebenfalls. Aber die hat ihn sich wegoperieren lassen.«

Erik zog sich die Latexhandschuhe über, klappte das Laptop auf und fuhr es hoch. Dass die Festplatte gelöscht war, hatte er bald festgestellt. Und bei der Kamera sah es nicht anders aus. Der komplette Speicher war leer. Erik hatte nichts anderes erwartet. Dass Laptop und Kamera Max Triebel gehörten, war für ihn nun sicher.

Währenddessen schwärmte Sören von Sandra Zielckes blonden Haaren, ihrer tollen Figur und ihrer Ehrlichkeit. »Sie hätte Laptop und Kamera auch einstecken und mit nach Hause nehmen können. So hätten es die meisten gemacht, die so was finden.«

»Sie hätte auch auf dem Weg bleiben können«, gab Erik zurück. »Dann hätten wir zwar Laptop und Kamera nie gefunden, aber unsere Dünen wären geschont worden. Ich kann Leute, die so mit unserer Insel umgehen, nicht ausstehen.«

Sören sah aus, als hätte er für eine Frau wie Sandra Zielcke viele Entschuldigungen parat, aber Erik schnitt ihm das Wort ab, bevor er sich anhören musste, dass eine Frau, die auf dem besten Wege zum Fernsehstar war, mit anderen Maßstäben gemessen werden musste.

Der Weg zum Hochkamp hatte nicht ausgereicht, um Mamma Carlottas Frage zu beantworten: Warum nur war Sandra Zielcke der Lehrerin ihrer Enkelkinder gefolgt, um sich dann von ihr fotografieren zu lassen?

Vor lauter Aufregung vergaß sie, das Fahrrad abzuschließen, vergaß, dass sie Stiefeletten mit kleinen, spitzen Absätzen trug, und knickte demzufolge schon auf dem nächsten Kiesel um, der sich ihr in den Weg legte. Sie vergaß, dass sich auf Sylt alle Türen nach außen öffneten, und prallte mit dem Kopf gegen das Türblatt, kaum dass sie die Klinke heruntergedrückt hatte. Sie vergaß sogar die winzige Schwelle, über die sie bisher noch kein einziges Mal gestolpert war. Diesmal aber schoss sie auf die Theke der Imbissstube zu, verzweifelt darum bemüht, nicht bäuchlings davor zu landen. Zum Glück wurde sie von einem Barhocker aufgehalten, ehe ihr Oberkörper den Wettlauf mit den Füßen gewinnen konnte.

Tove Griess, der seinem drei Tage alten Kartoffelsalat Mayonnaise aus einem soeben geöffneten Glas zufügte, damit das Ganze als »frisch angerichtet« ins Angebot kommen konnte, fiel der Holzlöffel zu Boden, Fietje Tiensch klammerte sich erschrocken an sein Jever, als hätte er Angst, von Mamma Carlottas Schwung davongetragen zu werden. Als sie endlich sicher vor der Theke stand, brachte er nur ein kraftloses »Moin« hervor, während der Wirt laut zu schimpfen begann.

»Da schrumpeln einem ja die Bratwürste zusammen, wenn Sie auftauchen, Signora!«

Mamma Carlotta verzichtete auf den Hinweis, dass

seine Bratwürste so schrumpelig waren, weil sie zu lange auf dem Grill gelegen hatten. Sie war noch vollauf damit beschäftigt, dem Schutzpatron San Donato di Arezzo zu danken, dass er sie vor einem Genickbruch an der Theke von Käptens Kajüte bewahrt und außerdem dafür gesorgt hatte, dass ihre nagelneuen Stiefeletten keinen Schaden davongetragen hatten.

Dann merkte sie, dass die Augen des Wirtes mit einem Ausdruck auf ihrem Gesicht ruhten, den sie noch nie gesehen hatte: tadelnd, argwöhnisch, missbilligend. Sie brauchte auf den Vorwurf, der in seinen Augen stand, nicht lange zu warten. »Was ist letzte Nacht passiert, Signora? Sind Sie hier, damit Fietje und ich Ihnen ein Alibi geben?«

Mamma Carlotta starrte ihn ungläubig an. Doch sogar Fietjes Augen waren voller Argwohn. »Was haben Sie mit dem Kerl gemacht, Signora?«, fragte er.

Und Tove Griess ergänzte: »Der heute Nacht im Inselzirkus abgemurkst wurde. Wenn mich nicht alles täuscht, war das der Chefautor, dem der Club der Bösen Hühner so einiges heimzuzahlen hatte.«

»Aber dass Sie ihn gleich umbringen ...« Fietje betrachtete sie kopfschüttelnd und schien sich zu überlegen, ob sich durch diese Erkenntnis etwas an seiner Sympathie für Mamma Carlotta änderte. Die einzige Person auf Sylt, die seine Sympathie erwiderte!

Zum Glück waren der Wirt und der Strandwärter weit davon entfernt, nach der Polizei zu rufen, damit der Totschlag, von dem der Bäcker bei der Brötchenlieferung berichtet hatte, gesühnt wurde. Herr Arfsten hatte direkt davor belegte Brötchen in der Kantine von Eidam-TV abgeliefert und war deshalb bestens informiert gewesen. Wenn Mamma Carlotta den beiden eine halbwegs plausible Begründung auftischte, würden sie darauf verzichten, der Gerechtigkeit zum Sieg zu verhelfen, so viel stand fest. Tove verabscheute die Obrigkeit ebenso wie Fietje, und wenn sogar die Schwiegermutter von Kriminalhauptkommissar Wolf an der Geschichte beteiligt gewesen war, musste der Chefautor von »Liebe, Leid und Leidenschaft« ein solches Ekelpaket gewesen sein, dass er nichts Besseres verdient hatte, als in einem verriegelten Schrank ein unwürdiges Ende zu finden. Nur dafür, dass ihm vorher die Hose ausgezogen worden war, hatte Tove kein Verständnis.

»Ohne Hose!«, sagte er vorwurfsvoll. »Das hätten Sie nicht tun dürfen, Signora!«

Mamma Carlotta dachte nur kurz daran, Tove und Fietje Vorwürfe zu machen, weil sie das Gespräch der vier Bösen Hühner belauscht hatten. Wichtiger war nun, sie von ihrer Unschuld zu überzeugen. »Sie glauben, ich hätte was mit dem Tod von Harry Jumperz zu tun? Per carità!«

In aller Eile, denn Tanja Möck musste jeden Augenblick eintreffen, schilderte sie, dass es nur um einen Spaß gegangen war, dass der Chefautor einen Denkzettel zwar verdient, aber niemand ihm nach dem Leben getrachtet hatte. »Das müssen Sie mir glauben! Schlimm genug, dass das alles so enden musste.«

Seit Mamma Carlotta Witwe war, hatte sie zwar an Übung verloren, wenn es darum ging, im Kopf eines Mannes berechtigte Vorwürfe in Mitleid zu verwandeln, aber sie stellte zufrieden fest, dass sie es dennoch nicht ganz verlernt hatte. Höchstens zwei Minuten hatte sie sich in Selbstvorwürfen ergangen, da bereuten Tove und Fietje schon, dass sie jemals für möglich gehalten hatten, Mamma Carlotta könnte etwas Unredliches getan haben, und fragten sich, wie sie nur auf diese abwegige Idee hatten kommen können.

Gern hätte sie sich noch ein wenig länger angehört, wie traurig es sei, dass ihr unschuldiger Scherz ein so schreckliches Ende genommen hatte, und dass sie sich auf keinen Fall auch nur den geringsten Vorwurf machen dürfe ... da betrat Tanja Möck die Imbissstube. Sie freute sich, Mamma Carlotta an der Theke anzutreffen, weil sie nun wusste, dass sie in der richtigen Location gelandet war.

Zufrieden sah sie sich um. »Großartig! Diese Kaschemme ist genau richtig«, sagte sie und schien nicht auf die Idee zu kommen, dass Tove diese Worte kränken könnten.

Ihr erster Versuch, einen Barhocker zu erklimmen, misslang, einen zweiten unternahm sie gar nicht erst, sondern ließ sich auf einen Stuhl an einem der Tische plumpsen. Zum Glück merkte sie nicht, dass Tove erschrocken die Luft anhielt und erst wieder ausatmete, als er feststellen durfte, dass sein Mobiliar von besserer Qualität war, als er bislang gedacht hatte.

Da es für das geplante Frühstück nun zu spät war, bestellte Tanja Currywurst mit einer doppelten Portion Pommes frites und dazu viel Mayonnaise. Sie lächelte Mamma Carlotta an. »Sie auch? Geht auf Kosten von Eidam-TV.«

Mamma Carlotta lehnte jedoch ab. Dass sie in spätestens einer Stunde mit ihrer Familie ein Mittagessen einzunehmen hatte, war ein guter Grund, Toves kulinarisches Angebot zurückzuweisen. Sie war nur bereit, sich von Eidam-TV einen Cappuccino spendieren zu lassen.

Während sie ihn trank, wurde Tove zu Tanja an den Tisch gewinkt. »Wir müssen das Geschäftliche besprechen.«

Mamma Carlotta rückte näher an Fietje heran und begann ein Gespräch mit ihm, damit nicht der Verdacht entstand, sie wolle hören, welches finanzielle Angebot Tove gemacht wurde. Niemand sollte sie für indiskret halten.

Fietje sah so aus, als wäre ihm völlig egal, ob man ihn

taktvoll oder neugierig nannte, aber da er etwas auf dem Herzen hatte, verzichtete er darauf, Toves Gespräch mit Tanja Möck zu belauschen. So nah schob er sich an Mamma Carlotta heran, dass sie Gelegenheit hatte, sich über seinen angenehmen Körpergeruch zu wundern. Fietje Tiensch roch wie das Meer, frisch, salzig und ein ganz kleines bisschen nach Fischfang.

»Nehmen Sie sich vor diesem Club in Acht, Signora«, sagte er. »Vor diesem Club mit dem komischen Namen. Wie haben Sie sich noch genannt?«

»Sie meinen den Club der Bösen Hühner?«

Fietje nickte. »Die sind nicht echt. Die anderen drei, meine ich.« Er rückte von Mamma Carlotta ab, als hätte er damit genug verraten.

Aber natürlich ließ sie sich nicht so schnell abfertigen. »Das müssen Sie mir genauer erklären!«

Wieder rückte Fietje näher, nachdem er sich mit einem Blick auf Tanja Möck versichert hatte, dass sie vollauf mit Tove beschäftigt war. »Diese drei haben zwar kräftig auf den Chefautor geschimpft, aber wenn sie mit ihm allein waren, hat jede von ihnen über die beiden anderen gelästert.«

Mamma Carlotta wollte sich erkundigen, woher Fietje das wusste, schluckte die Frage jedoch hinunter. Nein, Fietje sollte ihr nicht gestehen müssen, dass er um die Zirkuswagen geschlichen war und Gespräche belauscht hatte oder sogar in ein Hotelzimmerfenster geblickt und etwas beobachtet hatte, was nicht für seine Augen bestimmt gewesen war.

»Die sind nicht ehrlich«, raunte er Mamma Carlotta ins Ohr. »Sie sind um den Chefautor herumscharwenzelt, wenn sie mit ihm allein waren, und haben ihm Honig um den Bart geschmiert. Auch wenn sie eine Stunde später behauptet haben, sie könnten ihn nicht ausstehen! Aber gebracht hat es keiner von ihnen was. Ich habe gehört, wie der Chefautor am Telefon gesagt hat: Wir müssen das Team erneuern. Heidi, Kristin und Beate müssen weg. Sie ziehen die Quote nach unten. Unsere Zuschauer werden immer jünger, also brauchen wir mehr junge Charaktere.«

Mamma Carlotta starrte Fietje fassungslos an. So viele Sätze auf einmal hatte sie ihn noch nie sprechen hören. Nun griff er zu seinem Jever und beschloss seine Rede mit dem gewohnten »Jawoll!«. Und das bedeutete, dass mehr aus ihm nicht herauszuholen war, dass er die Wahrheit gesprochen hatte und Mamma Carlotta gut daran tat, sich seine Warnungen zu Herzen zu nehmen.

Die Gedanken jagten durch ihren Kopf. Waren Fietjes Beobachtungen wirklich ein Grund, den anderen Bösen Hühnern zu misstrauen? Und was war mit Sandra Zielcke? Ließ ihr merkwürdiges Verhalten nicht ebenfalls den Schluss zu, dass sie etwas auf dem Kerbholz hatte? Und dann war da noch Bruce Markreiter, der ein falsches Alibi angegeben hatte. Wer das tat, hatte etwas zu verbergen! Ob Erik mittlerweile dahintergekommen war? Beim Mittagessen musste sie unbedingt das Gespräch darauf bringen. Dann würde sie erfahren, wie Erik damit umging, dass Bruce Markreiter ihn belogen hatte. Vielleicht saß der Star längst in Untersuchungshaft?

Sie fragte sich gerade, ob es ein Fall von Indiskretion wäre, wenn sie Fietje einen kleinen Einblick in Eriks Arbeit geben und sich seine Meinung zu Markreiters falschem Alibi anhören würde, da wurde die Tür aufgerissen, und Beate, Kristin und Heidi fielen in Käptens Kajüte ein. Dass sie Mamma Carlotta hier antrafen, hielten sie für »Supi!« und »Cool!«. Dass Tanja zugegen war, gefiel ihnen besonders, als sie hörten, dass sie sich für diese Location entschieden und damit ein Problem weniger am Hals hatte. Der Wirt war für sie nur ein notwendiges Übel, und Fietje schenkten sie keinerlei Beachtung.

Tove musste sich notgedrungen von den Geschäftsverhandlungen lösen, die ihm ein Lächeln aufs Gesicht gezaubert hatten, das Mamma Carlotta noch nie an ihm gesehen hatte. Geradezu fröhlich setzte er seine Kaffeemaschine in Gang und produzierte drei Espressi, die bei einem Herzkranken zum sofortigen Ableben geführt hätten.

Tanja folgte Tove hinter die Theke, wo er einen Stempel aufbewahrte. Der sollte neben seiner Unterschrift prangen, mit der er den Vertrag unterzeichnete, den Tanja ihm neben die Spüle legte.

Derweil nahmen die drei Bösen Hühner an dem Tisch Platz, der am weitesten von der Theke entfernt war, und winkten Mamma Carlotta verschwörerisch zu sich.

Sie wechselte mit Fietje einen bedeutungsvollen Blick, dann gesellte sie sich zu den dreien, streng darauf bedacht, die Vertraulichkeiten, die sie am Vortag noch genossen hatte, nicht erneut aufkommen zu lassen.

Beate, Kristin und Heidi merkten nichts davon. Sie steckten die Köpfe zusammen, um sich im Flüsterton verständigen zu können, und Heidi informierte Mamma Carlotta über die neuesten Absprachen. »Könnte ja sein, dass dein Schwiegersohn auf uns aufmerksam wird. Oder auf eine von uns.«

Mamma Carlotta sah sie erschrocken an. »Perché?«

Heidi hob theatralisch die Hände. »Vielleicht, weil uns einer gesehen hat! Ist ja auch egal! Jedenfalls sind wir fein raus, wenn wir uns gegenseitig ein Alibi geben. Dann kann uns keiner was.« Sie bedachte Mamma Carlotta mit einem schlauen Blick. »Du möchtest sicherlich auch nicht, dass dein Schwiegersohn dahinterkommt, was wir letzte Nacht gemacht haben, oder?«

Auf diese Frage wollte Mamma Carlotta lieber nicht antworten. Die Vorstellung, von Erik als Böses Huhn entlarvt zu werden, das geholfen hatte, dem Chefautor die

Hose auszuziehen und ihn in einen Schrank zu sperren, rangierte in ihrer persönlichen Liste der Katastrophen direkt hinter Erdbeben und Feuersbrunst und noch vor einer unehelichen Schwangerschaft ihrer jüngsten Tochter. Trotzdem versuchte sie, mit einem würdevollen Blick zu signalisieren, dass sie notfalls zu ihren Verfehlungen stehen würde. Aber natürlich nur dann, ergänzte sie heimlich für sich, wenn es sich absolut nicht umgehen ließ.

Beate mischte sich ein. »Wir waren zusammen am Strand spazieren. Das sagen wir, wenn uns jemand fragen sollte. Und wenn wir das alle steif und fest behaupten, kann uns niemand das Gegenteil beweisen.«

Kristin, die Mamma Carlottas Zögern spürte, ergänzte: »Wir sind unschuldig an Harrys Tod! Sollen wir für etwas bestraft werden, das wir nicht getan haben?«

Mamma Carlotta nickte langsam und sagte: »Und wenn es eine von euch gewesen ist, hat sie ebenfalls ein Alibi, und nichts kann ihr nachgewiesen werden.«

Sören hatte seinem Chef kurzerhand den Autoschlüssel aus der Hand genommen. »Es ist besser, wenn ich fahre.«

Erik fragte ihn nicht, warum er dieser Ansicht war, er war zufrieden damit, dass er sich auf dem Nachhauseweg nur um die beiden Todesfälle und nicht zusätzlich um lästige Verkehrsvorschriften kümmern musste. »Diese Stalkerin bildet also die einzige Verbindung zwischen dem Mord an Max Triebel und dem Tod des Chefautors«, sagte er, während er ins Auto stieg.

»Immerhin!«, versuchte Sören seinen Chef aufzumuntern, der seit Sandra Zielckes Besuch immer unleidlicher geworden war. Weil sie wie Bruce Markreiter zu denen gehörte, die sich über den Dünenschutz hinwegsetzten? Erik wusste es selbst nicht genau. Vielleicht war es auch nur seine Hilflosigkeit, weil er spürte, dass ihm die Arbeit an den beiden Todesfällen über den Kopf wuchs.

»Wir müssen die Stalkerin nur noch finden!« Sören tat so, als stünde ihnen eine lustige Schnitzeljagd bevor. »Das dürfte nicht allzu schwer sein. Wir setzen jemanden auf Bruce Markreiter an, und schon haben wir sie. Wenn sie ihm heute folgt, wird sie es auch morgen tun.« Er warf seinem Chef einen Blick zu und stellte fest, dass dessen Laune sich trotz dieser Aussicht nicht hob. »Vorher haben wir überhaupt keinen Zusammenhang zwischen den beiden Fällen erkennen können! Jetzt sehen wir einen. Das ist doch schon was!«

Aber Erik schüttelte den Kopf. »Was ist das für ein Zusammenhang? Den einen erledigt sie auf die Schnelle, indem sie ihm eine Pistole an den Kopf setzt. Und dem anderen zieht sie die Hose aus, sperrt ihn in einen Schrank und sorgt dafür, dass er nicht wieder rauskommt! Warum hat sie Harry Jumperz nicht auch mit der Pistole erledigt? Nein, das ist kein Zusammenhang! Es gibt nur ein Motiv, das auf beide Fälle zutrifft, mehr nicht.«

Nun wusste er, woher seine schlechte Laune kam. Sandra Zielckes Aussage hatte ihm für wenige Augenblicke die Illusion vermittelt, ein Stück weitergekommen zu sein. Aber dann war ihm umso deutlicher geworden, dass der eine Fall nicht zum anderen passte. Daraufhin war ihm sogar der entsetzliche Gedanke gekommen, dass er zwei Mörder suchte und in zwei Mordfällen ermittelte, die *nichts* miteinander zu tun hatten. Vermutlich wäre es vernünftig, die Staatsanwältin um die Bildung einer Sonderkommission zu bitten. Aber das Eingeständnis, sich überfordert zu fühlen, mochte er sich noch nicht abringen. Wenn Frau Dr. Speck neuerdings auch sehr freundlich zu ihm war – bei ihr wusste man nie …

Sören war kurzfristig mit der Disziplinierung anderer Verkehrsteilnehmer beschäftigt, die sich seinem Fahrstil nicht anpassen wollten, dann sagte er: »Ich glaube, Sie haben recht. Wie sollte es ihr gelungen sein, Harry Jumperz zu überwältigen? Der lässt sich nicht von einer Frau die Hose ausziehen! Wenn er auch kein athletischer Typ war, das schafft eine Frau niemals.«

»Vielleicht war es anders«, mutmaßte Erik. »Er hat sie selber ausgezogen, weil er mit ihr …« Er unterbrach sich, ärgerte sich darüber, dass es ihm schwerfiel, für Harry Jumperz' Absicht angemessene Worte zu finden, und konnte sich nicht darüber freuen, dass Sören ihn trotzdem verstand.

»Dennoch dürfte es für eine Frau schwierig sein, einen Mann in einen Schrank zu sperren«, sagte Sören. »Es sei denn, es war eine erotische Variante.«

Sein Chef starrte ihn verblüfft an. »Von so einer Variante habe ich noch nie was gehört. Wo, bitte schön, soll da der Lustgewinn sein?«

Sören zuckte mit den Schultern. »Ich kenne mich mit solchen Sachen nicht aus.«

»Also hat die Stalkerin Unterstützung gehabt?«

Sören runzelte die Stirn, als wäre ihm weder die eine noch die andere Variante lieb. »Stalkerin!«, wiederholte er verächtlich. »Ist das überhaupt eine Stalkerin, von der Sandra Zielcke sprach? Bei Prominenten ist dieser Begriff fließend. Wo hört die Verehrung für einen Star auf, und wo beginnt das Stalken?«

»Wie auch immer – sie muss Unterstützung gehabt haben.«

Sören schüttelte den Kopf. »Das ist völlig untypisch.«

Erik nickte. »Stimmt, Stalker agieren immer allein.«

Sören bog in den Süder Wung ein und hielt vor dem Hause Wolf. »Immerhin wissen wir, dass das Laptop und die Kamera wirklich Max Triebel gehörten. Der Chefredakteur der Blitz hat es bestätigt.«

»Bleibt nur zu hoffen«, brummte Erik, während er auf die Haustür zuging, »dass Vetterich Fingerabdrücke darauf findet, die uns weiterbringen. Sonst sehe ich schwarz.«

Er betrat das Haus, stieß die Küchentür auf und begrüßte flüchtig seine Schwiegermutter, die hin und her hastete, während sie den gewürfelten Speck in der Pfanne ausließ, Zwiebeln dazugab, dafür sorgte, dass sie nicht zu braun wurden, und gleichzeitig das Geschirr aus dem Schrank holte.

Zum Ausgleich bemühte sich Sören um besondere Höflichkeit. »Wie das hier duftet, Signora!«, rief er. »Hatten Sie überhaupt Zeit zu kochen?«

»Das Essen war doch gestern schon so gut wie fertig«, meinte Erik und sah Mamma Carlotta herausfordernd an. »Oder hast du etwa meine Hemden gebügelt?« Unter diesen Umständen wäre er bereit gewesen, sich von der Unfähigkeit, seine beiden Fälle zu lösen, ablenken zu lassen.

Aber Mamma Carlotta würdigte diese Ungezogenheit keiner Antwort. »Ich hatte bei ›Liebe, Leid und Leidenschaft‹ zu tun«, gab sie hoheitsvoll zurück. »Du hättest mir übrigens heute Morgen ruhig sagen können, dass der Chefautor tot ist.«

Erik winkte ärgerlich ab. Wie kam er dazu, seine Schwiegermutter über seine Arbeit in Kenntnis zu setzen? »Vielleicht könntest du heute Nachmittag so freundlich sein, meine Hemden zu bügeln?«, fragte er anzüglich.

Mamma Carlotta füllte die Suppe in eine Terrine, ohne darauf zu achten, dass eine gehörige Portion danebenging. »Heute Nachmittag habe ich meinen ersten Einsatz. Es wird ein Stunt gedreht.« Nun blickte sie Erik an, als hoffte sie, dass er mit dem Wort Stunt nichts anfangen könne und sie die Gelegenheit bekomme, diesen Begriff zu erklären. Aber sie hatte vergeblich gehofft. »Die Wetterlage ist genau richtig«, fügte sie enttäuscht an. »Deswegen diese plötzliche Entscheidung. Und anschließend muss ich in Käptens Kajüte gehen und sagen …«

»Ich weiß!«, unterbrach Erik sie. »Du hast es mir tausendmal vorgesprochen.«

Mamma Carlotta warf ihm vor, dass er gewaltig übertreibe, was er sonst gern ihr zur Last legte, wenn ihm ihre Erzählungen zu lange dauerten. »Carolina soll auch dabei sein.«

»Und ihre Hausaufgaben?«

Aber Mamma Carlotta erlaubte sich tatsächlich, die Schultern zu zucken und so zu tun, als gingen sie die schulischen Leistungen ihrer Enkelkinder nichts an. »Ich kann mich nicht um alles kümmern«, sagte sie zu Eriks Empörung.

Nun war die Emanzipation also auch bei den italienischen Großmüttern angekommen! Bisher hatte Mamma Carlotta nichts anderes im Sinn gehabt, als für die Familie da zu sein, und hatte von Gleichberechtigung nichts hören wollen. Und nun? Wieder war ein Paradies von der männlichen Landkarte verschwunden, in dem es so gemütlich gewesen war!

Er griff zum Löffel, legte ihn aber gleich wieder zurück. »Was ist mit den Kindern? Sind die etwa immer noch beleidigt? Wollen sie sich nicht mit ihrem Vater an einen Tisch setzen? Oder wissen die beiden noch nicht, dass der Chefautor tot ist?«

Mamma Carlotta goss Sahne zu den Zwiebel- und Speckwürfeln, ehe sie antwortete: »Hast du vergessen, dass heute Dienstag ist? Felice hat Sport und kommt später nach Hause.«

Erik wischte diesen Einwand verdrießlich zur Seite. Tatsächlich vergaß er das Pensum der Kinder, sobald Mamma Carlotta auf Sylt war, und befasste sich nur mit seiner Arbeit, wie er es damals getan hatte, als Lucia sich noch um die Stundenpläne der Kinder kümmerte.

»Und Caro?«

»Ich habe ihr gesagt, dass der Chefautor tot ist«, antwortete seine Schwiegermutter, und am Ton ihrer Stimme war zu erkennen, dass sie auf eine Rückäußerung Carolins vergeblich gewartet hatte. »Ob sie es zur Kenntnis genommen hat, weiß ich nicht. Geantwortet hat sie mir jedenfalls nicht. Sie hat sogar ihre Tür abgeschlossen. Das hat sie noch nie getan. Wenn ich ihre Stimme nicht gehört hätte, wüsste ich nicht mal, ob sie da ist.«

»Hat sie Selbstgespräche geführt? Oder telefoniert?«, fragte Erik. »Oder lernt sie weiter ›Minna von Barnhelm‹ auswendig?«

Mamma Carlotta sah ihn bekümmert an. »Einen Satz habe ich verstanden und behalten: ›Vielleicht würde mir Ihr Mitleid gewährt haben, was mir Ihre Liebe versagt‹.« Ihr Blick wurde ängstlich. »Wenn sie das zu ihrer Freundin gesagt hat, mache ich mir ernsthaft Sorgen.«

Erik winkte ab. »Das ist eindeutig ›Minna von Barnhelm‹. Anscheinend lernt sie die Rolle immer noch auswendig. Trotzdem möchte ich, dass sie zum Essen kommt.« Erik machte Anstalten, sich zu erheben, um ein Exempel zu statuieren, aber seine Schwiegermutter kam ihm zuvor. Immer wenn er sich einmal zum Durchgreifen entschlossen hatte, unterband sie seine Strenge, weil sie sich selbst für diplomatischer hielt und das Ergebnis seiner Erziehungsarbeit fürchtete, die nicht selten alles noch schlimmer machte, als es vorher gewesen war.

Flink erhob sie sich, und die Frage, die sie auf dem Weg zur Tür stellte, klang derart beiläufig, dass Erik sie automatisch beantwortete, weil er weder Neugier noch außergewöhnliches Interesse dahinter vermutete: »Wie kommst du in den beiden Mordfällen weiter, Enrico? Hat sich Bruce Markreiters Alibi bestätigt?«

»Natürlich!« Sorgfältig rührte Erik die Petersilie unter die Suppe, ehe er den ersten Löffel probierte. Prompt verbrannte er sich die Zunge.

»War ja klar, dass Markreiter kein falsches Alibi angibt«, ergänzte Sören, probierte ebenfalls und verbrannte sich genauso die Zunge wie sein Chef.

Mamma Carlotta lehnte sich ans Treppengeländer und dachte nach. Wie war es möglich, dass Bruce Markreiters Alibi bestätigt worden war? Wenn es stimmte, was Fietje beobachtet hatte, konnte er unmöglich zur Tatzeit in Kampen vor dem Gogärtchen und vor dem Spielkasino von Westerland gesehen worden sein! Oder hatte Fietje sich geirrt? Hatte er mit Busso so viel Köm verkonsumiert, dass er durcheinandergekommen war, als er die Schläge der Turmuhr gezählt hatte?

»Carolina! Vieni a mangiare! Ma subito!«

Wie dumm, dass sie Erik nichts von Fietjes Beobachtungen erzählen konnte. Andererseits … wenn Markreiters Alibi bestätigt worden war, dann konnte es nur so sein, dass Fietje sich geirrt hatte.

»Carolina!«

In der ersten Etage klappte eine Tür, Carolins Füße erschienen auf dem oberen Treppenabsatz.

»Ich habe Neuigkeiten, Carolina! Tanja Möck hat uns zu Filmaufnahmen bestellt. Heute Nachmittag schon!«

Gebannt starrte Mamma Carlotta auf die Schuhe, die sich aufreizend gemächlich die Stufen hinabbewegten. Sie waren schwarz, ihre Kappen mit silbernen Ringen besetzt.

»Am Hochkamp! Vor Käptens Kajüte! Später wird auch drinnen gedreht, aber dann kannst du natürlich nicht dabei sein. In so einer Kaschemme haben Jugendliche nichts verloren.«

An den Beinen trug Carolin eine blickdichte schwarze Strumpfhose, darüber einen ebenso schwarzen Minirock, der auch als breiter Gürtel durchgegangen wäre. Als sie am Fuß der Treppe angekommen war, präsentierte sie ihrer Nonna über dem schwarzen Rolli eine schwarze

Weste, die am Rand mit silbernen Nieten besetzt war. Darüber hatte sie unzählige Ketten geschlungen, an jeder baumelte ein imposanter Anhänger. Zu Mamma Carlottas Freude waren auch zwei oder drei Kreuze dabei. Dafür wollte sie über den Totenkopf hinwegsehen, der an der längsten Kette hing, sodass er auf Carolins Bauchnabel gelandet war.

»Che bello, Carolina! Stammen diese Ketten noch von deiner Kommunion?«

Carolin drückte sich ohne ein Wort an ihr vorbei in die Küche. War sie überhaupt noch bereit, als Komparsin zu arbeiten? Mamma Carlotta war der Meinung, dass sich mit dem Tod des Chefautors alles verändert hatte. Aber glaubte Carolin das auch?

Doch bevor sie eine diesbezügliche Frage stellen konnte, begann das Telefon in der Diele zu klingeln. Kommissar Vetterich war am anderen Ende. Mamma Carlottas ausgiebige Begrüßung und ihre Frage nach der Gesundheit seiner Familie nahm er nicht zur Kenntnis, und dass sie sich an die Mandelentzündung seiner jüngsten Tochter erinnerte, schien ihn mehr zu befremden als zu erfreuen. »Ist Ihr Schwiegersohn zu sprechen?«

»Sì, sì! Naturalmente!«

Mamma Carlotta trug das Telefon in die Küche und drückte es Erik ans Ohr. Dann setzte sie sich und versuchte, ins Gesicht ihrer Enkelin zu sehen, die sich jedoch so tief über ihren Suppenteller beugte, dass nicht zu erkennen war, ob ihr erster Einsatz als Komparsin ihre Zustimmung gefunden hatte. Das lag auch an der Haarsträhne, die so weit über ihre Stirn fiel, dass die Haarspitzen beinahe in die Suppe reichten. Sooft Mamma Carlotta es beklagt hatte, dass Carolin ihre Haare stets mit einem schmucklosen Gummiband im Nacken zusammengefasst hatte, hätte sie ihr jetzt gern ein Gummiband gereicht, um sicherzustellen, dass die Strähne nicht in der

Tomatensuppe landete. Aber da sie eine diplomatische Großmutter war, unterließ sie es. Carolin musste mit Samthandschuhen angefasst werden. Wie alle pubertierenden Jugendlichen, wie alle Künstler und erst recht wie die verhinderten Künstler, die sich um ihre Karriere betrogen sahen. Hoffentlich war es nicht umsonst gewesen, dass sie Tanja Möck angefleht hatte, auch ihre Enkelin zu den Aufnahmen zu bestellen, die am Nachmittag stattfinden sollten. Erst nach vielen Erklärungen und unzähligen Hinweisen auf die seelische Gesundheit einer Heranwachsenden hatte Tanja schließlich nachgegeben. »Meinetwegen! Dann bringen Sie das Mädchen in Gottes Namen mit!«

Carolin sah ihre Großmutter nicht an und würdigte auch ihren Vater keines Blickes, während sie die Tomatensuppe in sich hineinlöffelte, ohne zu erkennen zu geben, ob sie ihr schmeckte. Unter anderen Umständen hätte Mamma Carlotta sich über diese Undankbarkeit beklagt und auf dem Anspruch der Köchin bestanden, mit viel Lob zu weiteren kulinarischen Leistungen angeregt zu werden. Aber diesmal hielt sie sich zurück.

»Es war Frau Möck sehr wichtig«, behauptete sie, »dass du Zeit hast, Carolina. Ich glaube, sie braucht eine junge Frau, die besonders begabt ist.«

»Seit wann muss man begabt sein, um von links nach rechts zu laufen?«, brummte Carolin.

Mamma Carlotta war glücklich, dass sie überhaupt das Wort an sie richtete, und blieb dabei, dass Tanja Möck auf das Erscheinen Carolins besonderen Wert legte, weil sie ihr außergewöhnliches Talent bescheinigte. »Es wird ein Stunt gedreht, das ist sicherlich molto interessante. Bruce Markreiter soll in seiner Rolle über das Dach von Käptens Kajüte klettern. Das ist natürlich für einen großen Schauspieler viel zu gefährlich. Also macht das der Stuntman für ihn.« Ausführlich berichtete sie

Carolin, dass sie Luca Medina, den Stuntman, bereits kennengelernt habe und dass er Italiener sei, was die ganze Angelegenheit besonders angenehm mache.

Währenddessen hatte Erik sein Telefonat beendet. »Vetterich ist fertig mit dem Vergleich der Fingerabdrücke«, sagte er zu Sören und unterbrach sich verblüfft, als in der Diele die Marseillaise ertönte.

»Mein Telefonino!«, rief Mamma Carlotta und war schon aus der Tür, ehe Erik sich darüber wundern konnte, dass sein altes Handy von der Drogerieverkäuferin zu einer Tonkreation angeregt worden war, die er selbst niemals geduldet hätte.

Es dauerte eine geraume Weile, bis Mamma Carlotta das Handy in ihrer Jackentasche und den grünen Knopf zum Annehmen des Gesprächs gefunden hatte. »Pronto?«

»Signora?«, fragte eine unsichere Stimme zurück. »Ich wusste gar nicht, dass Sie Pronto heißen.«

»Mein Name ist Capella. Carlotta Capella!«

»Und warum melden Sie sich dann mit Pronto?«

»Das ist kein Name, das ist italienisch. In Italien meldet sich jeder mit Pronto.«

Erstauntes Schweigen am anderen Ende, aber Mamma Carlotta wusste schon, wem die Stimme gehörte. »Herr Heinemann? Sind Sie das?«

Busso Heinemann war nun wieder eingefallen, warum er ihre Handynummer gewählt hatte. »Sie haben gesagt, ich soll Sie anrufen, wenn was ist.«

Mamma Carlotta zog sich ins Gäste-WC zurück und verriegelte die Tür. Obwohl sie sich damit außer Hörweite der Familie begeben hatte, flüsterte sie: »Ist was mit Sandra Zielcke?«

Busso brummte etwas, was sich wie Zustimmung anhörte. »Ein Kumpel hat mich angerufen. Der hat gestern Morgen gesehen, wie sie Bruce Markreiter hinterhergeschlichen ist. Bis zur Luftmessstation. Da hat der Markreiter sich in die Dünen gesetzt, und sie hat ihn heimlich beobachtet.«

»E poi?«, fragte Mamma Carlotta atemlos. »Was hat sie dann getan?«

»Irgendwann ist sie abgehauen. Mehr hat mein Kumpel nicht gesehen.«

Mamma Carlotta war trotzdem zufrieden. »Es stimmt also, dass sie Bruce Markreiter ausspioniert.«

Dessen war sich auch Busso ganz sicher. »Die führt was im Schilde! Wie die dem Markreiter immer hinterherschleicht ...!«

»War er mit einer Frau in den Dünen? Kann es sein, dass die Zielcke Fotos von den beiden gemacht hat?«

Doch dazu konnte Busso leider nichts sagen. »Ich weiß nur, dass sie ihn verfolgt hat.«

Mamma Carlotta bedankte sich herzlich und versprach, ihm den Rest der Zabaione zu bringen, vorausgesetzt, es würde etwas übrig bleiben. Aber da Felix nicht am Mittagstisch saß, standen die Aussichten für Busso Heinemann nicht schlecht. Dann verabschiedete sie sich mit vielen schönen Worten und blieb noch eine Weile in dem kleinen gefliesten Raum, um nachzudenken. Was hatte Sandra Zielcke vor? Wenn sie eine Zeitschrift mit pikanten Details aus Bruce Markreiters Leben belieferte, warum war noch keine Skandalgeschichte erschienen? Hatte sie vielleicht Angst, dass es ihr genauso ergehen könnte wie Max Triebel? Sammelte sie Material, um es erst dann zu verkaufen, wenn der Mörder des Blitz-Reporters gefasst war und Sandra Zielcke nicht mehr um ihr Leben fürchten musste?

Die Idee, Carolin nach Alina Olsteds Unterrichtsgestaltung zu fragen, schob Erik gleich wieder beiseite. Mit dem Verdacht, dass die verehrte Lehrerin ihre Schüler sich selbst überließ, um eigenen Interessen zu folgen, hätte er sich vermutlich um Carolins letzte Sympathien gebracht. Da würde es auch nichts helfen, wenn er seine Frage nicht an Carolin, sondern später heimlich an ihren Bruder richtete. Seine Tochter würde davon erfahren und ihn einen misstrauischen Spießer nennen, einen kleinkarierten Beamten, der von sich auf andere schloss, oder einen Macho, der einer Frau nicht zutraute, genauso ernsthaft berufstätig zu sein wie ein Mann. Er wusste nicht, was schlimmer war.

Carolin hatte ihre Tomatensuppe aufgegessen und starrte nun in das Textbuch von »Minna von Barnhelm«, das sie aus dem Bund ihres Minirocks zog, wo es erstaunlicherweise Platz gefunden hatte. Eriks Bitte, ein Auge auf die Carbonara-Soße zu haben, würdigte sie keiner Antwort. Nicht mal auf seine Frage, in welchem Sylter Laden ihre ausgefallenen Klamotten zu kaufen gewesen waren, kam eine Erwiderung. Daraufhin schluckte Erik die Bemerkung herunter, dass ihr neues Outfit eine Menge Geld verschlungen haben musste. Aber ehe er seiner Tochter eine Taschengelderhöhung anbot, nur damit sie endlich auf seine Ansprache reagierte, rang er sich nur ein ausdrucksvolles Seufzen ab.

Was hätte Lucia an seiner Stelle getan? Sich lauthals ereifert, Drohungen ausgestoßen und den Himmel gefragt, warum sie mit dieser Tochter gestraft war? Keine dieser Möglichkeiten kam für Erik in Betracht. Deswegen beließ er es dabei, demonstrativ seinen Schnauzer glatt zu streichen, den Pullunder mit einer energischen Bewegung so weit hinabzuziehen wie möglich und den Oberkörper derart gebieterisch aufzurichten, als rüste er sich für ein Referat über Erziehungsfragen. Für Carolin hatte es nie eines heftigeren Temperamentsausbruchs bedurft, um ihr klarzumachen, was von ihr erwartet wurde, während Felix solche Nuancen nicht einmal zur Kenntnis nahm.

Ohne sich zu vergewissern, wie seine Missbilligung auf Carolin gewirkt hatte, wandte Erik sich wieder an Sören. »Vetterich hat die Fingerabdrücke auf Laptop und Kamera untersucht. Er sagt, drei Personen hätten die Geräte in Händen gehabt. Max Triebel selbst natürlich, unsere ehrliche Finderin und eine weitere Person.«

»Eine, die nicht zu Eidam-TV gehört?«, fragte Sören.

Erik nickte. »Dieselbe Person, die auch in Triebels Apartment eingestiegen ist. Und dieselbe Person, die Bruce Markreiters Schrankfach geöffnet hat. Sie muss die Pistole aus Markreiters Zirkuswagen gestohlen und Max Triebel erschossen haben. Danach ist sie in sein Apartment eingedrungen und hat Laptop und Kamera gestohlen.«

»Dann hat sie sich damit in die Dünen vor List gesetzt und die Festplatte und den Kameraspeicher gelöscht.«

»Warum ist sie dafür extra nach List gefahren?«

Sören zuckte die Achseln. »Den Täter zieht es an den Tatort zurück.«

»Und warum hat sie beides in den Dünen liegen lassen?«

»Weil sie dachte, dass jemand, der Laptop und Kamera findet, die Sachen mitnimmt und sich freut, dass er billig an so wertvolle Sachen kommt.«

Erik lehnte sich zurück und schloss kurz die Augen. »Dann merkt sie, dass Bruce Markreiter von dem Chefautor ebenfalls unfreundlich behandelt wird. Also muss sie ihren Schwarm auch von ihm befreien. Sie zieht ihm die Hose aus …« Erik ließ den Satz schweben, verzichtete darauf, ihn zu vollenden und sah Sören fragend an.

Der winkte ab, den Rest wollte er nicht hören. »Okay, meine Theorie ist wackelig.«

»Und die Fingerabdrücke, die Vetterich auf dem Laptop und der Kamera gefunden hat, decken sich nicht mit denen, die am Kulissenschrank gesichert wurden.«

»Das könnte bedeuten, dass die Stalkerin nur Max Triebel auf dem Gewissen hat. Mit Harry Jumperz' Tod hat sie nichts zu tun.«

Erik wurde ärgerlich. »Wir waren so froh, dass wir endlich einen Zusammenhang zwischen den beiden Todesfällen gefunden hatten! Manchmal befürchte ich, Sören, dass diese beiden Fälle wirklich nichts miteinander zu tun haben. Dass sie nur zufällig zur gleichen Zeit auf Sylt geschehen sind und nur zufällig beide zu Eidam-TV geführt haben.«

Mamma Carlotta kehrte in die Küche zurück, ein Lächeln auf den Lippen, womit sie den anderen weismachen wollte, dass sie nichts Unrechtes getan hatte.

Aber Erik bemerkte nichts davon. Er sah seine Schwiegermutter hoffnungsvoll an. »Hast du deine neue Handynummer schon nach Umbrien durchgegeben? Ruft die Familie jetzt auf deinem Handy an? Werde ich nicht mehr mitten in der Nacht aus dem Bett geklingelt, weil irgendeine deiner Cousinen vergessen hat, dass man auf Sylt früher schlafen geht als in Italien?«

Wie zu erwarten, verteidigte Mamma Carlotta ihre Verwandtschaft ausgiebig, lautstark und so lange, bis Erik an die Frage, wer seine Schwiegermutter auf ihrem Handy angerufen hatte, nicht mehr dachte. Zum Glück war er immer leicht zu verwirren, wenn sie in einem einzigen Satz mehr als drei Cousinen erwähnte, an die er sich nicht erinnern konnte. Und wenn sie dann noch die Namen von zwei Großtanten einflocht und den Geburtsnamen ihrer Mutter, entstand in Eriks Kopf ein solches Durcheinander, dass er froh war, wenn er das Thema wechseln durfte.

Als es so weit war, stellte sie zufrieden die Suppenteller zusammen, trug sie zur Spüle und versteckte sich so lange hinter ihren hausfraulichen Tätigkeiten, bis sie sicher sein konnte, dass niemand sie mehr in Verlegenheit bringen würde. Wie hätte Erik reagiert, wenn er wüsste, dass sie von einem Obdachlosen angerufen wurde, der in ihrem Auftrag Erkundigungen einzog? Besser, sie malte es sich gar nicht aus.

Sören wandte sich an seinen Chef. »Sie glauben also wirklich, dass die Stalkerin die Täterin ist, die wir suchen?«

Über die Frage Mamma Carlottas, was eine Stalkerin sei, gingen Erik und Sören hinweg, so sehr waren sie mit ihren Gedanken, Theorien und Mutmaßungen beschäftigt.

Obwohl sie von Carolin keine Antwort erwartete, wandte sich Mamma Carlotta dennoch an sie: »Carolina! Was ist das, eine Stalkerin?«

»Eine Frau, die andere Menschen verfolgt«, gab Carolin mürrisch zurück.

Mamma Carlotta vergaß ihre Freude über die Zuwendung ihrer Enkeltochter und sah sie ungläubig an. »Wer tut denn so was?«

»Na, Stalker eben!«

Mamma Carlotta goss so leidenschaftlich die Nudeln ab, dass Sören, der ihr am nächsten saß, ängstlich den Stuhl zur Seite rückte. »Menschen verfolgen«, murmelte sie ärgerlich vor sich hin. »Wer tut denn ...« Sie erstarrte mitten in der Bewegung und staunte die Nudeln an, als wären diese die ersten, die den Namen Pappardelle verdienten. Sandra Zielcke tat so was! Sie verfolgte Bruce Markreiter, das hatte Busso gesagt. Also war sie eine Stalkerin? Auch Alina Olsted war von ihr verfolgt worden, das hatte Mamma Carlotta mit eigenen Augen gesehen.

Sie fuhr herum und blitzte Erik an. »Sandra Zielcke ist eine Stalkerin!«

Erik winkte schon ab, ehe sie nähere Erklärungen abgeben konnte. »Du wirfst mal wieder alles durcheinander.« Langsam und betont korrigierte er: »Sandra Zielcke hat uns auf die Stalkerin erst aufmerksam gemacht.« Er strafte sie mit einem so nachdrücklichen Blick, dass sie nicht wagte, ihm zu erklären, warum sie Sandra Zielcke für eine Stalkerin hielt. Am Ende würde er sie wieder neugierig nennen und behaupten, sie stecke ihre Nase in Angelegenheiten, die sie nichts angingen.

Beleidigt wandte sie sich ab. Dann eben nicht! Wenn Erik an dem, was sie wusste, nicht interessiert war, musste er eben sehen, wie er die Stalkerin fand, die er suchte. Ohne ihn eines weiteren Blickes oder gar eines Wortes zu würdigen, vollendete sie die Carbonara-Soße und goss sie über die Nudeln. Zur Strafe würde sie später dafür sorgen, dass jeder nur einen kleinen Löffel Zabaione bekam, damit Busso Heinemann, der es zweifellos verdient hatte, mit dem Löwenanteil belohnt werden konnte.

Als Erik und Sören den Bürowagen betraten, trafen sie dort Bruce Markreiter an, der gerade auf Tanja einredete, weil er sich einen der Wagen ausleihen wollte, die der Produktionsgesellschaft gehörten.

»Wir haben den Außendreh am Hochkamp. Eigentlich brauchen wir den Wagen.« Tanja Möck sah unglücklich aus, weil sie anscheinend wusste, dass sie es nicht schaffen würde, Bruce Markreiter seinen Wunsch abzuschlagen.

»Das Wetter ist schön«, sagte er prompt und beeindruckte Tanja mit einer seiner großen einstudierten Gesten. »Und frische Luft ist gesund. Können die Nebendarsteller nicht zu Fuß gehen? Die haben Zeit genug. Ich möchte meinen Porsche heute lieber nicht nehmen. Der ist zu auffällig.«

Es kam, wie es kommen musste: Tanja hob die Arme. »Also gut.«

Ob sie sich auch über das triumphierende Lächeln, das

auf Markreiters Gesicht erschien, ärgerte, war ihr nicht anzumerken. Erik jedenfalls ärgerte sich über die Arroganz des Stars.

Seine Frage kam daher barscher, als er eigentlich beabsichtigt hatte. »Wie war eigentlich Ihr Verhältnis zu Harry Jumperz?«

Markreiter sah auf die Uhr. »Muss das jetzt sein?«

Erik nickte und war entschlossen, nicht so schnell nachzugeben wie Tanja. »Hatten Sie Streit mit ihm?«

Markreiter grinste höhnisch. »Wie kommen Sie auf so was? Wollen Sie etwa darauf hinaus, dass ich ein Motiv hatte, ihn umzubringen?« Erik beantwortete diese Frage nicht. Er reagierte auch nicht auf den spöttischen Zusatz: »Mal ganz davon abgesehen, dass ich ihm sicherlich nicht die Hose ausgezogen hätte.« Markreiter schüttelte sich, als wäre ihm diese Vorstellung ausgesprochen unangenehm. »Warum auch?«

Ja, warum? Erik konnte Markreiters Widerwillen gut nachvollziehen. Mit einem Mal schien ihm, als hätte er sich mit dieser Frage noch nicht ausgiebig genug beschäftigt. Vielleicht war gerade der besondere Umstand, dass Harry Jumperz ohne Hose aufgefunden worden war, der Schlüssel zur Lösung des Falls?

Fürs Erste schob er diese Frage beiseite, stieg an Bruce Markreiters Seite aus dem Bürowagen und setzte ihm dabei umständlich auseinander, dass eine Stalkerin hinter den Todesfällen stecken könne. »Eine Frau, die Sie vor der bösen Welt beschützen will.«

Bruce Markreiter sah ihn verblüfft an, dann wurde seine Miene konzilianter. »Okay, ich habe schon von Stalkern gehört, die sich ihrem Opfer nie zeigen«, sagte er nachdenklich. »Tom Cruise soll jahrelang von einer Frau gestalkt worden sein, die sich sein Schutzengel nannte. Dass er von ihr beschützt worden war, hat er erst erfahren, als sie einen Fan mit dem Messer bedrohte, der

Tom Cruise lästig wurde.« Dass er scharf nachdachte, erkannte Erik an der großen Geste, mit der er sich durch die Haare fuhr. »Sie meinen also, da hat jemand Max Triebel und auch Harry Jumperz umgebracht, um mich zu schützen?«

Erik nickte nur und beobachtete Markreiter sorgfältig, der versuchte, unauffällig seine Meinung zu ändern. »Klar, ich habe mich gelegentlich mit Harry gefetzt«, gab er nun zu und wartete darauf, nach den näheren Umständen gefragt zu werden.

»Sie wollten aus Ihrem Vertrag raus, weil Sie ein interessantes Filmangebot hatten, nicht wahr?«, fragte Erik. »Aber Harry Jumperz wollte Sie nicht gehen lassen?«

Bruce Markreiter sah ihn verblüfft an. »Woher wissen Sie das? Das war topsecret.«

Erik beantwortete auch diese Frage nicht. »Es stimmt also?«

Bruce erhob sich. »Wenn Sie von mir einen Hinweis auf diese Stalkerin erwarten, damit kann ich nicht dienen.« Er starrte die Kulissenhalle an, als fiele ihm erst jetzt auf, wie hässlich sie war. »Harry war also eine Plaudertasche«, murmelte er. »Wir haben die Gespräche immer unter vier Augen geführt. In meinem Wagen! Und wir hatten verabredet, dass niemand davon erfährt.« Er wandte sich Erik zu. »Sie wollen mir nicht verraten, woher Sie diese Information haben?«

Erik schüttelte den Kopf, ohne recht zu wissen, warum er Sandra Zielckes Namen verschwieg. Aber solange er das nicht wusste, würde er dabei bleiben. »Sie meinen, Jumperz hat sich jemandem anvertraut, der ihm sehr nahestand?«, hakte er nach.

Bruce Markreiter überlegte kurz. »Wirklich nahe stand ihm niemand«, sagte er dann. »Harry hat ein paar Leute von sich abhängig gemacht.« Diesen Worten schickte Markreiter ein schiefes Lächeln hinterher. »Zumeist

Frauen. Aber ich glaube nicht, dass er einem dieser Betthäschen etwas anvertraut hat.« Plötzlich wurde er sogar so freundlich, dass in Erik prompt Misstrauen aufstieg. »Suchen Sie diese Stalkerin! Und achten Sie darauf, währenddessen immer nett zu mir zu sein! Am Ende will sie mich auch vor der Polizei beschützen!«

Nun stellte er fest, dass der Wagen, den er bei Tanja geordert hatte, vor die Schranke gefahren wurde. Ohne ein weiteres Wort zu Erik ging er darauf zu, stieg ein und fuhr davon. Erik stand noch eine Weile da und ärgerte sich darüber, dass es ihm nicht gelungen war, Markreiter eine verräterische Aussage zu entlocken.

Mamma Carlotta hatte es geschmerzt, dass Carolin nicht mit ihr gemeinsam zum Hochkamp radeln wollte. Aber immerhin war sie bereit gewesen, sich weiterhin als Komparsin zur Verfügung zu stellen. Das weckte Hoffnung in ihrer Großmutter. So begehrte sie nicht auf, als Carolin behauptete, sie wolle vorher ihrer Lehrerin einen Besuch abstatten, um sich den Lektüreschlüssel zu »Minna von Barnhelm« abzuholen, den Alina Olsted ihr versprochen hatte, und sich bei dieser Gelegenheit mit ihr über die Rezeptionsgeschichte der »Minna von Barnhelm« auszutauschen.

Das hatte für Mamma Carlotta einen unbestreitbaren Vorteil. Sosehr es wehtat, dass Carolin ihr eine derart durchsichtige Ausrede auftischte, konnte sie doch diese Gelegenheit nutzen, um Busso Heinemann die Zabaione zu bringen und mit ihm ein wenig über Sandra Zielcke und ihre finsteren Pläne zu sprechen. Er würde sicherlich gern bereit sein, ein weiteres Mal die aufregende Tatsache zu erörtern, dass Mamma Carlotta ihrem ersten Einsatz als Komparsin entgegensah und an diesem Nachmittag sogar zwei bedeutungsschwere Sätze in die Kamera zu sprechen hatte, die später in ihrem Dorf für Aufregung sorgen würden. Schließlich ging es Busso ähnlich wie Fietje: Er war am Rande der Gesellschaft gelandet, wo man viel Zeit hatte, aber wenig Gelegenheit, etwas mit ihr anzufangen. Er würde sich über ihre Gesellschaft freuen und über alles, was sie ihm erzählte.

Der Wachmann zog die Augenbrauen hoch, als er die Schüssel sah, die Mamma Carlotta im Fahrradkörbchen verstaut hatte. Sie erwiderte seinen arroganten Blick mit dem gleichen Hochmut. Eine Vergeltung, die leider nicht ausreichte, ihrer Erbitterung Herr zu werden. Hatte der Mann nicht begriffen, dass sie ihm sowieso nie wieder etwas anbieten würde? Niemals! Anscheinend hielt der Kerl nach wie vor alles für minderwertig, was einem Obdachlosen angeboten wurde. Weil er wohl auch Obdachlose für minderwertige Menschen hielt.

Seinen Gruß erwiderte sie, als sähe sie ihn zum ersten Mal, damit er sich klein und bedeutungslos vorkam, und während sie ihr Fahrrad an ihm vorbeischob, stellte sie sich vor, es gäbe eine Hungersnot und dieser Wachmann wäre der Letzte, dem sie mit Antipasti oder Zabaione auf die abgemagerten Beine helfen würde. Schade nur, dass ihm das gleichgültig zu sein schien. Anmaßend stand er da, die Arme über dem Bauch verschränkt, und bedachte die Zabaioneschüssel mit einem Blick, den noch nie ein Dolce geerntet hatte, das unter Mamma Carlottas Händen entstanden war. Sie wollte, der Club der Bösen Hühner hätte sich auch seines kleinen Unterschiedes angenommen, der höchstwahrscheinlich ganz besonders klein war, weil die Natur, wenn sie gerecht war, eine Strafe für selbstgefällige Kerle parat hatte. Dieser Gedanke besänftigte sie ein wenig. Während sie auf Zehenspitzen zu Busso Heinemanns Lagerplatz ging, damit die spitzen Absätze ihrer Stiefeletten nicht im weichen Boden versanken, freute sie sich diebisch über diese himmlische Rache für männliche Großmäuler, obwohl sie vermutete, dass sie sich da etwas vormachte. Zwar nannte sie sich neuerdings modern und emanzipiert, aber sie schaffte es noch immer nicht, den kleinen Unterschied bei einem der Namen zu nennen, wie ihn die Bösen Hühner ständig im Munde führten.

Die Erkenntnis, dass der kleine Unterschied bei Busso Heinemann in der Tat ein stattlicher war, hätte sie sich gern erspart, aber unglücklicherweise zog er sich gerade um, als sie zu ihm trat. Und ehe sie sich dezent abwenden konnte, war es schon geschehen: Ihr Blick hatte unversehens den Körperteil gestreift, der in diesem Falle bewies, dass Busso Heinemann ungestraft davongekommen war, als der Himmel auf seine Art Vergeltung an den männlichen Wichtigtuern geübt hatte.

Busso erschrak zu Tode, als Mamma Carlotta plötzlich vor ihm erschien, wollte schleunigst sein Werk vollenden, das er erfolgreich begonnen hatte, denn sein linkes Bein steckte bereits dort, wo es hingehörte. Sein rechtes jedoch verhedderte sich aufgrund der plötzlichen Eile in dem Rest der Unterhose und brachte seinen Gleichgewichtssinn durcheinander. Hilflos hüpfte er eine Weile auf dem linken Bein herum und versuchte verzweifelt, sein rechtes auf die Erde zu bringen, und zwar so, dass er danach die Unterhose blitzartig in die Höhe ziehen konnte. Seine Bemühungen blieben jedoch erfolglos. Er verlor das Gleichgewicht und kippte hintenüber, das rechte Bein noch immer in seiner Unterhose gefangen, auf deren Eingriff ein Tigerkopf prangte.

Mamma Carlotta griff automatisch zu, befand dann jedoch, dass es unschicklich war, einem halb nackten Mann die Hand zu reichen, und entzog sie Busso gerade in dem Moment wieder, in dem er jeden Stolz fahren lassen und danach greifen wollte. Das Missverständnis war verhängnisvoll. Kurz darauf lag Busso Heinemann wie ein hilfloser Maikäfer auf dem Rücken und zappelte so lange herum, bis sein rechter Fuß endlich durch die Beinöffnung seiner tigergeschmückten Unterhose gefunden hatte. Als er endlich fest auf beiden Beinen stand, hatte die Verlegenheit aus den vergangenen circa dreißig Sekunden mehrere Stunden gemacht. Mamma Carlotta, die sich nie zuvor einem Mann in Unterhosen zugewandt hatte, der nicht zu ihrer Familie gehörte, war dennoch entschlossen, sich nichts anmerken zu lassen. »Haben Sie was vor, Herr Heinemann? Oder warum ziehen Sie sich um?«

Die Geschmeidigkeit, mit der Busso in den Small Talk wechselte, war beeindruckend. »Stellen Sie sich vor, ich bin als Komparse bestellt worden! Tanja Möck, die Nette, Dicke ... Kennen Sie die?«

»Naturalmente!«

»... die hat gesagt, ich soll zu Käptens Kajüte kommen. Da finden heute die Dreharbeiten statt. Ich dachte, da gehe ich besser in einer sauberen Hose hin. Zum Glück haben Sie mir ja eine auf die Decke gelegt, die fast neu ist. Und den Pullover von Ihrem Schwiegersohn werde ich auch anziehen.« Er beugte sich über den Einkaufswagen, der ihm als Kleiderschrank diente. »Dann bin ich todschick. Muss man in Käptens Kajüte zwar nicht sein, aber sicher ist sicher.«

Mamma Carlotta erschrak, als sie die Hose erkannte, die Busso aus dem Einkaufswagen zog. Dass er der Meinung war, sie stamme von Erik, war zwar um Längen besser, als wäre er der Wahrheit auf der Spur, aber sie wollte sich lieber nicht ausmalen, was geschehen würde, wenn jemandem aufging, dass ein Komparse in der Hose des toten Harry Jumperz auftauchte.

»Die ist viel zu elegant«, behauptete sie und gab sich wie eine Expertin in Sachen Komparserie. Am liebsten hätte sie Busso die hellbeige Hose aus der Hand gerissen. »Ich habe zufällig gehört, wie Tanja Möck gesagt hat, in dieser Kaschemme sollen alle ein bisschen ... come si dice?« Sie wedelte mit beiden Armen in der Luft herum, als könnte sie das richtige Wort einfangen.

»Abgerissen? Ungepflegt? Schmuddelig?«

»Sì! So sollen die Leute in Käptens Kajüte aussehen.«

Bussos Zweifel waren leider noch nicht ganz ausgeräumt. »Auch bekleckert?«, fragte er und suchte erneut in dem Einkaufswagen herum, so unbefangen, als hätte er sich schnell daran gewöhnt, mit der netten Schwiegermutter des Hauptkommissars in Unterhosen umzugehen. Er hielt die Jeans hoch, in der man ihn sonst zu sehen bekam. »Die Frau von der Reinigung in Westerland wollte mir eigentlich einen Euro geben, aber dann hat sie mir angeboten, mir stattdessen die Hose zu reinigen.« Busso sah so aus, als wäre es ihm bis zu diesem Augenblick lieber gewesen, die wohltätige Dame hätte sich für den Euro entschieden. Aber angesichts der hundert Euro, die ihm an diesem Tag winkten, schien er mit dem Besitz einer geruchsfreien Hose doch ganz zufrieden zu sein. »Nur diese Kaffeeflecken! Die hat mir Fietje draufgekleckert, kaum dass die Hose aus der Reinigung zurück war.«

»Die reibe ich Ihnen raus«, sagte Mamma Carlotta schnell, schnappte sich beherzt die Jeans und dankte insgeheim der Reinigung von Westerland, die sich dieser Hose so gründlich angenommen hatte, dass sie sie aufzunehmen wagte, ohne sich die Nase zuzuhalten. »Torno presto! Bin gleich wieder da!«

Ehe Busso sie zurückhalten konnte, war sie schon losgelaufen. Ohne zu wissen, wie und wo sie den Fleck herausreiben sollte. Nur weg von Busso Heinemann, damit er ihre Pläne nicht vereitelte und sich am Ende doch für Jumperz' Hose entschied!

Hektisch sah sie sich um. Nach den Erfahrungen, die sie mit dem Wachmann gemacht hatte, war nicht zu erwarten, dass er sie auf das Gelände lassen würde, damit sie einem armen Obdachlosen in der Toilette der Kantine die Hose reinigte. Ob sie zum Friedhof laufen sollte, wo es mehrere Wasserstellen gab? Nein, das würde zu viel Zeit kosten. Zeit, in der sich Busso für Harrys Hose entscheiden konnte, damit er nicht länger in Unterhosen auf seiner Decke sitzen musste.

Die Idee schoss in ihr hoch, und sie hielt sie fest, noch ehe sie sich fragen konnte, ob sie vernünftig war. Zum Glück hatte der Wachmann gerade kein Auge für sie, sondern war vollauf damit beschäftigt, einen Mitarbeiter des Inselblattes abzuwehren, der sich Zugang zum Gelände des Inselzirkus verschaffen wollte. »Kommt nicht infrage! Außerdem ist sowieso keiner der Hauptdarsteller da!«

Wie erwartet ließ der Reporter sich nicht so schnell abwimmeln. »Die ersten Fotos sollen der Sylter Presse gehören und nicht der Blitz!«

»Fahren Sie nach List und fotografieren Sie den Hafen! Da ist die Leiche von dem Blitz-Reporter angeschwemmt worden.«

»Ich will aber den Schrank fotografieren, in dem der tote Chefautor gesteckt hat.«

»Woher wissen Sie überhaupt davon?« Der Wachmann, dem anscheinend angeordnet worden war, über den Tod von Harry Jumperz kein Wort zu verlieren, war empört.

»Glauben Sie wirklich, so was lässt sich unter der Decke halten?«

Inzwischen war Mamma Carlotta hinter den beiden hergehuscht und stand Augenblicke später vor der Lücke, durch die sie am Abend zuvor als Böses Huhn geschlüpft war. Dass sie in dieser Ecke des Geländes nicht allein war, merkte sie erst, als sie das Gebüsch bereits durchdrungen hatte.

Schnell zog sie sich wieder zurück, als sie eine Stimme

hörte, die ihr bekannt vorkam. »Ich weiß nicht, wie ich ihn zu fassen kriegen soll. Es ist alles aus dem Ruder gelaufen.«

Sandra Zielcke! Als Mamma Carlotta einen langen Hals machte, konnte sie die junge Schauspielerin sehen. Sie stand in der Nähe des Zauns und telefonierte.

»Ich werd's der Tussi heimzahlen, da kannst du Gift drauf nehmen. Die wird sich noch wundern! Die sitzt schneller im Knast, als sie Bruce Markreiter sagen kann.«

Mamma Carlotta begab sich vorsichtig auf den Rückzug. Hier stimmte etwas nicht! Von wem sprach Sandra Zielcke? Von einem der Bösen Hühner? Heidi, Beate oder Kristin?

»Ich lasse nicht zu, dass die mir alles kaputt macht.«

Nun bewegte Sandra Zielcke sich in ihre Richtung. Mamma Carlotta zog es vor, auf jede Regung zu verzichten, um kein Geräusch zu verursachen. So tief wie möglich drückte sie sich ins Gebüsch und hoffte, dass nichts von ihr zu sehen war, wenn Sandras Blick sich in ihre Richtung verirren sollte.

»Ich habe alles gut eingefädelt. Die beiden Bullen lassen sich um den Finger wickeln. Die glauben mir jedes Wort.«

Zum Glück drehte Sandra ihr nun den Rücken zu, sodass Mamma Carlotta aufatmen konnte. Allerdings musste sie jetzt die Ohren spitzen, um die folgenden Sätze zu verstehen.

»Ich lasse nicht zu, dass er mir wieder weggenommen wird. Nicht gerade jetzt!«

Sie lauschte eine Weile in den Hörer, ihr Rücken war gebeugt wie unter einer großen Anspannung.

»Nicht nur deswegen! Es geht auch um meine Karriere!«

Mit sehr kleinen und sehr langsamen Schritten bewegte sich Sandra Zielcke von Mamma Carlotta weg.

Das Letzte, was sie verstehen konnte, war: »Diese Frau wird für ihn in den Knast gehen! Das kriege ich hin! Notfalls muss ich deutlicher werden.«

Kurz darauf konnte Mamma Carlotta beobachten, wie Sandra ihr Handy in die Tasche steckte und zu dem Zirkuswagen ging, an dem das Schild mit der Aufschrift »Maske« hing. Mamma Carlotta streckte den Kopf weiter aus dem Gebüsch und sah sich um. Jetzt hatte sie freie Bahn!

Mit wenigen Schritten war sie an der Ecke der Leichtbauhalle angekommen. Wenn sie jetzt auffiel, würde niemand annehmen, dass sie sich auf das Gelände geschlichen hatte. Da sie hier bereits bekannt war, würde jeder glauben, dass sie ganz offiziell eingelassen worden war.

Das Licht über der Tür, die in die Kulissen führte, war erloschen, zurzeit gab es keinen Innendreh. Der größte Teil des Teams hatte sich bereits zum Hochkamp aufgemacht. Hoffentlich war Tove von der plötzlichen Anberaumung der Dreharbeiten in Käptens Kajüte nicht derart überrascht worden, dass er den ersten Kameramann schon vor die Tür gesetzt hatte, ehe ihm erklärt werden konnte, dass eine unerwartet einsetzende Wetterlage häufig zum schnellen Umdisponieren führte. Durch besondere Flexibilität hatte Tove sich noch nie ausgezeichnet, sie wurde aber auch nur selten von ihm erwartet. Carlotta konnte nur hoffen, dass das Geld, das ihm winkte, zu einer kooperativen Haltung geführt hatte. Und dass er einen Vertrag unterschrieben hatte, war ihm hoffentlich auch nicht entfallen.

Im Vorraum der Toilette traf sie auf Kristin, die sich so nah an den Spiegel herangeschoben hatte, als traute sie den Botoxspritzen ihres Schönheitschirurgen nicht mehr. Erstaunt blickte sie auf die Hose, die Mamma Carlotta in Händen hielt. »Was hast du damit vor?«

In Windeseile berichtete Mamma Carlotta, worum es

ging, befeuchtete währenddessen die Flecken auf Bussos Hose und rieb so lange daran herum, bis sie nicht mehr zu sehen waren.

Kristin schlug die Hände über dem Kopf zusammen. »Was für ein Glück, dass du das verhindert hast, Carlotta! Nicht auszudenken, wenn der Penner mit Harrys Hose beim Dreh erschienen wäre! Bin ich froh, dass du zum Club der Bösen Hühner gehörst!«

Den letzten Satz überhörte Mamma Carlotta, die sich mittlerweile nichts sehnlicher wünschte, als dem dubiosen Club niemals beigetreten zu sein. »Du solltest die Augen offen halten, Kristin«, sagte sie. »Hier ist was im Gange. Ich habe gerade bei einem Telefongespräch zugehört, das Sandra Zielcke geführt hat. Unfreiwillig natürlich«, fügte sie an und beteuerte, dass Diskretion ihre Stärke sei und sie niemals auf die Idee kommen würde, ein Gespräch zu belauschen, das sie eigentlich nichts anging.

Zum Glück glaubte Kristin ihr jedes Wort und beteuerte ebenso wortreich, dass Carlotta Capella, die Schwiegermutter von Kriminalhauptkommissar Wolf, selbstverständlich über jeden Zweifel erhaben sei.

Nachdem das geklärt war, überlegte Mamma Carlotta nicht mehr lange. Sie tuschelte Kristin zu: »Die hat was auf dem Kerbholz. Ich habe genau gehört, dass sie einer anderen die Schuld dafür in die Schuhe schieben will!«

»Meinst du, sie war es? Sie hat dafür gesorgt, dass Harry nicht aus dem Schrank gekommen ist?« Kristin machte den Versuch, die Stirn hochzuziehen, was die Botoxlähmung jedoch unmöglich machte. »Also, ich sage dir, Carlotta ... Harry wurde von einem Bösen Huhn erledigt. Du bist natürlich aus dem Schneider, schließlich hast du ja auch gar kein Motiv. Aber Heidi ...« Sie rückte nahe an Mamma Carlotta heran. »Heidi will mir einreden, Beate wäre es gewesen. Aber war es nicht gerade Heidi so wichtig, dass wir uns gegenseitig Alibis geben? In Wirklichkeit geht es Heidi nur darum, selber ein Alibi zu haben. Das ist mir klar geworden, als du diese Bemerkung gemacht hast. Heidi war ganz schön sauer darüber. Ich glaube, sie fühlte sich durchschaut.«

»Hat Heidi denn ein stärkeres Motiv als Beate und du?«

Davon war Kristin überzeugt. Während Mamma Carlotta die feuchten Stellen von Bussos Hose unter den Händetrockner hielt, setzte Kristin ihr auseinander, dass Heidis Rolle gestrichen werden sollte. »Das habe ich aus sicherer Quelle. Unsere Zuschauer haben sich verjüngt, also soll es mehr jüngere Darsteller geben, und die älteren werden nach und nach entsorgt.« Sie verschränkte die Arme vor der Brust und schien sehr zufrieden damit zu sein, dass sie geringfügig jünger war als ihre Kollegin. »Heidi ist nun mal die Älteste von uns.«

Mamma Carlotta kümmerte sich gründlicher um die Hose, als nötig war. Sollte sie Kristin verraten, dass ihre Rolle genauso in Gefahr war? Ebenso wie Beates? Aber dann hätte sie auf Fietje verweisen müssen, und das kam natürlich nicht infrage.

»Woher weißt du das?«, fragte sie stattdessen.

Aber Kristin winkte ab, als käme es darauf nicht an. »Aus erster Hand! Mehr kann ich nicht sagen.«

Mamma Carlotta wurde von einer Ahnung beschlichen. Die erste Hand war wahrscheinlich eine von Harry Jumperz' Pranken, der jeder der drei erzählt hatte, zwei von ihnen müssten mit baldiger Kündigung rechnen, damit diejenige, die sich gerade in seinem Bett räkelte, Angst bekommen musste, dass es auch sie treffen könnte, und den Chefautor so zuvorkommend behandelte, wie er es liebte. Kein Wunder, dass Kristin nicht bekennen wollte, woher sie ihr Wissen bezog. Dann hätte sie auch zugeben müssen, dass sie nach wie vor Harrys Geliebte gewesen war, obwohl sie ihn verachtete wie keinen anderen Mann.

Plötzlich sah Kristin auf die Uhr und lief zur Tür. »Ich muss in die Maske! Wir sehen uns gleich beim Außendreh? Bin gespannt, wie du mit deiner Komparsenrolle klarkommst, Carlotta!«

Mamma Carlotta verließ die Halle, als Kristin schon in der Maske verschwunden war. Sie blickte sich vorsichtig um. Würde sie auf demselben Weg das Gelände verlassen können, wie sie es betreten hatte?

Ihre Chancen standen schlecht. Der Wachmann hatte den Reporter abgewimmelt, stand nun neben der Schranke und betrachtete Mamma Carlotta aufmerksam. Anscheinend fragte er sich, wie sie in die Halle gekommen war, ohne die Schranke passiert zu haben. Wenn sie jetzt denselben Weg nahm, würde er es wissen. Und dann würde Erik womöglich bald erfahren, dass seine Schwiegermutter einen Weg kannte, zu »Liebe, Leid und Leidenschaft« vorzudringen, von dem sonst niemand etwas wusste. Von da aus war es nicht weit bis zur Entlarvung als Böses Huhn.

Mamma Carlotta wurde in ihren Überlegungen unterbrochen, als Beate aus der Maske sprang und auf sie zugelaufen kam. »Hi, Carlotta! Kristin hat mir gerade erzählt, warum du hier bist.« Sie zeigte auf Bussos Hose. »Das hast du super hingekriegt!« Sie griff nach Carlottas Arm und machte ein paar gemeinsame Schritte mit ihr. »Ich weiß ja nicht, was Kristin dir erzählt hat«, tuschelte sie, »aber du solltest nicht alles glauben. Sie meint, Heidi und ich wären auf Harrys Abschussliste gelandet, in Wirklichkeit wollte er aber Kristins Rolle streichen.«

Mamma Carlotta sah sie verblüfft an. »Woher weißt du das?« Und als Beate zögerte, fragte sie gleich weiter: »Aus erster Hand?«

Beate nickte. »Wir müssen aufpassen, Carlotta! Ich

glaube, Heidi und Kristin stecken unter einer Decke. Könnte sein, dass die beiden gemeinsame Sache mit Harry gemacht haben. Würde mich nicht wundern, wenn sie uns beiden den Mord in die Schuhe schieben wollen.«

In der Tür des Zirkuswagens, in dem die Garderobe der Schauspieler untergebracht war, erschien eine Frau. »Beate, kommst du bitte? Wir müssen deine Hose noch abstecken!«

Beate tätschelte zum Abschied Mamma Carlottas Hand. »Ich habe abgenommen«, strahlte sie, »ist das nicht großartig?« Sie machte die ersten Schritte rückwärts. »Wir sehen uns gleich in Käptens Kajüte, oder? Bin gespannt, wie die Location rüberkommt.«

Sie drehte sich um und lief auf den Wagen zu, in dem sie erwartet wurde. Drahtig und sportlich, mit langen federnden Schritten.

Der Wachmann stand immer noch da und starrte Mamma Carlotta an. Also fasste sie sich ein Herz und ging auf die Schranke zu, als hätte sie das reinste Gewissen der Welt. Da sie nicht umgehend geöffnet wurde, fragte sie erstaunt: »Wollen Sie mich nicht rauslassen?«

»Sagen Sie mir erst mal, wie Sie hier reingekommen sind!«

Mamma Carlotta sah den Wachmann so an, wie sie Dino angeblickt hatte, wenn der dahintergekommen war, was er zu Weihnachten bekommen würde, und sie ihn unbedingt im Unklaren lassen wollte. »Haben Sie das vergessen? Sie haben mir höchstpersönlich die Schranke geöffnet.«

Der Wachmann starrte sie an, als wollte er von ihrem Gesicht ablesen, dass sie ihn zum Narren hielt. »Das wüsste ich aber!«

Mamma Carlotta schüttelte den Kopf, als habe sie soeben erkannt, dass es mit der geistigen Gesundheit des Wachmanns bergab ging. »Sie sprachen mit einem

Reporter des Inselblattes. Da haben Sie mir wohl ganz in Gedanken die Schranke geöffnet.«

Es war nicht zu übersehen, dass der Wachmann das für ausgeschlossen halten wollte. Trotzdem erkannte Mamma Carlotta die Unsicherheit, die in seine Augen stieg.

»Bei meinem Onkel Ludano fing es auch so an. Aber der ist uralt geworden, machen Sie sich also keine Sorgen!«

Als sie sah, wie das Gesicht des Wachmanns fahl wurde, tat er ihr beinahe leid. Aber dann erinnerte sie sich daran, dass er es nicht anders verdient hatte. Wer ihre Antipasti zurückwies und auf ihre Zabaione verächtlich hinabblickte, musste bestraft werden.

Als kleinen Trost schenkte sie ihm ein freundliches Lächeln, als er die Schranke anhob. Doch es bewirkte nicht viel. Als sie bei Busso Heinemann angekommen war, warf sie einen Blick zurück und sah, wie der Wachmann ängstlich seine Schläfen massierte.

Dieser Sieg machte sie selbst geradezu verwegen. Todesmutig blickte sie dem Tiger ins Gesicht, während sie Busso seine Jeans reichte.

Erik hatte den Wagen in der Nähe der Friesenkapelle geparkt. In einem der Häuser am Dorfteich wurde ein Familienfest gefeiert, die Gäste hatten sämtliche Parkmöglichkeiten in der Nähe des Inselzirkus ausgeschöpft. Sören hätte den Wagen vermutlich einfach ins Feld gefahren, aber Erik ging mit seinem Auto nicht so unbekümmert um wie sein Assistent, der um einen freien Nachmittag für seinen Umzug gebeten hatte.

Als Erik die Fahrertür aufschloss, warf er einen Blick zum Friedhof, aber den Gedanken, Lucias Grab zu besuchen, verwarf er gleich wieder. Er fühlte sich nicht gut. Die Fragen, die er sich an Lucias Grab immer stellte, würden alles noch schlimmer machen. Warum gerade sie? Warum war sie ausgerechnet an diesem Tag nach Niebüll gefahren? Warum hatte alles so kommen müssen? Manchmal fragte er sich sogar, warum er Lucia nach Sylt geholt hatte. Wäre sie in ihrer Heimat geblieben, könnte sie noch leben!

Nein! Er ließ sich auf den Fahrersitz fallen und schüttelte die quälenden Fragen ab, auf die er keine Antworten wusste. Es gab genug andere Fragen. Fragen, die dringend beantwortet werden mussten! War es wirklich eine Stalkerin, die Max Triebel auf dem Gewissen hatte? Und war Harry Jumperz ihr ebenfalls zum Opfer gefallen? War Bruce Markreiter wirklich unschuldig? Durfte man Sandra Zielcke glauben? Und was war mit Alina Olsted?

Wieder dachte Erik an das, was Sören bei seinem alten Vormieter entdeckt hatte. Nach wie vor machte es Erik große Schwierigkeiten, dass seine Kinder von einer Frau unterrichtet wurden, die noch vor ein paar Jahren als Prostituierte gearbeitet hatte. Sören hatte mehrfach an seine Toleranz appelliert und ihn an die Grundsätze der Resozialisierung erinnert. Ein Täter sollte nicht sein Leben lang Täter bleiben, sondern nach Verbüßung seiner Strafe zu einem Mitglied der Gesellschaft werden. Genauso musste eine Prostituierte die Möglichkeit bekommen, ihren Lebenswandel von Grund auf zu ändern, ohne dass ihr Nachteile aus ihrer Vergangenheit erwuchsen.

»Vielleicht war sie gezwungen, sich so ihr Studium zu verdienen?«

»Niemand wird zu so was gezwungen!« Aber dann hatte Erik doch genickt, weil ihm keine guten Argumente einfielen, mit denen er Sören begegnen konnte. Sein Assistent hatte zwar recht, das sagte ihm sein Kopf, aber sein Bauch sagte etwas anderes. Dass einer ehemaligen Prostituierten das Wohlergehen von halbwüchsigen Kindern anvertraut wurde, konnte er nicht gutheißen. Nie wieder würde er Alina Olsted bei einem Elternsprechtag in die Augen sehen können, ohne an das Foto zu denken, das Sören ihm gezeigt hatte.

Vielleicht hing das auch mit seiner persönlichen Enttäuschung zusammen. Er hatte es der jungen Referendarin hoch angerechnet, dass sie Carolins Begeisterung für die Literatur geweckt hatte, und Felix die deutsche Grammatik neuerdings nicht mehr ganz so überflüssig fand wie vorher, hielt er ebenfalls ihr zugute. Sein Wissen um ihre Vergangenheit machte ihn traurig und wütend zugleich.

Er mochte sich gar nicht vorstellen, wie seine Schwiegermutter darauf reagieren würde, sollte sie jemals davon erfahren. Für sie war jeder Lehrer eine ehrenwerte Persönlichkeit, der mit Respekt zu begegnen war. Ihre Welt würde zusammenbrechen, wenn sie erkennen musste, dass man sich heutzutage nicht einmal mehr auf den Anstand von Pädagogen verlassen konnte!

Gerade fuhr er am Dorfteich vorbei, da klingelte sein Handy. Prompt ärgerte er sich darüber, dass Sören nicht neben ihm saß und das Gespräch annehmen konnte. Zu dumm, dass er vergessen hatte, das Handy an die Freisprechanlage anzuschließen! Obwohl er natürlich wusste, dass das Telefonieren während der Fahrt verboten war, suchte er das Handy aus seiner Jackentasche und nahm es ans Ohr.

Am anderen Ende der Leitung meldete sich Johannes Schmitz, der Chefredakteur der Blitz. »Sie haben mir versprochen, Herr Wolf, dass ich der Erste bin, der Informationen erhält.«

»Versprochen habe ich gar nichts«, brummte Erik. »Wenn überhaupt, dann war die Rede davon, dass eine Hand die andere wäscht. Wissen Sie mittlerweile mehr über die Story, der Max Triebel auf der Spur war?«

»Leider nicht«, musste Schmitz bekennen. »Max hat sich niemandem anvertraut. Ich habe mir seinen Schreibtisch und die Festplatte angesehen, aber da war nichts.«

»So geht's mir auch«, gab Erik zurück. »Bis jetzt habe ich nichts gefunden.«

»Sie verschweigen mir was«, behauptete Schmitz. »Hängt der Mord an Max mit dem Tod des Chefautors zusammen?«

»Woher wissen Sie davon?«

Johannes Schmitz lachte leise. »Sie kennen doch die Branche. So was spricht sich schnell herum. Aber die Staatsanwältin lässt sich nichts entlocken. Angeblich würden dadurch die laufenden Ermittlungen gefährdet.«

Erik lächelte zufrieden. Frau Dr. Speck hatte also Wort gehalten. Nicht einmal der Chefredakteur des Inselblatts war bei ihm vorstellig geworden. Und der war mit der Staatsanwältin befreundet und wurde sonst immer bevorzugt, wenn es darum ging, Informationen an die Presse herauszurücken.

»Wenn Sie mich fragen, will sie Martin Eidam damit einen Gefallen tun«, fuhr Schmitz fort. »Der will natürlich nicht, dass sein Stargast in die Schlagzeilen kommt. Und wie sein Chefautor zu Tode gekommen ist, soll auch niemand wissen. Muss ja eine dubiose Geschichte sein.«

»Dubios?«, fragte Erik vorsichtig. »Was meinen Sie damit?«

»Das frage ich Sie! Angeblich war er schwul und ist einem Strichjungen zum Opfer gefallen. So ähnlich wie im Fall Mooshammer!«

Diese These konnte Erik immerhin zurückweisen. »Wie kommen Sie darauf, dass die Staatsanwältin Herrn Eidam einen Gefallen tun will?«, fragte er dann.

»Sie wissen es noch nicht? Dann schauen Sie sich mal die neue Ausgabe der Blitz an! Die Berichterstattung vom Presseball!«

Mehr wollte er anscheinend nicht preisgeben, was Erik für eine kleinliche Rache hielt. Aber natürlich ließ sein Stolz es nicht zu, weiter in ihn zu dringen. Stattdessen fragte er: »Wie viel wissen Sie eigentlich über Max Triebels Gewohnheiten? Wie transportierte er sein Laptop und seine Kamera, wenn er unterwegs war?«

»In den dazugehörigen Taschen natürlich«, kam es prompt zurück.

»Immer?«

»Da war er sehr pingelig. Ich habe ihn niemals mit dem Laptop unter dem Arm oder mit der Kamera um den Hals gesehen, wenn er loszog.«

Noch bevor Erik am Polizeirevier Westerland angekommen war, hatte er das Gespräch beendet. Sowohl die Laptop- als auch die Kameratasche waren verschwunden. Vielleicht hatte Max Triebel die Kameratasche dabeigehabt, als er seinem Mörder entgegengetreten war, und nachdem er ins Lister Hafenbecken gefallen war, hatte der Mörder nach der Kameratasche gegriffen und war damit geflüchtet, ohne einen Fingerabdruck auf der Kamera zu hinterlassen. Und als der Täter noch in derselben Nacht das Laptop aus Triebels Apartment geholt hatte, hatte dieses wiederum in der Tasche gesteckt. Später dann, als er die Festplatte und sämtliche Fotos gelöscht hatte, war er überlegter zu Werke gegangen und hatte sich Handschuhe angezogen.

Erik stöhnte auf. Er musste also damit rechnen, dass ihm die Fingerabdrücke auf dem Laptop und der Kamera nicht weiterhelfen würden. Kurz schoss ihm das Bild von Bruce Markreiter durch den Kopf, der sich am Fuß der Dünen dünne Lederhandschuhe abgezogen hatte. Aber genauso schnell verbannte er dieses Bild wieder. Markreiter kam als Täter nicht infrage! So lieb es ihm auch gewesen wäre!

Als er auf dem Hof des Polizeireviers geparkt hatte,

ging er nicht in sein Büro, sondern zunächst zum Bahnhof auf der anderen Seite des Kirchenwegs. Am Zeitschriftenkiosk erstand er eine Blitz. Während er an der Fußgängerampel wartete, blätterte er sich zu den Klatschspalten durch, in denen unter anderem über den Presseball berichtet wurde. Iris Berben hatte ein Kleid von Gucci getragen, irgendein Moderator, dessen Namen Erik noch nie gehört hatte, war mit seiner neuen Freundin erschienen, und Heidi Klum war mal wieder die Schönste des Abends gewesen. Dann erst fiel ihm das Foto auf. Es zeigte ein tanzendes Paar, das strahlend in die Kamera lächelte: »TV-Produzent Martin Eidam mit seiner neuen Liebe, der Staatsanwältin Dr. Tilla Speck!«

Der Hochkamp war wegen der Dreharbeiten gesperrt, Passanten und Autofahrer mussten über die Westerstraße und das Horsatal ausweichen. Mit der Stille war es seitdem vorbei. Dennoch gab es unter den Anwohnern nur zufriedene Gesichter. Wer vom Fenster aus die Arbeit überblicken konnte, machte es sich dort so bequem wie möglich, denn dass alles, was geschah, sehr lange dauern würde, wusste auf Sylt inzwischen jedes Kind.

Ein Aufnahmewagen stand an der Einmündung zur Westerstaße, ein quer gestellter Lieferwagen sorgte dafür, dass niemand versehentlich aus der Dünenstraße vor die Kamera stolperte. Viele Menschen mit wichtigen Gesichtern hielten sich zwischen diesen Absperrungen auf, und Mamma Carlotta genoss es, zu ihnen zu gehören. Sie versuchte sich sogar im Aufsetzen einer ebenso bedeutungsvollen Miene, wie der Aufnahmeleiter, der Regisseur und der Kameramann sie trugen, aber das wurde ihr schon bald zu anstrengend. Viel zu spannend war alles, was sie erlebte, um darauf mit gelangweilter Überheblichkeit zu reagieren.

»Wo ist Bruce?«, rief die Maskenbildnerin.

»Der wird heute gedoubelt«, gab Tanja Möck zurück. »Schon vergessen? Kümmer dich um Luca! Beim letzten Stunt haben seine Haare unter der Mütze hervorgesehen. Bruce' Haare sind kürzer, vergiss das nicht!«

Tanja saß auf einem zierlichen Klappstuhl, der unter ihrem Gewicht wankte, sodass Mamma Carlotta angst und bange wurde. Aber Tanja schien Erfahrung mit diesem Sitzmöbel zu haben. Sie lehnte sich entspannt zurück, obwohl die Rückenlehne nur aus einem schmalen Stoffstreifen bestand, der sich so stark dehnte, dass alle, die sich in Tanjas Nähe befanden, unwillkürlich den Atem anhielten. Doch sie war voller Vertrauen. Unzählige Male war sie von den Dreharbeiten zurückgekehrt, ohne dass dieser Stuhl unter ihr zusammengebrochen war, also würde auch diesmal alles gut gehen.

Mamma Carlotta beobachtete sie heimlich. War Tanja Möck wirklich so zufrieden mit sich und so glücklich in ihrer Anspruchslosigkeit, wie Beate, Kristin und Heidi glaubten? Der winzige Triumph, wenn sie in ihrer Gegenwart einen Schokoriegel verzehrte, wich schnell einer dumpfen Lethargie, und wenn sie sich durch ihre dünnen Haare fuhr, ohne sich darum zu kümmern, dass sie anschließend wie Putzwolle von ihrem Kopf abstanden, kam Mamma Carlotta ihre Gleichgültigkeit manchmal gespielt vor.

Auch jetzt wirkte sie zwar auf den ersten Blick gemütlich und behäbig, doch wer genauer hinsah, konnte manchmal etwas anderes entdecken: ein tiefes Unglück, das durch den Schleier der Leidenschaftslosigkeit schimmerte, den Tanja nie zurückzog.

Beate reichte ihr gerade ein Glas mit einer süßen Brause, und Kristin suchte aus dem Lieferwagen eine Packung Schokokekse, nach der Tanja offensichtlich verlangt hatte. Der erste Keks war gerade vertilgt, da wandte

Tanja sich an Mamma Carlotta, ohne an ihrer bequemen Haltung etwas zu ändern. »Wo bleibt Carolin?«

Mamma Carlotta blickte unruhig auf die Uhr. »Sie muss jeden Moment kommen.«

»Nicht so wichtig.« Tanja Möck winkte ab. »Wenn sie zu spät ist, lassen wir das Skriptgirl über die Straße laufen. Wäre vom Alter her sowieso besser.«

Mamma Carlotta nickte bedrückt. Nicht so wichtig! Dass nur Carolin nichts davon erfuhr, in welche Kategorie ihr Auftritt eingestuft worden war! Dann wäre die Chance, dass sie ihrer Nonna verzieh, noch geringer. Warum nur kam sie nicht? Sie war doch sonst die Pünktlichkeit in Person! War es möglich, dass sie so lange mit Alina Olsted über »Minna von Barnhelm« sprach? Lasen die beiden sich gegenseitig verschnörkelte Sätze vor, deren Sinn erst zu verstehen war, wenn man ihn erklärt bekam?

Carolin machte es Spaß, sich Gedanken darüber zu machen, was der Dichter wohl hatte ausdrücken wollen, als er sich für Formulierungen entschied, die doppeldeutig und kompliziert waren. Mamma Carlotta dagegen, die sich eigentlich gern von Klugheit und Bildung beeindrucken ließ, fand Gotthold Ephraim Lessing mittlerweile mehr wunderlich als bewundernswürdig. Und wenn ihre Enkelin seine Worte im Munde führte, wurde das Kind ihr regelrecht fremd. Erst recht, wenn sie sich dazu kleidete und zurechtmachte, als wäre die Welt der Literatur ein solches Jammertal, dass man ständig Trauer tragen müsse. Manchmal sehnte Mamma Carlotta sich wieder nach der Zeit zurück, in der sich Carolin so unscheinbar gekleidet und frisiert hatte, dass man leicht über sie hinwegsah.

Tove erschien in der Tür von Käptens Kajüte, mit der saubersten Schürze, die Carlotta je vor seinem Bauch gesehen hatte. Anscheinend war er gut vorbereitet gewesen, als Eidam-TV ihm angekündigt hatte, dass seine

Kaschemme noch am selben Tag gebraucht werde. Erstaunlich, wie verbindlich Tove sein konnte, wenn er gut dafür bezahlt wurde.

Nun tauchte hinter seinem Rücken Fietje auf, der seine Bommelmütze besonders tief in die Stirn gezogen hatte und aussah, als würde er sich gern unsichtbar machen.

Mamma Carlotta war überrascht. »Ich dachte, Sie wollten mit den Dreharbeiten nichts zu tun haben?«

Fietje versuchte ein freches Grinsen, das ihm nicht besonders gut gelang. »Trotzdem bin ich neugierig, was diese Fernsehfritzen mit Käptens Kajüte machen. Jawoll! Außerdem ist mein Freund Busso auch dabei.« Fietje warf Tove einen verächtlichen Blick zu. »Wer sich in die Nähe von Käptens Kajüte traut, darf ja nicht so aussehen wie ein Oberstudienrat.«

»Pass bloß auf, Fietje«, entgegnete Tove, ohne seine zufriedene Miene zu verlieren. »Demnächst ist Käptens Kajüte in der ganzen Republik bekannt. Dann verkehren bei mir auch Oberstudienräte. Weil ich dann nämlich in bin!«

Busso hatte anscheinend Schwierigkeiten, durch die Absperrung zu gelangen. Niemand wollte ihm glauben, dass er von Tanja Möck als Komparse bestellt worden war. Das mochte daran liegen, dass er sich Mut angetrunken hatte und für den Fall, dass dieser Mut noch nicht reichte, einen Flachmann mit sich führte, der aus seiner Gesäßtasche heraussah.

Aber Tanja gab den beiden jungen Männern, die die Absperrung bewachten, einen Wink, und kurz darauf erschien Busso strahlend vor ihrem Klappstuhl und erkundigte sich als Erstes nach den hundert Euro, die ihm versprochen worden waren. Zu seinem Leidwesen wollte Tanja ihm jedoch nicht glauben, dass er seine Aufgabe wesentlich besser erfüllen würde, wenn das Geld schon in seiner Tasche steckte, bevor die erste Klappe geschlagen wurde. »Sie warten! So wie alle anderen auch«, sagte sie energisch.

Busso war entsprechend eingeschüchtert und sogar bereit, den Flachmann in Tanjas Obhut zu geben, als er hörte, dass aus den hundert Euro nichts werden würde, wenn er die Flasche noch ein einziges Mal an den Mund setzte.

Trotz dieser deutlichen Worte gesellte er sich äußerst vergnügt zu seinem früheren Kollegen Fietje und erzählte ihm, dass die italienische Signora so freundlich gewesen war, sich seiner Hose anzunehmen. »Du hast sie ja vollgekleckert.«

Diese Behauptung wollte Fietje nicht auf sich sitzen lassen. Aufgebracht stellte er klar, dass Busso selbst an der Kleckerei schuld gewesen sei, weil er ihn angestoßen habe, als Fietje absolut nicht damit rechnen konnte. »Dass ich mir die Finger verbrannt habe, hast du wohl total vergessen?«

Im Nu entbrannte ein Streit, der Busso schon nach wenigen Minuten durstig machte. Außerdem behauptete er, dass er ein Zerwürfnis mit Fietje nur ertragen könne, wenn er einen Schnaps bekäme. Mamma Carlottas Vorschlag, sich schleunigst wieder mit Fietje zu versöhnen, damit der Schnaps überflüssig wurde, fand Busso bedenkenswert, aber gleich darauf fiel ihm ein, dass ein rechter Friede nur mit einem Schluck Alkohol geschlossen werden könne. »Sonst ist das nichts Halbes und nichts Ganzes.«

»Schluss jetzt!«, ging Tove dazwischen. »Du kannst später deine ganzen hundert Euro in meiner Kneipe auf den Kopp hauen, Busso. Aber jetzt bleibst du gefälligst nüchtern!«

Busso knurrte ihn ärgerlich an, aber als Mamma Carlotta in Toves Kerbe schlug und mit dem Entzug von Antipasti drohte, gab er sich geschlagen. »Hoffentlich geht das bald los«, brummte er. »Sonst bin ich total ausgenüchtert. Und dann falle ich immer über meine eigenen Füße.«

Mamma Carlotta musste prompt die Geschichte von dem Obdachlosen zum Besten geben, der jeden Winter in ihrem Dorf verbrachte und sich eines Nachts an dem Kirschlikör der Lehrerswitwe vergriffen hatte. Die war ein paar Wochen später verhaftet worden, weil sie im Verdacht stand, ihren kränkelnden Mann mit just diesem Kirschlikör vergiftet zu haben ... In diesem Augenblick entdeckte Carlotta ihre Enkeltochter, die gerade durch die Absperrung gelassen wurde. So musste sie leider mit der Pointe schon rausrücken, als die Spannung noch längst nicht auf dem Höhepunkt angekommen war, konnte nur ganz kurz die unappetitlichen Details erwähnen und musste rasch das Happy End verkünden: »Der gute Mann hat danach nie wieder Alkohol angerührt! So froh war er, dass er den Kirschlikör überlebt hatte.«

Schon wandte Mamma Carlotta sich um und lief Carolin entgegen. Spontan entschloss sie sich zu der Form der Aussöhnung, die sie bei ihrem Dino häufig mit Erfolg angewandt hatte. Einfach so tun, als wenn nichts gewesen wäre! Immer wieder hatte sie damit den Beweis erbracht, dass ein Friede auch durch Überrumpelung zu schließen war.

Alles sah danach aus, als gelänge es auch hier. Carolin war von einer derartigen Kraftlosigkeit, dass sie sich nicht einmal gegen die Umarmung ihrer Großmutter wehrte und sich auch nicht beschwerte, als sie mit Kosenamen bedacht wurde, die sie schon lange nicht mehr altersgemäß fand. Dass sie kurz darauf in Tränen ausbrach, entsprach allerdings nicht den Erfahrungen, die Mamma Carlotta mit ihrem Ehemann gemacht hatte. Und die kurze Hoffnung, es handle sich um Tränen der Rührung, musste sie schnell begraben.

»Was ist los, Carolina?«, fragte sie erschrocken. »Ist was passiert?«

Carolin schniefte. »Sie hat mir nicht die Tür aufgemacht. Obwohl sie wusste, dass ich kommen würde.«

»Wen meinst du? Deine Lehrerin?« Mamma Carlotta konnte das Glück, dass Carolin ihr wieder mit ganzen Sätzen antwortete, angesichts dieses Unglücks nicht genießen.

Carolin nickte und wischte sich die Tränen ab, ohne daran zu denken, dass sie am Morgen ihre Augen schwarz umrandet und ihre Wimpern getuscht hatte. »Mir erzählt sie was von der Scheinwelt, vor der ich mich hüten soll, und was tut sie?« Fragend sah Carolin ihre Nonna an, die sich beim besten Willen nicht vorstellen konnte, was Alina Olsted Schreckliches getan haben könnte.

»Sie hat was mit ihm«, stieß Carolin hervor. »Ich bin ums Haus herumgegangen, um zu sehen, ob sie im Garten ist, da habe ich die beiden gesehen. Auf einer Bank. Er hatte den Arm um sie gelegt, und sie hat sich an ihn geschmiegt.«

»Wer, Carolina? Wer hatte den Arm um sie gelegt?«

»Bruce Markreiter!«

Sören hatte seinen Umzug fahren lassen. Dass die Staatsanwältin eine Liebesbeziehung mit Martin Eidam eingegangen war, fand er derart sensationell, dass er am Telefon zu Erik gesagt hatte: »Ich komme sofort.«

Zufrieden hatte Erik den Hörer aufgelegt – dann erst fragte er sich, warum Sören eigentlich ins Büro kommen wollte. Die Tatsache, dass Frau Dr. Speck neuerdings in den Klatschspalten der Blitz erwähnt wurde, hatte keine Auswirkungen auf ihre beiden nach wie vor ungelösten Fälle. Der einzige Unterschied war, dass die Liebe sie freundlich und zugänglich gemacht hatte. Andererseits wollte Erik sich keine Illusionen machen. Er musste vorsichtig sein. Die Staatsanwältin würde dafür sorgen, dass auf das Image von Eidam-TV kein Schatten fiel. Wenn Martin Eidam durch Eriks Schuld schlechte Presse hatte, würde es mit der neuen Freundlichkeit schnell vorbei sein.

Erik freute sich, dass sein Assistent gleich kommen würde. Gemeinsam mit ihm würde er überlegen, welche Auswirkungen die neue Liebe der Staatsanwältin auf ihre Arbeit haben konnte. Tilla! Ihren Vornamen hatte er zum ersten Mal gehört. Und während er die Unterlagen durchblätterte, die sie ihm geschickt hatte, fragte er sich, ob er zu ihr passte.

Doch das, was ihm der Kurier der Staatsanwältin auf den Tisch gelegt hatte, war zu interessant, um sich Gedanken über Frau Dr. Specks Vornamen zu machen. Bruce Markreiter hatte tatsächlich einen bemerkenswerten Lebensweg hinter sich. Aus kleinen Verhältnissen stammte er, aus einer kinderreichen Familie, die nie einen Künstler hervorgebracht hatte. So war er zunächst in eine Schlosserlehre gedrängt worden, ehe er sich darangemacht hatte, seinen Traum zu verwirklichen und Schauspieler zu werden. Zunächst hatte alles nach der ganz großen Karriere ausgesehen, aber dann waren Bruce Markreiter immer wieder Frauengeschichten nachgesagt worden, die ihn Schritt für Schritt um seine Popularität gebracht hatten. Angeblich war er Vater mehrerer unehelicher Kinder, hatte Ehen auseinandergebracht und Frauen, die ihn liebten, skrupellos fallen lassen, nachdem sie eine Menge für ihn getan und viel für ihn aufgegeben hatten.

In der Branche wurde geflüstert, dass die Ehe mit Dania Kaiser keine Liebesheirat gewesen sei. Jedenfalls nicht für Bruce Markreiter. Wenn es stimmte, was die Klatschpresse vor und nach der Hochzeit geschrieben hatte, war es Markreiter nur darum gegangen, als Ehemann von

Dania Kaiser seine eigene Karriere voranzutreiben. Dass ihm das nicht gelungen war, darüber bestand Einigkeit unter den Klatschreportern. Spätestens als Dania Kaiser eine Affäre mit Kevin Costner nachgesagt wurde, schien der Beweis erbracht, dass sie ihren untreuen Ehemann durchschaut hatte und sich nun selbst schadlos hielt. Dass Bruce Markreiter eine Gastrolle in einer Telenovela angenommen hatte, war Anlass für weitere Spekulationen. In der Blitz wurde sogar behauptet, er bekäme zurzeit keine besseren Rollenangebote. Möglicherweise habe seine Ehefrau dafür gesorgt, die sich nicht durch Scheidung für die vielen Affären ihres Mannes rächen wollte, sondern indem sie ihn beruflich ruinierte.

Erik dachte nach. Lag darin der Schlüssel zur Aufklärung des Falls? War das ein Hinweis der Staatsanwältin, in diese Richtung zu ermitteln? Gab sie damit ein Insiderwissen preis, über das sie als Freundin von Martin Eidam verfügte, ohne es ausdrücklich zu erwähnen? Und so verblümt, dass sie später notfalls behaupten konnte, sie sei falsch verstanden worden?

Er strich sich ausgiebig den Schnauzer glatt. Bruce Markreiter hatte zwar ein Motiv, aber auch ein Alibi! Er konnte Max Triebel nicht erschossen haben. Aber vielleicht hatte er etwas mit dem Tod von Harry Jumperz zu tun? Möglicherweise war er der Drahtzieher gewesen – im Fall Max Triebel, im Fall Harry Jumperz oder sogar in beiden Fällen?

Als vor seinem inneren Auge der Anblick des toten Jumperz erschien, war Erik auf einmal klar, dass er nicht einen, sondern zwei Täter suchte. In diesem Augenblick gestand er sich ein, dass die beiden Fälle so wenig miteinander gemein hatten, dass es nur diese eine Erklärung gab: Er suchte einen eiskalten Mörder und einen, der Harry Jumperz auf dem Gewissen hatte, indem er seinen Tod billigend in Kauf nahm.

Erik seufzte. Gut, dass Sören bald da sein würde! Die Zeit war reif, sich eine neue Vorgehensweise zu überlegen. Anscheinend waren sie bisher falsch an die beiden Fälle herangegangen, sie mussten ihre Taktik ändern.

Ungeduldig blätterte er weiter durch die vielen Zeitungsausschnitte, die Frau Dr. Speck zusammengetragen hatte. Kinderfotos von Bruce Markreiter, Fotos von seiner Familie, von dem jungen Bruce, der sich auf einer kleinen Theaterbühne seine Sporen verdiente. Und dann eine Großaufnahme von ihm im Alter von zwanzig Jahren …

Eigentlich hatte Erik seinen Assistenten mit ein paar anerkennenden Worten empfangen wollen, weil ihm die Arbeit offenbar wichtiger war als sein Umzug. Doch diesen Vorsatz hatte er längst vergessen, als Sören eintrat. Wortlos hielt er ihm das Foto des jungen Bruce Markreiter hin.

»Das gibt's doch nicht!«, rief Sören.

Erik nickte. »Da haben wir die Skandalgeschichte, der Max Triebel auf der Spur war.«

Heidi und Sandra saßen in der offenen Tür des Lieferwagens und unterhielten sich leise. Als Mamma Carlotta auf sie zuging, um sich mit ihnen die Warterei bis zu Carolins Auftritt zu verkürzen, stand Heidi auf und kam ihr entgegen. »Hat dein Schwiegersohn eigentlich schon was herausgefunden, Carlotta?«

Sandra Zielcke schien plötzlich sehr interessiert. »Wer ist denn Ihr Schwiegersohn? Und was soll er herausfinden?«

Heidi erklärte, dass Carlotta Capella die Schwiegermutter von Hauptkommissar Wolf sei, der den Mord an dem Blitz-Reporter aufzuklären hatte. »Und was mit Harry passiert ist, muss er auch rausbekommen.«

Sandra, die vorher über Mamma Carlotta hinweggesehen hatte, schenkte ihr nun ein liebenswürdiges Lächeln. »Das ist ja interessant!«

»Also, was ist?«, fragte Heidi noch einmal. »Hat er schon einen Verdacht?«

Mamma Carlotta warf Sandra einen nachdenklichen Blick zu, ehe sie antwortete: »Ich glaube, er sucht nach einer Stalkerin. Einer Frau, die andere Menschen verfolgt.«

»Tatsächlich? Und wer wurde gestalkt? Wissen Sie das auch?«

Mamma Carlotta sorgte dafür, dass sie ein paar Zentimeter in die Höhe wuchs. »Selbstverständlich kann ich über die Arbeit meines Schwiegersohns nicht in aller Öffentlichkeit reden.«

Das sah Sandra Zielcke sofort ein. Und sie demonstrierte, dass sie eine diskrete Person war, indem sie sich umgehend entfernte und dabei sogar eine Entschuldigung murmelte. »Ich wollte nicht neugierig sein.«

Mamma Carlotta warf ihr einen wissenden Blick hinterher. Sie war sicher, dass Sandra Zielcke genau das sein wollte. Sie konnte ja nicht ahnen, dass sie von Mamma Carlotta beobachtet worden war, während sie Alina Olsted verfolgte. Und sie konnte natürlich auch nicht ahnen, was Mamma Carlotta von Fietje erfahren hatte und sogar im Obdachlosenmilieu bekannt war: dass Sandra Zielcke eine Stalkerin war, die Bruce Markreiter in die Dünen gefolgt war. Ganz zu schweigen von dem höchst merkwürdigen Telefonat, das Mamma Carlotta belauscht hatte. Trotzdem würde sie nun vielleicht Angst bekommen. Erik hatte einmal gesagt, dass ein Täter, der Angst hat, sich über kurz oder lang verrät.

Heidi stieß Mamma Carlotta an. »Nun sag schon«, flüsterte sie. »Mir kannst du es doch verraten. Weiß er was? Ich meine natürlich die Sache mit Harry. Wir sitzen im selben Boot.«

Mamma Carlotta hob die Schultern, ließ sie ausdrucksvoll wieder fallen und bedachte Heidi mit einem Blick, der alles bedeuten konnte oder gar nichts.

»Irgendwann wird dein Schwiegersohn herauskriegen«, tuschelte Heidi, »dass Harry ein paar Rollen streichen wollte. Mindestens eine! Wenn das kein Motiv ist!«

Mamma Carlotta sah, dass die Maskenbildnerin Carolin mittlerweile die zerlaufene Wimperntusche aus dem Gesicht gewischt hatte. Es wurde ernst! Busso wurde vor die Tür eines Wohnhauses gestellt, das schräg gegenüber von Käptens Kajüte lag. Dort sollte er auf das Zeichen des Regisseurs warten und dann gemächlich an der Imbissstube vorbeigehen.

»Verstanden?«, fragte der Regisseur vorsichtshalber. Er war ein junger Mann von Mitte dreißig, der Rollo hieß und jeden so ansah, als wollte er sich darüber beklagen, dass er mit Dilettanten arbeiten müsse. Busso Heinemann hatte er damit nicht einschüchtern können, Mamma Carlotta jedoch merkte, wie sie immer nervöser wurde. Plötzlich war sie sich nicht mehr so sicher, dass es ihr gelingen würde, ihr Missfallen über die Kaschemme auszudrücken, die sie betreten sollte.

»Was für eine … Bettola!«, flüsterte sie vor sich hin. Madonna, das war doch nicht weiter schwer! Sie musste nur vergessen, dass ein Mikrofon ihre Worte aufnahm und sie von einer Kamera verfolgt wurde. Dann war alles ganz einfach.

»Ist Luca bereit?«, erkundigte sich Rollo.

Ein vielstimmiges Ja war die Antwort, ohne dass Mamma Carlotta ihren Landsmann irgendwo entdecken konnte.

Nun wurde Carolin zu ihrer Position geführt. Sie musste ebenfalls an Käptens Kajüte vorbeigehen, aber nicht gemächlich, sondern eilig, und sollte Busso Heinemann, wenn er ihr direkt vor der Eingangstür begegnete, einen flüchtigen Gruß zuwerfen. Busso jedoch wurde angewiesen, diesen Gruß nicht zu erwidern, Carolin nicht einmal zu beachten, sondern den Blick zu Boden zu richten und weiterzuschlurfen, als hätte er sie nicht zur Kenntnis genommen.

Fietje und Tove bauten sich hinter Mamma Carlotta auf, um mit ihr zusammen zu beobachten, wie Busso und Carolin ihre Aufgabe bewältigten.

»Kaschemme außen, die Erste!«

Carolin machte sich eilig auf den Weg. Etwas hektisch und steifbeinig, aber fast so wie an einem normalen Morgen, wenn sie Gefahr lief, zu spät zur Schule zu kommen. Sehr natürlich, fand Mamma Carlotta, ganz ungekünstelt. Stolz lächelte sie in sich hinein. Wie glücklich war sie, dass sie das Kind wieder umarmen durfte, dass Carolin den Zorn auf ihre Nonna vergessen hatte angesichts der weitaus schwereren Verfehlung ihrer Lehrerin!

»Aus!«, schrie Rollo.

Carolin und Busso waren sich zwar begegnet, aber leider an der falschen Stelle. Carolin war zu schnell gelaufen, Busso zu langsam.

»Kaschemme außen, die Zweite!«

Wie gut Carolin sich in der Gewalt hatte! Nichts ließ sie erkennen von dem aufwühlenden Erlebnis, das sie gehabt hatte. Stattdessen hatte sie wie ein Profi gemurmelt: »The show must go on!« und der Kamera so fest ins Objektiv geblickt, dass der Regisseur sie mit barschen Worten daran erinnern musste, dass sie niemals in die Kamera blicken dürfe. »Absolut niemals!«

Auch diesen Verweis hatte Carolin locker weggesteckt. Und das, obwohl ihr Wertesystem soeben ins Wanken geraten war. Die verehrte Lehrerin in flagranti mit einem verheirateten Fernsehstar zu erwischen, das war wirklich ein harter Schlag für ein junges Mädchen, das noch an Liebe, Treue und Ehrlichkeit glaubte!

»Kaschemme außen, die Dritte!«

Auch in Mamma Carlotta brodelte die Empörung. Eine Pädagogin, das Vorbild für die ihr anvertrauten Schüler! Wie sollten die Kinder vor einer solchen Frau noch Respekt haben! »Scandaloso!«, flüsterte sie. War eine solche Frau überhaupt geeignet für den verantwortungsvollen Beruf der Lehrerin?

»Kaschemme außen, die Vierte!«

Busso Heinemann schien seine Rolle nicht mehr ernst zu nehmen. An dem Haus, an dem er loszugehen hatte, war mittlerweile ein Fenster geöffnet worden, aus dem eine Frau schaute, die ihn kannte. Mit neckischen Kommentaren trieb sie ihn an, sodass er nicht mit zu Boden gerichtetem Blick an Käptens Kajüte vorbeischlurfte, sondern grinsend die Straße entlangspazierte und genau in dem Moment, in dem er auf Carolin traf, einen Blick zurückwarf und der Frau am Fenster zulächelte.

Rollo raufte sich die Haare. »Wenn du noch eine Klappe versemmelst, ist Schluss«, fuhr er Busso an.

Das wirkte. Endlich widmete sich Busso Heinemann ganz seiner Aufgabe. Dass er Carolins freundlichen Gruß mit einem gemurmelten »Moin!« erwiderte, statt grußlos vorbeizugehen, wurde ihm zum Glück nachgesehen. Die Szene war im Kasten!

Rollo schaute in den Himmel. »Wir machen jetzt den Stunt. Die Sonne steht genau richtig!«

Die Tür des Lieferwagens wurde aufgeschoben, und heraus kletterte Bruce Markreiter. Dass er von Rollo mit dem Namen Luca angesprochen wurde, fiel Mamma Carlotta erst später auf. Lächelnd schüttelte sie den Kopf und griff sich an die Stirn. Natürlich war das nicht Bruce Markreiter, sondern Luca Medina, sein Stuntman. Er war ein Stück kleiner als Markreiter, daran erkannte man ihn. Aber alles andere war unter den Händen der Maskenbildnerin Bruce Markreiter sehr ähnlich geworden. Luca hatte die gleiche schmale gerade Nase und ein ähnlich markantes Kinn, beide waren sie gleich schlank und drahtig. Seine Haut war mit Make-up aufgehellt worden, seine grauen Schläfen waren verschwunden. Wer Bruce Markreiter erwartete, der würde ihn in dem Stuntman ohne Weiteres erkennen.

Rollo wechselte ein paar Worte mit Luca, dann wusste der Stuntman, was zu tun war. Mit einer unglaublichen Behändigkeit kletterte er an einem Regenrohr aufs Dach von Käptens Kajüte, schlich dort in gebückter Haltung umher, als müsste er sich vor jemandem verstecken, der ihn unten auf der Straße suchte. Dann sprang er mit einem so gewaltigen Satz vom Dach, dass Mamma Carlotta das Herz stehen blieb.

»Im Kasten!«, rief Rollo zufrieden. »Super, Luca!«

Der Stuntman nahm seine Sonnenbrille ab und die Kappe vom Kopf. Als er die Jacke öffnete, war er schnell wieder zu Luca Medina geworden.

Mamma Carlotta spürte nicht, dass jemand sie anstieß und ihr etwas zuflüsterte. Denn ihr war plötzlich ein Gedanke gekommen, der alles auf den Kopf stellte: Bruce Markreiter hatte kein Alibi für den Mord an Max Triebel!

Sören starrte das Foto immer noch an, als Eriks Handy zu klingeln begann. Der junge Bruce Markreiter mit einem Leberfleck auf der Oberlippe, wie ihn auch Cindy Crawford und Alina Olsted hatten! Die einzige Erklärung, die ihm dazu einfiel, erschien ihm so ungeheuerlich, dass er sich erst an sie gewöhnen musste, ehe er daran glauben konnte.

Erik nahm sein Handy aus der Jackentasche und warf einen Blick aufs Display. Dann stöhnte er: »Meine Schwiegermutter! Sie war immer gegen Handys, aber jetzt hat sie selber eins, und natürlich ändert das alles.

Vermutlich ruft sie von Feinkost Meyer an und will wissen, ob sie heute Abend Cannelloni oder Lasagne machen soll.«

»Glaube ich nicht«, antwortete Sören, ohne den Blick vom Foto zu nehmen. »Sie ist heute Nachmittag als Komparsin unterwegs.«

»Dann braucht sie wohl jemanden, dem sie erzählen kann, dass sie statt zwei sogar drei Sätze in die Kamera sagen darf.« Seufzend sah Erik seinem Handy beim Klingeln zu. »Und ich darf mir dann von Carolin anhören, dass das Leben ungerecht ist. Falls sie überhaupt wieder mit mir redet …« Er verlor sich für ein paar Augenblicke in den Ungerechtigkeiten, die die Welt für ihn parat hatte, nur weil er Vater und Schwiegersohn war. »Bisher hatte man vor meiner Schwiegermutter wenigstens Ruhe, wenn sie nicht in der Nähe eines Telefons war.«

Sein Handy hörte auf zu läuten, die Mailbox sprang an.

»Es könnte was Wichtiges sein«, gab Sören zu bedenken.

Erik grinste frech. »Sie muss ja auch lernen, wie das mit der Mailbox geht.« Er legte sein Handy auf die Tischplatte und wartete auf das Zirpen, das den Eingang einer Mailboxnachricht verkündete. »Lassen Sie uns überlegen, wie wir mit dem da umgehen.« Erik zeigte auf das Foto, das Sören nachdenklich zwischen den Fingern bewegte.

»Hören Sie besser erst mal die Mailboxnachricht ab.«

Erik drückte den grünen Knopf, hörte sich die Automatenstimme an, die den Eingang einer Nachricht verkündete, und schreckte zurück, als Mamma Carlottas Stimme laut und aufgeregt aus dem Handy fuhr. So laut, dass auch Sören jedes Wort verstehen konnte.

»Allora, Enrico, eigentlich darf ich hier nicht telefonieren. Deswegen nur ganz kurz … Bruce Markreiter hat gar kein Alibi. Der Mann, der in der Nacht in Kampen und Westerland gesehen worden ist, das könnte auch sein Stuntman gewesen sein. Wenn der will, ist er nämlich dem Markreiter zum Verwechseln ähnlich. Ich hab's gerade mit eigenen Augen gesehen.« Ihre Stimme wurde immer schneller, aber zugleich immer leiser, sodass sie schwer zu verstehen war. »Wenn du dich beeilst, kannst du Bruce Markreiter vielleicht noch bei Alina Olsted erwischen. Die beiden haben nämlich was miteinander. Amore, capito? Carolina hat die beiden erwischt. Dio mio! Ich muss ...«

Damit brach die Nachricht ab. Erik versuchte zurückzurufen, aber er hörte nur die Meldung, dass der Gesprächsteilnehmer zurzeit nicht erreichbar sei. Verblüfft sah er Sören an. »Was halten Sie davon?«

Sein Assistent zuckte die Achseln. »Wen nehmen wir uns zuerst vor: Markreiter, den Stuntman oder die Olsted?«

Erik überlegte nur kurz. »Den Stuntman. Der ist das schwächste Glied in der Kette. Es wäre gut, wenn wir einen Vorsprung hätten, bevor wir mit Markreiter reden.«

»Und Alina Olsted?«

»Es gibt keine Verdachtsmomente gegen sie. Außer, dass unter Triebels Balkon Abdrücke von Damenschuhen gefunden wurden und auf dem Balkon der Teil eines Knopfes.«

»Und am Balkongitter Fingerabdrücke von einer Person, die nicht bei Eidam-TV beschäftigt wird.«

»An Markreiters Schrankfach auch.« Erik griff zum Telefon. »Und wenn es stimmt, was wir vermuten, hatte sie Zutritt zu Markreiters Zirkuswagen.« Er zog seine Schreibtischschublade auf und wühlte darin herum. »Die Frage, ob die Staatsanwältin damit einverstanden ist, stelle ich mir einfach nicht.«

Heidi, Beate und Kristin hatten ihr »Toi, toi, toi!« zugerufen und so getan, als wollten sie ihr über die Schulter spucken. Nun starrte Tove sie erwartungsvoll an, Fietje nickte ihr zu und schob sogar seine Bommelmütze zurück, damit sie seinem Gesicht ablesen konnte, dass er ihren Fähigkeiten vertraute. Rollos Blick war ungeduldig, Tanjas jedoch so freundlich und aufmerksam wie immer.

»Es geht los!«, rief der Regisseur, aber sein professioneller Optimismus gab Mamma Carlotta weder Sicherheit noch die Leichtigkeit, die sie jetzt gebraucht hätte. Sie stand wie aus Stein gemeißelt vor Käptens Kajüte, mit einem Blick, der so bedeutungsschwer war, als betrachte sie die Akropolis. Und als sie sagte: »Was für eine ... Bettola!«, wusste sie gleich, dass Rollo nicht zufrieden sein würde. Ihre Stimme klang so dramatisch, als nähme sie die Folgen einer Sturmflut in Augenschein und nicht irgendeine Kaschemme.

Mamma mia! So schwer hatte sie sich das nicht vorgestellt! Vielleicht wäre es besser gegangen, wenn ihre Gedanken frei und unbelastet gewesen wären und sich nicht hartnäckig in der Frage verhakt hätten, warum Luca Medina bereit gewesen war, Bruce Markreiter ein Alibi zu verschaffen. Geld natürlich! Das war immer der Grund. Luca Medina hatte vermutlich viel Geld dafür bekommen, dass er Bruce Markreiter die Möglichkeit gegeben hatte, einen Skandalreporter umzubringen, der im Begriff war, seinen Ruf zu ruinieren.

»Okay, noch einmal!«, rief Rollo.

Aber kaum hatte sie wieder ihren Satz gesprochen, wusste sie, dass es auch diesmal falsch und unnatürlich geklungen hatte.

Sie verzichtete darauf, den Regisseur anzusehen, weil sie wusste, dass es danach mit ihrem Selbstvertrauen ganz vorbei sein würde. Doch der milde Tadel, der in Tanjas

Augen gestiegen war, machte ihr genauso zu schaffen, wie es ein Wutanfall von Rollo vermocht hätte. Tanja Möck hatte sich um keinen Zentimeter bewegt, doch sie atmete nun tiefer, als hätte sie gern genervt aufgestöhnt und versagte es sich nur mit Rücksicht auf die zartbesaitete Komparsin. Sie ballte ihre Hände im Schoß zu fleischigen Fäusten, als gäbe es auch in ihr winzige Aggressionen, die nur deshalb nicht zum Ausbruch kamen, weil sie mit körperlicher Anstrengung verbunden waren. Keine Frage, Tanja war mit Mamma Carlottas Leistung unzufrieden und bereute, dass sie sich vor Harry Jumperz für sie eingesetzt hatte.

Beim dritten Mal hatte Mamma Carlotta den Regisseur angeschaut, statt Käptens Kajüte zu betrachten, beim vierten hatte sie ihren Text vergessen, obwohl er nur aus vier Wörtern bestand. Rot vor Verlegenheit stand sie da und konnte sich selbst nicht verstehen.

»Okay, wir ziehen die Szene vor«, sagte Rollo, »in der sie die Kaschemme verlässt. Vielleicht liegt ihr die besser.«

Er gab sich aufgeräumt, als wäre es dem Ablaufplan sogar förderlich, wenn die Reihenfolge der Szenen verändert wurde. Aber seine schauspielerischen Leistungen waren noch schlechter als Mamma Carlottas. So hatten seine Worte, die aufmunternd sein sollten, den genau gegenteiligen Erfolg. Zum Glück steckten Heidi, Kristin und Beate gerade die Köpfe zusammen und bekamen von den Dreharbeiten nichts mit.

Mamma Carlotta wurde in die Imbissstube gebeten und angewiesen, hinter der offenen Tür zu warten. Kalt und dunkel war es dort. Und einsam! Noch nie hatte sie sich mutterseelenallein in diesem Raum aufgehalten. Und die Tatsache, dass er sauberer war als sonst und keine undefinierbaren Gerüche über der Theke hingen, trug nicht dazu bei, dass sie sich wohler fühlte. Ein beklemmendes

Gefühl stieg in ihr auf, so wie früher, wenn sie als Kind in den Keller geschickt worden war, in dem sie sich gefürchtet hatte. Oder als sie nach Dinos Tod zum ersten Mal wieder das eheliche Schlafzimmer betrat, wo er die letzten Jahre seines Lebens zugebracht hatte, und ein leeres Bett vorfand. Nie zuvor hatte sie sich so allein gefühlt wie damals.

Sie ermahnte sich, die Zeit des Alleinseins zu nutzen und den Satz zu proben, auf den es gleich ankommen würde. Aber sie konnte sich einfach nicht darauf konzentrieren. Zu viele Fragen schossen ihr durch den Kopf, die die wichtige Aussage, dass der Espresso in Käptens Kajüte wie Spülwasser schmeckte, zuschütteten. Die Geschichte, der Max Triebel auf der Spur gewesen war, musste aufsehenerregend sein. Etwas so Anstößiges, Entehrendes, dass es Markreiters Ruf ruiniert hätte, dass seine Karriere vorbei gewesen wäre, dass er dafür vielleicht sogar ins Gefängnis hätte gehen müssen. Nur so war es zu erklären, dass er alles auf eine Karte gesetzt hatte und nicht einmal vor einem Mord zurückgeschreckt war, um das Leben zu retten, das er bisher geführt hatte.

Ob Alina Olsted klar war, auf wen sie sich einließ? Sie war womöglich stolz darauf, von einem Star begehrt zu werden, und ahnte nicht, dass sie mit einem eiskalten Mörder ins Bett ging. Hoffentlich hatte Erik ihre Nachricht gehört! Hoffentlich kam er früh genug bei Alina Olsted an, um Bruce Markreiter festzunehmen!

Plötzlich fiel ihr Sandra Zielcke ein. War sie vielleicht doch keine Stalkerin? Womöglich spionierte Sandra den Fernsehstar Bruce Markreiter tatsächlich aus, um von einer Illustrierten viel Geld dafür zu kassieren? Dann hatte sie natürlich längst herausgefunden, dass der Star ein Verhältnis mit einer jungen Frau hatte, die bis dahin eine unbescholtene Lehrerin gewesen war. Deswegen war sie Alina nachgeschlichen! Und genau deswegen hatte sie die Referendarin angesprochen! Was mochte Alina ihr in ihrer Arglosigkeit in den wenigen Minuten anvertraut haben? Und hatte Sandra vielleicht sogar heimlich ein Foto von ihr gemacht, während sie vorgab, dass sie von Alina fotografiert werden wollte?

Ein junger Mann, der ein Headset trug und ein Mikrofon an einem langen Stativ in der Hand hielt, blickte in den Raum. »Sind Sie so weit, Signora?«

Mamma Carlotta nickte tapfer. »Sì!«

»Wenn Sie die Klappe hören, kommen Sie also heraus und sagen … Na, Sie wissen schon.«

Wieder nickte sie.

»Nur noch ein paar Minuten.«

Der junge Mann verschwand wieder. Der Satz, den Mamma Carlotta sich tausendmal vorgesprochen hatte, stellte sich in ihrem Kopf auf, aber dummerweise schummelte sich die Frage daneben, ob Bruce Markreiter auch Harry Jumperz auf dem Gewissen hatte. War er gerade in dem Moment in die Kulissenhalle gekommen, als Harry verzweifelt versuchte, sich aus dem Schrank zu befreien? Und hatte Bruce dann kurzen Prozess gemacht, weil der Chefautor etwas wusste, das dem Stargast gefährlich werden konnte? Dann wusste womöglich auch Sandra Zielcke davon. Und wenn das so war, würde Erik, noch ehe er den Fall gelöst hatte, auf irgendeiner Titelseite lesen müssen, dass jemand fixer im Aufklären des Mordfalls gewesen war als die Kriminalpolizei von Westerland! Sicherlich würde ihm die Staatsanwältin, die ihn sowieso nicht leiden konnte, schwere Vorwürfe machen. Ein schrecklicher Gedanke!

Aber Mamma Carlotta schob ihn eilig beiseite. Nein, Harry Jumperz musste einem anderen Mörder zum Opfer gefallen sein. Jemandem, der den Club der Bösen Hühner beobachtet und dann die gute Gelegenheit genutzt hatte. Vielleicht jemandem, der ebenfalls wusste, wie man ungesehen auf das Gelände des Inselzirkus kam, wenn die Alarmanlage eingeschaltet war?

In dem Moment, in dem sie das harte Geräusch der Klappe hörte, fiel ihr ein, dass Sandra Zielcke den Spalt zwischen der Halle und dem Zaun kannte. Hatte Fietje nicht erzählt, dass sie Bruce dabei beobachtet hatte, wie er mit einer unbekannten Frau dort eingedrungen war? Unbekannt? Mittlerweile war Mamma Carlotta davon überzeugt, dass es sich dabei um Alina Olsted gehandelt hatte. Die wollte sich natürlich nicht mit Bruce in seinem Hotel treffen, weil sie auf Sylt bekannt war. Vielleicht hatte Sandra die beiden sogar fotografiert …

»Signora! Wo bleiben Sie?«

»Dio mio!«

Mit einem gewaltigen Satz sprang Mamma Carlotta vor die Tür, um die Verzögerung wettzumachen. Aber Rollo hatte schon abgewinkt, bevor sie auch nur den Mund öffnen konnte. »Sie sind nicht auf der Flucht vor dem Wirt, sondern verärgert, weil der Espresso schlecht war!« Halblaut fragte er Tanja: »Wer hat uns eigentlich diese Komparsin eingebrockt?«

Mit einer barschen Geste wurde sie zurückgeschickt, und während sie wartete, verbat sie sich jeden Gedanken an Sandra Zielcke. Sie musste aufhören zu denken. In ihrem Kopf jagte ein Gedanke den anderen, alle fielen übereinander her, und am Ende gewann der Stärkere, aber nicht der Richtige. Sandra Zielckes Rolle war einfach nicht zu durchschauen.

»Kaschemme Eingangstür, die Zweite!«

Erschrocken machte Mamma Carlotta einen Vorwärtsschritt, stieß zum zweiten Mal während dieses Syltaufenthalts an die Türschwelle von Käptens Kajüte, erschrak wiederum und haspelte hervor: »Der Sandra … äh … der Espresso schmeckt wie …«

»Aus! So kann ich nicht arbeiten!«, rief Rollo verärgert.

Zum Glück war Sandra Zielcke in eine Unterhaltung vertieft gewesen und hatte von dem Versprecher nichts mitbekommen. Aber Mamma Carlotta sah die Enttäuschung in Toves und Fietjes Gesichtern, sah Tanjas Unzufriedenheit und spürte ihre eigene Niedergeschlagenheit wie eine Migräneattacke. Das Allerschlimmste jedoch war die Scham in Carolins Gesicht. Ihre Nonna hatte versagt! Auf ganzer Linie!

Entschlossen machte Mamma Carlotta einen Schritt vor. »Scusi, ich kann das nicht. Aber meine Enkelin, die wäre genau richtig dafür. Ihre Mutter war un'italiana, und sie spricht sogar etwas Italienisch. Vor allem kann Carolina das R rollen, und die italienische Sprachmelodie ist ihr quasi angeboren.« Sie sah von Tanja zu Rollo und dann wieder zurück. »Carolina wird das schaffen. Ganz sicher.«

»Das Alter passt nicht«, gab Tanja zu bedenken und rutschte ein wenig auf ihrem Klappstuhl hin und her.

»Egal!«, rief Rollo. »Wir müssen weiterkommen!«

»Also gut«, seufzte Tanja. »Aber Carolin ist noch so jung. Trinkt die schon Espresso?«

Rollo verdrehte die Augen. »Dann soll sie eben sagen: Die Cola war lauwarm. Ist für die Szene doch total egal!«

»Also gut«, sagte Tanja noch einmal und bewegte von da an wieder nur ihre Augen.

Als Mamma Carlotta in Carolins Gesicht blickte, war die Scham daraus verschwunden. Und als sie an ihrer Nonna vorbeiging, blinzelte sie ihr sogar vergnügt zu.

Wenige Minuten später war die Szene im Kasten und Rollo voll des Lobes für das junge Mädchen, das sofort begriffen hatte, auf welchen Tonfall es ankam. Mamma Carlotta war erleichtert. So gern sie sich den Nachbarn in ihrem Dorf auf dem Bildschirm präsentiert hätte – wenn sie mit ihrer Enkeltochter prahlen konnte, gefiel ihr das mindestens genauso gut. Und dass sie jetzt in aller Ruhe nachdenken konnte, war auch genau richtig.

Sie fror plötzlich. Die Sonne hatte sich hinter einer großen Wolke versteckt, die sich im Nu mit anderen verband und die Hoffnung auf einen sonnigen Drehtag zunichtemachte. In Umbrien blieb jeder Tag sonnig und warm, der mit einem blauen Himmel begonnen hatte, es sei denn, ein Gewitter zog auf. Auf Sylt jedoch konnte das Wetter von einer Stunde auf die andere umschlagen, davon hatte Lucia oft gesprochen.

»Gut, dass der Außendreh fast geschafft ist«, sagte Rollo und klopfte Carolin anerkennend auf die Schulter. »Jetzt nur noch die Szene, wenn du in die Kaschemme reingehst. Sobald die Sonne noch einmal durchkommt, drehen wir. Du bist ja begabt. Wahrscheinlich kommen wir wieder mit einem einzigen Versuch aus.«

Mamma Carlotta sah, dass auch Sandra Zielcke zu frieren begann. Sie trug bereits das leichte Kleid, mit dem sie später in Käptens Kajüte an der Theke sitzen und einen Streit mit ihrem Filmpartner beginnen sollte, der ihren Bruder darstellte. Sie ging zum Lieferwagen und holte eine Jacke heraus. Dabei schien sie zu spüren, dass sie beobachtet wurde. So unerwartet sah sie auf, dass Mamma Carlotta es nicht schaffte, ihren Blick rechtzeitig abzuwenden.

Diesmal hatte Erik den Autoschlüssel nicht seinem Assistenten überlassen. Aber da sein Chef ziemlich tatkräftig wirkte, beließ Sören es dabei, ohne zu murren. Doch kaum waren sie in die Kjeirstraße eingebogen, da bereute er es schon. Denn er hatte Erik unvorsichtigerweise gefragt, was er sich von einem Besuch bei Alina Olsted erhoffte. »Sie werden ihr doch nicht etwa ihre Vergangenheit vorhalten?«

Schon nahm Erik den Fuß vom Gas. »Warum nicht?«, fragte er zurück. »Wenn das was mit unserem Fall zu tun hat …«

»Hat es nicht«, entgegnete Sören scharf. »Garantiert nicht!«

»Aber diese Frau unterrichtet meine Kinder!«

»Sie gehen nicht als Vater zu ihr, sondern als Polizeibeamter!« Sören schlug sich mit der Faust auf die Schenkel. »Vielleicht hätten wir doch warten sollen, bis Markreiter wieder im Hotel auftaucht. Oder bis der Stuntman mit dem Dreh fertig ist.«

Aber Erik war sich seiner Sache sicher. »Es besteht die Chance, dass wir Markreiter bei Alina Olsted antreffen. Die müssen wir nutzen.«

»Und der Stuntman?«

»Den wird Mierendorf kassieren, sobald er den Drehort verlässt, und mit ins Kommissariat nehmen.«

Sören schien nun doch einverstanden zu sein. »Dann können die drei sich nicht untereinander verständigen.«

Ein kurzes Schweigen trat ein, in dem Erik das Fahrtempo behutsam steigerte. Schließlich sagte er sehr langsam und nachdenklich, wie zu sich selbst: »Zuerst dachte ich, Alina Olsted wäre die Stalkerin, von der Sandra Zielcke gesprochen hat. Groß, schlank, dunkelhaarig, mit einem Leberfleck auf der Oberlippe! Aber sie hatte ja offenbar Unterricht, als die Zielcke sie gesehen haben wollte.«

»Max Triebel soll auch erwähnt haben, dass die Stalkerin aus Berlin stammt. Wissen Sie, woher Alina Olsted kommt?«

Erik schüttelte den Kopf. »Das spielt keine Rolle. Wenn wir das Foto richtig interpretieren, kommt sie als Stalkerin nicht infrage.«

»Wie wird sie auf das Foto reagieren?«, überlegte Sören.

»Wir müssen vorsichtig sein. Ein Beweis ist das Foto nicht.«

»Wenn Bruce Markreiter wirklich den Mord an Max

Triebel begangen hat, wird sie nichts von dem verraten, was sie weiß. Erst recht nicht, wenn sie mit ihm unter einer Decke steckt.«

»Wenn Markreiter nicht mehr bei ihr ist, müssen wir dafür sorgen, dass sie keinen Kontakt zu ihm aufnimmt, bevor wir mit ihm geredet haben. Noch kann er sich sicher fühlen. Das muss so bleiben, bis wir mehr wissen.«

Sören nickte und sah einer Möwe hinterher. »Ich bin gespannt, wie Markreiter sich rausredet, wenn wir ihm sein Alibi um die Ohren hauen.«

»Wir müssen ihn überrumpeln, dann wird er sich vielleicht verraten. Mit einer Geste, einem unbedachten Wort ...«

»Ich fürchte, Markreiter wird ein harter Brocken für uns. Vielleicht fällt der Stuntman eher um. Für den geht es nicht um Mord, sondern nur um Geld. Wenn er clever ist, lässt er sich nicht mal Beihilfe nachweisen. Der wird behaupten, er habe nicht gewusst, warum er sich als Bruce Markreiter ausgeben sollte.«

Erik steigerte das Tempo und fuhr mit waghalsigen sechzig Stundenkilometern nach Wenningstedt hinein. »Eigentlich hätte ich gerne Genaueres gewusst«, murmelte er und ließ den Wagen prompt ausrollen. »Nicht nur diese Mailboxnachricht. Aber Carolin und meine Schwiegermutter sind ja mit Dreharbeiten beschäftigt.«

»Finden die nicht vor Käptens Kajüte statt?« Sören wies zur Einmündung in den Hochkamp. »Vielleicht können wir mit den beiden reden. Und wenn wir Glück haben, sehen wir sogar den Stuntman.«

Nun erwies sich Eriks bedächtige Fahrweise als Segen. Er hatte Zeit genug zu reagieren und in den Hochkamp einzubiegen.

Weit kamen sie nicht. Schon nach wenigen Hundert Metern stellte sich ihnen ein Mann in den Weg, der auf keinen Fall zulassen wollte, dass die Dreharbeiten gestört wurden. »Die Komparsen sind alle im Einsatz! Da kann ich keinen wegholen.«

Erik zog seinen Dienstausweis heraus, aber das beeindruckte den Mitarbeiter von Eidam-TV kein bisschen. »Wissen Sie eigentlich, was eine Drehminute kostet?«

Erik wusste es nicht.

»Jedenfalls mehr, als Sie von Ihrem Polizistengehalt bezahlen können.«

Erik war drauf und dran, von Ermittlungen in zwei Mordfällen zu reden, aber ihm wurde rechtzeitig klar, dass er damit nur die Pferde scheu gemacht hätte. Am Ende brachte er Carolin und Mamma Carlotta sogar in Gefahr, wenn der Täter glaubte, dass die beiden etwas wussten, was ihm gefährlich werden konnte.

Er wollte gerade wenden, da sah er die weite graue Jacke. Auch diesmal von hinten. Und auch diesmal hatte die Person, die sie trug, die Kapuze übergezogen. Sie schien zu frieren. An ihrer Haltung konnte er sehen, dass sie sich eine Zigarette anzündete. Den Oberkörper nach vorn gebeugt, die Schultern hochgezogen, beide Hände vor dem Gesicht, um die Flamme vor dem Wind zu schützen. Unter der Jacke blitzte ein Kleid hervor, darunter sah Erik schlanke Beine, die in hochhackigen Pumps steckten. Rauch stieg auf, die Frau richtete sich auf und drehte sich um. In diesem Moment erkannte Erik sie. Es war Sandra Zielcke.

»Ist was?«, fragte Sören.

Erik antwortete nicht, sondern wendete den Wagen und fuhr den Hochkamp zur Westerlandstraße zurück. Dort blieb er stehen und wandte sich Sören zu. »Haben Sie Sandra Zielcke gesehen?«

Sören grinste. »Dass sie schöne Beine hat, habe ich gesehen.«

»Ihre Jacke ist mir schon mal aufgefallen«, meinte Erik

nachdenklich. »Als ich gestern Morgen Bruce Markreiter in den Dünen entdeckte. Anschließend habe ich jemanden weglaufen sehen, der so eine Jacke trug.«

»Vielleicht nur eine ähnliche?«

»Ich glaube, es war dieselbe«, beharrte Erik.

»Es könnte ein Modell sein, das mehrere Tausend Frauen gekauft haben.«

»Könnte aber auch sein, dass Sandra Zielcke Markreiters Geliebte ist, mit der er sich in den Dünen getroffen hat.«

»Alina Olsted ist es ja aller Wahrscheinlichkeit nach nicht«, warf Sören ein.

»Als sie gemerkt hat, dass ich auf die beiden aufmerksam geworden bin, hat sie die Flucht ergriffen.«

Sören schüttelte den Kopf. »Kann nicht sein! Zu der Zeit war sie mit dem Fahrrad nach List unterwegs.«

Erik starrte Sören lange an, ehe er antwortete: »Ich fand die Zielcke von Anfang an schwer durchschaubar.«

Sören dachte anscheinend nur an ihre attraktive Figur, an die schönen blonden Haare und das hübsche Gesicht. »Waren wir uns nicht einig, dass sie ein ehrlicher Mensch ist? Sie hat ein Laptop und eine Kamera in den Dünen gefunden und brav zur Polizei gebracht.«

»Wenn sie sich mit Bruce Markreiter in der Nähe der Umweltmessstation getroffen hat, dann hat sie uns belogen.«

»Warum hätte sie das tun sollen?«

»Das weiß ich nicht.«

»Und wo hat sie dann das Laptop und die Kamera her?«

»Das weiß ich auch nicht.«

Sören zeigte auf den Schalthebel, damit Erik endlich den ersten Gang einlegte und weiterfuhr. »Jetzt gehen die Pferde mit Ihnen durch, Chef. Erst haben wir gar keinen Mörder, und nun sehen Sie an jeder Ecke einen?«

Erik legte den ersten Gang ein und fuhr gemächlich an. »Zwei suchen wir mindestens«, sagte er. »Davon bin ich mittlerweile überzeugt.«

»Dann lassen Sie uns mit Bruce Markreiter anfangen«, antwortete Sören bestimmt. »Er hat als Einziger ein Motiv, aber kein Alibi. Wenn wir ihm beweisen, dass er seinen Stuntman zum Gogärtchen und zum Spielkasino geschickt hat, haben wir ihn.«

»Und den Stuntman auch. Dem werde ich was erzählen!«

»Vielleicht hat Alina Olsted ihm geholfen«, überlegte Sören. »Unter Triebels Balkon gab es die Schuhspuren eines Mannes und einer Frau.«

»Sie meinen, Markreiter ist unten stehen geblieben und hat ihr geholfen, auf den Balkon zu klettern?«

»Dann ist sie definitiv nicht die Stalkerin, die Sandra Zielcke beobachtet hat.« Mit einer energischen Geste wischte Sören die nächste Frage beiseite, zu der Erik ansetzen wollte. »Treten Sie auf den Pinsel, Chef. Wie wär's mit Blaulicht?«

»Sollen wir riskieren, dass Bruce Markreiter abhaut, wenn er uns hört?«

»Okay, dann ohne! Aber bitte zügig!«

»Und was ist mit der Zielcke?«

»Können wir uns um die nicht später noch kümmern?«

Erik nickte. »Sie haben recht, Sören.«

Am Ende war Mamma Carlotta doch noch zu ihrem Auftritt gekommen. Tanja war eingefallen, dass Carolin nicht einerseits an Käptens Kajüte vorbeigehen und bei dieser Gelegenheit Busso begegnen konnte, um anschließend vor der Kaschemme zu stehen und zu sagen: »Was für eine ... Bettola!«

Also beschloss der Regisseur kurzerhand, die Rollen zu vertauschen. Und da Bussos Leistung nicht ganz zufriedenstellend gewesen war, gab es sogar zwei Gründe, die Szene zu wiederholen.

Busso versuchte sogleich, ein Wiederholungshonorar zu verhandeln, aber das wurde ihm ebenso abgeschlagen wie die Bitte um eine Prämie, als die Wiederholung der Szene gleich nach dem ersten Versuch im Kasten war. Er musste sich mit Tanjas Lob zufriedengeben. Diesmal hatte er zu Boden geblickt und war weitergeschlurft, ohne Mamma Carlottas Gruß zu erwidern.

Auch für sie war Rollo diesmal voller Anerkennung gewesen, die ihr allerdings viel weniger bedeutete als der beifällige Blick aus Carolins Augen. Ihre Enkelin war wieder stolz auf sie! Und kein Wort mehr davon, dass ihre Nonna die Karriere ihrer Enkelin torpediert habe, indem sie sich mit dem Chefautor anlegte. Mamma Carlotta war selig! Vor lauter Glück vergaß sie sogar Bruce Markreiter und sein Alibi und die skandalöse Lebensweise der jungen Lehrerin, die sie bis heute für eine durch und durch anständige Frau gehalten hatte.

Strahlend hielt sie nach den Bösen Hühnern Ausschau, aber schnell musste sie feststellen, dass die drei an ihrem Triumph keinen Anteil genommen hatten. Sie standen neben dem Lieferwagen und tranken Kaffee, während sie angeregt miteinander tuschelten. Gelegentlich sah eine von ihnen sich um, als wollte sie sichergehen, dass niemand sie belauschte, und einmal schauten sogar alle gleichzeitig in Mamma Carlottas Richtung, was in ihr den Eindruck erweckte, als redeten die drei über sie. Ob sie darüber beratschlagten, wie man Carlottas verwandtschaftliche Beziehungen nutzen konnte? Ob sie darauf hofften, dass sie ihnen Eriks Ermittlungsergebnisse verriet?

Mamma Carlotta wurde immer ratloser. Wenn Fietje recht hatte, dann waren die drei nicht ehrlich, und ihre Freundlichkeit war nichts als eine Fassade, hinter der sie die eigenen Interessen versteckten. Jede intrigierte gegen die anderen! Was aber plante die Täterin, die die Kommode, den Tisch und die Stühle vor den Schrank gerückt hatte, in dem Harry Jumperz saß?

Mamma Carlotta schüttelte diese Fragen schnell wieder ab. Nicht, weil sie keine Antworten darauf wusste, sondern weil sie die Fragen nicht ertragen konnte. Wenn eine dieser drei für Harry Jumperz' Tod verantwortlich war, dann hatte sie selbst sich mit einer Mörderin verbunden, hatte lachend und unbesonnen mitgemacht bei einem vermeintlich harmlosen Spiel! Doch weder Heidi noch Kristin oder Beate traute sie einen Mord zu. Sie *wollte* es ihnen einfach nicht zutrauen!

Für die Zuschauer am Straßenrand und an den Fenstern war es mit den Sensationen nun vorbei. Die Dreharbeiten wurden nach innen verlegt, Käptens Kajüte war der Schauplatz für die nächsten Szenen.

Eine Frau rief über die Absperrung: »Wird Bruce Markreiter noch kommen?«

Als der Aufnahmeleiter den Kopf schüttelte, gingen die meisten enttäuscht davon. Kristin, Heidi und Beate stellten ihre Kaffeebecher weg und gingen auf Käptens Kajüte zu.

»Du warst supi«, sagte Beate im Vorübergehen zu Mamma Carlotta.

Und Kristin ergänzte: »Du wartest doch, bis wir fertig sind? Lass uns anschließend noch gemeinsam was trinken.« Sie zeigte lachend auf Käptens Kajüte. »In dieser Kaschemme! Da haben wir unsere Ruhe!«

Heidi schob die beiden vor sich her. »Hoffentlich hat Sandra ihre Rolle gelernt. Sonst dürfen wir stundenlang auf einem Barhocker sitzen und uns langweilen.« Heidi verdrehte die Augen. »Warum lässt mich keiner die Maria Stuart spielen?«, rief sie, ehe sie nach Kristin und Beate Käptens Kajüte betrat.

Mamma Carlotta hatte mit einem vagen Nicken geantwortet und unverbindlich gelächelt. Sie hatte nur Augen für Fietje, der gerade hinter dem Lieferwagen auftauchte und herangeschlendert kam, als wäre er ein Tourist, der sich mit nichts als dem Wetter beschäftigte. Mamma Carlotta sah ihm mit gerunzelter Stirn entgegen. Was hatte er hinter dem Lieferwagen zu suchen gehabt? Hatte er etwa die drei Bösen Hühner belauscht?

Vorsichtshalber, damit diese Indiskretion nicht ungestraft blieb, warf sie ihm einen tadelnden Blick zu, den Fietje jedoch arglos erwiderte.

Tove betrachtete misstrauisch den dicken Schauspieler, der mit einer rot-weiß karierten Schürze vor dem Bauch seine Imbissstube betrat. »Der soll den Wirt spielen? Hoffentlich macht der mir nicht die Fritteuse kaputt.«

»Selbst wenn!«, beruhigte ihn Fietje. »Dann wird sie bezahlt, und du kannst dir eine neue kaufen. So eine Produktionsgesellschaft lässt sich nicht lumpen.«

Niemand fragte ihn, woher er das wusste, aber Tove war tatsächlich besänftigt. Seit seine Imbissstube eine »Location« geworden war – selbst wenn sie in der Produktion den Namen »Bettola« erhalten hatte –, war eine sanfte Seite an ihm zum Vorschein gekommen, die vorher niemand gekannt hatte. Fietjes Meinungen, die er sonst nur mit einer hämischen Entgegnung abtat, hörte er sich neuerdings aufmerksam an.

Auch Fietje schien an Selbstbewusstsein gewonnen zu haben. An diesem Tag hatte er schon mehr geredet als während der ganzen vergangenen Woche. Und wenn er etwas sagte, dann druckste er es nicht heraus, sondern äußerte es frank und frei. Mamma Carlotta konnte sich nicht genug über seine Veränderung wundern. Ob Fietje in dieser Welt mal zu Hause gewesen war?

Carolin verabschiedete sich mit einer Umarmung, die Mamma Carlotta derart glücklich machte, dass sie ihre

Enkeltochter so lange herzte und küsste, bis die sich von ihr freimachte und sich verlegen die Wangen abwischte. Eigentlich wusste sie ja, dass Carolin auch in diesem Punkt nach ihrem Vater kam, der emotionale Aufwallungen nur schwer ertrug. Aber wenn Mamma Carlotta vom Glück überwältigt wurde, dann vergaß sie, dass Erik in jeder Beziehung ein Friese und Carolin sein Ebenbild war.

Auch Busso verabschiedete sich. Er hatte seine hundert Euro erhalten und wollte nicht warten, bis der Dreh vorbei war und Käptens Kajüte wieder geöffnet wurde. Schließlich kannte er genug andere Kneipen, in denen es für hundert Euro eine Menge zu trinken gab.

Doch Fietje hielt ihn auf. Mit einem vielsagenden Blick auf Mamma Carlotta meinte er: »Wir haben noch was mit dir zu besprechen, Busso! Mir ist nämlich gerade eine Idee gekommen.«

Busso brummelte unwillig. Sein Flachmann war mittlerweile leer, und da er Geld in der Tasche hatte, sah er keinen Grund, die nächste Stunde ohne Alkohol auszukommen.

»Die Signora wird sich freuen«, fügte Fietje hinzu und schenkte Mamma Carlotta einen weiteren vielsagenden Blick, den sie sich nicht erklären konnte.

Immerhin war Busso daraufhin bereit, sich Fietjes Pläne anzuhören. Und als der ergänzte: »Tove gibt einen aus«, war für Busso die Sache klar: Er würde sich mit seinem alten Freund Fietje, mit Tove und der netten Signora hinter Käptens Kajüte niederlassen, wo es einen direkten Zugang zu Toves Vorräten gab, und sich erzählen lassen, was Fietje im Schilde führte.

Mamma Carlotta nahm ihn zur Seite. »Was haben Sie vor?«

»Lassen Sie mich nur machen, Signora«, meinte Fietje und grinste, wie sie ihn noch nie hatte grinsen sehen.

Als sie jedoch hinter Käptens Kajüte saßen, auf den billigen Plastikstühlen, die sie vorher sauber gewischt hatten, und als Tove aus seinem Vorratsraum ein paar Flaschen Bier und für Mamma Carlotta den Rotwein aus Montepulciano geholt hatte und als sich schließlich drei Augenpaare fragend auf Fietje richteten, da wurde er wieder der, den Mamma Carlotta kannte. Der Fietje, der die Bommelmütze so tief ins Gesicht zog und seinen Bart so wild wuchern ließ, dass man seine Augen kaum sehen konnte. Der Fietje, der spätestens nach dem dritten Satz bereute, dass er überhaupt zu reden angefangen hatte. Dieser Fietje merkte nun, dass er sich mit seinem Plan übernommen hatte, und versuchte, sich wieder hinter seinem Jever zu verstecken. Doch da wurde er von Tove barsch angefahren: »Erst zu einer Kundgebung aufrufen und dann nix sagen? Nu schnack schon!«

Umständlich begann Fietje daraufhin seinen Plan darzulegen. Aber es brauchte das eine oder andere Jever, bis er den anderen klargemacht hatte, was er von ihnen erwartete.

Busso war hochzufrieden, dass er der italienischen Signora einen Gefallen tun konnte, indem er sich auf seine Decke legte und sich schlafend stellte. »Kein Problem! Das kriege ich hin! Ich habe ja gerade mein schauspielerisches Talent bewiesen!«

Auch von Tove wurde nur das erwartet, was er sowieso am besten konnte: sich jemanden schnappen und so lange durchschütteln, bis er Ruhe gab.

Lediglich Mamma Carlotta und Fietje verlangte der Plan mehr ab. Fietje würde gezwungen sein, viele Sätze an einem Stück zu reden, und Mamma Carlotta würde ein weiteres Mal beweisen müssen, dass sie eine überzeugende Schauspielerin war.

Sie sah Fietje sorgenvoll an. »Ob ich das schaffe? Ich hatte schon Probleme mit den vier Wörtern vorhin beim Dreh!«

»Sie müssen, Signora!« Noch einmal hielt Fietje ihr vor, was er hinter dem Lieferwagen belauscht hatte. »Die drei wollen Ihnen die Schuld zuschieben. Weil Sie doch so wütend auf den Chefautor waren. Wegen Ihrer Enkelin.«

»Deswegen würde ich ihn doch nicht umbringen!«, rief Mamma Carlotta empört.

»Die unterstellen Ihnen keinen Vorsatz«, antwortete Fietje und erklärte Mamma Carlotta, was es mit dieser Vokabel, die sie noch nicht kannte, auf sich hatte. »Sie meinen, es könnte sein, dass Ihnen die Strafe nicht hart genug erschienen war. Sie wollten, dass der Kerl die ganze Nacht in dem Schrank sitzt. Dass er darin umkommen würde, konnten Sie nicht ahnen.«

Mamma Carlotta war fassungslos. Und diese Frauen hatte sie einmal ihre Freundinnen genannt! Von ihnen hatte sie sich anstiften lassen, weil sie durch diese drei in ein Stück Frauenleben geschaut hatte, das es in ihrem Dorf nicht gab! Und sie hatte sich einlullen lassen, weil die drei sie modern und emanzipiert genannt hatten. Dabei hätte sie sich eigentlich denken können, dass Frauen, die so respektlos über einen männlichen Körperteil sprachen, nichts Gutes im Schilde führen konnten.

»Die wahre Täterin versucht, die Schuld von sich wegzuschieben«, sagte Fietje. »Aber das müssen wir ihr beweisen. Und das geht nur mit meinem Plan.«

Erschöpft lehnte er sich zurück und trank sein Jever in einem Zug leer. Mamma Carlotta bezweifelte stark, dass er den Plan, den er selbst ausgeheckt hatte, durchstehen würde. Die vielen Sätze, die er dafür sprechen musste! Sie wusste, welches Opfer Fietje auf sich nahm, indem er bereit war, eine regelrechte Unterhaltung zu führen, und das sogar vor den Ohren mehrerer Leute und so eindrucksvoll, dass die Mörderin, auf die es ankam, auf jeden Fall zuhörte.

Gerührt bedankte sie sich bei ihm, woraufhin er wieder die Bommelmütze ganz tief in die Stirn zog und das Gesicht eine Weile nicht aus seinem Bierglas nahm.

Sogar Tove sparte nicht mit Lob. »Da hast du dir ja mal was Feines ausgedacht. Dass dein Hirn zu so was noch fähig ist!«

Und auch Busso war derart begeistert, dass Fietje sich vor lauter Verlegenheit so klein wie möglich machte und so aussah, als wollte er seine gute Tat am liebsten wieder vergessen.

Doch dafür war es zu spät. Der Funke war übergesprungen und nicht wieder auszupusten. Alle drei bestürmten ihn mit Fragen, Begeisterung und Anerkennung. Mamma Carlotta wollte wissen, welches Böse Huhn ihr die Schuld an Harrys Tod in die Schuhe schieben wollte, Tove hatte schon mindestens sechs Wochen keine Freude mehr an einer kräftigen Keilerei gehabt, und als Busso hörte, dass er zum Dank eine ganze Schüssel Tiramisù bekommen sollte, konnte er es gar nicht abwarten, der Signora zu helfen.

»Aber wie kommen Sie am Abend aus dem Haus, ohne dass Ihr Schwiegersohn misstrauisch wird?«, fragte Tove.

Mamma Carlotta winkte ab. »Ich bin modern und emanzipiert. Da geht man abends schon mal alleine aus.«

Busso staunte sie mit offenem Mund an. »Donnerschlag, Signora! Und ich dachte, emanzipierte Frauen können nicht kochen.« Auf diese freudige Überraschung wollte Busso unbedingt einen Rotwein trinken.

»Aber nicht den aus Montepulciano«, beschloss Tove, der angesichts des zu erwartenden Honorars von Eidam-TV zwar spendabel geworden war, es aber mit seiner Großzügigkeit auch nicht übertreiben wollte. »Für dich reicht der Lambrusco.«

»Wenn der genauso viel Prozente hat, soll's mir recht sein.«

Busso lachte so laut, dass Tove Sorge hatte, die Dreharbeiten in der Imbissstube könnten gestört werden. »Du solltest jetzt aufhören zu saufen«, schimpfte er. »Heute Abend musst du deinen Verstand beieinanderhaben.«

Er versuchte Busso den Blechkanister wieder abzunehmen, in dem der billige Lambrusco geliefert wurde, den Tove als trockenen Frascati anzubieten pflegte und dann in einer Karaffe servierte. Aber wenn ihm der Alkohol weggenommen werden sollte, mobilisierte Busso alle Kräfte. Fest klammerte er sich an den Blechkanister, Tove zog mit aller Kraft und ging wie erwartet als Sieger aus diesem Duell hervor ... allerdings büßte er dennoch etwa einen halben Liter Lambrusco ein, der bei dem Handgemenge auf Bussos Hose gelandet war, die Mamma Carlotta so sorgfältig gereinigt hatte.

Tove schäumte vor Wut und verzichtete nur deshalb darauf, Busso vom Stuhl zu zerren und ihm eine Ohrfeige zu verpassen, weil er in dieser Nacht noch gebraucht wurde.

Busso aber lachte nur. »Zum Glück habe ich ja neuerdings eine Hose zum Wechseln.«

Der Lerchenweg war eine schöne, ruhige Seitenstraße zwischen dem Westring und dem Dorfteich, mit großen Grundstücken, die von Friesenwällen eingefasst wurden. In fast allen Häusern gab es Ferienwohnungen, und die parkenden Autos stammten aus allen Teilen Deutschlands.

Erik sah sich um. »Den Wagen, mit dem Markreiter weggefahren ist, sehe ich nicht.«

Sören war enttäuscht, aber dann meinte er: »Vielleicht hat er ihn woanders abgestellt. Vorsichtshalber! Seine Beziehung zu Alina Olsted soll anscheinend geheim bleiben.« Sören drückte auf den unteren Klingelknopf. »Bin gespannt, wie sie auf das Foto reagiert.«

Es dauerte lange, bis der Summer ertönte. Erik drückte

die Tür auf und betrat das Haus. Drei Schritte von ihm entfernt stand Alina Olsted in der offenen Wohnungstür.

Überrascht sah sie ihn an. »Herr Wolf! Kommen Sie wegen Carolin?«

Erik reichte ihr förmlich die Hand und stellte ihr seinen Assistenten vor. Erst dann antwortete er: »Ich bin dienstlich hier.«

Verwundert sah sie Erik an, dann bat sie die beiden Polizeibeamten herein.

»Sie sind allein?«, fragte Erik.

Alina nickte. »Ich bin nicht verheiratet.«

Erik und Sören betraten einen gemütlichen, hellen Wohnraum. Eine große Terrassentür führte in den Garten, in dem viele Narzissen leuchteten. Bunte Primeln blühten in Terrakottatöpfen am Rand der Terrasse. Der Wohnraum diente Alina Olsted auch als Arbeitszimmer. In einer Ecke stand ein Schreibtisch mit PC, darüber hingen Regale mit Fachliteratur. Auf der Schreibtischplatte stapelten sich Klassenarbeiten, Lehrbücher und Unterrichtsmaterial.

»Bitte nehmen Sie Platz!« Alina wies zu einem hellen Sofa, auf dem Erik und Sören sich niederließen. Sie selbst setzte sich in einen Korbsessel auf der anderen Seite des Tisches. Eine sehr hübsche, gepflegte, gut gekleidete junge Frau mit intelligenten Augen und einem sympathischen Lächeln! Erik musste sich gewaltsam von der Erinnerung an die Pornozeitschrift lösen, in der er die andere Alina Olsted gesehen hatte.

»Eigentlich wollten wir Herrn Markreiter sprechen«, begann er und sah Alina aufmerksam an.

Sie runzelte die Stirn und gab sich überrascht. »Sie meinen … den Schauspieler? Wie kommen Sie darauf, dass er bei mir sein könnte?«

»Wir wissen, dass er heute Nachmittag bei Ihnen war«,

entgegnete Erik und bemühte sich, seine Stimme liebenswürdig klingen zu lassen, damit Alina ihm Vertrauen schenkte. »Sie kennen ihn gut. Aber Sie treffen ihn nur heimlich. Warum?«

Alina Olsted starrte ihn an, als brauchte sie Zeit, um seine Worte zu verarbeiten. Oder dachte sie bereits über Ausflüchte nach? Auf eine Antwort wartete Erik vergeblich.

»Vermutlich möchten Sie nicht von der Presse behelligt werden«, setzte er nach und legte in seinen Blick so viel Verständnis, wie ihm möglich war. »Das könnte ja passieren, wenn bekannt wird, dass Sie ... Bruce Markreiters Tochter sind.«

Alinas Mund stand immer noch offen. »Wie kommen Sie darauf?«

Erik gab Sören einen Wink, der holte daraufhin das Foto von Bruce Markreiter heraus, das ihn zeigte, als er ungefähr in Alina Olsteds Alter war. Alina war ihm wie aus dem Gesicht geschnitten.

»Schauen Sie«, sagte er und hielt es ihr hin. »Der gleiche Leberfleck, wie Sie ihn haben. Er hat ihn anscheinend entfernen lassen.«

Erik rang sich ein Lächeln ab. »Für die große Karriere müssen eben Opfer gebracht werden.«

»Ich habe mal gehört«, ergänzte Sören, »dass man von Cindy Crawford am Anfang ihrer Karriere auch verlangt hat, den Leberfleck entfernen zu lassen. Aber sie hat sich geweigert. Und heute ist er ihr Markenzeichen.«

Nun löste sich Alinas Starre endlich. »Leberflecken im Gesicht sind keine Seltenheit. Daraus zu schließen, Bruce Markreiter wäre mein Vater ...« Sie beendete den Satz, indem sie missbilligend den Kopf schüttelte.

Diese Antwort hatte Erik befürchtet. »Sie wollen bestreiten, dass Sie Bruce Markreiters Tochter sind? Dann gibt es nur noch eine Erklärung: Sie sind seine Geliebte.

Warum sonst sollten Sie mit ihm im Garten sitzen? Vertraut, aneinandergeschmiegt?«

Alina betrachtete ihn eine Weile, dann schien ihr aufzugehen, dass sie am Nachmittag Carolins Besuch erwartet hatte. Sie sah ein, dass Leugnen zwecklos war, wollte aber anscheinend nichts zugeben.

»Verraten Sie mir, was die Polizei das angeht?«, fragte sie stattdessen kühl.

»Eigentlich nichts«, antwortete Erik. »In diesem Fall jedoch …« Er sprach den Satz nicht zu Ende, sondern zielte mit einer anderen Frage auf den Gleichmut, den sie ihm entgegenstellte. »Welche Schuhgröße haben Sie?«

Alina war derart verblüfft, dass sie antwortete, ohne nachzudenken. »Einundvierzig. Warum?«

»Besitzen Sie Nike-Turnschuhe?«

»Nein!«

»Ganz sicher?«

»Nike ist nicht meine Marke.« Nun sprang sie auf und sah Erik zornig an. »Sagen Sie mir endlich, was Sie mit diesen Fragen bezwecken.«

»Wo waren Sie in der Nacht von Sonntag auf Montag?«

»Darauf antworte ich erst, wenn ich weiß, warum Sie mich das fragen.«

Erik lehnte sich zurück, strich seinen Schnauzer glatt und zupfte die Hosenbeine in die Höhe. Erst als Alina wieder Platz genommen hatte, erklärte er: »Sie haben vielleicht gehört, dass in dieser Nacht ein Reporter der Blitz ermordet wurde. Er war einer Story auf der Spur, in der es um Ihren Vater ging. Irgendeine Skandalgeschichte.« Fragend sah er Alina an und wartete, bis sie aus der Reserve gelockt war.

»Wollen Sie ihn etwa verdächtigen?«

Erik zögerte mit einer Antwort. »Er hat ein Motiv«, begann er, »aber er hat uns auch ein Alibi präsentiert.«

Sie entspannte sich und lächelte nun sogar. »Na, also!«

»Allerdings«, fuhr Erik fort, »ist dieses Alibi nun geplatzt. Wir können nicht mehr ausschließen, dass Bruce Markreiter der Täter ist.«

»Was sagt er dazu?«, fragte Alina, die allmählich ihre Sicherheit zurückgewann.

»Wir konnten ihn leider noch nicht erreichen. Ehe wir also ihn fragen, ob er geschossen hat, fragen wir erst einmal Sie, ob Sie ihm geholfen haben.«

»Wobei?«

»Die Kamera des Reporters wurde gestohlen und sein Laptop auch. Wir haben unter dem Balkon des Opfers zwei Schuhspuren gefunden. Eine davon in Größe einundvierzig.«

»Sie denken, ich hätte …?« Sie brach ab und schüttelte entrüstet den Kopf, als wäre es ihr viel zu dumm, eine solche Idee in Worte zu kleiden.

»Warum nicht? Auf Sie konnte er sich verlassen. Es weiß niemand, dass er eine Tochter auf Sylt hat.«

Sören mischte sich ein. »Warum ist Ihnen das eigentlich so wichtig, dass niemand weiß, wer Ihr Vater ist?«

»Sie haben selbst vermutet, dass ich von der Presse nicht behelligt werden will!« Alinas Stimme klang, als hätte ihr ein Schüler eine unverschämte Frage gestellt. »Ich will mit dieser Scheinwelt, in der mein Vater lebt, nichts zu tun haben. Und ich will nichts über mich in der Zeitung lesen. Meine Mutter hätte das auch nicht gewollt. Niemand hat gewusst, dass sie eine Tochter von Bruce Markreiter hat. Sie wollte nie, dass es jemand erfährt.«

Plötzlich schien sie zu frieren. Sie zog die Schultern hoch, schlang die Arme um sich und erhob sich dann, um sich eine Strickjacke zu holen, die über der Rückenlehne ihres Schreibtischstuhls hing. Sie war aus grober Wolle und wurde mit großen runden Knöpfen geschlossen.

Erik ließ Alina nicht aus den Augen, während er seine Frage wiederholte: »Wo waren Sie in der Nacht von Sonntag auf Montag?«

Ihre Antwort kam schnell. »Zu Hause. Den ganzen Abend! Ich musste Klassenarbeiten korrigieren. Anschließend bin ich ins Bett gegangen. Allein!«

Sie wollte ihre Jacke zuknöpfen, unterließ es dann aber, vermutlich weil sie nicht zeigen wollte, wie nervös ihre Hände waren. In diesem Moment sah Erik, dass einer der großen Knöpfe beschädigt war: Aus dem Rund war ein Stück herausgebrochen. Er merkte, dass er den Knopf anstarrte, und sah schnell zu Sören hinüber, doch dem schien nichts aufzufallen. Entweder war sein Assistent der bessere Schauspieler, oder er hatte vergessen, dass bei Triebel der Teil eines Knopfes gefunden worden war.

Erik erhob sich eilig. »Dürfte ich Ihre Toilette benutzen?«

»Selbstverständlich«, entgegnete Alina. »Die schmale Tür direkt neben der Wohnungstür.«

Schon während Erik darauf zuging, zog er sein Handy aus der Tasche. Er wollte Alina keine Gelegenheit geben, den beschädigten Knopf zu erklären. Vetterich sollte vor ihrer Tür erscheinen und sie mit dem Fundstück überrumpeln, das sich vermutlich genau in ihren Knopf einpassen ließ.

Warum war sie das Risiko eingegangen, diese Strickjacke in seiner Gegenwart anzuziehen? Dafür gab es nur eine Erklärung: Alina war sich nicht bewusst, dass der Knopf ausgerechnet in der Nacht kaputtgegangen war, in der Max Triebel gestorben war.

Alina Olsted musste in jedem Fall etwas mit dem Mord zu tun haben. Erik war sicher, dass sie ihre Fingerabdrücke hinterlassen hatte. Vetterich hatte schließlich einige gefunden, die er noch nicht hatte zuordnen können. An Triebels Balkongitter und weitere an Markreiters

Schrankfach. Fest stand bis jetzt nur, dass sie nicht von jemandem stammten, der bei Eidam-TV arbeitete. Zum Beispiel von Alina Olsted! Wenn sie schlau war, hatte sie ihre Nike-Turnschuhe später weggeworfen, die Abdrücke im weichen Erdreich konnten ihr nicht entgangen sein. Aber dass sie Größe einundvierzig trug, war zumindest ein wichtiges Indiz – diese Größe war bei Frauen ja nicht ganz alltäglich.

Alina Olsted hatte ihrem Vater beim Einbruch in Triebels Apartment geholfen. Das würde zu beweisen sein. Viel schwieriger würde es werden, Bruce Markreiter den Mord an Max Triebel nachzuweisen. Aber vielleicht gelang es auf dem Weg über seine Tochter?

Schon während er die Tür zum Gäste-WC öffnete, wählte Erik Vetterichs Telefonnummer. Dann blieb er plötzlich stehen und lauschte. Da war ein Geräusch gewesen. Ein leises Knarren, dann ein Rascheln! Hinter der nächsten Tür bewegte sich jemand, der versuchte, sich nicht zu verraten. Erik drückte die Tür der Gästetoilette laut ins Schloss und hoffte, dass derjenige, der sich im Nachbarzimmer aufhielt, glaubte, Erik habe den kleinen Raum betreten. Dass der Schlüssel sich nicht im Schloss gedreht hatte, war ihm hoffentlich nicht aufgefallen.

Oder doch? Erik legte das Ohr ans Türblatt des benachbarten Zimmers und lauschte. Das Knarren war vorbei, das Rascheln ebenfalls. Nun war er sicher, dass sich vorsichtige Schritte auf die Tür zu bewegten.

Er zögerte nicht lange und riss die Tür auf. Vor ihm stand Bruce Markreiter und starrte ihn zu Tode erschrocken an.

Die Dreharbeiten waren beendet, Rollo war zufrieden und Tanja Möck ebenfalls. Das Einzige, was ihr nicht gefiel, war, dass sie sich von ihrem Klappstuhl erheben musste. Ein immenser Kraftaufwand! Aber schließlich stand sie auf ihren Beinen und sah sich nach einem Auto um, mit dem sie ins Hotel zurückfahren konnte.

»Bleib noch!«, rief Heidi ihr zu. »Wir wollen in der Kaschemme ein bisschen feiern.«

Tanja brauchte nicht lange zu überlegen. Erfreut betrat sie Käptens Kajüte, aber dass Sandra sich anschloss, rief wenig Begeisterung hervor. Sie wurde nur notgedrungen in die Runde aufgenommen.

Tove rieb sich die Hände. So viele Gäste auf einmal hatte er schon lange nicht mehr in seiner Imbissstube beherbergt. Er zapfte das Bier in einem Tempo, das Mamma Carlotta noch nie bei ihm gesehen hatte, und als er die Gläser auf den Tisch stellte, sagte er sogar: »Die erste Runde geht aufs Haus!« Das Honorar, das Eidam-TV ihm für die Bereitstellung seiner Imbissstube zahlen würde, musste wirklich beachtlich sein.

Heidi, Beate und Kristin hoben lachend die Gläser und sorgten dafür, dass alle anstießen und »Prost!« riefen. Mamma Carlotta hätte sich am liebsten geweigert, aber natürlich ließ sie sich nichts anmerken, um nicht aufzufallen. Dass die drei Frauen ihre Freundschaft so schändlich missbraucht hatten, lag ihr nach wie vor schwer auf der Seele. Ein wenig Verständnis brachte sie nur für die auf, die Harry Jumperz auf dem Gewissen hatte. Die Schuldige musste nun sehen, wie sie ihren Kopf aus der Schlinge zog. Dass sie nicht darüber nachdachte, ob es anständig war, wenn sie einer anderen die Schuld in die Schuhe schob, konnte man gerade noch durchgehen lassen. Wer zu vertuschen hatte, dass er für den Tod eines Menschen verantwortlich war, musste die Gedanken an Fairness und Gerechtigkeit wohl fahren lassen. Aber die anderen beiden?

Wer immer die Täterin war, es gab zwei, die genauso unschuldig waren wie Mamma Carlotta. Wie konnten die beiden glauben, dass die Schwiegermutter von Kriminalhauptkommissar Wolf einem Menschen nach dem

Leben trachtete? Da konnte dieser Mensch noch so gemein und garstig und unausstehlich sein und noch so viel Schuld auf sich geladen haben – niemals würde sie Vergeltung üben, indem sie dafür sorgte, dass er in einem Schrank zu Tode kam. Den Gedanken, dass damit nicht zu rechnen gewesen war, dass niemand von seiner Klaustrophobie und der Herzschwäche wusste, schüttelte sie der Einfachheit halber ab. Tatsache blieb, dass es geschehen war!

Mamma Carlotta trank nicht gerne Bier, verzichtete aber in diesem Fall darauf, um den Rotwein aus Montepulciano zu bitten, weil sie nicht wollte, dass sich alle anderen auch dafür entschieden und am nächsten Abend Toves Rotweinvorrat zur Neige gegangen war. Tapfer schluckte sie das bittere Gebräu und wischte sich den Mund ab, wie die anderen es taten. Auch Beate verzichtete auf ihren Sekt und trank Bier, allerdings nicht ohne zu hinterfragen, wie es sich mit dem Kaloriengehalt beider Getränke verhielt. Als ihr glaubhaft versichert wurde, dass Bier sogar weniger Kalorien habe als Sekt, langte sie fröhlich zu.

Die Einzige, die still blieb in der lauten Fröhlichkeit, war Sandra, die sich leise mit Tanja unterhielt. Es schien um die Szenen zu gehen, die am nächsten Tag gedreht werden sollten. Sandra war mit dem Drehbuch nicht einverstanden und wollte erreichen, dass am Ende einer wichtigen Szene ihr Gesicht in Großaufnahme auf dem Bildschirm zu sehen war.

Tanja fühlte sich nicht zuständig und verwies Sandra an Rollo. Doch Sandra wollte eine kompetente Meinung und erinnerte daran, dass solche Entscheidungen immer von Harry Jumperz getroffen worden waren.

Tanja blieb ganz ruhig. Sie lächelte sogar, als sie sagte: »Hast du vergessen, dass unser Chefautor den Löffel abgegeben hat? Von dem ist nichts mehr zu erwarten.«

»Was für ein Zynismus!«, ereiferte sich Sandra. »So kannst du nicht von einem Toten sprechen.«

Aber Tanja erhielt umgehend Schützenhilfe: Kristin, Beate und Heidi erinnerten daran, dass in schweren Zeiten nicht auch noch nach Extrawürsten gerufen werden durfte.

Davon wollte Sandra jedoch nichts hören. »Wir brauchen jemanden, der Harry vertritt!«, sagte sie energisch und behauptete, dass es ihr ausschließlich um die Qualität der Telenovela »Liebe, Leid und Leidenschaft« gehe.

Demonstrativ wandten sich die Bösen Hühner und auch Mamma Carlotta von Sandra ab. Wenn es Carlotta auch schwerfiel, sich mit den dreien solidarisch zu erklären, in diesem Fall musste es einfach sein. Und dass Tanja sich offenbar auf die Forderungen einließ, die Sandra ihr aufgeregt zuflüsterte, erbitterte alle.

»Lass Tanja in Ruhe ihr Bier trinken!«, rief Heidi. »Die will auch mal Feierabend haben.«

Aber Sandra bedachte die anderen nur mit einem abfälligen Blick und wandte ihnen den Rücken zu, um weiter mit Tanja zu reden. Es war ein makelloser, muskulöser Rücken, dessen Linie nicht durch waagerechte Einschnitte unterbrochen wurde.

Mamma Carlotta hörte, wie Heidi Beate zuflüsterte: »In ihrem Alter habe ich auch keinen BH getragen. Heute würde ich von meinen Möpsen einen Kinnhaken bekommen, wenn ich schnell die Treppe runterliefe.«

Kreischendes Gelächter folgte, und Tove erhielt prompt eine neue Bierbestellung. Noch mehr freute er sich, als er auf die Frage, ob die Damen es auch mit seinem Aufgesetzten probieren wollten, einhellige Zustimmung erntete.

Während er den roten Likör in die Gläser kleckerte, sah Fietje seine Stunde gekommen. Zwar blieb er an der Theke sitzen, wechselte aber von seinem Stammplatz auf den Hocker, der Mamma Carlotta am nächsten stand.

»Ich wollte mal was fragen«, begann er so umständlich, als hätte er sich diese Worte nicht sorgsam zurechtgelegt, sondern tatsächlich etwas auf dem Herzen, was ihn bedrückte.

»Was gibt's?«, gab Mamma Carlotta zurück und fragte sich, warum sie mit ihrer Sprechrolle beim Dreh vorhin nicht genauso gut zurechtgekommen war. Auch hier spielte sie eine Rolle, nur dass die Kamera fehlte.

»Ihr Schwiegersohn ist doch der Kriminalhauptkommissar Wolf?«, fuhr Fietje fort und schaffte es, den schleppenden Tonfall beizubehalten.

»Was wollen Sie von ihm?«, fragte Mamma Carlotta und merkte, dass sie eine Spur zu laut gesprochen hatte. Sie musste erreichen, dass die anderen auf ihr Gespräch mit Fietje aufmerksam wurden. Wie sonst sollte ihr Plan funktionieren?

»Ich habe einen Freund, der ist obdachlos.« Fietje sah kurz in die Runde und stellte nun zufrieden fest, dass nicht nur Mamma Carlotta, sondern auch die drei Bösen Hühner ihm zuhörten. »Der hat heute Morgen eine Hose auf seiner Decke gefunden. Eine neue! Geschenkt! Richtig gute Qualität!«

»Wie schön für ihn!«, jubelte Mamma Carlotta und verbot es sich, Heidi, Kristin oder Beate ins Gesicht zu sehen.

»Ja, er hat sich auch sehr gefreut. Nur ... in der Hose steckte ein Handy. Ob das da wohl versehentlich dringeblieben ist?«

Mamma Carlotta tat so, als dächte sie über Fietjes Frage nach. »Das kann ich mir nicht vorstellen, dass jemand einem Obdachlosen sein Handy schenkt.«

»Sehen Sie! Das glaube ich auch nicht. Und mein Freund Busso meint das auch.« Fietje neigte sich näher zu Mamma Carlotta, aber seine Stimme war so laut und deutlich wie vorher. »Das Handy gehört anscheinend der

Tochter von diesem … diesem Mann, der in dem Schrank gefunden wurde.«

Mamma Carlotta brauchte den Kopf nicht zu drehen. Aus den Augenwinkeln sah sie, dass Kristin, Beate und Heidi schweigend dem Gesprächsverlauf lauschten.

»Auf dem Handy war eine Nachricht, hat mir Busso erzählt. Eine Nachricht an seine Tochter. Busso sagt, seine Stimme hätte sehr verzweifelt geklungen. Er sei in einem Schrank gefangen. Aber er habe durch eine Lücke am Scharnier genau gesehen, wer die Möbelstücke davorgerückt hat, damit er nicht rauskonnte. Und dann hat er seine Tochter angefleht, die Polizei zu alarmieren.« Fietje schüttelte mitleidig den Kopf. »Doch dann ist ihm wohl eingefallen, dass seine Tochter ihr Handy bei ihm vergessen hat und es in seiner eigenen Hose steckt. Er muss ganz verzweifelt gewesen sein. Busso sagt, er wäre immer kurzatmiger geworden, hätte geröchelt und gestöhnt. Und dann war Schluss.«

Mamma Carlotta griff sich erschüttert ans Herz. »Das ist ja schrecklich! Der Mann muss kurz darauf gestorben sein!«

Fietje nickt bekümmert. »Busso sagt sogar, der arme Kerl hätte einen Namen genannt. Aber mir wollte er ihn nicht verraten.« Fietje hob abwehrend die Hände. »Bin ich froh! Ich will gar nicht wissen, wer so was Gemeines macht. Busso meinte, es wäre wohl besser, wenn er sich an die Polizei wenden würde.«

»Unbedingt!«, pflichtete Mamma Carlotta bei. »Er hat also den Namen seines Mörders genannt? Oder seiner Mörderin? Mein Schwiegersohn muss das wissen! Er hat ja noch keine Spur.«

»Busso traut sich aber nicht. Er hat keine guten Erfahrungen mit der Polizei gemacht.«

»Das müssen Sie ihm ausreden! Am besten, Sie gehen

gleich zu ihm. Ist das nicht der Obdachlose, der vor dem Inselzirkus campiert?«

Fietje nickte. »Nach Einbruch der Dunkelheit wird er sich dort wohl schlafen legen. Ich werde mal gucken, ob ich ihn irgendwo in Wenningstedt sehe. Dann sage ich ihm, er soll vor Ihrem Schwiegersohn keine Angst haben.«

»Enrico ist ein sehr netter Mann«, versicherte Mamma Carlotta verabredungsgemäß. »Er wird ihm für seine Hilfe dankbar sein. Ihr Freund soll zwischen acht und neun morgen früh zu ihm gehen, dann wird Enrico im Büro sein. Der wird sich freuen! Morgen früh weiß er dann endlich, wer Harry Jumperz den Rest gegeben hat! Er hat ja so viel zu tun, der Arme. Erst die Wasserleiche im Lister Hafen und dann der Tod des Chefautors ...«

Sie drehte sich zu den anderen um und ließ sich nicht anmerken, dass ihr das plötzliche Schweigen der Bösen Hühner auffiel. Auch dass Sandra und Tanja ihre Unterhaltung mit Fietje verfolgt hatten, ließ sie unkommentiert. »Wo waren wir noch stehen geblieben?«, fragte sie und behauptete, sie habe gerade von Signora Alviso erzählen wollen, die drei Kinder hatte, aber kein einziges von ihrem Ehemann. »Eins ist vom Lehrer, eins vom Bäcker und das dritte von einem Touristen, der schon wieder in Dortmund war, als Signora Alviso merkte, dass sie schwanger war. Ich bin die Einzige, die es weiß, weil sie an meinem vorletzten Geburtstag so viel getrunken hatte, dass sie redselig wurde und ihr Gewissen erleichtern wollte. Seitdem bringt sie mir jeden Sonntag ein paar Pralinen, damit ich ihrem Mann nichts verrate.«

Nicht nur die Bösen Hühner lachten, auch Sandra und Tanja stimmten in das Gelächter mit ein. Jede von ihnen hatte eine Meinung zu der schamlosen Signora Alviso und ihrem bedauernswerten Mann. Darüber fiel ihnen nicht auf, dass Fietje sich wieder an seinen angestammten Platz an der Theke zurückzog und Mamma Carlotta kurz zuzwinkerte, ehe er sich hochzufrieden ein neues Bier bestellte.

Erik blickte den beiden Polizeiwagen nach, in denen Bruce Markreiter und Alina Olsted ins Revier gefahren wurden. Obwohl er hoffen durfte, dass er in der anschließenden Vernehmung ein gutes Stück weiterkommen würde, wirkte er niedergeschlagen und besorgt.

Sören wusste, warum. »Sie müssen mit der Staatsanwältin reden. Könnte ja sein, dass wir heute noch einen Haftbefehl brauchen.« Er grinste leicht. »Macht doch nichts! Sie ist ja sehr freundlich zurzeit.«

In einem plötzlichen Entschluss gab Erik seinem Assistenten den Autoschlüssel. »Besser, Sie fahren, Sören. Ich bringe es gleich hinter mich und rufe Frau Dr. Speck während der Fahrt an.«

Ihre dynamische Stimme drang schon nach dem ersten Läuten an sein Ohr. »Was gibt's, Wolf? Irgendeine Erfolgsmeldung?«

Erik bejahte, was der Staatsanwältin ein zufriedenes Brummen entlockte. Als sie jedoch hörte, dass Bruce Markreiter gegen seinen Willen zur Vernehmung ins Polizeirevier gebracht wurde, war es vorbei mit ihrer Zufriedenheit. »Passen Sie auf, dass die Dreharbeiten planmäßig weiterlaufen können. Was meinen Sie, was so ein Drehtag kostet? Und wissen Sie überhaupt, wie wichtig die Quote ist? Wenn auf den Stargast von ›Liebe, Leid und Leidenschaft‹ auch nur der Hauch eines Verdachts fällt ...«

»... wird sich die Quote womöglich verbessern«, unterbrach Erik sie. »Die Leute sind doch alle sensationslüstern.«

»Was haben Sie gegen Markreiter in der Hand?«

»Beweise habe ich noch nicht«, räumte Erik ein. »Aber eine Menge Indizien. Markreiter hat ein Motiv, und ich gehe nach wie vor davon aus, dass mit seiner Pistole geschossen wurde. Bisher hatte er auch ein Alibi, aber wenn der Stuntman zugibt, dass Markreiter ihn engagiert hat …«

»… haben Sie immer noch keine Beweise.«

»Aber ein weiteres Indiz, das gegen Markreiter spricht. Er müsste eine gute Erklärung dafür haben, dass er sich von seinem Stuntman auch privat doubeln lässt. Ausgerechnet in der Nacht, in der ein Mann ermordet wird, der etwas gegen ihn in der Hand hatte!«

Erik merkte, dass der Ärger in ihm hochstieg. Die Staatsanwältin wollte, dass kein Schatten auf Eidam-TV fiel. Unglaublich, dass sie ihre privaten Interessen über die dienstlichen stellte! Da würde sie mit ihm nicht rechnen können! Wenn Markreiter verdächtig war, dann würde Erik einen Haftbefehl verlangen, ganz egal ob es sich um einen Fernsehstar handelte oder nicht. Und die Staatsanwältin würde ihn nicht verweigern können, nur weil Eidam-TV dadurch schlechte Presse hatte.

Als sie hörte, dass Erik in Alina Olsted Markreiters Tochter erkannt hatte, war sie tatsächlich beeindruckt. Besonders stolz war sie darauf, dass es ihre eigenen Nachforschungen im Archiv gewesen waren, die Erik zu dieser Erkenntnis verholfen hatten. Eriks Anteil an dieser Arbeit wurde in Sekundenschnelle klein und unbedeutend.

»Wenn diese Alina Olsted ihre Fingerabdrücke in Triebels Apartment und an Markreiters Schrank hinterlassen hat«, fuhr Frau Dr. Speck fort, »dann bekommen Sie einen Haftbefehl für die junge Dame.«

»Dann muss ich auch einen für Bruce Markreiter bekommen! Alles spricht dafür, dass sie ihrem Vater geholfen hat. Es ging um ihn, nicht um sie! Max Triebel hat der Redaktion mitgeteilt, dass er einer Geschichte um Bruce Markreiter auf der Spur ist.«

Dr. Speck wich mal wieder aus, wie sie es immer gern tat, wenn sie sich nicht festlegen wollte. »Was ist mit dem Tod dieses Chefautors? Herr Eidam möchte, dass die beiden Fälle so schnell wie möglich aufgeklärt werden.«

»Das möchte ich auch«, gab Erik trotzig zurück, musste dann aber bekennen, dass es in dem zweiten Todesfall nach wie vor keine Spuren und keinen Verdächtigen gab. »Es kommt mir sogar so vor, als hätte der eine Fall nichts mit dem anderen zu tun.«

Die Staatsanwältin schwieg einen Augenblick. »Sie meinen, es gibt zwei Täter?«

»Sieht so aus«, gab Erik zurück. »Max Triebel ist kaltblütig erschossen worden, Harry Jumperz dagegen wurde nur daran gehindert, aus dem Schrank zu kommen. Eine Tötungsabsicht ist nicht zu erkennen.« Erik entschloss sich, das nachdenkliche Schweigen am anderen Ende mit forschem Optimismus zu füllen. »Ich gehe davon aus, dass der Fall Max Triebel morgen gelöst ist. Dann werden wir uns verstärkt um den Tod des Chefautors kümmern.«

»Es wird aber auch Zeit«, tadelte die Staatsanwältin, die anscheinend wieder zu ihrer alten Form zurückfand.

Sören war mittlerweile in den Hof des Polizeireviers gefahren und wollte aussteigen. Aber Erik hielt ihn zurück. »Ob Markreiter weiß, dass seine Tochter früher mal als Prostituierte gearbeitet hat?«

Sören zuckte mit den Schultern. »Ich an ihrer Stelle hätte es ihm nicht auf die Nase gebunden.«

»Hätte ich es der Staatsanwältin sagen müssen?«

»Wozu?«

»Das könnte die Story sein, der Triebel auf der Spur war.«

Sören starrte eine Weile durch die Windschutzscheibe, ohne sich zu rühren, dann schüttelte er den Kopf. »Deswegen den Reporter umbringen? Markreiter hätte ihm viel Geld geboten, damit er schweigt. Nein, wenn der wirklich Max Triebel erschossen hat, muss mehr dahinterstecken als eine missratene Tochter.«

Wieder wollte er aussteigen, doch auch diesmal hielt Erik ihn zurück. »Wir lassen den Markreiter und die Olsted noch ein bisschen zappeln. Erst mal will ich den Stuntman sprechen. Der wird eher einknicken als Markreiter selbst. Und wenn er zugegeben hat, dass er Markreiter in der Nacht gedoubelt hat, haben wir leichteres Spiel.«

»Und bis dahin?«, fragte Sören.

»Sehen wir nach, was meine Schwiegermutter fürs Abendessen vorbereitet. Die Nacht kann lang werden. Wir brauchen Kraft.«

Diese Aussicht gefiel Sören außerordentlich. Fröhlich legte er den ersten Gang ein und verließ wieder den Hof des Polizeireviers.

Mamma Carlotta starrte in das kochende Nudelwasser und überlegte, ob es überhaupt Sinn hatte, Tagliatelle zu kochen. Wieder war niemand zu Hause gewesen, als sie heimgekommen war! Und was das Schlimmste war: Sie konnte darüber nicht einmal wütend sein. Dabei ließ sich mit zornigem Schimpfen jede Enttäuschung am besten überwinden! Verständnis und Zustimmung hatten bei Carlotta Capella einfach nicht die gleiche Wirkung.

Natürlich hatte sie Verständnis dafür, dass Carolin nach den Dreharbeiten zu ihren Freundinnen gelaufen war, um über ihre aufregenden Erlebnisse zu berichten. Genauso hätte ihre Nonna es auch gemacht. Und darüber, dass Erik und Sören sich mit neuen Indizien herumschlagen mussten, durfte sie sich auch nicht beschweren. Schließlich war sie selbst es gewesen, die die beiden darauf aufmerksam gemacht hatte, dass Bruce Markreiter kein hieb- und stichfestes Alibi hatte! Und selbst wenn sie mit dieser Erkenntnis schnell fertig wurden, blieb immer noch das, was Carolin beobachtet hatte: die Liebschaft zwischen ihrer Lehrerin und dem Schauspieler. Es war nicht auszuschließen, dass diese empörende Tatsache ein neues Licht auf die Mordfälle warf!

»Sodom und Gomorrha«, murmelte sie, packte die Tagliatelle wieder weg und begann, die Cocktailtomaten zu waschen und zu halbieren. Die Soße für die Pasta paradiso konnte sie schon anrichten, dann würde es nachher schneller gehen, wenn sie nur noch die Nudeln zu kochen brauchte.

Hoffentlich kam die Familie wenigstens vor Einbruch der Dunkelheit nach Hause! Was sollte sie tun, wenn weder die Kinder noch Erik und Sören bis dahin zum Essen erschienen waren? Sie hatte sich mit Tove und Fietje verabredet, und auch Busso hatte versprochen, zur Stelle zu sein, sobald es dunkel geworden war. Sie musste Wort halten! Eins der Bösen Hühner musste überführt werden, ehe sie selbst in Verdacht geriet!

Wenn bis dahin weder Erik und Sören noch die Kinder zu Hause sein sollten, würde sie etwas tun müssen, was sie noch nie in ihrem Leben getan hatte. Sie würde einen Zettel auf den Tisch legen, auf dem stand, dass sie beschäftigt sei und die Familie selbst sehen müsse, wie sie an ihr Abendessen kam! Wer hätte gedacht, dass sie jemals derart modern und emanzipiert sein würde! Sie konnte nur hoffen, dass Dino auf seiner Wolke sie nicht dafür strafte, indem er ihren schlauen Plan, mit dem sie in der folgenden Nacht Harry Jumperz' Mörderin überführen wollten, misslingen ließ.

So freute sie sich gleich aus mehreren Gründen, als Eriks Auto vorfuhr. Erstens war sie nicht mehr allein, zweitens brauchte sie es mit der Emanzipation nicht ganz so weit zu treiben und konnte die Familie wenigstens gut versorgt zurücklassen, wenn sie aus dem Haus ging, und drittens würde sie etwas von Eriks Ermittlungen erfahren.

Hocherfreut riss sie die Tür auf und lachte über den Schrecken Eriks, der gerade aufschließen wollte. »Die Antipasti stehen bereit, die Pasta paradiso ist beinahe fertig, Rosticciata werde ich natürlich frisch zubereiten. Und die Zuppa inglese habe ich kalt gestellt!«

Erik sah sie verwundert an. »Das reinste Festessen!«

Mamma Carlotta drehte ihm schleunigst den Rücken zu. Dino hatte immer sofort gemerkt, wenn sie mit einem besonders guten Essen von einer Verfehlung ablenken oder die Zustimmung für etwas gewinnen wollte, was ihr selbst nicht geheuer war. Nur gut, dass Erik da viel argloser war. Wenn sie ihm sagte, dass sie zu später Stunde noch aus dem Haus wollte, sollte er gesättigt und gut gelaunt sein.

»Wir haben nicht viel Zeit«, erklärte er, ging mit seiner Jacke in die Küche und hängte sie dort über eine Stuhllehne. Etwas, was Mamma Carlotta eigentlich nicht leiden konnte, worüber sie aber in diesem Fall ausnahmsweise hinwegsah. »Wir müssen noch einige Vernehmungen führen«, sagte Erik. »Wer weiß, wie lange die dauern!«

»Haben sie mit meinem Anruf zu tun?«, fragte Mamma Carlotta eifrig. »War es gut, Enrico, dass ich dich angerufen habe? Was für ein Glück, dass ich nun ein Handy besitze! Was hätte ich sonst getan?« Lang und breit erging sie sich in den wenigen Möglichkeiten, die ihr andernfalls zur Verfügung gestanden hätten, dann schilderte sie Erik und Sören, wie verblüffend ähnlich Luca Medina dem Star sein konnte, den er doubelte. »Er ist kleiner, aber das fällt nur auf, wenn die beiden nebeneinander stehen. Und die Haare sind anders, deswegen trägt er bei einem Stunt immer eine Kopfbedeckung. Das hat Tanja Möck mir erklärt.« Der Parmesan flog nur so über die Reibe, während Mamma Carlotta unter Beweis stellte, wie gut sie sich in der Film- und Fernsehwelt auskannte. »Und was ist mit dem, was Carolina herausgefunden hat? Hilft es dir weiter, Enrico?« Sie setzte die Platte mit den Antipasti auf den Tisch, holte die Panini aus dem Ofen und stellte sie mitsamt der Kräuterbutter daneben. »Eine Lehrerin und ein Fernsehschauspieler! Scandaloso! Zu meiner Zeit waren Lehrerinnen anständige Frauen! Was sagst du dazu, Enrico?« Gleichzeitig wandte sie sich an Sören: »Was ist los, Sören? Warum sagen Sie nichts?«

»Weil du uns nicht zu Wort kommen lässt«, gab Erik mürrisch zurück. »Wenn du jetzt also bereit wärst, eine kleine Pause einzulegen ... Ja, es war ein guter Hinweis, dass Markreiter einen Stuntman hat, der ihm ähnlich sieht. Beziehungsweise ihm ähnlich sehen kann, wenn er es darauf anlegt. Und der tatsächlich für Markreiter gehalten wird, vor allem, wenn er im Auto sitzt. Und dazu noch in Markreiters Porsche!« Nachdenklich zerbröselte er ein Panino, während Sören vollauf damit zu tun hatte, die öligen Champignons auf seinen Teller zu bugsieren. »Was Carolin allerdings beobachtet hat ... da hat sie was falsch verstanden.«

Mamma Carlotta ließ die getrockneten Tomaten im Stich, die sie soeben klein schneiden wollte. »Das kann nicht sein! Carolina hat die beiden gesehen! Auf einer Bank! Aneinandergeschmiegt!«

»Wenn ich mit Carolin auf einer Bank sitze, lege ich auch manchmal den Arm um sie.« Dass ihm solche Gemütsaufwallungen nur selten unterliefen und Carolin sie jedes Mal abwehrte, darüber wollte er bei dieser Gelegenheit nicht reden.

Mamma Carlotta starrte ihn an, als hätte er ihr ein Rätsel aufgegeben. »Willst du damit sagen ...? Alina Olsted und Bruce Markreiter ...? No!«

»Doch! Sie sind Vater und Tochter.«

Für einen Moment verschlug es Mamma Carlotta tatsächlich die Sprache, sodass Erik die Chance hatte anzufügen: »Ich hoffe, Carolin erzählt ihren Freundinnen nicht, dass ihre Lehrerin ein Verhältnis mit Bruce Markreiter hat.«

Mamma Carlotta wehrte entschieden ab. »Du weißt doch, Carolina ist ein vernünftiges Mädchen.«

Ja, das wusste Erik zum Glück. Dass seine Schwiegermutter ihr Herz auf der Zunge trug und dabei manchmal die Vernunft vergaß, wusste er leider auch. Zu Mamma Carlottas großer Erleichterung verzichtete er auf die Frage, ob sie sich genauso vernünftig verhalten hatte, wie er es von seiner Tochter erwartete. Natürlich hätte sie ihm die Sorge, etwas verbreitet zu haben, was nicht der Wahrheit entsprach, ohne Weiteres nehmen können. Dass sie auf dem Nachhauseweg Frau Kemmertöns getroffen hatte, die immer sehr dankbar für Neuigkeiten war, hätte sie dann natürlich unerwähnt gelassen. Auch, dass sie bei Bäcker Arfsten die eine oder andere Andeutung hatte fallen lassen. Zum Glück war sie bei Feinkost Meyer nicht über die Mitteilung hinausgekommen, dass sie demnächst auf dem Bildschirm zu sehen sein würde. Die Kassiererin war zwar sehr interessiert gewesen, aber leider waren einige Touristen nachgedrängt, die es eilig hatten. Dass sie Fietje und Tove zugetuschelt hatte, welch skandalöses Verhältnis Alina Olsted und Bruce Markreiter verband, war nicht weiter schlimm. Und Beate, Kristin und Heidi hatte sie es nicht erzählt, weil die drei es nicht verdient hatten, in den Genuss dieser spektakulären Neuigkeit zu kommen. Also konnte man, wenn man nicht gerade pedantisch war, behaupten, dass die Schwiegermutter des Kriminalhauptkommissars sehr verschwiegen gewesen war.

Eriks Stimme unterbrach ihre Gedanken: »Natürlich darf darüber, dass die beiden Vater und Tochter sind, genauso wenig geredet werden! Ist das klar?«

Mamma Carlotta versicherte es vorsichtshalber mehrmals, dann wandte sie sich wieder den Essensvorbereitungen zu. Zu gerne hätte sie gefragt, wen Erik nach dem Abendessen zu vernehmen gedachte, aber da sie mittlerweile wusste, dass mit Diplomatie bei Erik mehr zu erreichen war als mit blanker Neugier, schwieg sie. Es war immer wieder erstaunlich, wie viel Erik ihr verriet, wenn sie nicht fragte und so tat, als interessierte sie sich nicht für seine Arbeit. Am allermeisten erfuhr sie sogar, wenn sie so laut mit dem Geschirr und den Töpfen klapperte, dass Erik und Sören glaubten, sie wäre mit ihren Gedanken ausschließlich beim Kochen.

Deshalb stellte sie nun keine einzige Frage mehr, sondern bedauerte die beiden nur wortreich für ihren schweren Dienst, für den sie buchstäblich Tag und Nacht im Einsatz sein mussten. Zwar winkten sie bescheiden ab, aber sie wusste dennoch, dass es ihnen gefiel, wenn jemand ihre Arbeit würdigte und dabei ein wenig übertrieb. Der Boden war also bereitet für viele Botschaften, die Erik ihr machen würde, ohne es zu merken.

Während Mamma Carlotta die Rucolablätter für die Pasta paradiso putzte, sagte Erik zu Sören: »Diese Sandra Zielcke ist mir nicht geheuer.«

»Wieso? Sie hat uns doch sehr geholfen.«

»Finden Sie? Durch ihre Aussage haben wir unsere ganze Aufmerksamkeit auf eine Stalkerin gelegt. Mir kommt es so vor, als hätte sie uns damit ablenken wollen.«

»Wovon?« Sören spießte eine marinierte Zucchinischeibe auf und sah zu, wie das Öl von ihr abtropfte.

»Von dem eigentlichen Mordmotiv.«

»Dann müsste sie es kennen.« Sören sah seinen Chef überrascht an. »Glauben Sie, die Zielcke hat was mit der Sache zu tun?«

Erik nickte. »Mit der einen oder der anderen. Meinen

Sie, es ist Zufall, dass sie uns eine Frau beschrieben hat, die aussieht wie Alina Olsted?«

»Eine zufällige Ähnlichkeit? Vielleicht nur eine Frau, die einem berühmten Mann folgt, um ein Autogramm zu bekommen? Oder eine Reporterin, die ein privates Foto haben wollte?«

»Möglich aber auch«, sagte Erik, »dass sie uns auf eine falsche Fährte locken wollte. Wenn sie es war, die ich in den Dünen an der Luftmessstation gesehen habe, dann ist sie vermutlich Markreiters Geliebte. Und dann hat sie uns belogen. Sie kann nicht gleichzeitig in List gewesen sein.«

»Aber Triebel hat ebenfalls von einer Frau gesprochen«, meinte Sören. »Diese Berlinerin, die ständig in der Redaktion angerufen hat, wenn die Blitz kritisch über Markreiter berichtet hat.«

»Das wissen wir ebenfalls von Sandra Zielcke.«

»Alina Olsted ist übrigens auch Berlinerin«, sagte Mamma Carlotta, hob den Deckel des Nudeltopfes hoch, spießte eine Nudel mit einer Gabel auf und testete, ob sie noch al dente oder schon zu weich gekocht war.

Erik starrte seine Schwiegermutter an. »Woher weißt du das?«

»Sie hat es mir erzählt.«

Ehe Erik sich danach erkundigen konnte, wie sie es geschafft hatte, der Lehrerin seiner Kinder einen Teil ihrer Lebensgeschichte zu entlocken, kam Sören auf das Gespräch zurück. »Markreiter hat gesagt, er fühle sich beobachtet, seit er auf Sylt ist. Das wiederum spricht dafür, dass Sandra Zielcke nicht gelogen hat.«

»Stimmt auch wieder!«

Erik versank in kurzes Brüten und schien erleichtert zu sein, als sein Handy ihn davon befreite. Mierendorf rief an. Nachdem Erik zweimal »Ja!« und einmal »Wir kommen gleich!« gesagt hatte, legt er auf. »Luca Medina wartet auf uns«, sagte er zu Sören. »Mierendorf hat ihn direkt von den Dreharbeiten ins Revier gebracht.«

»Prima!« Sören warf einen Blick zum Herd. »Aber die Pasta paradiso können wir vorher noch essen, oder? Luca Medina hat mit Sicherheit Dreck am Stecken. So einen kann man warten lassen.«

Erik kam nicht zum Antworten, weil sein Handy schon wieder läutete, kaum dass er es weggesteckt hatte. Diesmal war Vetterich am Apparat, und wiederum sagte Erik zweimal »Ja!« und einmal »Wir kommen gleich!«. Diesmal allerdings leuchteten seine Augen, als er das Handy wegsteckte. »Vetterich ist fertig mit dem Abgleich der Fingerabdrücke.«

Zu Mamma Carlottas Leidwesen stürzte gerade in diesem Augenblick Felix herein. Die Haustür donnerte ins Schloss, die Küchentür wurde aufgerissen, Felix bewies mal wieder seine südländische Abstammung. »Geil! Die dicke Möck hat mich gerade angerufen. Morgen verdiene ich mir hundert Euro!« Er warf sich auf einen Stuhl und angelte nach einer marinierten Paprikaschote. »Fragt die mich, ob ich ein Skateboard hab! Klar hab ich eins! Morgen kann ich damit vor der Konzertmuschel auf und ab fahren! Sonst ist es verboten, und morgen krieg ich's sogar bezahlt. Obergeil!«

Mamma Carlotta ereiferte sich ausgiebig über dieses Wort, dessen sprachlichen Ursprung sie mittlerweile kannte. Seitdem versuchte sie es aus dem Wortschatz ihres Enkels zu verbannen, der es aber nur umso eifriger benutzte. Als sie damit fertig war und Felix außerdem ermahnt hatte, nicht respektlos von der netten Tanja Möck zu reden, zog Erik bereits seine Jacke über.

»Ich bin gespannt, wie sie ihre Fingerabdrücke auf dem Balkongitter und an Markreiters Schrank erklärt.«

»Und auf dem Laptop und der Kamera«, ergänzte Sören. »Sie muss zugeben, dass sie ihrem Vater geholfen hat.«

Erik erklärte Mamma Carlotta, dass sie leider sofort losmüssten.

»Was sollen wir machen? Die Pflicht ruft!«, sagte Sören und zog eine Miene, als wäre er von plötzlichen Zahnschmerzen befallen.

»Drei Vernehmungen«, ergänzte Erik und schob sich noch schnell eine Olive in den Mund. »Erst Luca Medina, dann Bruce Markreiter und Alina Olsted.« Er stand schon in der Tür. »Warte nicht auf mich. Es wird sicherlich sehr spät.«

Mamma Carlotta sah dem Wagen vom Fenster aus nach. Unter diesen Umständen war es gar nicht mehr nötig, Erik von ihren Plänen für die Nacht zu erzählen. Wenn er später heimkam, würde er vermuten, dass sie schon schlafen gegangen war. In dem Fall würde er erst beim Frühstück zu hören bekommen, wer für Harry Jumperz' Tod verantwortlich war. Wenn sie früher nach Hause kam als er, wollte sie ihn mit der freudigen Nachricht erwarten, dass einer seiner beiden Fälle gelöst war. Und bis dahin war ihr sicherlich auch eine Geschichte eingefallen, in der Tove, Fietje und Busso nicht vorkamen.

Zum Glück kannte Erik sich mit Italienern aus. Er ließ sich nicht von den großen Gesten Luca Medinas beeindrucken und glaubte keiner einzigen seiner zahlreichen Beteuerungen, die der Stuntman immer lauter und immer eindringlicher vortrug. Als er anfing, sich die Haare zu raufen und irgendwelche Heiligen anzurufen, die ihn vor ungerechter Behandlung schützen sollten, reichte es Erik.

»Schluss jetzt!« Und als Luca Medina schon wieder zu einer überdimensionalen Geste und einem weiteren Wortschwall ansetzte, rief er: »Basta!«

Dieses Wort seiner Muttersprache sorgte tatsächlich dafür, dass Medina endlich damit aufhörte, sein Schicksal zu beklagen, und stattdessen bereit war, sich auf die Fakten zu besinnen. »Wie soll ich Ihnen beweisen, dass ich vorgestern Nacht allein im Bett gelegen und geschlafen habe?«

»Wenn ich Ihnen das Gegenteil beweise«, sagte Erik scharf, »dann sind Sie dran. Aber wenn Sie sich jetzt besinnen und die Wahrheit sagen, kann ich vergessen, dass Sie in den ersten zehn Minuten gelogen haben. Also! Entscheiden Sie sich!«

Er hatte nicht gedacht, dass es so einfach sein würde. Aber Luca Medina brauchte tatsächlich nicht lange, bis er sich ausgerechnet hatte, das er besser damit fuhr, auf die Vorschläge des Hauptkommissars einzugehen. »Va bene«, sagte er schließlich. »Aber wie konnte ich ahnen, dass Bruce etwas Ungesetzliches tun will, während ich mit seinem Auto durch die Gegend fahre und den Superstar gebe?«

»Sie wissen also, dass er vorgestern Nacht etwas Ungesetzliches getan hat?«

»No!« Luca Medina warf sich gegen die Rückenlehne seines Stuhls und breitete die Arme aus. »Aber ich kann es mir denken. Warum sitze ich hier?« Er legte beide Hände aufs Herz und sah Erik treuherzig an. »Aber Sie müssen sich irren, Herr Hauptkommissar. Signor Markreiter ist ein guter Mann. Der würde nie etwas Ungesetzliches tun.«

»Das zu beurteilen, überlassen Sie bitte mir!«

»Sì! Sie sind der Spezialist! Keine Frage! Senza dubbio!« Nun beugte er sich vor, als wollte er Erik ein Geheimnis anvertrauen. »Ich war der Meinung, es ginge um eine Frau. Dania Kaiser ist sehr eifersüchtig. Ehe Bruce sich mit einer Frau verabredet, trifft er Vorsorge. Sehr umsichtiger Mann! Sehr vorsichtig!«

»Er trifft Vorsorge? Was meinen Sie damit?«

»Er sorgt dafür, dass er notfalls später beweisen kann, dass Danias Eifersucht unbegründet ist.«

»Er lässt sich also öfter von Ihnen doubeln. Privat?«

»Nur selten, Herr Hauptkommissar! Sehr, sehr selten!«

»Wie viel bekommen Sie dafür?«

Diese Frage kränkte Luca Medina schwer in seiner Ehre. »Für einen Freundschaftsdienst lasse ich mich nicht bezahlen! Ich müsste mich ja schämen!«

Erik betrachtete ihn aus zusammengekniffenen Augen. Medina war käuflich, so viel war sicher. Wenn er behauptete, von Markreiter kein Geld bekommen zu haben, dann bedeutete das nur, dass er sehr, sehr viel bekommen hatte. So viel, dass er niemandem glaubhaft machen konnte, er hätte es für einen kleinen Freundschaftsdienst bekommen.

Die Schlinge um Markreiters Hals zog sich zu. Schade, dass Erik darüber nicht restlos glücklich sein konnte. Wie stolz wäre er, wenn er diesen Erfolg ganz allein errungen hätte! Aber er hatte ihn leider seiner Schwiegermutter zu verdanken. Was für ein erbärmliches Gefühl! Und wenn er daran dachte, wie oft sie demnächst darauf zurückkommen würde, dass es ihre Beobachtung gewesen war, die den großen Bruce Markreiter des Mordes überführt hatte, konnte er sich überhaupt nicht mehr über diesen Erfolg freuen. Das Einzige, was ihn ein wenig besänftigte, war die Tatsache, dass die Staatsanwältin nichts davon wusste.

Sören, der inzwischen Luca Medina hinausgeführt hatte, wunderte sich über das deprimierte Gesicht seines Chefs. »Jetzt wissen wir, dass es Markreiter war. Dieses konstruierte Alibi ist der Beweis. Wir müssen es nur noch hieb- und stichfest machen.« Als Erik nicht antwortete, fragte er beunruhigt: »Sind Sie etwa anderer Meinung, Chef?«

Erik riss sich zusammen und schüttelte den Kopf. »Nein, Sie haben recht, Sören. Wer sich ein Alibi kauft, hat etwas zu verbergen. Jetzt brauchen wir nur noch sein

Geständnis, und dann …« Erik seufzte, erhob sich und streckte seine Glieder. »Dann müssen wir endlich im Fall Harry Jumperz weiterkommen.«

Die Kälte hielt die Nacht noch nicht umklammert. Sie näherte sich ihr bereits, hatte aber noch keine Gewalt über sie. Die Luft war frisch und klar, die Nachtschwärmer waren nicht aufgebrochen, die Tagträumer gaben gerade erst das Träumen auf.

Mamma Carlotta schob das Fahrrad aus dem Schuppen und warf einen Blick zu den Fenstern in der ersten Etage. In beiden Kinderzimmern brannte Licht. Felix hockte mit einem Freund vor dem Computer, angeblich suchten die beiden nach Lösungen für ein Problem, das sich im Physikunterricht aufgetan hatte, und Carolin trank mit zwei Klassenkameradinnen Tee. Beiden Kindern hatte Mamma Carlotta kurz und bündig mitgeteilt, sie wolle sich mit ihren neuen Freundinnen treffen, den drei Schauspielerinnen von »Liebe, Leid und Leidenschaft«. Weder Carolin noch Felix waren auf ihre Erklärung eingegangen, aber sie vertraute darauf, dass sie sie unbewusst gespeichert hatten und Erik notfalls erklären konnten, warum ihre Nonna nicht zu Hause war.

Der kalte Wind war eingeschlafen. Am Nachmittag hatte er noch dafür gesorgt, dass der Frühling sich nirgendwo niederlassen konnte. Jetzt schien er auf jedem Ast zu hocken und an dem blauen Band zu weben, das schon am nächsten Tag durch die Lüfte flattern konnte, wenn es ein windstiller Tag sein würde.

Sie hatten sich in Käptens Kajüte verabredet. Tove wollte schon gegen neun das Schild mit der Aufschrift »Geschlossen!« an die Tür hängen, damit kein später Gast ihre Pläne durchkreuzen konnte.

Mamma Carlotta schob ihr Fahrrad um die Imbissstube herum und stellte es vor der Küchentür ab, die in den Hof führte. Leise klopfte sie ans Küchenfester und wurde kurz darauf eingelassen. Fietje saß an der Theke, trank sein Jever, im Gastraum brannte nur ein winziges Licht, die Fensterläden waren bereits geschlossen. Tove hatte wirklich alles getan, um zu verhindern, dass irgendein verirrter Nachtschwärmer an seine Tür klopfte und um eine Bratwurst bat.

»Busso wartet an der Friesenkapelle auf uns«, sagte Tove, schenkte Mamma Carlotta einen Rotwein aus Montepulciano ein und sich selbst einen Genever. Wohl um sich Mut zu machen, erzählte er wieder einmal von der Zeit, als er zur See gefahren war und nach einem Schiffbruch vor Gibraltar als Einziger schwimmend das Land erreicht hatte. Danach schien er sich wieder daran erinnern zu können, dass er ein großer, starker Kerl war, der es mit einem Bösen Huhn leicht aufnehmen konnte.

»Sogar mit allen drei«, prahlte er nun.

Mamma Carlotta sah ihn erschrocken an. »Sie meinen, es könnten auch alle drei gewesen sein?«

Nein, das hatte Tove nicht gemeint. Und der Gedanke erschreckte ihn so sehr, dass er einen weiteren Genever brauchte. »Wäre das denn möglich, Signora?«

Mamma Carlotta dachte nach. »Könnte ja sein, dass sie sich einig waren und gemeinsam zurückgegangen sind, um Jumperz den Rest zu geben. Und nun schiebt eine die Schuld auf die andere, damit ich der Wahrheit nicht auf die Spur komme. Anscheinend trauen die drei mir nicht.«

»Weil Sie die Schwiegermutter von Hauptkommissar Wolf sind«, bestätigte Fietje.

Tove dachte scharf nach. »Drei auf einmal?« Er betrachtete Fietje und Mamma Carlotta eingehend, dann befand er, dass deren Muskelkraft nicht ausreichte, um auch nur eine einzige Frau festzuhalten, die sich mit aller Kraft wehrte. »Dann nehme ich zwei in den Schwitzkasten, und wenn sie zucken, schlage ich ihre Köpfe aneinander. Das wirkt immer. Ihr beide nehmt euch dann gemeinsam die Dritte vor. Das müsste klappen.«

Mamma Carlotta spürte eine Gänsehaut auf ihrem Rücken. »Niemandem darf etwas zustoßen«, schärfte sie Tove ein. »Damit würden wir alles noch schlimmer machen.«

»›Mord im Orient-Express‹«, murmelte Fietje. »Da haben auch mehrere Leute gemeinsam einen Mord begangen. Aus Rache! Hercule Poirot hatte gut zu tun, bis er dahintergekommen war.«

Tove warf ihm einen wütenden Blick zu, weil er immer wütend wurde, wenn Fietje etwas kannte, wovon er selbst nie gehört hatte. »Schnack nicht rum!«, fuhr er Fietje an. »Kipp dein Jever weg, und dann los!«

Wenig später schob Fietje ein uraltes Fahrrad auf die Straße, das er in sein Eigentum überführt hatte, nachdem es einen ganzen Winter auf dem großen Parkplatz an der Dünenstraße gestanden hatte und von niemandem beansprucht worden war. Daraufhin hatte er es in seiner Eigenschaft als Strandwärter konfisziert, aber dann vergessen, es der Kurverwaltung zu übergeben. »Die hätten das verrostete Ding sowieso zur Müllkippe gebracht. War also besser, dass ich es behalten habe.«

Toves Rad dagegen war in bestem Zustand. Er hatte es sich besorgt, als er mal wieder mit Alkohol am Steuer erwischt worden war und seine Getränkekisten irgendwie heranschaffen musste.

Mamma Carlotta betrachtete das Fahrrad staunend. »So ein schönes Rad! Das hat sicherlich eine Menge Geld gekostet!«

Fietje stieß ein meckerndes Lachen aus, und Tove sagte ärgerlich: »Die Leute sind selber schuld, wenn sie ihre Räder nicht abschließen.«

Daraufhin bereute Mamma Carlotta, dass sie Toves

Rad eines Blickes gewürdigt hatte. Mit zwei Freunden, die niemand leiden konnte, in der Nacht unterwegs zu sein war eine Sache. Mit einem Fahrraddieb unter einer Decke zu stecken machte sie beinahe selbst zu einer Kriminellen. »Der Sohn unseres Schlossers hat mal im Nachbardorf ein Fahrrad geklaut. Daraufhin hat der Pfarrer ihn so lange sonntags nicht in die Kirche gelassen, bis er das Fahrrad zurückgebracht und zwanzig Rosenkränze gebetet hatte.«

Tove glotzte sie an. »Das sind ja komische Sitten in Ihrem Dorf.«

Ehe Mamma Carlotta zu einer Verteidigungsrede ansetzen konnte, hatte er sich schon auf den Sattel geschwungen und fuhr Richtung Westerlandstraße. Mamma Carlotta folgte ihm, stellte aber an der Einmündung fest, dass Fietje nicht nachgekommen war. »Fietje! Wo sind Sie?«

Erst als sie ihn zum dritten Mal gerufen hatte, tauchte er endlich hinter einem geparkten Pkw auf und rieb sich die Knie. »Vielleicht hätte ich das Fahrradfahren vorher üben sollen«, rief er Mamma Carlotta zu. »Aber ich dachte, Schwimmen und Fahrradfahren verlernt man nie.«

Zum Glück erwies sich Fietjes Fahrrad als nach wie vor verkehrstüchtig, und er war bereit, einen zweiten Versuch zu wagen.

»Du musst schneller fahren«, empfahl ihm Tove, »dann fällst du nicht so leicht um.«

Fietje beherzigte diesen Rat und stellte bald fest, dass er das Fahrradfahren tatsächlich nicht verlernt hatte. Allerdings war nicht ersichtlich, ob er auch das Bremsen noch beherrschte. Denn er sauste an allen Einmündungen vorbei, im vollen Vertrauen darauf, dass man ihn zur Kenntnis nahm und ihm seine Vorfahrt nicht streitig machen wollte. Tatsächlich wurde er kein einziges Mal zum Bremsen gezwungen. Nicht einmal, als er in der abknickenden

Vorfahrt geradeaus zum Dorfteich fuhr. Dass er diese verzwickte Verkehrsregel durchschaute, war nicht anzunehmen, er hatte einfach Glück.

Busso wartete bereits vor der Friesenkapelle. Er trug Harry Jumperz' Hose, die ihm viel zu weit und zu kurz war. »Die andere war voller Lambrusco«, erklärte er. »Aber vielleicht kommt ja die nette Dame von der Reinigung in den nächsten Tagen wieder vorbei.«

Mamma Carlotta verzog bei der Erinnerung, die diese Hose in ihr auslöste, schmerzhaft das Gesicht. Prompt sah sie wieder Harry Jumperz' zappelnde Beine, sah seine Angst, fühlte und roch sie. Sie hatte Mühe, sich auf Toves Worte zu konzentrieren, der das Kommando übernommen hatte.

»Busso legt sich auf seine Decke und stellt sich schlafend. Und wir ...« Er sah sich suchend um und zeigte dann auf ein dichtes Gebüsch, ungefähr zwanzig Meter von der Decke entfernt. »Wir verkriechen uns dort und warten.« Er klopfte Busso auf die Schulter, um ihm Mut zu machen. »Stell deinen Einkaufswagen gut sichtbar auf, und rühr dich nicht, wenn jemand darin herumsucht. Aber wahrscheinlich lassen wir es gar nicht so weit kommen. Sobald wir merken, wer sich anschleicht, stürzen wir uns auf sie und halten sie fest.«

»Und dann?«, fragte Busso ängstlich.

Tove sah sich nach Mamma Carlotta um. »Was machen wir dann eigentlich?«

»Dann wissen wir, wer Harry Jumperz auf dem Gewissen hat«, antwortete Mamma Carlotta so ausweichend wie diplomatisch. »Wer nach dem Handy sucht, das es gar nicht gibt, muss es gewesen sein.«

Sören hatte Zweifel gehabt, aber Erik war dabei geblieben. »Besser, wir reden erst mal mit Alina Olsted. Wenn sie zugibt, dass sie ihrem Vater geholfen hat, haben wir bei Markreiter leichteres Spiel. Der ist vermutlich ein härterer Brocken als seine Tochter.«

Alina Olsted wartete bereits im Vernehmungszimmer auf sie. Sie sah blass aus, wirkte aber ruhig und gefasst. Geradezu entschlossen! Erik fragte sich, wozu sie sich entschlossen haben mochte. Zur Wahrheit? Er kannte ihr Verhältnis zu ihrem Vater nicht. Davon würde es abhängen, ob sie sich für die Wahrheit entschied oder ob sie für ihn lügen würde. Wenn Bruce Markreiter ein Vater gewesen war, dem sie vorwarf, sich nicht um sie gekümmert zu haben, würde Erik möglicherweise leichtes Spiel haben. War er jedoch ein Vater, den sie verehrte, der in ihrem Leben eine überhöhte Position eingenommen hatte, dann würde sie alles tun, um ihn zu schützen.

Mit einem unguten Gefühl nahm er ihr gegenüber Platz. Er zögerte nur kurz, dann entschloss er sich, nicht lange um den heißen Brei herumzureden. »Ihre Fingerabdrücke sind identifiziert worden«, begann er. »Wir haben sie an der Tür des Schrankfachs gefunden, hinter dem Ihr Vater die Pistole aufbewahrte.«

Er merkte gleich, dass sie die Zeit genutzt hatte, sich gut auf ihre Aussage vorzubereiten, und bereute nun, Medinas Vernehmung vorgezogen zu haben. Mit einem Gleichmut, der gespielt sein musste, antwortete sie: »Na, und? Ich habe meinen Vater gelegentlich in seinem Wohnwagen besucht. Wenn er mich gebeten hat, ihm ein Buch zu reichen oder ein Glas, dann habe ich natürlich ein Schrankfach geöffnet.«

»Auch das Fach, in dem die Pistole lag?«

»Dort lagen noch andere Sachen.«

Erik nickte. Das klang plausibel. »Aber wir haben Ihre Fingerabdrücke auch am Balkongitter von Max Triebels Apartment gefunden.«

Ihre Stimme veränderte sich nicht. »Schon möglich. Ich kannte Max Triebel.«

Erik war so überrascht, dass Sören ihm die nächste Frage abnahm: »Woher?«

Nun lächelte sie sogar. »Nach dem Abi habe ich ein Praktikum bei einer Zeitung gemacht. Max war dort Redakteur.«

»Bei der Blitz?«

»Damals arbeitete er noch bei einer Berliner Tageszeitung.«

Erik notierte den Namen der Zeitung und reichte Sören den Zettel. »Rufen Sie bei der Blitz an und fragen Sie, ob Triebel wirklich mal dort gearbeitet hat. In der Personalabteilung dürfte man das leicht herausfinden.« Aber als er den Triumph in Alinas Augen sah, wusste er bereits, dass sie die Wahrheit gesagt hatte.

»Wir haben uns zufällig auf Sylt wiedergetroffen. Max hat mich auf einen Drink in sein Apartment eingeladen.«

»Aber Sie sind nicht durch die Haustür gegangen«, fragte Erik provokant, »sondern über den Balkon geklettert?«

Alina Olsted bedachte ihn mit einem so mitleidigen Blick, dass er sofort bereute, was er gesagt hatte. »Es war ein schöner Abend«, erklärte sie. »Wir haben den Sherry auf dem Balkon getrunken. Möglich, dass ich dabei das Gitter angefasst habe.«

»Und bei dieser Gelegenheit ist Ihnen auch der Knopf kaputt gegangen? Haben Sie an diesem Tag Ihre graue Strickjacke getragen?«

»Stimmt!«

Erik holte tief Luft. »Wir haben Ihre Fingerabdrücke auch auf dem Laptop und der Kamera gefunden. Gibt es dafür auch eine so einleuchtende Erklärung?«

»Das kann nicht sein.«

Erik nickte, als verstünde er, was sie sagen wollte. »Ich weiß, das Laptop und auch die Kamera steckten in

Taschen, als Sie sie gestohlen haben. Aber beim Löschen der Festplatte und der Fotos haben Sie nicht aufgepasst. Wir haben Ihre Fingerabdrücke gefunden. Sie haben beides in Händen gehabt.«

»Habe ich nicht!«

»Wie erklären Sie sich dann Ihre Fingerabdrücke sowohl auf dem Laptop als auch auf der Kamera?«

»Ich glaube Ihnen kein Wort! Sie bluffen!«

»Ich kann Ihnen sogar den Beweis vorlegen.«

Sie sah ihn eindringlich an, dann schien sie zu glauben, dass es diesen Beweis wirklich gab. Trotzdem beharrte sie: »Das kann nicht sein! Ich weiß nicht einmal, wie Max' Laptop und seine Kamera aussahen.«

Erik erhob sich und machte ein paar Schritte auf und ab. Sören kam ins Zimmer zurück und nickte ihm zu. Alina hatte offenbar die Wahrheit gesagt, was Max Triebels Anstellung bei der Berliner Tageszeitung betraf.

Erik beschloss, Alina Olsted aus der Reserve zu locken, indem er auf ihre Vergangenheit als Prostituierte zu sprechen kam. Aber er stockte, als er ihren Gesichtsausdruck sah. Sie wirkte mit einem Mal sehr nachdenklich. Was ging in ihrem Kopf vor? Intuitiv beschloss er abzuwarten. Er blickte gespannt in ihr Gesicht. So lange, bis sie sagte: »Mir fällt da gerade was ein …«

Der Radweg nach Kampen, den tagsüber viele benutzten, lag verlassen da. Wer etwas erleben wollte, war nach Westerland oder Kampen gefahren. In den benachbarten Häusern war es ruhig, in einigen waren bereits die Lichter ausgegangen. Der Wachdienst hatte auf seiner Runde vor wenigen Minuten im Inselzirkus haltgemacht. In dem Bürowagen, in dem es vorher dunkel gewesen war, brannte nun ein kleines Licht, das der Wachmann eingeschaltet hatte.

Tove schnaufte, als wollte er sich zur Ruhe zwingen.

Fietjes Atem dagegen vibrierte, hell und pfeifend. Ihm fiel das Stillsitzen schwer. Unter seinen Füßen raschelte es häufig, wenn er sie bewegte, über seinem Kopf schwankten die Zweige der Büsche, wenn er seine Haltung veränderte.

»Gib Ruhe«, zischte Tove.

Fietjes Atem fiepte erschrocken, dann schien er ihn für eine Weile anzuhalten.

Als der Wind in die Gräser des Feldes griff, das zwischen der Kapelle und dem Inselzirkus lag, blieb ein Nachhall zurück. Als hätte jemand das Rauschen genutzt für ein Räuspern, ein Husten oder einen Schritt. Mamma Carlotta merkte, wie Toves Oberkörper sich aufrichtete, wie er erstarrte. Er hatte es also auch gehört. Sie waren nicht mehr allein mit Busso, der zwanzig Meter entfernt auf seiner Decke lag und sich nicht rührte.

Vorsichtig schob Mamma Carlotta die Zweige auseinander und spähte zu seinem Lagerplatz. Niemand war zu sehen. Niemand, der sich über seinen Einkaufswagen beugte. Doch dann eine plötzliche Bewegung, die nicht vom Wind herrührte. Der Zweig eines niedrigen Baums, der sich neigte und zurückschnellte. Als hätte er sich in einem Kleidungsstück verfangen und sich gewaltsam gelöst. Ein unterdrücktes Husten. Sie hörte Schritte, die langsamer wurden, leiser, als sollten sie nicht gehört werden. Und dann das Schmatzen einer Schuhsohle auf feuchtem Gras.

Mamma Carlotta fühlte, wie ihr der Schweiß ausbrach. Wo war die Gefahr? Überall schien es Geräusche zu geben, die nicht in diese Nacht passten. In ihrer Nähe, in Bussos Nähe, an jedem Ende des Zauns. Und nun ein heller, ganz schwacher metallischer Klang. Kaum hörbar, aber doch ein Fremdkörper, eine feine Disharmonie.

Sie schob die Zweige noch weiter auseinander. Ihrem Gehör traute sie nicht mehr. Je mehr sie die Ohren spitzte, desto schwieriger wurde es, ein Geräusch vom anderen zu unterscheiden, die Gefahr zu ermessen, die Täuschung zu erkennen. Sie musste ihre Augen zur Hilfe nehmen.

Aber auch sie ließen sich täuschen. Was hatte sie gesehen? Eine Bewegung am Zaun? Oder nur den Scheinwerfer eines Autos, das über die Brücke fuhr und in einer Ecke des Zauns ein winziges Schimmern erzeugte? Immer wieder! Bei jedem Auto, das nach Kampen fuhr.

Dann aber gab es keinen Zweifel. Das Knacken von Zweigen, ein Rascheln, eine deutliche Bewegung im Buschwerk. Mamma Carlotta spürte, dass Tove sie ansah. Mit einem winzigen Nicken deutete sie zum Gebüsch, aus dem sich gerade ein Schuh hinausschob. Im Auseinanderbiegen der oberen Zweige meinte sie zwei Hände zu sehen. Nun wusste sie, wo das Böse Huhn saß, das es auf Busso abgesehen hatte. Jetzt musste sie nicht nur herausfinden, um wen es sich handelte, sondern vor allem verhindern, dass Busso zu Schaden kam. Wer dieses Handy unbedingt in seinen Besitz bringen wollte, würde womöglich auch vor Gewalt nicht zurückschrecken, wenn er es nicht fand. Und er konnte es nicht finden!

Auch Fietje, der hinter Tove und Mamma Carlotta in Deckung blieb, wurde nun aufmerksam. Zwar gab er nach wie vor keinen Laut von sich, aber Mamma Carlotta spürte, wie er sich vorbeugte und dieselbe Witterung aufnahm.

Die Gestalt im Gebüsch schien ihre Umgebung genau zu beobachten. Anscheinend wollte sie ganz sicher sein, dass es keine Zeugen gab, wenn sie sich Busso näherte. Vielleicht ahnte sie auch, dass sie in eine Falle tappen könnte. Mamma Carlotta hoffte, dass es Heidi war, die sich nun Zentimeter für Zentimeter aus dem Gebüsch löste. Heidi hatte Probleme mit den Knien, sie war nicht sonderlich sportlich und würde leicht einzuholen sein. Beate dagegen joggte jeden Tag, um in Form zu bleiben, sie zu verfolgen war sinnlos. Aber es würde reichen zu wissen, dass sie die Schuldige war. Tove und Fietje hätten dann Gelegenheit, mit einer Aussage ihren Ruf bei der Westerländer Polizei zu verbessern.

»Es ist so weit«, flüsterte sie Tove zu.

Er nahm eine Position ein, als wollte er für einen Hundertmeterlauf starten. Nach reiflicher Überlegung hatten sie beschlossen, dass es Tove sein musste, der die Täterin verfolgen und sie festhalten würde. Fietje bewegte sich schon seit Jahren nur langsam und schleppend voran, weil die Eile längst nicht mehr zu seinem Leben gehörte, und kam daher für eine Verfolgungsjagd nicht infrage. Mamma Carlotta glaubte zwar, dass die steilen Gassen ihres Dorfes für eine gute Kondition gesorgt hatten, doch sie machte sich keine Illusionen, wenn es darum ging, eine jüngere Frau zu verfolgen, die außerdem gut trainiert war. Wenn sie den Überraschungseffekt ausnutzten, könnte es gelingen. Und wenn Tove sein Opfer erst in den Fingern hatte, würde es kein Entrinnen mehr geben.

Sie schien blond zu sein, das erkannte Mamma Carlotta, als das Mondlicht auf das Haar der Frau fiel. Also Heidi Schirrmacher! Das machte die Sache leichter.

Mamma Carlotta spannte ihren Körper an und fühlte, dass Tove dasselbe tat. An Fietje dachte sie nicht, sie hatte ohnehin den Verdacht, dass er auf großen Abstand bedacht sein würde, damit er sich notfalls ungesehen verdrücken konnte, wenn es gefährlich wurde.

Sie starteten gleichzeitig, und Mamma Carlotta stellte verblüfft fest, dass sie schneller in die Höhe gekommen war als Tove und ihm im Nu einige Schritte voraus war. Der kleine Aufschrei in ihrem Rücken ließ sogar befürchten, dass Tove schon beim ersten Schritt von einem Zipperlein aufgehalten worden war.

Doch nun gab es kein Zurück mehr. Zwar merkte sie

schnell, dass sie alles falsch angefangen hatte, dass sie zu früh losgelaufen war, dass die Entfernung zu groß war, dass sie der anderen damit einen Vorsprung überließ, der nicht aufzuholen war. Denn die Frau, die nun zur Flucht ansetzte, war jung und schnell. Das konnte nicht Heidi sein. Kristin und Beate genauso wenig.

Kurz bevor ihre Gestalt vom tiefen Schatten der Leichtbauhalle verschluckt wurde, warf sie einen Blick zurück, und in diesem Moment erkannte Mamma Carlotta sie. Es war Sandra Zielcke!

»Ich hab's ja gleich gewusst«, sagte Erik, während sie nach Wenningstedt fuhren. »Mit der Zielcke stimmt was nicht.«

Sören dagegen schien noch immer nicht daran glauben zu können, dass eine so hübsche Frau wie Sandra Zielcke sie eiskalt belogen hatte. »Woher wollen Sie wissen, dass Alina Olsted die Wahrheit sagt?«

»Ihre Erklärungen schienen mir glaubhaft. Die Zielcke wollte den Verdacht auf Alina Olsted lenken. Sie hat dafür gesorgt, dass sie beides zur Hand nahm, Laptop und Kamera. Ganz schön raffiniert. Wie oft hat man das schon erlebt, dass man gebeten wird, mit einer fremden Kamera ein Foto zu machen! Würden Sie daran denken, dass Sie Ihre Fingerabdrücke hinterlassen?«

Sören schüttelte widerwillig den Kopf. »Und dann lässt sie das Laptop in den Sand fallen und wartet, bis Alina Olsted es aufhebt.«

»Sie hatte weder Laptop noch Kamera bisher gesehen. Und sie konnte gar nicht wissen, dass es sich um Max Triebels Eigentum handelte, weil er Laptop und Kamera immer in den Taschen aufbewahrte.«

»Deswegen auch ihr Gerede von der Stalkerin! Auch das, um den Verdacht auf Alina Olsted zu lenken.«

»Groß und schlank wie Alina Olsted. Mit einem Leberfleck, wie Alina Olsted ihn hat. Und aus Berlin stammt sie, auch wie Alina Olsted.« Erik war jetzt so aufgeregt, wie Sören ihn selten erlebte. »Erinnern Sie sich, wie sie uns auf dem Rückweg von Wonnemeyer gesagt hat, sie erkenne eine Berlinerin auch dann, wenn sie hochdeutsch spricht? Ich bin sicher, Max Triebel hat zu ihr kein Wort von einer Stalkerin gesagt.«

»Aber warum das Ganze?« Sören bog mit quietschenden Reifen in die Strandstraße ein.

»Ich nehme an, dass sie selbst die Stalkerin ist.«

Sören gab einen Laut von sich, als habe ein Gedanke ihn erschreckt. »Hat nicht Ihre Schwiegermutter so etwas gesagt?«

Aber Erik winkte ärgerlich ab. Auf keinen Fall wollte er sich vorhalten lassen, dass Mamma Carlotta ihm voraus gewesen sei, dass der Fall womöglich längst gelöst wäre, wenn er auf sie gehört hätte.

»Sie hat Markreiter vor Max Triebel gerettet, der irgendwas Böses über ihn schreiben wollte. Hat ihn einfach abgeknallt. Während sie ihn beobachtet hat, ist ihr aufgegangen, dass er sich heimlich mit Alina Olsted trifft. Wahrscheinlich hat sie genau das angenommen, was auch Carolin geglaubt hat.«

Sören nickte. »Dass sie seine Geliebte ist. Aber da hat sie was Raffinierteres gefunden, als sie einfach abzuknallen. Die Olsted sollte ausgeschaltet werden, indem sie verleumdet wird.« Sören hielt vor dem Hotel Windrose und wollte aus dem Wagen springen. »Hoffentlich ist sie in ihrem Zimmer.«

Erik griff nach seinem Arm und hielt ihn zurück. »Schauen Sie mal!« Er wies auf eine junge Frau, die die Dünenstraße entlanggelaufen kam. Immer wieder sah sie sich um, erst an der Einmündung zum Mittelweg wurde sie langsamer. Sie stieß die Luft von sich, griff in ihre Haare, strich sie nach hinten, dann atmete sie tief durch und ging mit zügigen Schritten auf das Hotel Windrose zu. »Die sieht aus, als wäre sie auf der Flucht.«

Sie erreichten Sandra Zielcke erst an der Eingangstür. Erschrocken fuhr sie herum, für Sekundenbruchteile leuchtete die Angst aus ihren Augen. Aber sie hatte sich schnell in der Gewalt. »Wollen Sie zu mir?«

Erik nickte. »Woher kommen Sie?«

»Geht Sie das was an?«

Erik betrachtete ihr erhitztes Gesicht, ihre schnellen Augen, das nervöse Zucken über der linken Braue. »Sind Sie vor jemandem weggelaufen?«

Sandra Zielcke lachte. »Ich war joggen! Was dagegen?«

»In Straßenkleidung?«

»Warum interessiert Sie das?«

Erik beantwortete diese Frage nicht. »Möchten Sie mit uns auf Ihrem Zimmer sprechen oder lieber in der Lobby?«

»Überhaupt nicht!« Sandra Zielcke wandte sich dem Aufzug zu und wollte auf einen Knopf drücken.

Aber Eriks Stimme hielt sie zurück. »Dann also im Kommissariat! Sie sind vorläufig festgenommen. Folgen Sie uns bitte!«

Sie hatten Sandra Zielcke bis zur Friesenkapelle verfolgt, dann mussten sie aufgeben. Sandra war schon auf der anderen Seite des Dorfteichs angekommen, und es sah nicht so aus, als würde ihr bald die Puste ausgehen.

Mamma Carlotta hielt sich keuchend die Seiten, und Tove schnaufte so heftig, dass sie sich besorgt nach seinem Blutdruck erkundigt hätte, wenn es ihr gelungen wäre, ein Wort herauszubringen. Fietje dagegen kam im Bummelschritt heran, sehr zufrieden, dass er zeitig erkannt hatte, wie unsinnig die ganze Rennerei war. »Ich dachte mir gleich, dass die sich nicht fangen lässt.«

Mamma Carlotta öffnete ihre Jacke, zog sich den Schal

vom Hals und bemühte sich um ruhige Atmung. Die Verfolgungsjagd hatte ihr alles abverlangt, ihre Knie zitterten, der Schweiß brach ihr aus allen Poren. Dabei hatte sie sich bis zu dieser Stunde für topfit gehalten, wo sie doch, wenn sie dem Nachbarn bei der Weinlese half, immer länger durchhielt als ihre Schwiegertöchter. Nun aber musste sie sich wohl zu den Einschränkungen bekennen, die das Alter mit sich brachte. Wenn sie allerdings sah, wie schlecht Toves Kondition war, obwohl er erstens ein Mann und zweitens drei Jahre jünger war, konnte sie wohl doch mit sich zufrieden sein. Von Fietje ganz zu schweigen, der es vermutlich nicht einmal schaffen würde, sich vor Massimo, dem Wachhund von Signora Fabiani, in Sicherheit zu bringen.

Als Mamma Carlotta wieder bei Atem war, erzählte sie Tove und Fietje von Massimo, der sich gelegentlich von seiner Kette losriss und dann seinen Spaß daran hatte, die Dorfbewohner zu jagen. Erstaunliche sportliche Leistungen kamen dabei immer wieder zutage. Dinos Neffe Gerardo hatte sich zwei Wochen nach seiner Flucht vor Massimo sogar beim Perugia-Lauf angemeldet, derart überrascht war er von seiner eigenen Leistungsfähigkeit gewesen. »Aber da er in Perugia nicht von Massimo gehetzt wurde und nicht um sein Leben laufen musste, hat er es nicht einmal bis ins Ziel geschafft. Danach hat er seine Sportkarriere gleich wieder an den Nagel gehängt.«

Langsam gingen sie zum Inselzirkus zurück, um Busso mitzuteilen, dass die Jagd ein Ende hatte, dass er aufhören konnte, sich schlafend zu stellen, und keinen Angriff mehr zu befürchten hatte.

Mamma Carlotta spürte, dass ihre Lebensgeister zurückkehrten und ihre Wadenmuskulatur zu zittern aufhörte. »Nun muss nur noch mein Schwiegersohn erfahren, dass Sandra Zielcke die Mörderin ist.«

»Das soll Busso machen«, meinte Fietje. »Der kann ja sagen, dass er von ihr angegriffen worden ist.«

»Ist er nicht«, korrigierte Mamma Carlotta. »Wir haben es verhindert.«

»Wäre er aber«, ergänzte Tove. »Das muss Ihr Schwiegersohn einsehen.«

Mamma Carlotta sah die beiden entrüstet an. »Sandra Zielcke wird alles abstreiten, und dann steht Aussage gegen Aussage. Die Aussage einer Schauspielerin gegen die eines Obdachlosen.«

Tove und Fietje schwiegen und sahen auf ihre Fußspitzen. Schließlich meinte Fietje: »Glauben Sie wirklich, dass Bussos Aussage glaubhafter wird, wenn Tove und ich das Gleiche sagen?«

Tove war genauso mutlos wie Fietje. Wie er vorher seiner Bärenkondition vertraut hatte und enttäuscht worden war, mochte er nun nicht mehr darauf vertrauen, dass die Polizei auf seiner Seite stehen könnte. »Sie sagen doch immer, Ihr Schwiegersohn wäre ein kluger Mann. Der kommt auch ohne unsere Hilfe dahinter, dass Sandra Zielcke die Schuldige ist.«

In diesem Augenblick fuhr ihnen eine eiskalte Bö entgegen. Sie führte etwas mit sich, was jede Bewegung erstarren ließ: einen Schrei. Den Schrei eines Menschen, der in höchster Not war. In Todesangst!

Für Augenblicke lähmte er alles. Mamma Carlotta war die Erste, die loslief …

Sandra Zielckes Fassade bröckelte. Noch ein paar Minuten, ein paar Behauptungen oder Provokationen, dann würde sie so weit sein.

»Wir können eine Gegenüberstellung machen. Dann wird sich zeigen, ob Alina Olsted Sie erkennt. Und wenn das der Fall ist, können Sie nicht mehr glaubhaft machen, dass Sie den Namen nie gehört haben.«

»Und dass Sie nicht dafür gesorgt haben«, ergänzte Sören, »Alina Olsteds Fingerabdrücke auf das Laptop und die Kamera zu bringen.«

»Warum haben Sie uns erzählt«, fuhr Erik fort, »dass Sie beides in List gefunden haben? Es stimmt nicht. Zu dem Zeitpunkt, als Sie in List gewesen sein wollen, habe ich Sie gesehen. In der Nähe der Luftmessstation. Während ich mit Markreiter gesprochen habe, sind Sie weggelaufen.« Er sah Sandra scharf an. »Geflüchtet?«

Obwohl er gemerkt hatte, dass ihr Blick unstet geworden war und ihre Stimme manchmal so klang, als stiegen ihr die Tränen bereits in die Kehle, kam ihr Zusammenbruch überraschend. Ihr Oberkörper kippte plötzlich vornüber, sie warf die Arme ausgestreckt auf den Tisch, ihre Stirn prallte mit einem so hässlichen Geräusch auf die Tischplatte, dass Erik erschrak.

Und dann begann sie zu weinen. Lautlos zunächst, mit zuckenden Schultern, dann ließ sich das Schluchzen nicht mehr zurückhalten, und schließlich wurde daraus ein rhythmisches Weinen. Sie weinte wie ein kleines Kind, laut, zügellos, unfähig, die Tränen zurückzuhalten, nachdem sie einmal ausgebrochen waren.

Als sie endlich den Kopf hob, erschrak Erik über die Verzweiflung in ihren Augen. Wortlos zog sie einen Umschlag aus der Innentasche ihrer weiten grauen Jacke und reichte ihn Erik. Mühsam brachte sie heraus: »Den trage ich ständig bei mir.«

Es war der Brief ihrer Mutter, die ihn kurz vor ihrem Tod geschrieben und dafür gesorgt hatte, dass Sandra ihn erst nach der Beerdigung zu lesen bekam. Sie hatte ihr großes Geheimnis nicht mit ins Grab nehmen, hatte ihre Lebenslüge im allerletzten Augenblick gestehen wollen. Ihr Mann, der schon seit mehreren Jahren tot war, hatte nicht mehr erfahren, dass Sandra nicht seine Tochter war. Sandra aber sollte wissen, dass ihre Mutter eine Affäre mit einem jungen Schauspieler gehabt hatte, die nicht ohne Folgen geblieben war …

Erschüttert reichte Erik den Brief an Sören weiter. »Bruce Markreiter ist Ihr Vater? Weiß er davon?«

Sandra holte ein Taschentuch heraus, trocknete sich die Augen und setzte sich gerade hin. »Erst war ich nicht sicher, ob ich es ihm je sagen sollte. Aber dann wurde er Stargast bei ›Liebe, Leid und Leidenschaft‹. Das kam mir vor wie ein Wink des Schicksals. Ich nahm mir vor, ihm den Brief zu zeigen. Aber ich wollte den richtigen Moment abpassen. Ein schöner Moment sollte es sein, an einem schönen Ort …«

»Soll das heißen, Sie haben ihn beobachtet, Sie sind ihm gefolgt …?«

Sandra nickte. »Immer mit dem Brief in der Tasche. Er hielt sich gern an der frischen Luft auf, am Strand, in den Dünen, da, wo man eigentlich nicht hindarf, wo er allein sein konnte.«

Erik nickte grimmig. »Und dabei ist Ihnen Alina Olsted aufgefallen!«

Wieder nickte Sandra, ihr Lächeln war bitter. »Mein Vater ist nicht besser als viele andere Männer in seinem Alter. Eine junge Geliebte! Anscheinend hatte er diese Gastrolle nur angenommen, um auf Sylt möglichst viel Zeit mit ihr zu verbringen.«

Sören hatte Schwierigkeiten, die bekannten Fakten mit dem zusammenzuführen, was sie nun von Sandra Zielcke erfuhren. »Wie sind Sie an das Laptop und die Kamera gekommen?«, fragte er. »Und warum wollten Sie, dass wir Alina Olsteds Fingerabdrücke darauf finden?«

Wieder begann sie zu weinen. »Sollte ich ihn mir gleich wieder nehmen lassen, noch ehe ich ihn richtig gefunden hatte? Irgendwann hätten Sie die Wahrheit herausgefunden, nämlich dass er Max Triebels Mörder ist.«

»Waren Sie dabei, als er Triebel erschossen hat?«, fragte Erik schnell.

Sandra schüttelte den Kopf. »Aber es muss so gewesen sein. Ich habe beobachtet, wie die beiden zurückkamen von List. Alles sprach gegen meinen Vater.«

»Sie wollten ihn schützen? Den Verdacht auf Alina Olsted lenken?«

Sandra nickte. »Es hätte einen Riesenskandal gegeben, mein Vater wäre ins Gefängnis gewandert und für mich verloren gewesen. Als ich ihn in den Dünen sah, war mir klar, dass er Max Triebels Kamera und sein Laptop dabeihatte. Und natürlich wusste ich auch, was er dort tat. Er hat Fotos gelöscht. Anscheinend hatte Triebel ihn mit seiner jungen Geliebten fotografiert. Mein Vater kann sich keinen Skandal mehr leisten.« Sie zog den rechten Mundwinkel in die Höhe. »Sie waren dann so freundlich, ihn abzulenken ...«

Erik spürte Sörens vorwurfsvollen Blick und wäre beinahe der Versuchung erlegen, sich zu verteidigen. Aber es gelang ihm, Sandra so lange ohne jede Regung anzusehen, bis sie fortfuhr: »Damit kam er als Täter nicht mehr infrage. Sie hatten ihn ja bei der Luftmessstation gesehen, deswegen habe ich gesagt, ich hätte Laptop und Kamera in List gefunden.«

Sören sah plötzlich wütend aus. »Und von der Stalkerin haben Sie uns erzählt, damit unser Verdacht auf Alina Olsted fällt?«

Sandras Gesicht verdüsterte sich, ihr Hass auf Alina Olsted war nicht zu übersehen. »Sie hat meinem Vater geholfen. Ich habe gesehen, wie er die Pistole in den Müllcontainer am Inselzirkus geworfen hat. Sie war dabei.«

Erik sprang auf, es hielt ihn nicht mehr auf seinem Stuhl. »Markreiters Waffe? Die, mit der Triebel erschossen wurde?«

Sandra nickte. »Er hat sie in eine Plastiktüte gesteckt,

damit nicht am Ende noch ein Müllmann darauf aufmerksam wird. Und dann hat er gesagt: ›Der hat die letzte Skandalgeschichte geschrieben. Wenn Luca seinen Job anständig macht, kann nichts passieren.‹« Ihre Stimme wurde lauter und heftiger. »Sie hat ihm geholfen. Gemeinsam sind sie aus List zurückgekommen. In seinem Wohnwagen haben sie besprochen, was geschehen sollte. Dann haben sie sich zu Triebels Apartment aufgemacht, um sein Laptop und die Kamera zu holen. Da wusste ich, wie ich meinen Vater vor dem Gefängnis retten kann.«

»Wissen Sie, um welche Geschichte es ging?«, fragte Erik. »Was hatte Triebel herausgefunden?«

Aber nun zuckte Sandra nur mit den Schultern. »Die beiden haben es nie beim Namen genannt. Aber wahrscheinlich hätte es meinen Vater die Karriere gekostet. Seine Ehe sowieso.«

»Woraus schließen Sie das?«

»Hätte er sonst dafür einen Mord begangen?«

Nun stand auch Sören auf. »Es wird Zeit, dass wir mit Bruce Markreiter reden. Jetzt wird er um ein Geständnis nicht mehr herumkommen.«

Wieder begann Sandra zu weinen. »Kann ich wenigstens vorher mit ihm reden? Er soll wissen, dass er eine Tochter hat. Diese ... junge Frau wird ihn fallen lassen. Wenn sie ihm jetzt auch geholfen hat – sobald er im Gefängnis sitzt, wird sie nichts mehr von ihm wissen wollen. Und Dania Kaiser erst recht nicht. Aber ich ... ich werde zu ihm halten.«

Erik betrachtete sie mitleidig. Während er noch überlegte, wie Sandra Zielcke auf die Wahrheit reagieren würde, ob es leichter für sie sein würde, wenn sie erfuhr, dass Alina Olsted nicht die Geliebte ihres Vaters war, sondern ihre Schwester, wurde die Tür aufgerissen, und Enno Mierendorf steckte den Kopf herein. »Beim Inselzirkus ist jemand abgestochen worden! Kam gerade über den Notruf rein!«

Busso blutete aus einer Schnittwunde am Hals. Mamma Carlotta kniete neben ihm, konnte aber in dem schwachen Licht nicht viel erkennen. Nur das Blut! Viel Blut! Vorsichtig berührte sie seine Schulter. »Herr Heinemann!« Aber Busso rührte sich nicht. »Herr Heinemann!« Keine Reaktion. »Wir brauchen den Notarzt. Schnell!«

Schon stand sie wieder auf den Beinen, während Tove noch nicht wusste, wie er mit seinem Schreck und seiner Hilflosigkeit umgehen sollte.

Diesmal war Fietje schneller gewesen. Er klappte sein Handy zu und sagte: »Der Notarzt kommt!«

Tove fuhr wütend zu ihm herum. »Hast du deinen Namen genannt?«

»Ich bin doch nicht blöd!«

Das Warten war schrecklich. Mamma Carlotta wusste, dass höchstens eine Minute vergangen war, als sie das Warten schon nicht mehr ertragen konnte. In solchen Fällen half es immer zu beten. Aber sie fühlte sich außerstande, irgendetwas zu tun, irgendetwas zu sagen, das diese Totenstille erträglicher machte. Tove und Fietje ging es anscheinend genauso. Beide starrten Busso an, als wäre er bereits tot.

»Wer hat das getan?«, flüsterte Mamma Carlotta. »Sandra Zielcke kann es nicht gewesen sein.«

Diese Erkenntnis trat nun auch in Toves und Fietjes Gesichter. Noch vor wenigen Minuten hatten sie geglaubt, Sandra entlarvt zu haben! Aber wie passte dazu der schwer verletzte Busso Heinemann zu ihren Füßen?

Fietje bereitete den Rückzug vor, als in weiter Ferne der Ruf des Martinshorns heranwuchs. »Sie kommen. Wir werden hier nicht mehr gebraucht.«

Tove schlug sich sofort auf seine Seite. »Ich will hier auch nicht gesehen werden. Das gibt zu viele Fragen.«

»Und wenn Ihrem Schwiegersohn die Antworten nicht gefallen«, stimmte Fietje zu, »dann sind wir es am Ende gewesen, die Busso das Messer an den Hals gesetzt haben.«

Mamma Carlotta wollte gerade vehement widersprechen und erklären, dass Erik sich nur von Fakten leiten ließ und niemals von Vorurteilen ... da hörte sie das sanfte Klicken, das ertönte, wenn der Wachmann die Schranke herauf- und herunterließ.

»Kommen Sie mit, Signora! Die Hilfe für Busso wird gleich da sein!«

Das Martinshorn schwoll an, es musste schon den Dorfteich erreicht haben. Mamma Carlotta schloss die Augen, um besser lauschen zu können. Ja! Nun hörte sie Schritte auf den Holzplanken, mit denen die Leichtbauhalle eingerahmt war. Leise Schritte! Mehr ein Scharren, ein vorsichtiges Fortbewegen!

»Wir hauen ab, Signora! Besser, Sie kommen mit!«

»Aber wir wollten doch herausfinden ...«

»Schnell, Signora! Gleich ist es zu spät!«

»Da ist jemand bei der Halle.«

»Soll Ihr Schwiegersohn sich darum kümmern!«

»Das muss eins der Bösen Hühner sein! Diejenige, die Busso niedergestochen hat!«

Das Martinshorn war verstummt, blaues Licht flackerte heran. Als die Bremsen quietschten und eine Autotür ins Schloss fiel, waren Tove und Fietje verschwunden. Gerade noch rechtzeitig! Wenige Augenblicke später wären sie nicht mehr ungesehen davongekommen.

In diesem Augenblick hörte Mamma Carlotta die Schritte auf den Holzplanken erneut. Sie musste eine Entscheidung treffen! Bei Busso bleiben und Erik und Sören entgegensehen? Nein, das war keine Option! Frage und

Antwort stehen? Zugeben, dass sie zum Club der Bösen Hühner gehörte? Bekennen, dass sie geholfen hatte, Harry Jumperz' Mörderin eine Falle zu stellen? Niemals! Sie musste weg! Und das bedeutete in diesem Fall: auf das Gelände des Inselzirkus. Dorthin, wo sich auch das böseste der Bösen Hühner versteckt hielt.

Im Nu stand sie vor dem Gebüsch, hinter dem sich der Spalt auftat, durch den das Gelände des Inselzirkus zu betreten war, ohne dass die Alarmanlage anschlug. In ihrem Rücken wurden die Stimmen der Sanitäter lauter, Licht flammte auf, das sie jedoch nicht erreichte. Vorsichtig bahnte sie sich einen Weg, dann stand sie am Rande des Platzes, der schwach beleuchtet war. Nur im Bürowagen brannte ein kleines Licht, das würde der Wachmann bei seiner nächsten Runde löschen. In allen anderen Wagen war es dunkel und still.

Sie drängte sich in den Schatten der Halle, dann schlich sie bis zur Ecke und spähte zur Tür. Sie war geschlossen. Nun wurde sie unsicher. Hatte sie sich geirrt? Hatte der Wind etwas bewegt, was diesen metallischen Klang erzeugt hatte? Doch dann sah sie den Schatten einer Person, die sich auf der anderen Seite der Halle verbarg. Er bewegte sich vor und zurück, dann war er verschwunden.

Sie hörte den Notarzt Anweisungen geben, hektische Betriebsamkeit machte nun alles möglich, was heimlich und unbemerkt geschehen sollte. Der Schatten auf der anderen Seite der Halle wuchs heran, Mamma Carlotta zog sich erschrocken zurück. Sie hörte Schritte, wagte aber nicht, um die Ecke zu sehen.

Nun wieder ein Wagen, Bremsen, das Schlagen von Autotüren, kurz darauf Eriks Stimme. Ob sie doch zurückgehen und ihm verraten sollte, was geschehen war? Erik hatte die Macht und die Möglichkeit, das gesamte Gelände absuchen zu lassen. Dann würde sie schnell zu finden sein, Beate, Kristin oder Heidi. Warum war Busso niedergestochen worden? Hatte er die Augen geöffnet, obwohl sie ihn dringend davor gewarnt hatten?

Fietje hatte es ihm mehrmals eingeschärft: »Wenn die Täterin merkt, dass du sie erkannt hast, bist du in Gefahr!«

Aber wie sollte sie Erik zur Hilfe holen, ohne ihm vom Club der Bösen Hühner zu erzählen? Nein, nur das nicht!

Sie hörte, wie Erik mit Vetterich telefonierte. Bussos Schlafplatz wurde plötzlich in grelles Licht getaucht. Die Helligkeit zog bis zu der Stelle, an der sie stand. Vorsichtig bewegte sie sich aus diesem Schein heraus und stand nun wieder an der Ecke der Halle. Sie hörte, wie die Tür geöffnet wurde, das leise klagende Geräusch der Scharniere. Nun traute sie sich einen weiteren Meter vor und spähte um die Ecke. Die Tür war noch geöffnet. Langsam, sehr langsam schwang sie zu.

Drei, vier Schritte auf Zehenspitzen, und es gelang ihr tatsächlich, im allerletzten Augenblick das Zuschnappen der Tür zu verhindern. Schwer atmend setzte sie einen Fuß in die Türöffnung und wartete. Waren ihre Schritte zu laut gewesen? Stand in dem Flur hinter der Tür Heidi, Beate oder Kristin mit einem Messer in der Hand und wartete darauf, dass sie auftauchte?

Aber alles blieb ruhig. Das schwache Tasten und Rascheln schien weit entfernt zu sein. Offenbar kam es aus der Kantine. Behutsam öffnete sie die Tür so weit, dass sie sich hindurchdrängen konnte. Um das verräterische Zuschnappen des Schlosses zu verhindern, zog sie den Schal vom Hals, faltete ihn mehrfach und legte ihn in den Türfalz. Es funktionierte! Sie blieb ein paar Zentimeter geöffnet. So würde sie genauso geräuschlos wieder gehen können, wie sie gekommen war.

Kurz darauf schlich sie von Kulisse zu Kulisse, nirgendwo ein Mensch. Aus der Kantine drang nun auch kein Geräusch mehr. Mamma Carlotta wurde unruhig. Es wäre ihr lieber gewesen, wenigstens zu ahnen, wo die andere sich befand.

So leise wie möglich zog sie sich in die Kulisse zurück, die das Sprechzimmer des Arztes darstellte. Sie ließ sich auf der Untersuchungsliege nieder, weil sie das Gefühl hatte, sich in einer bequemen Körperhaltung besser konzentrieren zu können.

Wie erstarrt blieb sie sitzen, als ihr klar wurde, dass die Liege geknarrt hatte. Ganz leise nur, aber viel zu laut für diese Stille. Die Angst schoss ihr durch den Körper. Hoch aufgerichtet saß sie da, stocksteif, unfähig, sich unter dieser Angst zu ducken, wie sie es gern getan hätte. Wie gepfählt war sie von ihrer Angst.

Und dann hörte sie die Tür zuschnappen. Jemand hatte ihren Schal entdeckt und ihn entfernt. Was würde geschehen? Wie sollte sie wieder hinauskommen? Wohin fliehen? In den Gang oder in die Kantine? Da die Eingangstür gerade ins Schloss gefallen war, würde die Gefahr wohl noch auf dem Flur lauern. Also war es besser, durch die Kantine den Weg nach draußen zu suchen.

Es waren nur wenige Schritte bis zu der Tür. Mit beiden Händen griff sie nach der Klinke, drückte sie langsam herunter, unterbrach die Bewegung bei jedem Knarzen, macht dann noch vorsichtiger weiter. Die Tür ließ sich ohne jedes weitere Geräusch öffnen.

Mamma Carlotta atmete auf, als sie sah, dass die Kantine leer war. Wenn sie Glück hatte, würde sie ein Fenster öffnen und hinausklettern können. Dann konnte sie um Hilfe rufen, und Erik würde sie hören! Wie sie ihm erklären sollte, warum sie sich in diese finstere Halle geschlichen hatte, war in diesem Augenblick nebensächlich. Hauptsache, sie wäre gerettet!

Sie hatte das Fenster noch längst nicht erreicht, als sie

das Geräusch hinter sich hörte. Und sie wusste sofort: Das war sie! Wieder drohte sie vor Angst zu erstarren. Aber diesmal ließ sie es nicht so weit kommen. Entschlossen fuhr sie herum ... und lachte erleichtert auf.

»Accidenti! Sie sind das! Grazie a Dio!«

Dann erst sah sie, dass Tanja Möck ein Messer in der Hand hielt. Und sie sah auch, dass es voller Blut war.

Erik stand an der Schranke und starrte die Leichtbauhalle von »Liebe, Leid und Leidenschaft« an, die Zirkuswagen, die die Halle in ihre Mitte genommen hatten. Ob sich dort der Schlüssel zu diesem Überfall fand? Oder war es Zufall, dass ausgerechnet hier, vor den Toren dieses modernen Zirkus, jemand versucht hatte, einen harmlosen Penner umzubringen? Zum Glück war Busso Heinemann nicht schwer verletzt, nur eine Fleischwunde, hatte der Notarzt gesagt. Aber er hatte viel Blut verloren. Und wenn er erst am nächsten Morgen entdeckt worden wäre, hätte es trotzdem schlimm für ihn ausgehen können.

Erik wandte sich an Sören. »Wer hat ihn gefunden? Wer hat angerufen?«

Sören zuckte mit den Schultern. »Mierendorf sagt, er hätte keinen Namen genannt.«

»Und ist abgehauen, bevor wir angekommen sind.«

»Vielleicht der Täter? Es wäre nicht das erste Mal, dass der Täter selbst nach dem Notarzt ruft.«

Busso lag nun auf einer Trage und wurde in den Krankenwagen geschoben. Einer der Sanitäter schnallte ihn fest, dann sah Erik, wie er stutzte, die Decke von Bussos Körper nahm und in dessen Hosentasche griff.

Kurz darauf rief der Notarzt: »Herr Hauptkommissar! Schauen Sie sich das mal an!« Als Erik zu ihm trat, hielt er ihm eine Waffe hin. »Die dürfte Sie interessieren!«

»Eine Ceska«, flüsterte Sören. »Markreiters Waffe!«

Erik nickte. »Sandra Zielcke hat gesagt, Markreiter hat sie in den Müllcontainer geworfen, weil der am nächsten Morgen geleert werden sollte.«

»Anscheinend hat er nicht an den Penner gedacht. Obdachlose schauen immer in allen Mülleimern nach, ob sie was finden, was sich zu Geld machen lässt.«

In diesem Augenblick traf Vetterich mit seinen Leuten ein. Erik stand schon neben seinem Wagen, eher er ausgestiegen war. »Dies hat Vorrang«, sagte er und hielt Vetterich die Pistole hin. »Die muss auf Fingerabdrücke untersucht werden. So schnell wie möglich!« Zufrieden wandte er sich zu Sören um. »Nun können wir Bruce Markreiter die Tat nachweisen. Endlich!«

Sören sah sich um. »Ob der Überfall auf Busso Heinemann was mit dieser Waffe zu tun hat? Oder mit Harry Jumperz? Dem hat hier sein letztes Stündlein geschlagen.« Sören nickte zu der Leichtbauhalle hinüber.

»Aber er wurde nicht erschossen«, entgegnete Erik mit leichtem Tadel in der Stimme. »Nun werfen Sie nicht alles durcheinander, Sören.«

»Wir wissen immer noch nicht, ob unsere beiden Fälle was miteinander zu tun haben. Und nun haben wir sogar einen dritten Fall!«

Erik berührte seinen Arm. »Wenn Busso Heinemann aufgewacht ist, kann er uns vielleicht sagen, wer ihn überfallen hat. Und um Harry Jumperz' Tod können wir uns jetzt intensiv kümmern. Den Fall Max Triebel halte ich für gelöst.«

»Was wird die Staatsanwältin dazu sagen?«, fragte Sören. »Eidam-TV wird in die Schlagzeilen kommen.«

»Das ist nicht unser Problem!«

Ein paar Augenblicke standen sie schweigend da. Erik betrachtete die Halle genau, ihre Konturen, Türen und Fenster, das hölzerne Band, das um die Halle herumlief. Ihm war, als hätte es dort eine Bewegung gegeben. Und ein Geräusch? Er lauschte, starrte die dunklen Fenster an, dann schüttelte er den Kopf und wandte sich ab.

»Wir sollten Bruce Markreiter einen Besuch abstatten«, sagte er zu Sören. »Sobald Vetterich die Waffe untersucht hat, gehen wir zu ihm.«

Sören schien Gefallen an dieser Vorstellung zu finden. »Und wenn er sich schon schlafen gelegt hat, wecken wir ihn.«

»Mal sehen, ob er immer noch die Aussage verweigern und erst seinen Anwalt sprechen will.«

Aus Tanja Möck war ein anderer Mensch geworden. Der Gleichmut, den alle Gutmütigkeit genannt hatten, war wie weggeblasen, auch die Ruhe in ihrem Blick, diese ständige Freundlichkeit, gab es nicht mehr. Eine Aggression stand nun in ihren Augen, die ihr niemand zugetraut hatte. Sogar einen Teil ihrer Schwerfälligkeit hatte sie eingebüßt. Ihre Bewegungen waren schneller geworden, ihr Körper schien ihr keine Last mehr zu sein.

»Warum?«, fragte Mamma Carlotta, deren Angst sich soeben in ihrer Fassungslosigkeit aufgelöst hatte.

»Warum?«, äffte Tanja sie nach. »Die liebe Tanja! Die nette Tanja! Immer hilfsbereit, immer anspruchslos. Tanja hat's gut! Die ist dick und hässlich, die kann essen und trinken, was sie will, bei der kommt's ja nicht drauf an.«

Sie machte einen Schritt auf Mamma Carlotta zu und hob das Messer. Die wich vorsichtig zurück Richtung Fenster. Obwohl sie keine Idee hatte, wie sie es öffnen sollte, um hinauszuschreien, hoffte sie doch, in der Nähe des Fensters eine größere Chance zu haben, Tanja Möck zu entkommen. Bis es so weit war, musste sie versuchen, Tanjas Aggression zu besänftigen. Eigentlich glaubte sie immer noch daran, dass Tanja ein lieber, netter, ruhiger Mensch war, der wieder zum Vorschein kommen würde, wenn man ihr nur genug Zeit ließ.

»Was hat der Chefautor Ihnen getan?«, fragte sie, nur um eine Frage zu stellen, auf die Tanja antworten konnte, damit sie redete, statt zu handeln.

»Nichts!«, höhnte Tanja. »Gar nichts! Das ist es ja! Da regen sich Heidi, Kristin und Beate darüber auf, dass er sie zu alt, zu faltig und zu dick findet? Immerhin! Er findet was an ihnen! Ich bin nicht zu dick, und ich bin auch nicht zu hässlich. Nein! Wie ich bin, ist total egal. Ich bin ein Nichts. Vollkommen gleichgültig, wie ich aussehe. Ich bin keine Frau, ich bin nur … Tanja Möck.« Sie hielt das Messer so nah vor Mamma Carlottas Augen, dass die zu schielen begann. »Hätte er mir nicht mal vorschlagen können, eine Diät zu machen? Mir einen guten Friseur zu suchen? Mir Botox spritzen zu lassen? Hätte er mir nicht ein einziges Mal die Adresse eines Designers für Übergrößen hinlegen können? Nein! Bei mir war das ja alles vollkommen egal!«

Mamma Carlotta fühlte sich besser, als sie die Fensterbank spürte. Ein Halt! Ein Kontakt zu der Welt da draußen, wo es Hilfe geben konnte!

»Wenn ich das Genörgel schon höre! ›Harry will, dass ich höchstens Größe sechsunddreißig trage! Harry will mich faltenfrei! Harry findet mich zu alt!‹«

Endlich ließ Tanja das Messer sinken. Ihre Angriffslust schien vorbei zu sein, das Selbstmitleid beschäftigte sie nun ganz und gar. Mamma Carlotta war froh darüber, obwohl sich ein Vorteil dieser Wandlung keineswegs abzeichnete. Es blieb dabei, dass sie in Tanjas Gewalt war, die verhindern würde, dass sie um Hilfe schrie.

»Dass sie mit ihm ins Bett gegangen sind, hat ihnen zwar nichts eingebracht – aber immerhin! Harry wollte mit ihnen in die Kiste! Wenn er mich ansah, hat er an alles Mögliche gedacht, aber bestimmt nicht an Sex! An Liebe und Leidenschaft dachte er sowieso zuletzt, wenn er mit einer Frau ins Bett ging. Er hat Frauen mit Sex von sich abhängig gemacht, gedemütigt, gezwungen oder was versprochen, was er nicht halten wollte. Aber ich ...« Nun hob Tanja wieder das Messer. »Ich war es nicht mal wert, gedemütigt zu werden! Mir konnte er sogar seine Schwächen gestehen. Niemand sonst durfte wissen, dass er herzkrank war. Niemand durfte etwas von seiner schweren Klaustrophobie erfahren. Nur Tanja! Auf die kam es ja nicht an. Vor der musste man nicht den großen, starken Chefautor rauskehren. Vor Tanja durfte man klein und mickrig sein.« Nun verzog sich ihr Gesicht zu einer Fratze, die Mamma Carlotta eine Gänsehaut über den Rücken jagte. »Weil es auf Tanja nicht ankam! Nie ist es auf mich angekommen! Nie!«

Tanja rang nach Luft. Anscheinend hatte sie ihre Aggressionen niedergeredet, auch ihre körperliche Kraft schien sich zu erschöpfen. In diese kurze Schwäche hinein drang ein winziger Laut. Mamma Carlotta wusste nicht zu sagen, wie er entstanden war. Sie wusste nur, dass er nichts mit dem Wind da draußen zu tun hatte, nichts mit dem Rauschen der Bäume oder dem Autoverkehr auf der Brücke. Unverwandt starrte sie Tanja ins Gesicht, um feststellen zu können, ob auch sie es gehört hatte.

Tanja wischte sich gerade die Tränen ab, die ihr übers Gesicht gelaufen waren. Dass sie damit das Blut, Bussos Blut, das noch an ihren Fingern klebte, über ihre Wangen rieb, konnte sie nicht sehen.

»Ihr seid alle noch dran«, sagte Tanja. »Bruce Markreiter wird der Nächste sein. Mindestens hundertmal hat er über mich hinweggesehen, jedes einzige Mal werde ich ihm heimzahlen.« Dieser Gedanke schien sie regelrecht zu erheitern. »Es war übrigens ganz einfach, Harry verrecken zu lassen. Es war auch gar nicht schwierig, diesem Penner da draußen das Messer an den Hals zu setzen. Er wollte mir trotzdem nicht sagen, wo das Handy ist, auf dem Harry meinen Namen genannt hat. Allmählich glaube ich sogar, dass das ein riesengroßer Bluff war. Haben Sie was damit zu tun? Hatte Ihr Schwiegersohn diese Idee?«

Mamma Carlotta schüttelte den Kopf, sie war unfähig zu antworten. Obwohl sie nicht zur Tür sah, bemerkte sie, dass die Klinke sich bewegte. Das gab ihr die Kraft, die Frage zu stellen, die sie ohne diese winzige Hoffnung nicht über die Lippen gebracht hätte. »Wissen Sie, wer Harry in den Schrank gesperrt hat?«

Wieder begann Tanja zu lachen. Ein schrilles, widerwärtiges Lachen stieß sie aus. »Vier Hühner«, prustete sie los. »Vier große Hühner! Das glaubt mir keiner! Vier Hühner! Dieser Schlappschwanz lässt sich von vier Hühnern die Hose ausziehen und in den Schrank sperren!«

Ihr Lachen wurde immer schriller. Sie schloss die Augen, während sie lachte, und so konnte Mamma Carlotta zur Tür blicken, die sich vorsichtig öffnete ...

Das Schweigen war tief, aber nicht bedrückend. Es lastete nicht auf ihnen, es verband sie, weil sie die gleichen Gedanken hatten und weil sie sich gut genug kannten, um das Schweigen zu ertragen, was Fremde weit voneinander entfernt hätte. Als die Seestraße in Sicht kam, nahm Erik den Fuß vom Gas. »Bei Ihnen zu Hause ist es sicherlich ziemlich ungemütlich?«

Sören nickte. »Alles in Kartons verpackt. Nur noch eine Matratze im Wohnzimmer!«

Erik setzte den Blinker. »Dann lassen Sie uns einen Abstecher ans Meer machen. Anschließend bitten wir meine Schwiegermutter um Rosticciata, und ich hole meinen besten Rotwein aus dem Keller. Dann können wir gemeinsam auf Vetterichs Anruf warten.«

Sören warf ihm einen warnenden Blick zu. »Es gibt noch nichts zu feiern, Chef! Die Fälle sind nach wie vor nicht gelöst. Solange Markreiter nicht gestehen will ...«

Erik unterbrach ihn. »Wenn Vetterich seine Fingerabdrücke auf der Waffe gefunden hat, ist er dran. Dann bekomme ich morgen einen Haftbefehl, und dann soll die Presse uns meinetwegen auf die Bude rücken.«

Sören schien diese Aussicht nach wie vor nicht zu behagen. »Man wird uns auch nach dem Fall Harry Jumperz fragen. Und dass Busso Heinemann vor dem Inselzirkus niedergestochen worden ist, wird sich ebenfalls herumsprechen. Haben diese beiden Fälle eigentlich auch nichts miteinander zu tun?«

Erik stellte den Wagen auf dem Parkplatz ab, der dem Dünenhof zum Kronprinzen gehörte. »Ich habe keine Ahnung«, sagte er, und seine Stimme klang so gleichgültig, als wären ihm diese beiden Fälle im Moment egal. In Wirklichkeit stand hinter seiner scheinbaren Gleichgültigkeit Erschöpfung. Und die überwand er am ehesten, wenn er ans Meer ging. In Sekundenschnelle konnte er dann eins werden mit der Natur. Er betrachtete sie nicht, er wurde Teil von ihr. Erik war davon überzeugt, dass kein Tourist der Natur seiner Insel so nah kommen konnte. Das gelang nur einem Sylter!

Sie gingen nicht zum Strand hinab, sondern blieben auf der hölzernen Treppe stehen, auf der oberen Kante des Kliffs, hoch über dem Meer. Es wurde niemals unsichtbar, auch in tiefster Dunkelheit nicht. Der Strand zeichnete immer den Saum, die Gischt sorgte immer dafür, dass die Bewegung zu erkennen war.

Zunächst hatte Bruce Markreiter nicht glauben wollen, dass sie seine Waffe tatsächlich gefunden hatten. Auch dass er beobachtet worden war, als er sie im Müllcontainer entsorgte, hatte er für einen Bluff gehalten.

Mehr als ein verächtliches Lächeln hatte Erik nicht geerntet. »Ich habe Ihnen schon gesagt, dass ich ohne meinen Anwalt keine Aussage mehr machen werde. Er kommt morgen früh. Dann müssen Sie mich sowieso freilassen. Und ich verspreche Ihnen, dass Sie anschließend eine Menge Scherereien von mir zu erwarten haben.«

Erik war es gelungen, milde zu lächeln. Markreiter konnte ja nicht ahnen, dass er noch zwei Trümpfe im Ärmel hatte. Zwar glaubte er immer noch nicht, dass Max Triebel den Star mit dem Vorleben seiner unehelichen Tochter unter Druck gesetzt hatte, aber vielleicht irrte er sich ja? Womöglich hatte Markreiter seine Tochter schützen wollen, die sich so erfolgreich ein bürgerliches Leben aufgebaut hatte, und war dafür nicht vor einem Mord zurückgeschreckt?

Menschen wie Markreiter überschätzten sich oft, Menschen, die es gewohnt waren, zu bekommen, was sie forderten, und die irgendwann nicht mehr daran glauben konnten, dass sich ihnen etwas in den Weg stellte, was stärker war. Bruce Markreiter hatte an einen perfekten Mord geglaubt, weil er die Möglichkeit hatte, sich ein Alibi zu verschaffen. Und er glaubte natürlich, dass Erik nicht wusste, wie Alina Olsted als junges Mädchen ihr Geld verdient hatte.

Erik hatte kein Wort davon verlauten lassen, dass Markreiter Vater einer weiteren Tochter war, von der er bis jetzt nichts geahnt hatte. Natürlich hätte Erik ihn auch gerne gefragt, wie lange er in den Dünen das Laptop und die Kamera gesucht hatte. Wie verblüfft musste er gewesen sein, als beides verschwunden gewesen war! Vermutlich hatte er gedacht, dass jemand ihn bestohlen hatte. Ein Dieb, der nicht an den Daten, sondern nur an den beiden Geräten interessiert gewesen war.

Zusammen mit Vetterichs Ergebnissen würde er dem arroganten Star all das um die Ohren hauen. Aber nicht eher! Auf keinen Fall wollte er sein Pulver verschießen, ehe er wusste, dass er Bruce Markreiter den Mord an Max Triebel nachweisen konnte.

Als sie in den Süder Wung einbogen, freute er sich auf

die Wärme, die ihn empfangen würde, ganz heimlich freute er sich sogar auf die emotionale Wärme, die überall dort war, wo seine Schwiegermutter sich aufhielt, er freute sich auf die Gerüche, die aus der Küche strömen würden, und vertraute fest darauf, dass Mamma Carlotta etwas zu essen im Hause hatte, woran sich Männer, die nach einem langen Tag müde nach Hause zurückkehrten, laben konnten. Dass sie neuerdings modern und emanzipiert war, hatte er total vergessen.

Als Erik und Sören das Haus betraten, rief Felix die Treppe hinab: »Ihro Gnaden kehren zurück? Dass es der Himmel wolle!«

Die beiden sahen sich verblüfft an, und Erik fragte vorsichtig: »›Minna von Barnhelm?‹«

Felix lachte vergnügt. »Ich bin morgen dran. Caro meint, ich soll auf alles vorbereitet sein. Vielleicht kann ich auch eine Sprechrolle ergattern.«

»Ihr solltet lieber schlafen gehen, es wird Zeit.« Erik betrachtete die Küchentür, die sich noch nicht geöffnet hatte, lauschte auf die Stille dahinter und schnupperte. Nichts ließ darauf schließen, dass in diesem Haus eine Frau schaltete und waltete und auf die Rückkehr ihrer Lieben wartete. »Wo ist die Nonna?«

»Der Aufenthalt dieses Weibes ist mir unbekannt, Ihro Gnaden!«

»Hör auf, so zu reden, Felix! Sag mir, was los ist!«

Erik ging in die Küche, in der sich nicht viel verändert hatte, seit sie nach der Pasta paradiso hier aufgebrochen waren. »Sie hat nicht mal aufgeräumt.«

Sören grinste. »So ist das eben bei modernen, emanzipierten Frauen.«

Felix kam in die Küche und erklärte, dass von der Zuppa inglese noch ein Rest vorhanden sei, für den er in seinem Magen beim besten Willen keinen Platz mehr gefunden hatte. Über den Verbleib seiner Großmutter wusste er tatsächlich nichts. »Ich tippe auf irgendeine Feierei mit ihren neuen Freundinnen. Schauspielerinnen! Damit kann sie dann in Umbrien angeben!«

Carolin kam dazu, aber ihre Phantasie reichte auch nicht weiter.

»Ob wir noch mal bei der Verkehrspolizei anrufen?«, fragte Erik.

Sören hob die Hände. »Ohne mich! Noch einmal wird sie uns nicht verzeihen, von einem Streifenwagen aufgegriffen zu werden.«

»Was ist das überhaupt für ein Anspruch?«, begehrte Carolin auf. »Die Nonna soll gefälligst am Herd stehen, wenn ihr heimkommt und Hunger habt?«

»Fängst du auch mit dieser blöden Emanzipation an?«, fragte Erik barsch. »Du könntest uns die Rosticciata braten, die die Nonna fürs Abendessen vorbereitet hat.«

»Warum ich? Weil ich eine Frau bin?«

»Du bist keine Frau, du bist ein Mädchen!«

»Und du bist ein Macho«, entgegnete Carolin, drehte sich auf dem Absatz um und verließ die Küche wieder.

Erik sah in zwei grinsende Gesichter. »Immerhin redet sie schon wieder mit mir!«, sagte er und hörte nun zu seiner großen Freude die Tür des Schuppens klappern. Er lächelte siegessicher. »Meine Schwiegermutter macht auch einem Macho was zu essen!«, rief er und setzte sich an den Tisch in der sicheren Erwartung, dass es nicht einmal nötig sein würde, beim Tischdecken zu helfen.

Mamma Carlotta ging auf die Haustür zu, als wäre sie auf dem Weg zum Schafott. Madonna! Was hatte sie in diesen Tagen auf sich geladen! Erst war sie als Böses Huhn unterwegs gewesen und hatte damit für Tanja den Weg bereitet, sich an Harry Jumperz zu rächen. Dann hatte sie mitgemacht, als Busso Heinemann den Lockvogel für die Mörderin des Chefautors spielen sollte. Und nun auch noch das! Zwar war sie immer noch dankbar, dass Tove und Fietje zurückgekehrt waren und sie aus Tanjas Klauen befreit hatten, doch dass Tanja gefesselt zurückgeblieben war, machte ihr schwer zu schaffen. Aber was hätten sie sonst tun sollen? Wenn Erik nichts von den Bösen Hühnern erfahren durfte, konnte sie ihm Jumperz' Mörderin nicht ausliefern. Er musste selbst dahinterkommen, was geschehen war.

»Sie hat's verdient«, hatte Tove immer wieder gesagt. Und auch Fietje war dieser Meinung gewesen. »Ein paar Stunden ans Tischbein gefesselt, das wird ihr nicht schaden.«

»Das Messer«, erinnerte Tove. »Ihr Schwiegersohn wird dahinterkommen, dass an dem Messer Bussos Blut ist.«

Doch Mamma Carlotta war nicht zu beruhigen gewesen. »Wenn Tanja gesteht, wird sie Erik auch verraten, dass ich in der Kulissenhalle gewesen bin. Und dass Sie mich gerettet haben.«

Fietje hatte eine Idee. »Wir streiten alles ab und geben uns gegenseitig Alibis. Wir behaupten einfach, Sie wären zu dieser Zeit in Käptens Kajüte gewesen. Mit uns zusammen!«

»Aber Erik will nicht, dass ich diese Kaschemme ... diese Imbissstube besuche.«

Nun war Tove ärgerlich geworden. »Ein kleines Risiko müssen Sie schon eingehen, Signora. Und wenn Sie ein bisschen Ärger mit Ihrem Schwiegersohn haben, geschieht Ihnen das ganz recht. Stimmt's?«

Mamma Carlotta hatte wortlos genickt. Ja, was Tove sagte, war richtig. Sie hatte eine Strafe verdient dafür, dass sie dem Club der Bösen Hühner beigetreten war.

Tapfer schloss sie die Tür auf und brachte ein einigermaßen fröhliches »Buonasera!« heraus.

Zum Glück sah es in der Küche so aus, wie sie es am

liebsten hatte: hungrige Menschen, die auf ihre Ankunft warteten, und jede Menge Arbeit! Mamma Carlotta fühlte, wie ihre Lebensgeister zurückkehrten. »Ihr seid schon da?«

Erik blickte auf die Uhr. »Es ist fast Mitternacht. Findest du nicht, dass unser Arbeitstag lang genug war?«

Mamma Carlotta beeilte sich, es gleich mehrfach zu versichern, bei jedem Mal lauter und hektischer. Sie riss eilig den Kühlschrank auf, um nach den Schweinefilets und der Kalbsleber zu suchen, schnalzte empört mit der Zunge, als sie den Rest der Zuppa inglese entdeckte, der nicht größer war als eine Gemüsezwiebel, und stellte, während sie mit der rechten Hand nach der Flasche Marsala griff, mit der linken Hand die Pfanne auf den Herd. Dann gab sie mit der Rechten Öl hinein und holte mit der Linken die Salbeiblätter dazu. Sie merkte, dass sie wieder in Form kam. Wie gut, dass sie das Fleisch und die Leber bereits in Scheiben geschnitten hatte. Arbeit, für die ihre Feinmotorik gefragt war, würde ihr jetzt schwerfallen.

Während sie das Fleisch anbriet, erkundigte sie sich bei Erik und Sören: »Wisst ihr nun, wer der Mörder ist?«

Erik war voller Lob, das sie unter anderen Umständen so ausgiebig genossen hätte, dass ihr darüber vermutlich die Zwiebelringe angebrannt wären, die im Marsala gedünstet werden mussten, sobald sie gebräunt waren. »Dein Tipp hat den Ausschlag gegeben. Als wir wussten, dass Markreiters Alibi nicht wasserdicht ist, war alles klar. Nun warten wir nur noch auf Vetterichs Untersuchungsergebnisse, damit wir es Markreiter beweisen können.«

Mamma Carlotta warf einen Blick auf die Uhr, während sie ein Lorbeerblatt aus dem Gewürzschrank holte. »Der Arme muss so spät noch arbeiten?«

Erik erinnerte sich daran, dass er Sören einen guten Schluck Rotwein versprochen hatte, und stand auf, um in den Keller zu gehen. »Auf das Ergebnis kann ich nicht bis morgen früh warten. Am Ende ist der Anwalt noch schneller als Vetterich und holt Markreiter raus, ehe ich den Beweis habe.«

Mamma Carlotta wandte sich an Sören, als Erik im Keller verschwunden war. »Was soll das für ein Beweis sein?«, fragte sie.

Ehe Sören antworten konnte, begann Eriks Handy zu läuten. Eriks Stimme drang aus dem Keller hoch: »Gehen Sie ran, Sören!«

Vetterich hatte wirklich zügig gearbeitet. Wahrscheinlich wollte er auch endlich Feierabend haben. Mamma Carlotta vergaß, den Bratensatz mit dem restlichen Marsala zu löschen, als sie sah, wie Sörens Gesicht sich veränderte. Sein Kinn sackte herab, der Mund öffnete sich leicht, er blickte Mamma Carlotta ratlos an. »Das ist ganz sicher?«, fragte er ins Telefon.

Gerade beendete er das Gespräch, als Erik mit dem Rotwein in die Küche kam. »Was sagt Vetterich? Sind Markreiters Fingerabdrücke eindeutig zu identifizieren?«

Sören nickte. »Ja, er hat die Pistole in der Hand gehabt. Aber das ist ja auch kein Wunder. Sie gehört ihm. Die ballistische Untersuchung hat zweifelsfrei ergeben, dass Markreiters Waffe die Tatwaffe ist.«

Erik merkte, dass etwas nicht stimmte. Sehr langsam stellte er die Rotweinflasche auf den Tisch, ehe er fragte: »Was soll das heißen?«

»Der Fingerabdruck am Abzug stammt nicht von Bruce Markreiter. Er hat nicht geschossen.«

Es war eine schreckliche Nacht. Mamma Carlotta war im Traum von Hühnern verfolgt worden, die ihren Namen gegackert hatten, sie hatte Tanjas Stimme gehört, die sie anflehte, sie loszubinden, und Busso Heinemann hatte sie immer wieder um Antipasti gebeten, aber jedes Mal, wenn Mamma Carlotta den Kühlschrank öffnete, war er leer gewesen. Sie war froh, als es endlich dämmerte.

Nun schleppte sie sich die Treppe hinunter und fragte sich, wie sie es schaffen sollte, zum Bäcker zu gehen und Panini zu kaufen. Vielleicht sollte sie besser gleich ins Reisebüro aufbrechen und fragen, ob ihr Rückflug nach Rom umzubuchen war? Erik würde keine einzige marinierte Paprikaschote mehr von einer Frau annehmen wollen, die dem Club der Bösen Hühner angehört hatte.

Als sie nach dem Einkaufsbeutel greifen wollte, der neben ihrer Jacke an der Garderobe hing, stellte sie fest, dass Eriks Jacke nicht da war. Sie selbst hatte sie dort aufgehängt, nachdem er sie mal wieder in der Küche über die Stuhllehne geworfen hatte. War der Wachmann noch in der Nacht auf Tanja Möck aufmerksam geworden und hatte Erik in den Inselzirkus gerufen?

Wie schrecklich für ihn, nach dem langen, anstrengenden Tag nicht einmal genug Zeit zum Ausruhen zu haben! Andererseits ... wie froh wäre sie, wenn die arme Tanja möglichst bald aus ihrer misslichen Lage befreit worden war.

Sie stockte, aber dann nickte sie sich selbst zu. Ja, immer noch dachte sie an die arme Tanja, die nette Tanja, die hilfsbereite, stets freundliche Tanja. Wie war nur aus ihr diese Frau geworden, die sie in der vergangenen Nacht kennengelernt hatte?

Mamma Carlotta war gerade in die Küche gegangen, um nach dem Portemonnaie zu suchen, da hörte sie, wie die Haustür sich öffnete. »Enrico?«

Aufgeregt lief sie in die Diele. Tatsächlich! Da standen Erik und Sören, müde und mit grauen Gesichtern. Mit ihnen war der Duft von frischen Brötchen ins Haus gekommen.

Erik reichte ihr eine große Tüte. »Wir dachten, wir ersparen dir den Weg.«

Sie starrte ihn wortlos an. Warum diese Freundlichkeit? Sie hatte nichts dergleichen verdient. Sie war ein Böses Huhn! Es wäre nur recht und billig, wenn man sie zur Strafe für den ganzen Süder Wung Panini holen ließe!

Um die unverdiente Freundlichkeit zu vergelten, riss sie Erik und Sören die Jacken herunter, hängte sie an die Garderobe, drängte sich an ihnen vorbei in die Küche, damit sie schon neben der Espressomaschine stand, noch ehe sie sich am Tisch niedergelassen hatten. »Ihr braucht erst mal einen Kaffee.«

Die beiden nickten dankbar, und Sören sagte: »Seit zwei Stunden denke ich an nichts anderes als an Ihren Kaffee.« Er schickte Mamma Carlotta ein schiefes Lächeln. »Zum Glück konnte ich auf meiner Matratze am Boden sowieso nicht schlafen. Da war es nicht schlimm, dass ich mitten in der Nacht geweckt wurde.«

»Allora! Nun sagt schon! Was ist los?« Mamma Carlotta wollte die Vorwürfe endlich hinter sich bringen, wollte versuchen, um Verständnis zu werben, mit vielen Entschuldigungen immer wieder um Verzeihung bitten und mit Erklärungen dafür sorgen, dass Erik sie trotz ihrer Verfehlungen für einen guten Menschen hielt. Und wenn nicht, dann musste sie eben ins Reisebüro gehen …

Erik klopfte auf die Sitzfläche des Stuhls, der neben ihm stand. »Mach dir auch einen Espresso, dann setz dich zu uns. Das Frühstück hat Zeit. Wir müssen dir was sagen, was dich sehr erschüttern wird.«

Mamma Carlotta spürte, dass ihre Hände zitterten. Warum behandelte Erik sie so rücksichtsvoll? Die Unsicherheit, die er damit in ihr erzeugte, quälte sie mehr als die Angst vor seinen Vorwürfen. Nervös löffelte sie viel zu viel Zucker in den Espresso, nur um Erik nicht ansehen zu müssen.

»Ich wurde heute Morgen um vier aus dem Schlaf geklingelt«, begann Erik. »Es war einer der Wachleute, die ein Auge auf den Inselzirkus haben, solange Eidam-TV dort dreht. Er hatte Tanja Möck vor der Schranke angetroffen. Sie ist ja die Einzige, die einen Schlüssel für die Schranke und auch für die Alarmanlage hat.«

Eriks Hand tastete über die Tischplatte, Mamma Carlotta hatte für ein paar wunderbare Augenblicke das Gefühl, er wollte nach ihrer Hand greifen und sie tröstend drücken. Aber das konnte nicht sein! Nicht nur, dass sie es nicht verdient hatte! Erik hatte sich noch nie zu einer solch emotionalen Geste hinreißen lassen. Noch nie! Ein echter Friese tat so was nicht.

»Ich weiß, du hast Tanja Möck sehr gern. Anscheinend hat jeder sie gern. Aber …«

»Aber?«, wiederholte Mamma Carlotta angstvoll.

»Sie hat den Verstand verloren«, fuhr Sören an Eriks Stelle fort. »Sie hat zugegeben, dass sie für Harry Jumperz' Tod verantwortlich ist. Und den armen Busso Heinemann wollte sie anscheinend auch umbringen. Niemand weiß, warum! Aber es gibt keinen Zweifel. Sie trug noch das Messer bei sich, mit dem sie Busso verletzt hatte, und war im Gesicht blutverschmiert.«

»Es muss ein schrecklicher Anblick gewesen sein«, ergänzte Erik. »Der Wachmann war völlig verstört.« Nun stand er sogar auf, drückte seine Schwiegermutter, die sich ebenfalls erheben wollte, auf ihren Stuhl zurück, schüttete die Brötchen in einen Korb und stellte ihn auf den Tisch. Auch die Butter sollte sie auf keinen Fall selbst aus dem Kühlschrank holen und Marmelade und Honig auch nicht. Sie wurde behandelt, als wäre Schuldbewusstsein eine Krankheit, die nur durch Schonung geheilt werden konnte.

»Sie hat total verrückte Dinge gesagt«, erzählte Sören weiter. »Vier Hühner hätten Harry Jumperz in den Schrank gesperrt. Sie hätte nur noch die Möbel davorrücken müssen. Die letzte Nacht hat sie angeblich in der Kulissenhalle zugebracht. Keiner weiß, warum. Und dann wäre eine Frau dort eingedrungen, und später seien auch zwei Männer aufgetaucht. Sie hätten sie an den Tisch gefesselt.«

»Tatsächlich haben wir ein Stück Wäscheleine gefunden«, fuhr Erik fort und legte seiner Schwiegermutter mit fürsorglicher Geste ein Brötchen auf den Teller. »Aber von der Fesselung glauben wir natürlich nichts. Wie sollte auch jemand in den Inselzirkus eingedrungen sein? Außer Tanja Möck kann niemand die Alarmanlage ausstellen.«

Sören schüttelte den Kopf. »Die ist wirklich total durchgeknallt. Am Ende hat sie sogar behauptet, Sie hätten ihr in der Kulissenhalle aufgelauert, Signora! Und der Wirt von Käptens Kajüte wäre dazugekommen und noch ein Mann, dessen Namen sie nicht kannte.«

Mamma Carlotta hielt Erik ihre Tasse hin. »Auf den Schreck brauche ich noch einen Espresso.«

An dem nippte sie so lange, bis sie ihre Schuldgefühle heruntergeschluckt und ihr Selbstbewusstsein wiederbelebt hatte. Dann endlich konnte sie fragen: »Wisst ihr nun auch, wer Max Triebel erschossen hat?«

Eine Stunde später trank Mamma Carlotta ihren fünften Espresso und fühlte sich noch immer nicht frisch, angeregt und gut gerüstet für den Tag. Das kurze Glück, als Böses Huhn davongekommen zu sein, war schnell tiefer Erschütterung gewichen, als Erik ihr erzählt hatte, wie Max Triebel den Tod gefunden hatte. Was war nur aus dieser Welt geworden? Konnte man sich auf gar nichts mehr verlassen? Nicht einmal mehr auf anständige Frauen und den Lehrer? Ihre armen Enkel! Sie waren in die Schule aufgebrochen im Vertrauen darauf, dass man es dort gut mit ihnen meinte! Dass sie von Menschen unterrichtet wurden, die das charakterliche Rüstzeug dafür hatten!

Entschlossen beförderte sie das Geschirr mit lautem Klirren und Poltern in die Spülmaschine. Was Gefahr lief, zu vertrocknen, auseinanderzulaufen oder einen herben optischen Verlust zu erleiden, landete im Kühlschrank, alles andere blieb auf dem Tisch stehen. Sie musste reden! Das Alleinsein würde unerträglich werden, wenn sie zu Hause blieb und sich die Pressekonferenz ansah, die im Regionalprogramm übertragen werden sollte. In Käptens Kajüte gab es ebenfalls einen Fernseher! Zwar wurde er nur für Fußballereignisse angestellt, aber heute musste Tove eben eine Ausnahme machen.

Zwanzig Minuten später saß sie an seiner Theke und ärgerte sich darüber, dass er nicht von seiner Erleichterung ablassen wollte – ebenso wenig wie sein Stammgast, der über seinem Frühstücks-Jever hockte.

»Besser hätte es für uns nicht laufen können«, sagte Tove immer wieder und war drauf und dran, Mamma Carlotta vor lauter Freude einen Rotwein aus Montepulciano einzugießen.

Aber sie lehnte empört ab. Nicht nur wegen der frühen Stunde, sondern vor allem, weil es sich nicht gehörte, Freude zu zeigen, wenn Anstand und Moral zusammenbrachen. »Der arme Busso! Die arme Tanja!« Beinahe hätte sie auch noch das Schicksal des armen Harry Jumperz beklagt, aber das kam ihr dann doch nicht über die Lippen.

Tove fehlte jedes Verständnis für ihre Verzweiflung. »Busso kommt wieder auf die Beine, und die dicke Möck ist selber schuld!«

Fietje schloss sich unverzüglich seiner Meinung an. »Dass man sie für verrückt hält, ist vielleicht sogar ihr Glück. Dann kommt sie nicht in den Knast, sondern in die Psychiatrie. Da ist es bestimmt gemütlicher.«

»Meinen Sie wirklich?« Mamma Carlotta war für Augenblicke besänftigt. Aber dann fiel ihr ein, dass ihre

Welt noch einen weiteren Riss bekommen hatte. »Alina Olsted! Die Lehrerin meiner Enkel! Die Frau, die Felice die Abneigung gegen die Grammatik genommen hat! Die Carolina mit ›Minna von Barnhelm‹ bekannt gemacht hat.«

Tove runzelte die Stirn. »Minna von Barnhelm? Wohnt die auch hier auf Sylt?«

Aber Fietje bewies mal wieder, dass er eine bessere Erziehung genossen hatte. »Die stammt von Gotthold Ephraim Lessing«, erklärte er Tove, der dadurch kein bisschen schlauer wurde.

Mamma Carlotta rang die Hände. Wie sollte sie Tove und Fietje verständlich machen, was Alina Olsted Schreckliches getan hatte? Sie kannte die Vokabel nicht und wollte sie eigentlich auch nicht kennenlernen. In Umbrien sprach man von einer Puttana nur hinter vorgehaltener Hand. Und wenn es sich eben vermeiden ließ, überhaupt nicht!

»Sie war so eine wie die Signora Monegasso«, erklärte sie und hoffte, dass Tove und Fietje sie verstanden, wenn sie ihren Worten einen sehr anzüglichen Blick hinterherschickte. Als das nicht der Fall war, fuhr sie fort: »Die hat sich ein Haus in unserem Dorf gekauft. Niemand wusste, woher sie das viele Geld hatte. Angeblich war sie nie berufstätig gewesen und verheiratet auch nicht.«

»Dann ist sie vermutlich auf den Strich gegangen«, meinte Tove.

Mamma Carlotta starrte ihn verständnislos an.

»Prostituierte! Nutte! Freudenmädchen!«

Mamma Carlotta war dankbar, dass sie keins dieser anrüchigen Wörter aussprechen musste. »Aber dann kam ein Tourist in unser Dorf, der Signora Monegasso von früher kannte.«

»Ein Freier?«, fragte Fietje und ergänzte vorsichtshalber: »Der Kunde der Nutte! Ein Bordellbesucher!«

Mamma Carlotta nickte. »Ja, so einer war dieser Reporter auch. Und deswegen hat Alina Olsted ihn erschossen.«

Fietje stellte sein Jever zur Seite, und Tove schüttete den gesiebten Kakao auf die Theke, der eigentlich auf Mamma Carlottas Cappuccino landen sollte.

»Als er sie mit Markreiter beobachtet hatte, dachte er zunächst, sie sei seine junge Geliebte. Daraus wollte er eine Story machen. Aber dann merkte er, dass er Alina Olsted von früher kannte. Dass sie Markreiters Tochter war, wusste er nicht.«

Fietje winkte nach einem Schnaps zur Stärkung. »Die Olsted? Markreiters Tochter?«, fragte er verwirrt.

Mamma Carlottas Erzählung war nun in Fluss geraten, sie wollte sich nicht mehr unterbrechen lassen. »Da hat er ihr ein Geschäft vorgeschlagen.«

Tove und Fietje hingen an ihren Lippen.

»Sie sollte ihm pikante Fotos von Bruce Markreiter liefern. Am besten mit ihr, der jungen Geliebten, im Bett. Dann wollte er auf die zusätzliche Sensation verzichten, dass Alina mal una puttana gewesen war.«

Fietje begriff als Erster, was das zu bedeuten hatte. »Sie ist zum Schein darauf eingegangen, hat sich in List am Hafen mit ihm getroffen ...«

»... hat aber vorher die Pistole ihres Vaters an sich genommen. Und die Munition! Er hat zwar behauptet, er hätte keine besessen, aber das war eine Lüge.«

»Und dann hat sie ihn abgeknallt?«, fragte Tove emotionslos, als wollte er wissen, ob sie einen Eierlikör zum Cappuccino wünsche.

Mamma Carlotta nickte. »Aber Sandra Zielcke war der Meinung, dass Markreiter der Mörder ist. Ihn wollte sie schützen, deshalb hat sie versucht, die Schuld auf Alina Olsted zu schieben. Dass sie damit die Schuld auf die wahre Täterin lenkte, hat sie sich nicht träumen lassen.« Sie zeigte auf den Fernseher, den Tove über dem Grill angebracht hatte. »Die Pressekonferenz muss jeden Augenblick beginnen. Vielleicht sehen wir sogar Enrico auf dem Bildschirm.«

Tatsächlich hatte die Veranstaltung soeben begonnen. Die Staatsanwältin saß an der Seite eines Mannes, den sie als Martin Eidam vorstellte, Besitzer von Eidam-TV, der außerordentlich bestürzt über die Ereignisse sei. Bruce Markreiter selbst sehe sich außerstande, zu den Geschehnissen Stellung zu nehmen. »Er ist noch zu mitgenommen.« Mit warmen Worten schilderte Frau Dr. Speck den seelischen Konflikt des Schauspielers, der sich mitschuldig fühlte an der Entwicklung seiner Tochter, weil er sich nicht ausreichend um sie kümmern konnte, als sie noch ein kleines Mädchen gewesen war und ihn dringend gebraucht hätte.

Die Staatsanwältin lächelte erst Martin Eidam an, dann direkt in die Kamera. Ihre Frisur saß perfekt, ihr Make-up war dezent, aber wirkungsvoll, ihr schlichter grauer Hosenanzug genau richtig für diesen Anlass.

»Bruce Markreiter hat akzeptiert, dass seine Tochter sich von seinem Beruf, von seiner Popularität distanzieren wollte. Sie hatte sich ein neues Leben aufgebaut, das wollte sie unter keinen Umständen gefährden. Er war glücklich, dass er die Gastrolle in ›Liebe, Leid und Leidenschaft‹ angeboten bekam und damit die Gelegenheit erhielt, eine Weile mit seiner Tochter zusammen zu sein.« Die Staatsanwältin setzte ein bekümmertes Gesicht auf. »Dass dieses Zusammensein zu einem so tragischen Ende führen würde, konnte niemand ahnen.«

Martin Eidam schlug in ihre Kerbe, schilderte Bruce Markreiter als einen verantwortungsvollen Vater, eine integre Persönlichkeit, als einen Mann, der alles hatte tun wollen, um seiner Tochter zu helfen. »Das war ihm wichtiger, als die Polizei in ihrer Arbeit zu unterstützen. Und ich denke, jeder von uns, der Kinder hat, wird Verständnis für ihn haben.«

»Da ist Enrico!«, rief Mamma Carlotta. »Madonna! Er hatte nicht mal Zeit, sich zu rasieren! Und wo ist das frische Hemd, das ich ihm mitgegeben habe?«

Mit der Enttäuschung, dass ihr Schwiegersohn optisch bei Weitem nicht an das Erscheinungsbild Martin Eidams heranreichte, hatte sie eine Weile zu tun. Dass Erik die Gelegenheit gegeben wurde, über die Aufklärung des bedauerlichen Todesfalls zu reden, der sich in den Kulissen von »Liebe, Leid und Leidenschaft« ereignet hatte, bekam sie kaum mit. Erst als die Staatsanwältin die Pressekonferenz damit beendete, dass sie Kriminalhauptkommissar Erik Wolf und seinen Mitarbeitern herzlich für die gute Arbeit und die schnelle Aufklärung der beiden Mordfälle dankte, konnte Mamma Carlotta den Stolz genießen, dass ihr Schwiegersohn im Fernsehen auftrat. Wenn er auch unrasiert war und ein Hemd trug, das längst in die Wäsche gehört hätte.

Sie starrte noch auf den Abspann, als die Tür aufgerissen wurde und drei Böse Hühner Käptens Kajüte stürmten. »Hey, Carlotta! Dachten wir uns doch, dass du hier bist!«

»Hast du schon gehört? Die arme Tanja! Wer hätte gedacht, dass ihre Freundlichkeit nur gespielt war?«

Tove setzte freudig seine Kaffeemaschine in Gang, denn die Erfahrung hatte ihm gezeigt, dass seine Kaschemme immer dann guten Gewinn abwarf, wenn die Vertreter von »Liebe, Leid und Leidenschaft« bei ihm einkehrten.

Heidi griff nach Mamma Carlottas Arm. »Aber das Allerbeste weißt du noch nicht. Stell dir vor: Sandra Zielcke ist auch Bruce' Tochter. Wie viele uneheliche Kinder hat der eigentlich?«

»Und Martin Eidam ist auf Sylt«, rief Beate. »Er wird

fürs Erste die Produktion leiten. Ich für meinen Teil werde die Gelegenheit nutzen. Es kann nicht schaden, ihn sich genauer anzusehen!« Sie kicherte albern. »Wundert euch nicht, wenn ich demnächst die Hauptrolle spiele!«

»Keine Chance«, wehrte Heidi ab. »Der hat was mit der Staatsanwältin! Und trägt die vielleicht Größe sechsunddreißig? Der hat's eher mit den barocken Formen.« Zufrieden wiegte Heidi ihre breiten Hüften.

Kristin lächelte geheimnisvoll. »Habt ihr euch Martin Eidams Nase angesehen? Ihr wisst doch: Wie die Nase eines Mannes ...«

Weiter kam sie nicht, denn schrilles Gekicher unterbrach sie.

Mittlerweile hatte Mamma Carlotta ihr Geld auf die Theke gezählt und war aufgestanden. Auf die Frage, ob sie neuerdings keinen Spaß mehr verstehe, antwortete sie nicht. Sie hatte es ja immer schon gewusst und nun bestätigt bekommen: Es gab Dinge, die tat man nicht! Und es gab Dinge, über die sprach man nicht! Nicht in ihrem Dorf und auch nicht auf Sylt! Das war nicht altmodisch, sondern vernünftig!

Und jetzt würde sie Sandra Zielcke einen Besuch abstatten und sich von ihr bestätigen lassen, dass sie wirklich Bruce Markreiters Tochter war. Sandra hatte es sogar verdient, dass Mamma Carlotta ihr eine Torta al cocco brachte – als kleine Entschädigung dafür, dass sie für eine Spionin gehalten worden war, eine heimliche Journalistin, die sich mit Verrat viel Geld verdiente, eine Detektivin, die Bruce Markreiter ans Leder wollte, eine Stalkerin, die einen Star belästigte ... Dabei war sie in Wirklichkeit nur eine Tochter, die ihren Vater liebte und schützen wollte.